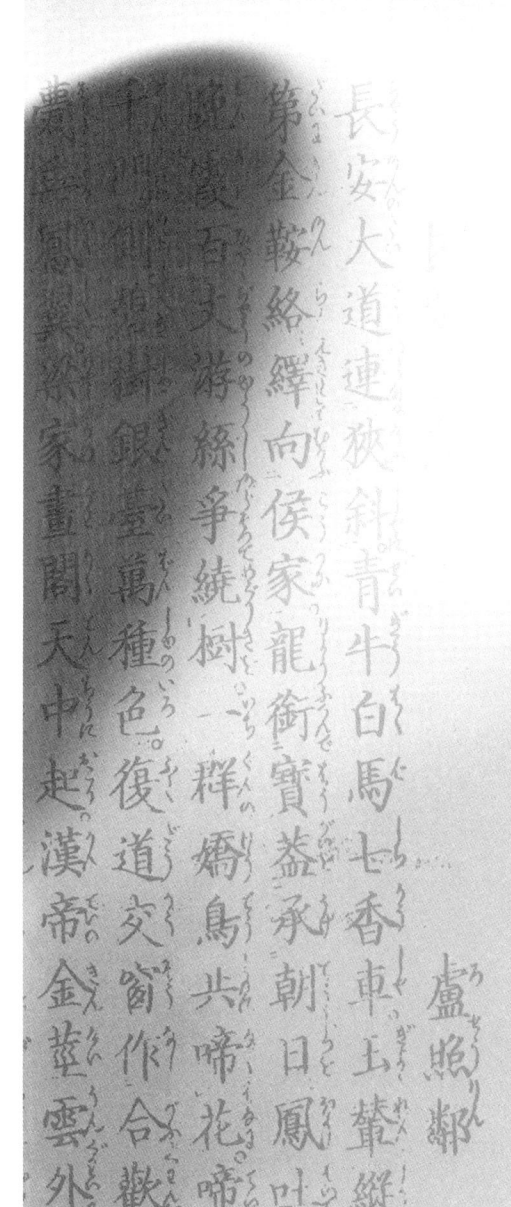

中日古典文学关系十六讲

郭雪妮——著

上海古籍出版社

陕西师范大学中国语言文学"世界一流学科建设"成果

目　录

总　序 1
序　言 1
 一、探源与借镜 1
 二、两个轴心：人物交流与书籍之路 9
 三、流动的文本与跨媒介接受 13

第一时期　遣唐使的往来与隋唐以前文学的影响

第一讲　开端：遣唐使的海上"文"路 3
 一、遣唐使的文学 3
 二、吾子大唐行：《万叶集》中的遣唐使歌 9
 三、离合与游仙：空海入唐诗的一个侧面 15

第二讲　早期中国文学典籍在日本 24
 一、遣唐使开辟的书籍之路 24
 二、《日本国见在书目录》的记载 34
 三、六朝隋唐文学典籍的影响 40

第三讲　《史记》与平安朝文学 48
 一、《史记》的传入与讲读 48
 二、《史记》竟宴与"文章经国" 55
 三、紫式部如何读《史记》 63

第四讲　平安朝的崇"白"风尚 72

一、雪月花时最忆君：白居易与日本传统美意识　　72
　　二、"三月尽"诗语与平安朝的岁时文化　　80
　　三、《长恨歌》在古代日本的图像化　　86

第二时期　禅僧的崛起与宋元文学的讲释

第五讲　憧憬与超越：入宋僧的心态　　97
　　一、宋日贸易与入宋热潮的发生　　97
　　二、入宋僧及其说话文学　　103
　　三、入宋僧与禅宗、宋学的东渐　　110

第六讲　元代禅僧往来与五山文学的兴起　　116
　　一、乱世中的元日禅僧　　116
　　二、入元僧的江南怀古诗　　122
　　三、函谷关西放逐僧：雪村友梅的入元体验　　131

第七讲　宋元文学典籍和五山禅僧　　138
　　一、宋元文学典籍在日本　　138
　　二、"五山版"汉籍与宋元诗文集　　146
　　三、五山禅僧与"汉籍抄物"　　153

第八讲　苏轼与五山禅林文学　　164
　　一、苏轼和他的日本读者　　164
　　二、五山禅僧的东坡诗讲释　　172
　　三、《翰林五凤集》中的苏轼形象　　180

第三时期　遣明使的延续与明代文学的接受

第九讲　遣明使与五山文学的繁荣　　195
　　一、勘合贸易船上的遣明使　　195
　　二、绝海中津入明所作怀古诗　　204
　　三、遣明使搜集汉籍的倾向与困境　　211

第十讲 《唐诗选》与江户文艺 218
一、盛唐诗情的诱惑 218
二、服部南郭的情感解诗法 223
三、《唐诗选画本》中的视觉转译 228

第十一讲 《剪灯新话》何以成为东亚文学典范 240
一、《剪灯新话》与东亚知识圈 240
二、龙宫意象：《水宫庆会录》的影响 246
三、战乱与爱情：《爱卿传》的翻案 252

第十二讲 层叠的接受：《水浒传》的多种读法 260
一、《水浒传》的传入与训点 260
二、从梁山好汉到女豪杰 264
三、《水浒传》绘本的魅力 269

第四时期 长崎贸易与清代文学的东传

第十三讲 清日文人往来与诗文唱和 279
一、江户锁国与长崎开港 279
二、长崎唐通事的中国俗文学阅读 283
三、乱世遗民陈元赟与诗友元政 289

第十四讲 清代文学的东传与影响 300
一、长崎贸易中流入的汉籍 300
二、商船书目中的清人诗文别集 308
三、王士禛、袁枚诗学备受追捧 316

第十五讲 另类文人李渔的跨媒介接受 325
一、《芥子园画传》与李渔文人像的生成 325
二、从李渔诗文到《十便十宜图》 330
三、李渔戏曲在江户日本的回响 339

第十六讲 《聊斋志异》：近代日本人眼中的中国童话 346

一、《聊斋志异》的初期影响 346
二、科举·黑衣仙·乡愁:《竹青》的故事 354
三、《聊斋志异》与日本儿童文学 360

参考书目 368
后记 383

总　序

　　陕西师范大学中国语言文学学科至今已经走过了70多年的发展历程。数代学人培桃育李、滋兰树蕙，在学科建设、人才培养、科学研究以及社会服务等方面取得了令人瞩目的成就，涌现出了一批蜚声海内外的硕学鸿儒，形成了"守正创新、严谨求实、尊重个性、兼容并包"的学术传统和"重基础训练、重理论素质、重学术规范、重人文教养、重社会实践、重能力提高"的人才培养特色，铸就了"扬葩振藻、绣虎雕龙"的学院精神。数十年来，全体师生筚路蓝缕、弦歌不辍，获得中国语言文学一级学科博士授予权，中国语言文学一级学科博士后科研流动站，中国古代文学学科也跻身于国家重点学科；建成"国家文科（中文）基础学科人才培养和科学研究基地"，教育部、国家外国专家局"长安与丝路文化传播学科创新引智基地"，教育部"2019年全国普通高校中华优秀传统文化传承基地""陕西师范大学语言资源开发研究中心""陕西文化资源开发协同创新中心"等多个省部级科学研究平台；汉语言文学专业为教育部特色建设专业、陕西省名牌专业、入选陕西省"一流专业"建设项目，秘书学专业和汉语国际教育专业也入选陕西省"一流专业"培育项目；形成了从本科、硕士、博士到博士后完整的人才培养和科学研究体系，中国语言文学学科走上了稳健、持续发展的道路。

　　2017年，中国语言文学学科被教育部列入"世界一流学科"建设学科，迎来了难得的发展机遇。中国语言文学学科全体师生深知"一流学科"建设不仅是我校中国语言文学学科在新时代开创新局面、取得新成就、达到新高度的关键,更关乎陕西师范大学的整体发展。在学校的正确领导下,各有关部门同心协力,兄弟院校及合作机构鼎力支持,文学院同仁更是呕心沥血、发愤图强,学科建设取得了显著成效。为了及时汇总建设成果,展示学术力量,扩大学术影响,更为了请益于大方之家,与学界同仁加强交流,实现自我提高,我们汇集本学科师生的学术著作(译作)、教材等,策划出版"陕西师范大学中国语言文学世界一流学科建设成果"丛书和"长安与丝路文化研究"丛书,从不同的方面体现我们的研究特色。

　　本书的出版也得到陕西师范大学学科建设处、社会科学处以及有关出版机构的大力支持,在此一并致谢!

　　作为陆路丝绸之路的起点与丝路文化中心城市高校,我们既承载着历史文化的传统与重托,又承担着新时代的使命与责任。作为新时代的中国语言文学学科,既古老又年轻,既传统又现代,包容广博,涵盖古今中外的语言与文学之学。即使是传统的学术学科,也将面向当下命题,始终要融入时代的内涵。用一种人人参与、人人分享的形式,借助于具体可感的学术载体,传播中华优秀传统文化,发扬中华优秀传统文化,彰显中华现代文明,这是新时代人文社会科学工作者的重要使命。"士不可以不弘毅,任重而道远。""一流学科"建设永远在路上,中华优秀文化的发扬光大永远在路上。我们将不忘初心,不辱使命,努力前行!

陕西师范大学文学院院长　张新科
2019 年 10 月 30 日

序　言

本书尝试从比较文学的角度探讨中日古典文学之间的关系史，分析中国古典文学作品在日本的经典化，研究古代日本通过中国文学典籍构建本国文学思想史的过程。呈现在读者面前的这本书稿，是在我近年来课堂讲义的基础上，结合自己东鳞西爪的一些知识和感受整理而成的。本书主要从"文学关系史"的视角切入，以那些在中日之"间"跨界发挥影响的"人物"与"书籍"为纵横轴，借鉴文献学、历史学、艺术史方法，以文学文本和文学人物为"点"，以书籍目录考据为"线"，以中日交流史为"面"，以文学关系史为"体"，期待宏观地描述中日古典文学关系史的学术概念图。

一、探源与借镜

本书所谓"古典时期"的中日文学关系史，主要指从7世纪以来遣隋使、遣唐使开辟的中日文学交流始，至19世纪中期截止的一千多年间的中日文学关系史。以7世纪为起点，是因为在此之前，日本虽然也引进、收藏、阅读、使用了一些汉籍，但其数量、种类都非常有限，并不存在大量汉籍进入日本的情况，而且这些有限的汉籍主要以天文、历法、地理、医药、方术及启蒙读物等实用性书籍为主，因此很难说对中国文学的阅读、接受已经开始。直到7世纪遣隋使、遣唐使出现，中日之间文学交流的通道才真正打开。至于以19世纪中期为终点，则源于西学的进入所引发的东亚传统观念的瓦解和知识世界的转型,在这一过程中,"文学"的概念在内涵和外延上都发生了根本性的变迁。

在对本书所涉的历史时段进行界定之后,我们需要进一步对这一千多年的文学关系史进行分期。勒内·韦勒克(René Wellek)说,文学史是将文学看作一个与时代同时出现的序列而对之做历史的描述。对一般的国别文学史而言,时代区分是"最初的问题也是最后的问题"。之所以说是"最初的问题",是因为这关系到文学史家如何看待这个"与时代同时出现的序列",以及其中折射的世界观、意识形态等问题。而所谓"最后的问题",则是为了对这个序列进行历史描述,就要有无限近似于完美的文学史研究法不可。

国内的中日文学关系史研究,自1980年代至今,积累已经相当丰厚,我在给中文系本科生、研究生开设的"中日古典文学关系"课程中,也陆续援引过诸多前辈学者的研究成果,但其中真正对中日古典文学关系史进行系统性、体系性研究的著作却很少。日本的日中文学关系研究比中国起步早,成果丰硕,但多为断代文学关系史或专题性的文学关系史研究。为了说明这一工作的必要性,我们就需要对国内的中日古典文学关系史研究著作进行综述。

中国的中日文学关系研究始于1930年代周作人的相关文章,但真正意义上的系统研究则始于1980年代,1990年代至今的三十年是深入展开的阶段。[1]1987年,湖南文艺出版社同时出版了严绍璗先生的《中日古代文学关系史稿》[2]和王晓平先生的《近代中日文学交流史稿》,[3]这是国内学界关于中日文学关系最早出版的专门性论著。两书在历史时限上相互衔接,展现了中国学者对中日文学关系史所作的整体性描述与判断。

---

[1] 王向远先生曾对国内学界的中日文学关系史研究进行过综述,详细参考王向远著,陈建华主编《中国外国文学研究的学术历程·第9卷·日本文学研究的学术历程》,重庆出版社,2016年,第277—294页。
[2] 严绍璗《中日古代文学关系史稿》,湖南文艺出版社,1987年。
[3] 王晓平《近代中日文学交流史稿》,湖南文艺出版社,1987年。

《中日古代文学关系史稿》最为显著的特点,是学术思想十分明确并且贯穿全书,通过中日文学关系的研究,提出并论证"日本古代文学是一种'复合形态的变异体文学'"这一结论。该书以文献实证法为主,从文学发生学的立场出发,揭示了中日文学融合的内在动力与基本轨迹,是中日文学关系史研究中当之无愧的开山之作。全书共分为八章,大致以历史时代为序,依次研究中日神话的关联、日本古代短歌中的汉文学形态、日本古代小说与中国文学、白居易与日本中古韵文学、近世日本文学与中国文学、明清俗语文学与日本江户小说等八个专题,提出了许多新鲜的论点。松浦友久先生在为该书修订版作序时称,书名冠以"交流史",说明这是一部通史性的著作,应当说这是格外珍贵的特色。[①]但实际上该书前六章主要探讨的是日本上古至中古时期的文学,关于中世至近世日本文学与中国的关系,则仅有最后两章涉及。也就是说,作者并不试图描绘中日古代文学关系的全部图景,而只是就若干重要问题做了提纲挈领的考察。

这一欠缺在严绍璗、王晓平两位先生合著的《中国文学在日本》[②]一书中得以弥补。作为1990年代出版的"中国文学在国外"系列丛书之一,《中国文学在日本》是国内较早系统介绍中日文学关系的一部著作。该书共有十章,前五章考察古代,后五章论述近现代。古代部分第一章总论中国古代文学东传日本的情况,并按照日本历史的一般分期,分为飞鸟及奈良、平安、五山、江户四个时段,并将这些时段文化传播的方式总结为"人种交流的自然通道""贵族知识分子的传播""禅宗僧侣的传播""商业通道"。其后的第二至第五章则分别以汉文学、"翻案"文学、物语文学、和歌文学为例,考察了中国古代文学东传日本的轨迹。该书主要从作为"接受者"的日本出发,因此在体例上采用了日本文化史、文学史的分期方法,这

---

① 严绍璗《中日古代文学交流史稿》,福建教育出版社,2016年,第7页。
② 严绍璗、王晓平《中国文学在日本》,花城出版社,1990年。

一分期方法对后来中国学界的相关著述体例影响极深。

1990年以后，国内关于中日文学关系研究的专著、译文集、论文集和资料集不断涌现，其中尤以1996年浙江人民出版社推出的《中日文化交流史大系》①为代表，该大系第六卷《文学卷》由严绍璗、中西进主编，章节内容分别由当时中日学界诸多知名学者执笔完成。如严绍璗讨论了中日神话、物语的关系，中西进比较了中日诗歌本体及形态之关系，刘雨珍考察了和歌、俳句在中国的影响，诹访春雄研究了中日古代戏剧文化，王晓平论证了日本近世小说与中国文化的关联，山田敬三概述了中日近代文学之关系。《中日文化交流史大系·文学卷》内容上起神话时代，下迄现代，生动而深刻地展现了中国文学所具有的世界性历史意义，也描述了日本文学自古以来所具有的国际化特征。可以说该大系的出版，将中日文化交流的研究推向了体系化、整体化的新阶段，而中日文学关系的研究也迎来了第一个黄金时代。然而，因为《中日文化交流史大系·文学卷》是以分工合作的形式完成，因此在体例上缺乏一定的整体性，这也是不可避免的。

世纪之交出版的几种中日文学关系著作，逐渐开始注重体例的完整性。如山东大学高文汉教授《中日古代文学比较研究》②一书，是一部涉及中日整个古代文学史且带有通史性质的著作。在导论部分，作者提纲挈领地概述了中日文学交流的历史轨迹，其后按照日本古代文学史的发展将全书分为四章，即大和时代、平安时代、镰仓室町时代、江户时代，每一章下设若干小节。从章节的分布来看，该书的重点显然是在奈良、平安时代。每一章节都会涉及该时段的日本汉文学，以汉文学为圆心进行中日比较，这是该书的特色之一。此外，该书最富有新意的是探讨日本"五山文学"与中国关系的部分，这在此前的相关中文著作中很少涉及，而作者以5万字的篇幅

---

① 严绍璗、中西进主编《中日文化交流史大系·文学卷》，浙江人民出版社，1996年。
② 高文汉《中日古代文学比较研究》，山东教育出版社，1999年。

填补了这一领域的知识空缺。天津外国语大学张晓希教授《中日古典文学比较研究》[1]一书,大体上沿着日本古代文学史的发展脉络分为五章,即上古文学、中古文学、中世文学、近世文学及俳谐研究。该书其实是一部论文集,每一章节专题主要采用平行研究的方法,比如王昌龄和大伴家持边塞诗的比较,小野小町和鱼玄机闺怨诗的比较,《金瓶梅》和《好色一代男》中的商人思想的比较等,提出了一些比较具有启发性的问题。

近年来,王晓平先生又推出了两部大作——《中日文学经典的传播与翻译》和《中外文学交流史·中国—日本卷》,[2]堪称中日文学关系领域内的两部巨著。《中日文学经典的传播与翻译》上下两卷,共分为三编十八章,按专题的形式讨论了中日文学典籍的传播与互译问题,书后并附有《中国文学经典在日本传播与翻译年表》《日本文学典籍在中国传播与翻译年表》等,为后来学者的研究提供了重要参考。《中外文学交流史·中国—日本卷》共十二章,大致按照时间顺序,依专题的形式讨论了上古至19世纪中日之间的文学交流。附录《中日文学交流大事记》以年表的形式,整理了中日文学交流史上的重大事件,这也是本书写作过程中参考的重要资料之一。

综上所述,就目前国内出版的中日古典文学关系史类著作来看,在书写体例和章节分布上,基本都采用专题方式、以点带面地论述问题。在为数不多的几种通史性著作中,基本上采用的都是日本文学史的分期方法,而很少兼顾中国文学史的发展规律。本书正是从这一问题出发,尝试超越中日两国的国别文学史视野,将中日文学关系史本身视为一个自足的体系,对其进行观照。笔者将重点围绕中日古典文学关系史上的基本问题和前沿领域,进行一点尝试。

---

[1] 张晓希等《中日古典文学比较研究》,南开大学出版社,2009年。
[2] 王晓平《中日文学经典的传播与翻译》,中华书局,2014年;王晓平《中外文学交流史·中国—日本卷》,山东教育出版社,2015年。

众所周知,中国文学史的分期问题,一直是学界较大的研究课题。就目前通行的文学史著作而言,对于中国文学史的分期大约有三种意见:

第一种是根据历史朝代的更迭来划分文学史,即按照殷、周、秦、汉、三国、两晋、南北朝、唐、五代、两宋、元、明、清等历史分期法,将文学的发展附着在历史朝代的变革上。这种分期法并非完全没有道理,毕竟文学的发展往往受政治的强烈影响,所以在一定程度上,文学史的分期理应与政治史分期相符。在此基础上,就衍生出了第二种分期法,即按照社会形态的发展,将中国文学史分为奴隶制时代、地方分权的封建时代、中央集权的封建时代、封建制衰弱时代等阶段。这种分类法又往往和日本人撰写的中国文学史类著作结合,采用资本主义进化论的观点,衍生出了古代(至秦止)、中世纪(两汉至唐五代)、近代(宋代至清末)的分期法。

然而,文学艺术本身也具有独自发展的必然性,对此,就出现了以文学艺术本身的发展规律进行区分的立场,即所谓的诗、词、曲、赋、散文、小说等文类的分期之说。这种分期法抱着每个时代各有其特殊的文体的见解,其优点是尊重了文学的独立性,但缺点也很鲜明,毕竟在很多情况下,文类的兴替并不能正确指明文学发展的真正规律,如采用这种分期法而遽下判断,可能会忽视不少事实。日本文学史的分期与上述中国文学史的划分方法大致相同。自1890年三上参次、高津锹三郎编著《日本文学史》[①]形成体例以来,日本学者著史,包括通史和断代史不下数百种。作为一般的分期方法来说,主要按政治史划分,以政权更迭或天皇改号而代称,一般将日本文学史期划分为上古(大和时代,史前至4世纪)、古代(飞鸟、奈良时代,4世纪至公元794年)、中古(平安时代,公元794—1191年)、中世(镰仓、室町时代,公元1191—1603年)、近世(江户时

---

① 三上参次、高津锹三郎《日本文学史》,金港堂,1890年。

代,公元1603—1867年)、近现代(明治、大正、昭和时代以后,公元1867年至今)等。虽然这种编年史的分类法经常被诟病完全参照社会政治史分期,对文学主体的自主性因素关注不够,但贵在脉络清晰。

本书想站在这样一种立场对中日古典文学关系史进行分期,即以古代中日两国之间是否存在正式的外交关系,考察其间人物的往来和书籍的传播、接受。具体而言,当中日之间存在正式外交关系时,如中国的隋唐时代和明代,日本向中国派遣使者积极主动摄取中国文化,在这种"公"的外交时代,既会产生诸多外交诗文的官方文本,如日本使者与中国官吏文人的唱和诗等,也会因日本政府的求书、中国政府的赠书而促生大量中国文学典籍涌入日本。但这一时期的中日文学关系,实际上是以中国文学典籍在日本的传播、阅读为主。相反,当中日之间不存在正式外交关系时,如中国的宋元时代和清代,则由民间的海商或僧侣构成文化传播的主体,日本吸收中国文化的方式相对被动,在这种"私"的外交时代,日本知识人只能有限地接受中国文学典籍,但这一时代的中日文学关系,反而以中国文学典籍在日本的深度接受为主。

本书的写作目的绝不是要建构一种"宏大叙事",但这种写作命题又决定了必须对中日古典文学关系史进行整体评价和描述,因此笔者只能在写作过程中一面谨慎保持着对微观的、小场景的理性,一面尝试从"文学关系史"的整体判断出发,将中日古典文学分为四个时期讨论:

第一时期——7世纪至10世纪中期,中国正值唐五代(公元618—960年),日本则经历了奈良时代(公元710—794年)与平安时代前期(公元794—930年)。这一时期中日之间以官方交流为主,尤其是随着公元630年至公元894年间遣唐使的频繁往来,中国隋唐及以前的文学书籍大量流入日本,由是催生了中日文学交流的第一个高峰。从日本历史来看,平安时代应是从公元794年桓武天皇迁都平安京开始,到公元1192年源赖朝建立镰仓幕府为止。但从文学史的发展来看,从公元794年至醍醐天皇延长八年(930年)的一个半世纪,是日本汉文学兴盛的第一个时代,之后在"国风文化"兴盛的时代思潮中,汉文学逐渐走向衰落,和文学则迎来了第一个高峰期。因此中日文学关系史第一期的时间下限是10世纪中期。

第二时期——10世纪后期至14世纪中叶,大致相当于中国宋代(公元960—1279年)、元代(公元1205—1367年),日本的平安朝后期(公元931—1191年)、镰仓时期(公元1192—1334年)与南北朝时期(公元1335—1392年)。这一时期前半期是平安朝汉文学的衰退期,后半期则是五山汉文学的萌芽期、发生期。这一时期中日之间虽然没有建立正式外交关系,但宋日贸易的繁荣仍然保证了大量宋元版书籍流入日本。及至元代初期,忽必烈发动的两次东征——日本人称之为"蒙古袭来",对日本人的中国观及神国思想都产生了极大的影响。元代中后期,元朝禅僧一山一宁等为了修复中日之间的政治关系渡日,从而影响了大批日本禅僧入元求法,宋元禅宗文化由是东渐,五山文学也因此萌芽。

第三时期——14世纪后期至17世纪中期,中国进入明代(公元1368—1645年),日本则经历了室町时期(公元1336—1573年)与安土桃山时期(公元1573—1603年)。这一时期中日官方之间再次建立外交关系,出现了大批的"遣明使"。但与遣唐使主要是以输入中国文化为目的不同,遣明使团的主要目的是与中国进行"勘合贸易",也就是以经济利益为主。另外,遣明使团的主体是五山僧侣,他们除了到达明朝的都城燕京之外,主要活动在中国江南及福建一带,因此江南文化在这一时期对日本产生了很大的影响。流入的中国书籍也多来自江南、福建地区。

第四时期——17世纪后期至19世纪中叶,这一时期大致相当于中国从清人入关到鸦片战争开始(公元1644—1840年),而日本则主要是从江户幕府建立(1603年)到明治维新(1868年)。在这个时期,日本基本上处于锁国状态。日本人被严禁出海,赴日的外国人也仅限于中国、荷兰两国,且只被允许在长崎港进行贸易。清朝商人将大量的明清文学书籍作为贸易品输入日本,明清小说、戏曲开始大量传入,对于江户都市文学之发达影响极大。

二、两个轴心:人物交流与书籍之路

本书将沿着上述四个时期的线索展开。每一时段分别围绕"人物"与"书籍"的交流,根据内容分为四讲。考虑到文学的传播从来都不只是文学本身之事,而是以中国与周边诸民族的地缘政治关系为背景产生,因此本书采取的视角,是将中国文学放在东亚区域文学的框架内,通过关注文学人物、书籍、制度、思想的跨边界流动,探讨较长时段中的文学关系变迁。

所谓"文学人物",是指一定时期内在中日文学关系中发挥了重要影响的人,这些人物基本都有过海外游历的体验,而且在文学创作上影响广泛,或在文学理论的构建上成果卓越。之所以将中日文学关系中的人物作为一个话题提出来,是因为比起通过传入的典籍接受他国文学影响来说,那些有过踏足异域经验的先行者,能更早、更迅速地接触他国的文学潮流,并以自己的才思对其作出反应。另外,在中日关系史、文化交流史等领域,关于跨国人物的研究成果可谓丰硕,比如上述的《中日文化交流史大系》就专门设有《人物卷》,但在实际的中日文学关系史研究中,那些留下许多优秀文学作品、理论著作的文学人物,却很少被独立出来进行研究。

基于上述理由,本书将在每一部分的第一讲介绍在该历史时段跨海来往的那些文学人物,采用重点描述与群体描述相结合的方法,选取能够代表历史特征的人物群体加以介绍,并从中撷取一些关键性的人物,通过专门章节的考述,强调他们作为文学传播者、创作者的贡献。从整体上来看，在中日古典文学交流史上，作为文学传播主体的人，既有中国人，也有日本人，以到中国的日本人居多。就身份而论，主要有公使、僧侣、商人、遗民等。

在中日古典文学关系中，以公使身份往来东亚海域的，主要发生在两个时期：其一是在公元630年（唐贞观四年、日本舒明天皇二年）至894年（唐昭宗乾宁元年、日本宽平六年），日本朝廷向唐朝派遣的遣唐使。其二是从公元1401年开始（明建文三年、日本应永八年）至1547年（明嘉靖二十六年、日本天文十六年）为止，日本室町幕府向明朝派遣的遣明使。其中，遣唐使在历时两千年的中日交流史中贡献最突出、影响最大。

僧侣是中日古典文学关系中人数最多、贡献也最大的群体。在上述的遣唐使、遣明使团中，本来就包含有大量汉文学修养极高的僧侣，遣唐使团中有大量求法巡礼的僧人，日本称他们为"留学僧"或"学问僧"。他们到达唐朝之后，目的十分明确，那就是最大限度地吸取唐朝文化，千方百计收集各种有助于日本发展的书籍、器物、技术和艺术制品。为此，他们活跃于唐朝各地，与各阶层的唐人广泛交游。在遣明使团中，见于记载的入明日僧多达110余人。其中明永乐年间（公元1403—1424年）以前入明者约30人，大多为求法学禅兼学诗文而留明时间较长、造诣甚高的名僧，如曾蒙明太祖召见的绝海中津、汝霖良佐等。永乐以后入明僧人则全为奉命来华的使者，且为每次遣明使团之骨干，遣明使团的正副使一般都是由有名的五山僧侣来担任，其重要性由此可见一斑。

而在中日之间没有正式外交关系的宋元时期、清代中前期，僧侣依然活跃于东亚海域。可以说，在整个东亚交流史上，僧侣几乎是唯一一个不受外交关系绝对限制的群体，因此在中日文学交流中发挥了重要的作用。仅就南宋时期而言，到达中国的有姓名可考的日本僧侣约有三十多人，如叡山觉阿、大日能忍、明庵荣西、永平道元、东福圆尔、天佑思顺、无本觉心、性才法心、妙见道佑、了然法明、南浦绍明,等等。到了元代,中日僧侣的往来不亚于宋代,随着禅宗影响日盛,交流异常活跃。入元诗僧据姓名可考察的有,可庵圆慧、天岸慧广、嵩山居中、月山友桂、可翁宗然、龙山德见、远溪祖雄、足庵祖麟、大朴玄素、雪村友梅、满翁明道、别源圆旨、无隐元晦、顶云灵峰、中岩圆月,等等。另外,从元朝赴日的诗僧,著名的有无学祖元、镜堂觉圆、不昧一真、一山一宁、西涧士昙、石梁仁恭、东里弘会、东明慧日、灵山道隐、清拙正澄,等等。

有清一代,日本基本上都处于"锁国"的状态,仅开放长崎一港与中国、荷兰进行贸易。但黄檗宗僧人依然通过长崎港,将中国文化传入日本,其中最为著名的就是黄檗隐元(1592—1673)。隐元于清顺治十一年(1654)渡海到日本,在此之前,因隐元《语录》的东渐,他在日本长崎的僧人中已颇为有名。隐元自 1654 年到日本至 1673 年圆寂为止,在其传禅的十九年间,无论讲经说法、奉赠法语、题写像赞、书写偈语,都扩大了新形成的黄檗宗的影响,给江户时代已经日渐衰微的禅宗注入了新的生命。同时,也为日本带来了最新的中国文化。

所谓的"书籍"交流,来自王勇先生提出的中日"书籍之路"概念及其系列重要研究成果的启示。王勇先生在《中日"书籍之路"研究》中提出:

> 如果说丝绸是中华物质文明的象征,那么书籍则凝聚着更多的中华文明的精神创意,因而具有强大的再生机能,可以超越时空惠及后代。遣隋唐使携归的书籍,经过传抄、翻刻而流布世间,再经阐释、翻译而深入人心,对日本文化的发展产生不可估量的巨大影响。①

---

① 王勇《中日"书籍之路"研究》,北京图书馆出版社,2003 年,第 11 页。关于"书籍之路",还可参考王勇《书籍之路与文化交流》,上海辞书出版社,2009 年;王勇《东亚坐标中的书籍之路研究》,中国书籍出版社,2013 年。

中国汉籍通过种种途径传入域外后,迅速以传抄、翻刻的形式流播。而中国汉籍对域外文化产生真正的影响,则主要见诸大量注疏本、"翻案本"的出现。探索中国汉籍在域外尤其是日本的延伸与影响,在20世纪末已呈方兴未艾之势。如严绍璗《汉籍在日本的流布研究》《日本藏汉籍珍本追踪纪实》《日藏汉籍善本书录》等著作[1],运用文献学方法,探讨中国文献典籍流向日本的轨迹与形式,研究日本对汉籍的保存与吸收,为这一领域的研究奠定了坚实的基础。

"域外汉籍"概念的界定及研究方法的提出,更是为这一领域迅速成为新兴显学而奠定了基础。诚如张伯伟先生指出,域外汉籍既是古典学重建过程中不可或缺的材料,其本身也应该成为古典学研究的对象,因为:

> 域外汉籍的价值就不只是中国典籍的域外延伸,不只是本土文化在域外的局部性呈现,不只是"吾国之旧籍"的补充增益。它们是汉文化之林的独特品种,是作为中国文化的对话者、比较者和批判者的"异域之眼"。[2]

本书从上述学者的诸种著述中受益良多,但为了论题的集中,只能摘选其中与文学关系密切的一些文献,主要包括文学总集、别集、诗文评、文言小说、白话小说等。每一章都会专设一节,概述这一时段内中国文学作品的整体传播与接受情况,之后会分节讨论一些重点作家和作品。

本书中的"书籍交流",主要关注中国古典文学著作,讲述这些文学书籍传入日本的时间、途径、翻刻、保存、阅读以及被接受的故

---

[1] 严绍璗《汉籍在日本的流布研究》,江苏古籍出版社,1992年;严绍璗《日本藏汉籍珍本追踪纪实》,上海古籍出版社,2005年;严绍璗《日藏汉籍善本书录》,中华书局,2007年。
[2] 张伯伟《域外汉籍研究入门》,复旦大学出版社,2012年,第20页。

事。需要注意的是,因为中国文学在日本的接受往往存在百年以上的滞后期——比如宋代文学在日本的接受时间,实际上相当于中国明代,而明代文学在日本真正发生影响,实际上已经相当于中国清代。本书将以这些中国文学作品产生的实际时间安排章节,而不是以日本接受的时间,这是需要特别说明的。

三、流动的文本与跨媒介接受

我将对文本细节的精读、考证列为本书的写作宗旨和创新之处,也许会引起不少质疑。这主要是考虑到文学教育本身,就是要注重培养学生对文学文本进行独到鉴赏和审美的能力。黄侃先生语录云:"汉学之所以可畏者,在不放松一字。"[1]这也是我多年授课之"真经"。因此,如何引导学生重视文本,始终是我关心的话题之一。为了达成这一目标,我主要从如下方面推进。

第一,尽可能地拓展资料范围,除了普通的传世文献之外,对边缘文献如类书、蒙书、目录、进账表等原始文献也进行整理使用,在此基础上提出研究的种种可能性。虽然这一点已是基本的学术规范,并没有特别值得一提的地方,但我在本书中通过使用大量的一手文献,对这些作品进行了个人化的解读。尽管这些解读可能也会被指责有点儿旁行斜出,但无疑是我想尝试、并努力传递给学生的一个重要方面。

比如本书第三讲关于平安朝的《史记》竟宴诗,这些诗歌在国内几乎没有过介绍与研究,我对这些诗歌资料进行了基础整理之后,对每一首诗的典故和主题都进行了解读,继而发现了这些诗歌与平安朝"文章经国"思想之间的联系。第八讲关于苏东坡与日本五山文学的问题,就使用了大量的"汉籍抄物"文献。所谓"抄物",是指

---

[1] 张晖编《量守庐学记续编:黄侃的生平和学术》,生活·读书·新知三联书店,2006年,第4页。

日本室町时代(公元1336—1573年)大量诞生的一种对中国典籍、佛典和日本古典进行注释的学术文献,"汉籍抄物"专指抄物体系中以中国典籍为对象的注释类文献,涵盖经、史、子、集四部,其中"集部类"抄物凝缩了日本室町时代知识阶层研究中国文学的主要成果,是早期海外汉学研究的思想宝库,但迄今文献整理数量有限,且解读不易,在国内外学界一直是研究进展最缓慢的领域。近年来,国内外学界通过对东坡诗抄《四河入海》的探讨,提出并解决了国内宋元文学研究中的诸多前沿问题,本书努力将这些前沿成果吸收进来,期待能够给中文系的学生提供一种域外视角。

第二,对于既往中日比较文学研究著述、论文中经常提到的一些文学人物,如白居易、苏东坡、李渔、空海、雪村友梅、绝海中津、陈元赟等,以及文学作品《白氏文集》《唐诗选》《剪灯新话》《水浒传》《聊斋志异》等,我会在先行研究的基础上,尽可能地让自己的讲述与解读有所创新。关于文学人物研究的创新,主要是提出一些新问题,并用新材料去证明之。如关于《白氏文集》与平安朝文学的研究,在中日学界可谓汗牛充栋,本书提出,白居易"三月尽"诗语,对于平安朝文学及其岁时文化产生了重要的影响,并通过大量汉诗和歌佐证,这对既往研究可谓是一个小小的补充。

至于对上述文学作品在日本接受问题的创新,则主要是从具体的文学篇目出发,而不是对一部典籍整体进行讨论,往往能发现一些新问题。比如关于《剪灯新话》在东亚的"翻案"与化用,先行研究大多是从《剪灯新话》哪些篇目被日本化用的总体性整理出发,讨论其对日本文学的影响,以及日本对其内容的改写与演绎。即使有讨论《剪灯新话》单篇的影响者,也多关注的是《牡丹灯记》之类的名篇。本书通过对日本化用《剪灯新话》的诸多文本的整理,发现中国的"龙宫"故事影响极深,因此选择了《剪灯新话》中的《水宫庆会录》一篇,考察了中国的"龙宫"观念对日本的影响。再如《聊斋志异》,本书也仅仅选择了对日本近现代文学影响最深的《竹青》一篇,讨论了几位日本作家对蒲松龄所代表的中国志怪文学的理解。此外,本书还关注了《聊斋志异》中《偷桃》《促织》篇,对日本近现代儿童文学的影响。当然,上述的讨论都始终贯彻着文本中心主义的原则,因此经常会出现大段的原始引文,在未进行特别说明的情况下,都是笔者自译。因本人能力有限,不足之处还望方家斧正。

第三,也是本书最为重要的一种方法论,即重点关注了中国古典文学在日本的跨媒介接受。之所以强调跨媒介的接受,是因为在古典时期,没有现代意义上的学科界限,不仅文学、历史、儒学等边界模糊,甚至插花、茶道、绘画等艺术领域也不断流动。这就导致了许多中国文学书籍传入日本之后,并非只为文学作品所化用,甚至很多中国诗人最初被发现,都不是在文学领域。比如本书第十五讲谈到的李渔,最初就是被文人画家发现,将其诗文绘制成《十便十宜图》之后,李渔的传奇、小说才开始被江户作家发现并化用。

尤其需要强调的是,绘画是日本人接受中国文学的一种重要方式,因此本书也重点关注了中国文学在日本的图像化问题。如第四讲《长恨歌》在日本的图像化,以及第八讲苏东坡诗文在日本的图像化,就选取了《翰林五凤集》这本江户初期的敕撰汉诗集为对象,对其中涉及东坡肖像描写的诗文逐句进行细读,从一个侧面阐释了苏东坡在江户日本文艺中的形象学问题。第十讲《唐诗选》在日本的图像化,选取了在国内学界鲜有关注的《唐诗选画本》。第十二讲《水浒传》在日本的图像化,将按成书时间介绍日本重要的《水浒传》绘本及其特色,同时配以插图,考察其语图叙事的特征。

为了更形象地阐述中国文学在日本的图像化问题,本书也会在相关章节插入一些重要图片,这些图片也都会按照学术规范标注出处。本书所引日本文献,凡原文为汉文体的,均由笔者按照国内行文规范加以分段标点。凡原文为假名文体的,除了特别注释以外,皆为笔者翻译,这是需要补充说明的。

最后,补充说明一下本书的写作宗旨、特色或曰创新之处。

第一,借鉴历史学上的"关系史""交流史"研究方法,对中日古典文学关系史进行历史分期和整体考察,在继承国别文学史研究成果的基础上,又要突破其固有写法的束缚,力图在中日文学史之"间",描摹出一种"中间性"的文学关系史概念图。

第二,在不同的历史分期内,以文学"人物"和"书籍"的交流往来为纵横轴线,注重"点"与"面"的结合,重点关注那些实际往来于中日之间的历史人物的文学书写,打捞历史深处那些被精英与经典写作模式"遗忘"或被认为不够资格进入文学史系谱的作家作品。探讨不同时期内在域外获得经典化的文学作品传播的路线及接受的过程,尝试总结出每一时段内中日文学关系史的基本特征。

第三,在对中日之间的文学"人物"和"书籍"关系史进行探讨的过程中,始终强调对"文学"本身的研究,尤其注重对文学文本的细读、鉴赏、批评和美学评价,因为"文学是一个与时代同时出现的秩序"。具体而言,本书既要借鉴西方的文学批评方法,对具体文本的话语表达、叙述、意象、结构、功能等进行美学赏析,也会注重中国传统的"诗文评""文苑传"方式的渗透,引导学生主动参与文本阐释。

因为这本书最初的写作方向不是一本严格意义上的研究著作,而是为了适应提供知识和历史认知这一教学目的,我的研究生刘佳琪、米思雪、樊一泽、胡淑瑜、卓鹏程等同学,为本书的写作和校订提供了许多帮助,在此一并感谢。另外,这本书涉及了很多历史学、文献学的领域,对这些领域的学者而言,本书的介绍可能有些常识化,所以我会尽可能地摘取国际上较为前沿的研究成果,融入自己的理解和观点。大学里职业化的学术研究,往往需要我们针对具体而细微的问题进行深入挖掘,教学则逼迫研究者从自己相对熟悉的领域中走出来,为更宽广的时空脉络提供解释,教会学生如何批判性地理解过去,如何将思考的方法应用到现实问题上。而拓宽视野、进入陌生领域,又在某种程度上促使研究者不断挑战新问题,发现新的意义,所谓的"教学相长",大概就在于此。当然,关于中日古典文学关系史的讨论,将会一直是进行时而非完成时,所以本书提供的更多是一些思考的可能,期待各位读者的批评、指正与补充。

体例说明:

本书在编辑出版时,为规范统一体例,对日语文献出处进行了汉译,如含有假名或与规范繁简字均不相同的日汉字,则在首次出现时予以括注,以便查考。

第一时期

遣唐使的往来与隋唐以前文学的影响

7—10世纪是中国文学真正深度影响日本的第一个时期。此时中国正值唐、五代（公元618—960年），日本则从飞鸟时代中后期（公元630—708年），经奈良朝（公元710—794年）至平安朝前期（公元794—930年）。这一时期中日之间因为遣唐使（公元630—894年）的频繁往来，文学交流也迎来了第一个高峰期。遣唐使将中国隋唐及之前的文学典籍大量传入日本，随着古代日本知识阶层对中国六朝及隋唐文学的阅读与接受，催生了日本平安朝文学的繁荣。

第一讲　开端:遣唐使的海上"文"路

日本古代文学的内在成熟与遣唐使的派遣密切相关。遣唐使与日本文学的关系,是在作为文化媒介传播者、文学创作者、文学题材和表现对象三个层面上体现出来的。首先,历尽劫波的遣唐使作为文化媒介的传播者,将大量中国经史典籍、仪礼制度、历法习俗输入日本,促使日本在奈良朝完成了向律令制国家的转换,并确立了汉字的主导地位,出现了《古事记》《日本书纪》等用汉文记载的史书。其次,遣唐使作为文学作品的创造者,在唐土的生活体验和文化浸润,使其汉诗在诗歌形式、题材、内容等方面,比同时代未到达唐土,仅靠借鉴、模仿输入汉籍创作的诗人要丰富多样。其三,遣唐使作为日本文学惯有的题材,在《万叶集》的"送别主题"和歌中,在说话、物语的"海外想象"和"漂流遇难"主题中,都是被反复诉说与表现的对象。

一、遣唐使的文学

日本自舒明天皇二年(630)第一次遣使入唐,至宽平六年(894)废止遣唐使制度,先后共任命遣唐使十九次。[①]在这二百六十

[①] 关于遣唐使派遣次数的问题,中日学界历来众说纷纭。分别有 20 次说(东野治之、王勇)、19 次说(森公章、岑仲勉、迟步洲)、18 次说(森克己、吕思勉)、16 次说(刘淑梅)、14 次说(郭沫若)、13 次说(范文澜)等,本文主要参考森公章著作,故采用 19 次说。需要说明的是,其中三次(公元 665、667、762 年)为送唐朝使节回国派遣的"送唐客使",且公元 667 年的遣唐使仅达朝鲜半岛的百济,未及唐都;一次为迎接遣唐使藤原清河回国而派遣的"迎遣唐使"(公元 752 年);还有两次任命(公元 761、762 年)因终止而未能成行。因此,严格意义上的遣唐使仅有十三次。

四年的遣使入唐活动中,随着中日两国政治、经济、文化诸多方面的变化,其入唐目的和任务也随之改变。概而言之,可分为初期、最盛期、末期三段。①初期从舒明二年(630)至天智八年(669),派遣目的主要是围绕着"打探唐朝虚实、朝鲜半岛局势和学习唐朝先进制度文化"三个方面展开,②使者身份也多为政治家、军人或职业外交官。这一时期遣唐使创作的文学,《万叶集》中并未见任何记载,仅有《怀风藻》收录留学僧释智藏汉诗《玩花莺》《秋日言志》两首。据《怀风藻》附释智藏传记可知,智藏于天智天皇时期(公元668—671年)遣学唐国,于天武天皇十二年(683)左右返回日本。作为日本早期著名诗僧,智藏博通内外的学识及修养,对日本后世汉诗创作的影响极其重要。

最盛期从大宝二年(702)至天平宝字三年(759),这一时期是日本全面学习唐朝制度文化的时期。公元663年爆发的白江口战役中,唐朝水师彻底击垮日军,以此为转折点,日本放弃了与唐朝在朝鲜半岛争夺利益的野心,转而全面师从唐朝。大批具有汉学修养的留学生和学问僧入唐,广泛收集各类经史典籍,泛海而还。日本引入唐朝制度文化推行改革,建立"律令制"国家,并模仿唐长安城的都市规划营造平城京,从而迎来了日本文化史上"唐风文化"的时代。这一时期无论是从使者的派遣规模和人员构成来看,还是从日本吸收唐文化的热情和成果来说,都可视为整个遣唐使交流史上的最盛期,遣唐使的诗文创作也正是在这一时期达到高峰。

关于最盛期遣唐使的文学创作情况,有必要按时间顺序简单论述。首先是大宝二年(702)以粟田真人为执节使的第七次遣唐使。

---

① 关于遣唐使的分期,中日学界观点依然不一致。有两分法(江上波夫)、三分法(森克己、藤家礼之助)、四分法(木宫泰彦、中村新太郎、迟步洲),各期的具体划分也不尽相同。笔者采用为最大多数采信的三分法。
② 韩昇《遣唐使和学问僧》,中华书局,2010年,第21页。

这批使者六月从筑紫出发,于同年十月到达唐都长安。尽管第七次遣唐使的规模未必如日后那么庞大,但从其人员构成上来说,身份极高者较多。另外,著名的万叶诗人山上忆良任少录,《怀风藻》诗人释道慈、释辨正、伊支古麻吕皆在其内。使节成员由前期的武将和外交官,变为专业技术学者和文人居多。

这批使者中最为著名者当数山上忆良(660—733)。在长安度过两年留学岁月的忆良,在唐时曾作和歌《山上忆良在唐时,忆本乡作歌》一首,收录于《万叶集》。这首和歌也是整部《万叶集》中唯一一首作于唐都长安的和歌,因此具有极重要的史料价值。中西进指出,大器晚成的歌人山上忆良,其活跃于歌坛的时期是在日本迁都奈良之后,也即"万叶第三期",而从忆良和歌迥异于万叶歌人的独特性表现来看,孕育歌人忆良文学修养的先决条件,正是他曾往返唐土的异域体验。[①]

其次是养老元年(717)以多治比县守为押使、大伴山守为大使的第八次遣唐使。这批使者不仅有号称奈良朝"翰墨之宗"的藤原宇合(694—737)为副使,养老律令的编纂者大和长冈(689—769)也在其列,更有赫赫有名的留学生吉备真备(695—775)和阿倍仲麻吕(698—770)随行。史料记载,这批遣唐使曾请求儒士传授经书,玄宗破例让四门助教赵玄默到鸿胪寺教授。这对于遣唐使的汉学修养无疑具有重要的影响。就藤原宇合一人的文学创作来看,《怀风藻》中收录其汉诗六首,是整部《怀风藻》中收录作品数最多的诗人。《万叶集》中存其和歌六首,《经国集》收《枣赋》一首,更有失传《家集》两卷,这些都足以证明藤原宇合作为奈良朝一流文人的实力。

吉备真备是奈良政坛举足轻重的人物。他分别于养老元年(717)、天平胜宝四年(752)两次入唐。在长安期间,研读经史、涉

---

① 中西进《山上忆良》,河出书房新社,1973年,第255—260页。

猎诸般艺能,并在回日本时带入了数目浩瀚的经史典籍。遗憾的是,吉备真备并没有文学作品留存下来,仅有晚年模仿《颜氏家训》所著"教训书"《私教类聚》,是一部以劝学、宣扬儒佛一体思想为主,并鼓励发展卜筮、医学、书算等实用学问的著作。与吉备同期入唐的阿倍仲麻吕,是中国史书上最有名的遣唐使之一。仲麻吕不仅入唐朝国子监太学参加科举,更在唐朝出仕。仲麻吕和唐代著名诗人名士,如李白、王维、储光羲、赵骅、包佶等人都有密切交往。《古今集》卷九羁旅歌所收"天之原"和歌,据说是羁旅唐土多年的阿倍仲麻吕,随日本使节团一起回归日本时,在明州海岸边所咏。

末期遣唐使从光仁天皇宝龟八年(777)到仁明天皇承和五年(838),这一时期唐朝因安史之乱的爆发,北方陷入混乱,唐朝国力日益衰微。遣唐使到达长安之后,行动受到限制,兼之九世纪中叶发生的"武宗灭佛"事件,留学僧侣被迫还俗中断修行,遣唐使们的入唐兴致极度受挫。终于导致九世纪后期,菅原道真(845—903)一纸上书,日本废止了绵延近三个世纪的遣唐使制度。末期遣唐使中,最值得称道的是延历二十三年(804)的第十八次遣唐使,这次使团由大使藤原葛野,副使石川道益,判官菅原清公(以上三人均为名列汉诗集《敕撰三集》的诗人、要员)、高阶远成,学问僧空海、最澄及留学生橘逸势等组成,一行共乘海船四艘入唐。

最澄归国之际,以台州司马吴顗等为首的唐朝官员、僧人纷纷作诗送行,这批诗文保存在江户汉学家伊藤松编纂的《邻交征书》中。吴顗为《送最澄上人还日本国》组诗作序云:

> 日本沙门最澄,宿植善根。早知幻影,处世界而不着,等虚空而不凝。于有为而证无为,在烦恼而得解脱。闻中国故大师智𫖮传如来心印于天台山,遂赍黄金涉巨海,不惮滔天之骇浪,不怖映日之惊鳌。……三月初告,迟方景浓,配新茗以饯行,对春风以送远。

台州临县令毛涣作诗云：

> 万里求文教，王春怆别离。未传不住相，归集祖行诗。举笔论蕃意，焚香问汉仪。莫言沧海阔，杯度自应知。①

此外写送别诗的还有台州录事参军孟孔、乡贡进士崔暮、广文馆进士全济时、前国子监明经林晕、天台弟子许兰、天台僧幻梦等，共九首，由此可知最澄在台州的文化交流与影响。

与最澄同期入唐的菅原清公，是这批遣唐使中的重要文人之一。《凌云集》载有清公在汴州上源驿站附近作的诗歌："云霞未辞旧，梅柳忽逢春。不分琼瑶屑，来沾旅客巾。"这首诗将雪比喻为白梅、柳絮、琼瑶屑等意象，虽然是六朝以来传统诗歌的风格，但是全诗语言通俗易懂，与唐诗风格极为接近，因此恐怕是在与唐代长安文人的唱和所作。②据传，在唐朝的元日朝贺仪式上，菅原清公与大使一同觐见颇有文章盛名的德宗皇帝，皇帝特别说"得蒙顾眄"，大概可视为对其文采的嘉奖。菅原清公归日本之后，文名日盛，与其他位居高位的文人官僚一样，曾奉和嵯峨天皇的御制诗。③《经国集》载有清公《啸赋》，继承六朝以来传统音乐赋的写法，一举而成为日本文学史的名文。关于《啸赋》的创作动机，有学者指出，应源于清公在唐都长安见唐人吹箫场景所感。日本的赏月习俗也是从菅家开始，这大概同样是基于菅原清公在唐时见闻。清公在长安所见各种新奇文物、事物、风俗及节日活动的经历，在归国后辅佐嵯峨

---

① 伊藤松辑《邻交征书》初篇第2册(伊藤松辑《隣交徴書・初篇2》)，学本堂，1838年，第4a—6a页。
② 波户冈旭《遣唐使的文学》(波戸岡旭《遣唐使人の文学》)，《东亚古代文化》(《東アジアの古代文化》)2005年第123号，第95—109页。
③ 后藤昭雄《〈敕撰三集〉与入唐僧的文学》(後藤昭雄《勅撰三集と入唐僧の文学》)，载《国文学：解释与教材研究》(《国文学：解釈と教材の研究》)1981年12月第26期，第42—49页。

天皇执政时,产生了重要影响。弘仁九年(818)三月,嵯峨天皇曾数次下诏,将宫廷仪式、礼法、官服及建筑物名称全部唐风化。在改革立法之际,嵯峨天皇特别尊重菅原清公的意见。

最后要关注的是承和三年(836)七月任命、辗转至承和五年(838)六月出发,以藤原常嗣(796—840)为大使的第十九次遣唐使,实际上这也是最后一次派出使者。慈觉大师圆仁(794—864)正是随这批使者入唐的。圆仁在中国度过了近十年的请益僧生活,其用汉文写成的日记体行记《入唐求法巡礼行记》,被誉为"东洋学界的至宝"。圆仁日记非逐日记录,但按日分则,共595则,现分为四卷。详述其亲历唐文宗、武宗、宣宗三代,地域广及中国七省二十州六十余县的见闻。圆仁于公元840年八月二十日抵达长安,并于公元845年五月十六日从长安出发,辗转回日本。圆仁在长安学习与生活共四年又十个月,这几乎占他入唐时间的一半左右,可惜在《行记》中所记只占全书五分之一的分量。但圆仁笔下的长安,却是唐朝政治变动与民众生活的重要舞台。圆仁在长安后期,又赶上了唐武宗的"会昌排佛",他是亲历者,也是受害者,圆仁从僧侣立场对唐武宗及其排佛行为大肆攻击,后以假还俗为代价逃出长安。《全唐诗》中载有唐僧栖白赠圆仁的诗《送圆仁三藏归本国》:

> 家山临晚日,海路信归桡。
> 树灭浑无岸,风生只有潮。
> 岁穷程未尽,天末国仍遥。
> 已入闽王梦,香花境外邀。①

另外值得一提的是,与圆仁日记同样珍贵的圆珍(814—891)《行历抄》。圆珍于文德天皇仁寿三年(唐宣宗大中七年,公元853

---

① 《全唐诗》下,上海古籍出版社,1995年,第2018页。

年）七月，随新罗商船入唐。唐大中九年（855）五月二十一日到达长安，七月一日入居青龙寺。同年十一月二十七日离开长安。圆珍在唐所写日记，编为《在唐巡礼记》（又名《入唐记》），今不传，有后人从中录出重点日记作《行历抄》一卷行世。如果《在唐巡礼记》全书俱在，其价值应不会在圆仁《行记》之下，现存《行历抄》节本，似是节录者唯自己所需而节录，导致前后很不连贯。

在上述较为著名的遣唐使人的文学之外，著名文人尚有粟田真人、多治比广成、朝野鹿取、藤原常嗣、菅原善主等，而留学生中享有盛名者如丹福成、橘逸势等。遣唐使们以自己在唐国的见闻，充实了自己的文学表现，在尝试用新文学形式创作的同时，也引领了7至9世纪日本宫廷文学的动向。总体来看，遣唐使群体因肩负国家使命和外交任务，其汉诗文中充满着激昂的理想与抱负；但遣唐使者又不得不忍受海路死亡的威胁，其诗文中难免流露对命运的悲叹和对神灵的信仰。待九死一生越海入唐，在繁华的异域之都长安，又忍不住因思乡之情而悲叹忧愁。正是在这种种纠结的情感中，遣唐使人在吟咏送别、友情、乡思的同时，创造了一种跨越、交融的文学空间。

二、吾子大唐行：《万叶集》中的遣唐使歌

从舒明二年（630）第一次派遣遣唐使，到天平宝字三年（759）第十二次的一百多年间，大致相当于《万叶集》产生的时代。实际上只有第七、八、九、十次遣唐使，与《万叶集》相关。《万叶集》歌人中曾踏入长安的遣唐使约有九位，分别是第七次（公元702年）的山上忆良、三野冈麻吕；第八次（公元717年）多治比县守、藤原宇合；第九次（公元733年）多治比广成、秦朝元；第十次（公元752年）藤原清河、大伴古麻吕、布势人主。相关和歌共计二十二首。

山上忆良随大宝二年（702）遣唐使团入唐，他当时的职务是

"少录",这是个小官。忆良在庆云四年(707)回到日本,入唐的经历使得他跻身下级贵族之列,并成为东宫的侍讲人之一。这样的经历,意味着山上忆良是以汉文立身的。他明显受到儒、佛思想的影响,其作品在《万叶集》中独放异彩,如这首《令反惑情歌一首并序》:

> 或有人,知敬父母,忘于侍养;不顾妻子,轻于脱履。自称畏俗先生,意气虽扬青云之上,身体犹在尘俗之中。未验修行得道之圣,盖是亡命山泽之民。所以指示三纲,更开五教,遗之以歌,令反其惑。
>
> 歌曰:
>
> 尊敬汝父母,惠爱汝妻子。悠悠人世间,此乃大道理。拘泥在蕃篱,不知越常轨。或有出家人,弃家如脱履。是否木石生,汝名应可耻。汝若去天空,天空任飞翔。汝若居地上,地上有大王。日月照临下,天云垂四方。虾蟆游谷底,周延及遐荒。遍行此国中,即使到边疆。岂可任意为,处处有纲常。
>
> 反歌曰:
>
> 天高道路远,人世非蓬莱。不若还家去,安居乐业哉。①

序文部分引用了"三纲"(君臣、父子、夫妇),还列举了"五教"(与五常同,父、母、兄、弟、子之道),这是儒学的观念。但在汉文写就的《筑前守山上臣忆良挽歌一首并短歌》中,他又引用了"四生"、"三界"、维摩、释迦等佛教词汇:

> 盖闻四生起灭,方梦皆空;三界漂流,喻环不息。所以维摩大士在乎方丈,有怀染疾之患;释迦能仁坐于双林,无免泥洹之

---

① 《万叶集》,杨烈译,湖南人民出版社,1994年,第173页。

苦。故知二圣至极,不能拂力负之寻至;三千世界,谁能逃黑暗之搜来。……爱河波浪已先灭,苦海烦恼亦无结。从来厌离此秽土,本愿托生彼净刹。①

在这里,序文表明这个世界非但"无常",且是"秽土"。因此,它与人生短暂、贪图享乐的快乐主义的结论正好相反,代以真正的"生"必须期待"净土",从而达到彼岸思想的结论。通观《万叶集》二十卷,如此明示佛教思想的基本结构,别无他例。

天平五年(733)以多治比广成为大使、中臣名代为副使的第九次遣唐使即将渡海入唐。在出发前,多治比广成曾造访山上忆良,向遣唐使前辈忆良请教在长安生活的经验。看到即将启程的又一批遣唐使,已经72岁高龄的山上忆良似乎又看到了三十年前的岁月,于是作和歌《好去好来歌》相赠:

太古从神代,有言世代传。天空见倭国,皇神治国贤。此国真幸福,人语相继联。至今后世人,见之在眼前。人材满朝廷,圣上若神明。光辉照大地,垂爱选子卿。子卿世家子,祖上天下名。选卿赐圣旨,遣君大唐行。大唐道路远,难忍别离情。海边与海上,处处有御神。诸般大御神,导船路可循。天地大御神,倭国大御神。飞翔在天空,观此海上巡。事毕还朝日,更烦大御神。手扶大船樯,归如绳直伸。自从智可岬,直到大伴津。船回大和国,直泊御津滨。御船祝无恙,早归慰国人。②

山上忆良的这首和歌,从日本自古以来的"言灵"信仰起笔,希望借助语言所具有的神秘力量,祈求神灵保佑遣唐使一行平安渡海。和

---

① 《万叶集》,杨烈译,湖南人民出版社,1994年,第171页。
② 《万叶集》,杨烈译,湖南人民出版社,1994年,第193—194页。

歌的中心部分则是表达送行者的祈愿,最后反歌部分以祈祷遣唐使船顺利归航到难波津为主题,描写了迎接者的欣喜之态:

> 大伴御津畔,松原扫地迎。吾将来立待,愿早上归程。
> 闻道难波津,尊船泊海滨。衣常虽解纽,疾走竟无伦。①

遗憾的是,山上忆良在这批遣唐使出发的翌年就去世了。更为悲惨的是,这批遣唐使回国时遭遇风暴,一条船漂流至林邑国,船上一百五十人,仅四人生还。广成这批使者的遇难,是整个日本外交史上最大的一次海难,而山上忆良的《好去好来歌》也就成为了诀别之歌。

《万叶集》中还收录了几首与天平五年(733)遣唐使相关的和歌,著名的如《天平五年癸酉春闰三月,笠朝臣金村赠遣唐使歌一首并短歌》,作者笠金村以离妇的口吻,吟唱出了与即将入唐的恋人离别的悲哀。其反歌部分如下:

> 自今离别后,气结不能言。波上观儿岛,白云岛上翻。②
> 恋动情不已,输命自无妨。更愿作船橹,随公到远方。③

这首和歌作者笠金村在《万叶集》中被收录长歌十一首、短歌二十九首,而这首和歌是集中出现其最早的作品。另外著名的还有《天平五年癸酉遣唐使舶发难波入海之时,亲母赠子歌一首并短歌》,抒发了遣唐使船即将离开难波港时,送别儿子入唐的母亲为子祈祷平安的心情。

---

① 《万叶集》,杨烈译,湖南人民出版社,1994 年,第 193—194 页。
② 《万叶集》,杨烈译,湖南人民出版社,1994 年,第 296 页。
③ 《万叶集》,杨烈译,湖南人民出版社,1994 年,第 196 页。

萩花是鹿妻,一鹿只一子。我儿似鹿儿,独儿爱无比。吾儿上旅途,我在家祭祀。竹珠垂作帘,棉帘垂户里。我愿我独儿,为儿求福祉。

反歌曰:

旅人宿野地,若是降寒霜。但愿群飞鹤,覆儿把翼张。①

唯一的儿子即将跨海远行,到那遥远的唐土去,母亲期望当儿子夜宿寒冷荒野的时候,群鹤能张开翅膀为儿子抵挡严寒。这首和歌因"但愿群飞鹤,覆儿把翼张"中"群鹤"这一意象,历来饱受好评,被认为是遣唐使送行歌中极其唯美的作品,同时也将母亲愿张开双臂保护孩子的心意完美地传达了出来。

另外值得注意的是《万叶集》中这首作者未详的和歌——《天平五年赠遣唐使歌一首并短歌》:

神圣大和国,京师是平城。自京下难波,住吉有御津。御津乘船舶,渡海直西行。遣使日没国,重任在吾君。尊严护佑者,住吉大御神。愿神领船舶,愿神立船身。船泊各矶港,摇船各处停。莫遇大风浪,沿途皆太平。率船归本国,家国两安宁。

反歌曰:

莫起海中浪,安全海上行。归来船泊日,直到此津停。②

这首和歌在祈祷平安的吟诵之外,重点强调了遣唐使所担负的国家使命,即"遣使日没国,重任在吾君"。万叶时代,随着遣唐使派遣规模的壮大及对汉文化的深度接受,日本确立了以天皇制为中心的律令国家体制,并模仿长安城在奈良盆地营造平城京。但平城京对长安城并非只是单纯的模仿,而是暗含着一种与之对抗的"小中华意

---

① 《万叶集》,杨烈译,湖南人民出版社,1994年,第367页。
② 《万叶集》,杨烈译,湖南人民出版社,1994年,第771页。

识",即将唐视为邻国,将高句丽、新罗等朝鲜诸国视为蕃国的"东夷小帝国"思想。和歌中所吟唱的"神圣大和国,京师是平城",与《续日本纪》和铜元年(708)二月戊寅条迁都诏书"然则京师者,百官之府,四海所归"相类。由此可见,平城京不仅是天皇所居之都、是日本国内政治统治的中心,同时也是"万国"朝贡的中心,是与长安相媲美的"东夷小帝国"之都,这种观念为整个万叶歌人所共有。

天平胜宝四年(752),以藤原清河为大使、吉备真备为副使的第十次遣唐使入唐。《万叶集》中收录了与大使藤原清河相关的和歌,首先是《春日祭神之日,藤原太后赐入唐大使藤原朝臣清河御作歌一首》:

大船多楫橹,吾子大唐行。斋祝神灵佑,沿途总太平。①

这是藤原太后为藤原清河祭祀天地祈求平安的和歌。藤原清河也回歌一首,见《大使藤原朝臣清河歌一首》:

祭神春日野,神社有梅花。待我归来日,花荣正物华。②

"春日"即奈良平城京东春日山下之春日野,今有春日神社,为藤原氏之祖庙。古时遣唐使出行,例必于春日山下祭祀天神地祇,以祈海路平安。藤原清河回歌一首,以春日神社前的梅花入歌,将眼前景物与人物心情结合在一起,表达了想要安全回到日本的心情。但是,藤原清河却因在归国途中遭暴风雨袭击,后只身逃到唐土,最终殁于长安。淳仁天皇(733—765)曾专程派人和船只迎接"奉命使绝域"的清河回日本,却在出航时被刮回而最终未果。藤原清河在出行前,大纳言藤原仲麻吕(706—764)曾设宴送行,并作歌《大纳言藤

---

① 《万叶集》,杨烈译,湖南人民出版社,1994年,第170页。
② 《万叶集》,杨烈译,湖南人民出版社,1994年,第770页。

原𫓶之遣唐使等宴日歌一首,即主人卿作之》:

> 天云虽远去,迟早必还归。但念人情在,别离总是悲。①。

藤原清河同样作歌一首:

> 长年从此别,吾恋必加深。自此思吾妹,别时已近临。②

藤原清河的和歌表达了与妻子离别时恋恋不舍的心情。《万叶集》还收录了清河同期入唐副使大伴宿弥古麻吕的饯行歌,与清河歌视角相反,从送行的妻子的角度,抒发了与夫君别离的悲伤。

> 此行唐国去,事毕自归来。威武英雄业,平安奉酒杯。③
> 自此不梳头,屋中亦不扫。旅行苦忆君,日日为祈祷。④

如果说《万叶集》中的遣唐使歌,大多以送别为主题,尤其是祈祷神灵保佑遣唐使平安归来是这些和歌的主旋律的话,那么《怀风藻》中的遣唐使汉诗则多以怀乡为主题,表现了身处异乡的遣唐使对本国的怀念。

三、离合与游仙:空海入唐诗的一个侧面

提到日本遣唐使中的代表诗人,首先应该想到的是真言宗的创始人空海(774—835 年)。日本学者川口久雄曾这样评价:"弘法大

---

① 《万叶集》,杨烈译,湖南人民出版社,1994 年,第 770 页。
② 《万叶集》,杨烈译,湖南人民出版社,1994 年,第 771 页。
③④ 《万叶集》,杨烈译,湖南人民出版社,1994 年,第 776 页。

师空海和菅原道真,是平安朝初期汉文学史上巅峰一般的存在。"[1] 1965年岩波书店出版《日本古典文学大系》,其中第七十一卷就收录了空海所作的《三教指归》和《遍照发挥性灵集》(后文简称《性灵集》),这就说明了空海的作品,是与该大系收录的《万叶集》《竹取物语》《伊势物语》《古今和歌集》《源氏物语》《平家物语》等日本古典文学名著并驾齐驱的杰作。

《性灵集》是空海的汉诗文集,也是日本文学史上最早的文学别集。《性灵集》由空海弟子真济(800—860)在其殁后编纂而成,原本有十卷,后三卷散佚,现存七卷,内容有:汉诗十六首、碑文三篇、表状十三篇、遗言一篇、启八篇、书三篇、愿文二十篇、达嚫二篇。日本承历三年(1067),仁和寺的济暹(1025—1115)从日本各地寺院保存的《性灵集》残卷,补缀编纂了《续遍照发挥性灵集补阙钞》一书,收录愿文十一篇、达嚫三篇、表白六篇、书论四篇、启白三篇、识文二篇、序二篇、汉诗二十四首及敕书、敕答、法文、式、赞各一篇。《性灵集》中收录了许多被后世不断传诵的名篇:如空海乘坐遣唐使船漂流至福州时,向地方官员寻求登陆许可而用汉文书写的两封长信;长安青龙寺惠果阿阇梨圆寂之后,空海为恩师惠果撰写的碑文;空海从唐朝回日本后在大宰府首次举行密教仪式时所写的愿文;空海请求嵯峨天皇下赐高野山作为真言道场时所奏表文;以及空海论述书法理论所写的诸多书简等。通过《性灵集》所收录的诗文,我们不仅可以看到空海的语言观、文学论、艺术论,还可以了解平安朝的政治形态、日本与唐朝的外交、密教的形成以及平安朝文人与高僧的交流等。

《性灵集》序文由其弟子真济执笔,真济用不亚于空海的流利的汉文体完成了这篇序文。《性灵集》的序文约七百字,前半部分主要是空海的宗教性传记,后半部分主要讲空海的文学创作与书法理

---

[1] 川口久雄《平安朝汉文学的繁荣》(《平安朝漢文学の開花》),吉川弘文馆,1991年。

论。在空海的宗教传记部分,讲述了他入平安京大学寮学习儒学,但最终选择成为僧人,并跟随遣唐使团入唐,在长安与青龙寺的惠果阿阇梨(746—805)奇迹般地邂逅的事迹。空海入青龙寺时,惠果已经患有重病,依然对渡海前来求法的空海表示欢迎。唐德宗贞元二十一年(亦即唐顺宗永贞元年,805)六月至八月之间,惠果先后给空海举行了隆重的胎藏界、金刚界两部曼荼罗大法的灌顶仪式,并传授其他密教教法和各种仪轨,最后还举行授予空海"传法阿阇梨"之位的灌顶仪式。①正因为惠果在空海的长安求法活动中具有着非同一般的意义,因此在空海本人撰写的几种文献中,不仅反复描述了与惠果戏剧般的相遇,还将惠果记载为不空的继承人,称惠果师从不空修习金、胎两部曼荼罗,作为密教第七祖,其地位尊贵无比。

《性灵集》序文后半部分,主要讲述了空海在唐朝的文学活动,如:

> 和尚昔在唐日,作离合诗赠土僧惟上。前御史大夫泉州别驾马总,一时大才也。览则惊怪,因送诗云:何乃万里来,可非炫其才。增学助玄机,土人如子稀。其后藉甚满邦,缁素仰止。诗赋往来,动剩箧笥。遂使绝域写忧,殊方通心。词翰俱美,诚兴东方君子之风。②

引文首句提到,空海在唐曾作离合诗(拆前句首字或尾字之字形为下句首字)以赠唐代本土僧人惟上。泉州别驾马总见其诗,惊叹不已,遂赠离合诗称赞空海才学。其后空海东归,携带大量汉籍归朝,将诗赋带入"绝域",而日本也能"词翰俱美,诚兴东方君子之风"了。据蔡毅先生考证,空海所作《在唐日示剑南惟上离合诗》,应与唐朝的"离合诗热"有所关合,而这一事实在中日文化交流史上

---

① 杨曾文《中国佛教东传·日本史卷》,山西教育出版社,2013年,第130—131页。
② 空海著,运敞注释《性灵集钞》(《性霊集鈔》),卷1,藤井文政堂,出版年不详,11b—12b。

的意义实在不可小觑。对于空海等遣唐使来说,诗歌无疑代表着唐朝最高的文明成果之一,空海竭尽全力搜罗整理的汉诗作法大成《文镜秘府论》,就是他对这一文明成果崇拜的体现。离合诗虽然只是一种文字游戏,但对刚刚接触汉字文明、尝试汉诗创作的日本人来说,无疑是汉字构造和汉诗艺术的巧妙组合,具有无穷的魅力。此外,空海和马总的离合诗,是一千多年来中日汉诗作者唱和诗中现存最早的作品,同时也是现存最早的中国文人对日本汉诗的评价记录,其重要程度由此可见。①

空海归国之日,唐朝前试卫尉寺丞朱千乘,越府进士朱少瑞,沙门昙靖、鸿渐等作诗相送。在朱千乘作《送日本国三藏空海商人,朝宗我唐,兼贡方物而归海东诗并序》中,极力赞赏了空海的才能:

> 日本三藏空海上人也,能梵书工八体,缮俱舍精三乘。去秋而来,今春而往。反掌云水,扶桑梦中。他方异人,故国罗汉,盖乎凡圣,不可以测识,亦不可以智知。②

在相关的赠别诗中,也对空海的书法赞赏有加,如"文字冠儒宗""逢人授天书"等。事实上,《性灵集》序文也高度评价了空海在日本书法史上的地位:"故毗陵子胡伯崇歌云:天假吾师多伎术,就中草圣最狂逸。不可得,难再见。是以啄鸡奔兽之点,独留九州;涌云回水之画,盛变八纮。"此外,从《性灵集》序文重点评价了空海的《慕仙诗》和《神泉苑》诗,我们可知空海在唐学习中国诗文是有一定倾向的:

> 或卧烟霞而独啸,任意赋咏;或对天问以献纳,随手成章。至如慕仙诗,高山风易起,深海水难量。又游神泉,高台神构非

---

① 蔡毅《空海在唐作诗考》,《唐代文学研究》2006 年,第 742—751 页。
② 伊藤松辑《邻交征书》初篇第 2 册,学本堂,1838 年,第 6b 页。

人力,池镜泓澄含日晖。比兴争宣,气质冲扬;风雅劝戒,焕乎可观。①

《游山慕仙诗》收录在《性灵集》卷一开篇,也被认为是最能代表空海汉诗创作水准的杰作。这首诗是以《文选》中的"游仙诗"为基础模仿而作,但空海并非只是照搬《文选》,而是将《文选》中诗人理想化的仙人形象扭转至佛教世界,赋予其密教意味,以张扬佛教的优越性。我们先看看空海《游山慕仙诗》序文,如何阐述了这首诗的创作意图:

> 五百三十言成,勒五十三字,总用阳韵。昔何生、郭氏,赋志游仙,格律高奇,藻凤宏逸。然而空谈牛躅,未说大方。余披阅之次,见斯篇章,吟咏再三,惜义理之未尽。遂乃抽笔染素,指大仙之窟房。兼悲烦扰于俗尘,比无常于景物。何必神龟照心一足也。大仙圆智,略有五十三焉。鉴机应物,其数不少。今之勒韵,意在此乎。一览才子,庶遗文取义云尔。②

引文中的"昔何生、郭氏,赋志游仙",是指《文选》卷二十一所收"游仙诗"的作者何劭(236—301)和郭璞(276—324)。游仙诗在中国六朝便已成为堪与山水诗、田园诗鼎足而立的一种诗歌类型。自曹植以《游仙》命题作诗以来,"游仙诗"便正式出现于诗册,到东晋郭璞时,"游仙诗"已经具备了完备的体式,发展臻于极致。空海特意列举"何生""郭氏"二人,足见他是通过《文选》而了解"游仙诗"这一类型的。空海对何郭二人游仙诗的艺术成就评价极高——"格律高奇,藻凤宏逸",但在内容方面,感叹他们"空谈牛躅,未说大方",

---

① 空海著,运敞注释《性灵集钞》卷1,藤井文政堂,出版年不详,14b。
② 空海著,运敞注释《性灵集钞》卷1,藤井文政堂,出版年不详,18a—20a。

就像只是讨论牛踩过的蹄印一样,其实空空如也,并未谈及真正的奥义。其后"大仙圆智,略有五十三焉"开始,陈述佛的圆明智慧,约有"五十三种",有学者指出这是指金刚界三十七尊和贤劫十六菩萨之和,由此可知,空海《游山慕仙诗》序文开篇的"五百三十言成,勒五十三字",都是含有佛教意义的特殊数字,他将这些数字作为其诗歌整体的字数、韵脚数,以强化密教色彩。在诗歌正文部分,空海表面上利用中国游仙诗的形式,但在思想上对其进行批判,并借以宣传密教的目的就更为明显了。试看空海《游山慕仙诗》开篇:

高山风易起,深海水难量。空际无人察,法身独能详。
凫鹤谁非理,蚁龟讵叵暲。叶公珍假借,秦镜照真相。
鸦目唯看腐,狗心耽秽香。人皆美苏合,爱缚似蜣螂。
仁愡麒麟异,迷方似犬羊。能言若鹦鹉,如说避贤良。
豺狼逐麋鹿,狻子嚼麇獐。睢盱能寒暑,剧谈受痔疮。
营营染白黑,谮毁织灾殃。肚里蜂虿满,身上虎豹庄。①

空海游仙诗开篇与何绍、郭璞之作一样,都是从描写游仙的环境起笔,但空海笔下的自然山水——"高山风易起,深海水难量",则给人一种强烈的不安感,诗句中出现的仙界灵物,则是"凫鹤""蚁龟""鸦""狗""蜣螂""豺狼""狻子"等,空海以"鸦目""狗心""犬羊""鹦鹉"来比喻尚未了悟的俗众的愚昧无知,以"豺狼""狻子""蜂虿""虎豹"比喻杀生者之残暴,这与中国游仙诗中经常出现的那些瑰丽浪漫的灵物意象很是不同。如郭璞《游仙诗》其三:

翡翠戏兰苕,容色更相鲜。
绿萝结高林,蒙笼盖一山。

---

① 空海著,运敞注释《性灵集钞》卷1,藤井文政堂,出版年不详,21a。

> 中有冥寂士,静啸抚清弦。
> 放情陵霄外,嚼蕊挹飞泉。
> 赤松临上游,驾鸿乘紫烟。
> 左挹浮丘袖,右拍洪崖肩。
> 借问蜉蝣辈,宁知龟鹤年。①

"翡""翠"是两种珍鸟,"兰""苕"是两种名花,首句珍禽芳草交相辉映,次二句言绿色的松萝盘结依附在高大的林木上,好似伞盖笼罩整个山林。在这样幽静的山谷之中,居住着一位"冥寂士","手挥五弦"放声长啸,高情逸怀凌云直上,食奇花之蕊,饮高山清泉。这样超脱的隐士得到了仙人们的青睐,赤松子在祥云环绕下驾着仙鸟到来。全诗极言隐逸之趣、人仙同游之乐,却系寄托之词,"用以写郁"。刘熙载《艺概·诗概》曰:"游仙诗假栖遁之言,而激烈悲愤自在言外。"无疑道出了郭璞《游仙诗》的根本主旨。

空海的《游山慕仙诗》中当然也会有仙人登场:

> 锦霞烂山幄,云幕满天张。子晋凌汉举,伯夷绝周梁。
> 老聃守一气,许脱贯三望。鸾凤梧桐集,大鹏卧风床。
> 昆岳右方庑,蓬莱左边厢。名宾害心实,忽驾飞龙翔。
> 飞龙何处游,廖廓无尘方。无尘宝珠阁,坚固金刚墙。
> 眷属犹如雨,遮那座中央。遮那阿谁号,本是我心王。
> 三密遍刹土,虚空严道场。山毫点滇墨,乾坤经籍箱。②

这段诗文前十句就列举了中国游仙诗中常常称颂的世仙,如王子乔、老聃、许由等,也列举了"鸾凤""大鹏"等中国仙人常伴的祥瑞

---

① 萧统编,李善等注《六臣注文选》,中华书局,2012年,第400—401页。
② 空海著,运敞注释《性灵集钞》卷1,藤井文政堂,出版年不详,27b。

意象,以及仙人常居之"昆岳""蓬莱",但空海很快以"名宾害心实,忽驾飞龙翔"一句,否定了对中国仙人的向往,转而以"廖廓""无尘"之大空论述真言密教之实义。"遮那"即密教始祖大日如来。空海以密教之仙为"大仙",而以中国游仙诗中的"仙人"为世仙、小仙,其仿照中国游仙诗的形式写作《游山慕仙诗》的意图由此可见一斑。

以上简单讲述了空海《性灵集》序文中提到的"游仙诗",其序文中还提到了一首七言诗《秋日观神泉苑》,这首诗收录在《性灵集》卷一第二位,是一首与平安朝的"文章经国"思想密切相关的诗作。

九世纪初日本朝廷先后敕撰有三部汉诗集——《凌云集》(814年)、《文华秀丽集》(818年)和《经国集》(827年),合称"敕撰三集"。敕撰国史、律令虽有前例,如《日本书纪》《大宝令》等皆为钦定,然奉敕编撰汉诗集不仅属首创,且无后继——以《古今和歌集》为转折,十世纪后日本敕撰文学的重心很快就转向了和歌集。"敕撰三集"以曹丕《典论·论文》中的"文章经国"思想为编纂总方针,以期在中央朝廷形成一种政治凝聚力。笔者曾在《〈典论·论文〉与日本平安朝文学诸问题》中讨论过平安朝的"文章经国"思想,[①]其中引用过空海(遍照金刚)《文镜秘府论》天卷序:

> 夫大仙利物,名教为基。君子济时,文章是本也。……孔宣有言:"小子何莫学夫诗。诗可以兴,可以观。迩之事父,远之事君。"……是知文章之义,大哉远哉。[②]

《文镜秘府论》约成书于弘仁十一年(820),空海与嵯峨天皇、小野岑守、滋野贞主等"敕撰三集"诗人交游密切,尽管是僧侣身份,

---

[①] 郭雪妮《〈典论·论文〉与九世纪初日本文学诸问题——基于"文章经国"思想的考察》,《文学评论》2020年第1期,第36—44页。
[②] 遍照金刚《文镜秘府论》,人民文学出版社,1975年,第1页。

但无疑也属于平安朝"文章经国"的文学圈。空海将佛教与国家政治密切结合,在论述佛教救济众生的基础上,纳入儒家的"文章经国"思想,一生致力于从佛法、王权两面强调文学之于"经国"的重要性。这在他的这首《秋日观神泉苑》中就有明确的表现:①

> 彳亍神泉观物候,心神恍惚不能归。
> 高台神构非人力,池镜泓澄含日辉。
> 鹤响闻天驯御苑,鹄翅且戢几将飞。
> 游鱼戏藻数吞钓,鹿鸣深草露沾衣。
> 一翔一住感君德,秋月秋风空入扉。
> 衔草啄梁何不在,跄跄率舞在玄机。

这首诗通过对神泉苑景物的描写,赞美了天皇之恩德。通过描写神泉苑赞美王权,在平安朝很多宫廷文人的诗赋作品中都可以看到,这也是"文章经国"思想的一环。但在空海的创作中,他使得天皇的权威超越了一般的人间,而导向了神圣的领域,甚至连鸟兽也受到了感化。

总之,空海不仅在日本文学史上具有重要地位,今天因其《文镜秘府论》的研究,在中国早期文学史、文论史上也占据了一席之地,从这个意义上讲,空海是中日文学关系史人物中当之无愧的佼佼者。

---

① 空海著,运敞注释《性灵集钞》卷1,藤井文政堂,出版年不详,34b。

第二讲　早期中国文学典籍在日本

七世纪的飞鸟时期,掌握了权力和财富的日本中央朝廷以及皇族、贵族为了摆脱政治、经济、文化的原始形态,开始不遗余力地全方位汲取唐代先进的文物典章。到了八世纪的奈良朝,日本皇族、贵族在吸收大陆传入的佛教、汉文化的基础上,创造出了灿烂的"天平文化"。其标志之一就是频频派遣唐使入唐"买求书籍"。本章主要从遣唐使、留学生著述或与其相关的目录文献入手,讨论六朝隋唐时期文学文献在日本的影响。

一、遣唐使开辟的书籍之路

关于中国典籍东传日本的时间,日本史料中可见的最早记载,是应神天皇(公元270—310年在位)时期,百济王仁博士献上《论语》十卷及《千字文》一卷。《古事记》卷中"应神记"曰:

> 亦百济国主照古王。以牡马一匹、牝马一匹,付阿知吉师以贡上。亦贡上横刀及大镜。又科赐百济国:若有贤人者贡上。故受命以贡上人,名和迩吉师。即《论语》十卷、《千字文》一卷,并十一卷,付是人即贡进。①

---

① 太安万侣撰《古事记》,经济杂志社编《国史大系》第7卷,1898年,第117页。

《古事记》中的"阿知吉师"与"和迩吉师",即"阿直岐"和"王仁"。这件事还记载于《日本书纪》卷十"应神天皇"条:

> 十五年秋八月壬戌朔丁卯。百济王遣阿直岐贡良马二匹,即养于轻坂上厩。因以阿直岐令掌饲,故号其养马之处曰厩坂也。阿直岐亦能读经典。即太子菟道稚郎子师焉。于是天皇问阿直岐曰:如胜汝博士亦有耶? 对曰:有王仁者,是秀也。时遣上毛野君祖荒田别、巫别于百济,仍征王仁也。其阿直岐者,阿直岐史之始祖也。
>
> 十六年春二月,王仁来之。则太子菟道稚郎子师之,习诸典籍于王仁。莫不通达。故所谓王仁者,是书首等之始祖也。①

上述两种记载在一些史学家看来不过是关于文首集团的始祖传说而已,因为汉籍何时首传日本这一问题,与汉字何时传来的问题一样,均缺乏决定性的证据。②但也有汉学家为之振臂高呼,如冈田正之说:"此乃我邦史上汉籍留名之始。二千年来,护佑我天壤无穷之国体,培养我国民思想之根柢的儒教精髓《论语》,以及关乎我国言文转变一大契机之文字书《千字文》,作为汉籍传来之嚆矢,岂一奇缘乎。"③通过这两则文献的记载,我们可以推测,在隋唐时代之前,汉籍东传日本主要依靠陆路,通过朝鲜半岛传入日本。其理由一是由于造船技术的限制,其二则受日本同朝鲜半岛三韩之间国际关系的影响。④

隋唐之际,随着遣唐使频繁往来于东亚海域,中国典籍得以大

---

① 舍人亲王等编《日本书纪》,经济杂志社编《国史大系》第 1 卷,1898 年,第 184 页。
② 大庭修《中国典籍在日本的传播与影响》,详见《中日文化交流史大系·典籍卷》,浙江人民出版社,1996 年,第 23 页。
③ 冈田正之《日本汉文学史》增订本,吉川弘文馆,1954 年,第 6 页。
④ 童岭《六朝隋唐汉籍旧钞本研究》,中华书局,2017 年,第 29 页。

量渡日,其中遣唐使吉备真备的贡献尤为突出。吉备真备是一位在《旧唐书·日本传》中被称为"所得锡赉,尽市文籍"的人物,对经史以及流行于六朝隋唐的阴阳历法、天文术数都很精通,携回了很多汉籍。据《续日本纪》天平七年(735)四月辛亥条记载:

> 入唐留学生从八位下下道朝臣真备献《唐礼》一百三十卷,《太衍历经》一卷,《太衍历立成》十二卷。……《乐书要录》十卷。①

当然,这并非全部书名。在《日本国见在书目录》十一的"正史家"中,还记有《东观汉记》143卷,其注曰:"《隋书·经籍志》所载数也。而件《汉记》,吉备大臣所将来也。"②

随着遣唐使团入唐的留学僧,则主要以抄写经疏为主,如号称"入唐八大家"的日本僧人最澄、空海、常晓、圆行、圆仁、惠运、圆珍、宗睿,分别通过制作汉籍的"将来目录",将自己的求法经历详细记载下来,作为归国报告进呈给日本朝廷。这些"将来目录"不仅包含了大量的佛教典籍,还涉及众多图像及经史文集,现在基本都收录在《大正新修大藏经》中,较为著名的可列举如下:

最澄《传教大师将来台州录》(128部)、《传教大师将来越州录》(102部);

空海《御请来目录》(461部);

常晓《常晓和尚请来目录》(60部);

圆行《灵岩寺和尚将来法门道具等录》(160部);

惠运《惠运禅师将来教法目录》(180部)、《惠运律师书目录》(222部);

---

① 菅野真道等撰《续日本纪》(菅野真道等《続日本紀》),经济杂志社编《国史大系》第2卷,1898年,第197—198页。
② 孙猛《日本国见在书目录详考》上册,上海古籍出版社,2015年,第565页。

圆仁《日本国承和五年入唐求法目录》(137 部)、《慈觉大师在唐送进录》(131 部)、《入唐新求圣教目录》(584 部);

圆珍《开元寺求得经疏记等目录》(156 部)、《福州温州台州求得经论疏记》(458 部)、《外书等目录》(115 部)、《青龙寺求法目录》(772 部)、《日本比丘园珍入唐求法目录》(1 000 部)、《智证大师请来目录》(1 064 部);

宗睿《书写请来法门等目录》(143 部)、《禅林寺宗睿僧正目录》(89 部)。

以上所列"请来目录"大都收录宏富,如在被指定为日本国宝的空海《御请来目录》(806 年上奏),包括"新译经等计一百四十二部二百四十七卷""梵字真言赞等计四十二部内十四卷""论疏章等计三十二部一百七十卷"等。除此之外,《御请来目录》还附有图 10 幅,道具 9 种等。值得一提的是,所谓的"请来目录",一般是留学生用来记载携带回日本的典籍、佛像、法具等类似于清单或目录的文献,但空海的《御请来目录》却用自传性的文体,记载了他在青龙寺与惠果阿阇梨奇迹般的相遇,以及接受惠果传法的不可思议的过程。《御请来目录》开篇云:"其年腊月,得到长安。廿四年二月十日,准敕配住西明寺。爰则周游诸寺,访择师依。幸遇青龙寺灌顶阿阇梨法师惠果和尚,以为师主。"①

空海圆寂之后,其门徒通过种种努力或赴青龙寺求法,或寄奉书状与法服。作为空海衣钵继承者的实慧(786—847),曾于承和三年(836)五月五日撰写书信与青龙寺"同法师兄",委托随第十七次遣唐使入唐的真言宗僧人真济和真然带去青龙寺,并将空海入定消息报告于惠果墓前。因这一次遣唐使出航失败,承和四年(837)再次出发之际,实慧又奏请圆行(799—852)入唐,并将供奉于惠果墓前的物品及赠送给青龙寺同门的礼物托付给圆行。承和五年

---

① 参考空海《御请来目录》,收录于《弘法大师空海全集》第 2 卷,筑摩书房,1983 年,第 531 页。

(838),圆行与常晓、圆仁、圆载等人随遣唐使藤原常嗣一行入唐求法。承和六年(839)十二月,圆行带着青龙寺圆镜等十一人署名的信件和义真所赠《金刚顶经真言教法》五十卷及法衣、法具等归朝。义真信中回忆了空海大师跟随惠果学习、将真言密教传入日本的事。在空海圆寂后的第四年,讣告传到了大唐,青龙寺的同门弟子们也共同表达了哀悼之意。可见当时两国的文化交流是何等密切。

圆仁通过入唐求法请来的三种佛经目录,分别是日本承和六年(839)成立的《日本国承和五年入唐求法目录》、承和七年(840)完成的《慈觉大师在唐送进录》、承和十四年(847)十二月完成的《入唐新求圣教目录》。其中,《日本国承和五年入唐求法目录》包括经、疏、章、传等137部201卷典籍,除佛教的经论、章疏、记传、画像之外,还包括以下文学书籍:

《开元诗格》一卷(徐隐秦字肃然撰),据日本学者考察可能是《文镜秘府论》中征引王昌龄《诗格》的文献出处。

《判一百条》一卷,骆宾王撰。与《新唐书》卷六十"艺文志"别集类所见《骆宾王百道判集一卷》为同一书,是一种文学作品集。

《祝元膺诗集》一卷。《唐诗纪事》卷五十六中记载有晚唐诗人祝元膺之名,《祝元膺诗集》在当时颇为流行。

《杭越寄和诗集并序》一卷。据《宋史》卷二〇九"艺文志"记载,"元稹、白居易、李谅杭越寄和诗集一卷",此应为同一书。[①]

《慈觉大师在唐送进录》与《日本国承和五年入唐求法目录》都是圆仁在扬州求得的书籍总览,整体上内容多有重合,而《入唐新求圣教目录》则带有总目录的性质,是圆仁在扬州、五台山、长安求得的经论章疏的总览,合计584部820卷。其中,在长安城所求经论

[①] 小南沙月《圆仁将来目录研究:〈日本国承和五年入唐求法目录〉与〈慈觉大师在唐送进录〉诸本分析》(《円仁将来目録の研究:〈日本国承和五年入唐求法目録〉と〈慈覚大師在唐送進録〉の諸本の分析》),《京都女子大学大学院文学研究科研究纪要·史学编》,第15期,2016年3月,第16页。

章疏传等422部559卷,胎藏金刚两部大曼荼罗等21种;在五台山所求天台教迹及诸章疏传等34部37卷,并台山土石等;在扬州求经论章疏传等128部198卷、曼荼罗等21种。内容极为庞杂丰富。①这些目录之所以传存至今,并不是其学术价值被人们认识到的结果,而更多的是基于弘扬先祖伟业这样一种信仰,此外寺院的特殊环境也是很重要的因素。因此应该把基于佛教而导入中国典籍这一现象,作为汉籍输入日本的重要特点来认识。②

遣唐使、留学僧之所以如此注重收集中国典籍,大约与他们肩负的文化传播的使命有关。从最澄《传教大师将来台州录》《传教大师将来越州录》中所陈上表文,以及目录最后唐朝官员、遣唐大使藤原葛野麻吕的署名来看,以国家使者身份入唐的留学僧们,大都负有携回书籍等文物的义务。如《传教大师将来台州录》中,开篇有最澄所作《进官录上表》一文,曰:"最澄奉使求法,远寻灵踪,往登台岭。躬写教迹,所获经并疏及记等,总二百三十部四百六十卷。"③目录最后有台州刺史上柱国陆淳给书,云:"最澄阇梨,形虽异域,性实同源。特禀生知,触类悬解。远求天台妙旨,又遇龙象遂公。总万行于一心,了殊途于三观。亲承秘密,理绝名言。"④《传教大师将来越州录》最后有明州刺史郑审则亲笔所写的后叙,曰:"最澄阇梨,性禀生知之才,来自礼仪之国。万里求法,视险若夷,不惮艰劳,神力保护,南登天台之岭,西泛镜湖之水,穷智之法门,探灌顶之神秘,可谓法门龙象,青莲出池。将此大乘往传本国,求兹印信,

---

① 圆仁《入唐新求圣教目录》,收录于佛书刊行会编《大日本佛教全书》第2卷《佛教书籍目录》第2册(仏書刊行会編《大日本仏教全書 第2卷 仏教書籍目錄 第2》),1912年,第58页。
② 大庭修《中国典籍在日本的传播与影响》,详见《中日文化交流史大系·典籍卷》,第22—23页。
③ 佛书刊行会编《大日本佛教全书》第2卷《佛教书籍目录》第2册,佛书刊行会,1912—1922年,第1页。
④ 佛书刊行会编《大日本佛教全书》第2卷《佛教书籍目录》第2册,佛书刊行会,1912—1922年,第7页。

执以为凭。"①

携归书籍,在某种意义上,可以说是留学的成果。正因为如此,各种各样的悲喜剧随之登场。如《怀风藻》记载释智藏传记:

> 智藏师者,俗姓禾田氏。淡海帝世,遣学唐国。时吴越之间,有高学尼,法师就尼受业。六七年中,学业颖秀,同伴僧等颇有忌害之心。法师察之,计全躯之方,遂被发阳狂,奔荡道路。密写三藏要义,盛以木筒,着漆秘封,负担游行。同伴轻蔑,以为鬼狂,遂不为害。
>
> 太后天皇世,师向本朝。同伴登陆,曝凉经书。法师开襟对风曰:我亦曝凉经典之奥义。众皆嗤笑,以为妖言。临于试业,升座敷演,辞义峻远,音词雅丽。论虽蜂起,应对如流,皆屈服,莫不惊骇。帝嘉之,拜僧正。②

我们从智藏富有传奇色彩的传记可以看出,他因为学业颖秀而遭到同伴僧人的忌害。智藏觉察到这一点,于是披头散发佯装疯狂,但同时又秘密抄写三藏要义,装在木筒中,以漆密封,然后负担着旅行。同伴们看到他近为鬼怪的疯狂模样,也就不再加害了。智藏回到日本的时候,同伴们登陆都要曝晒经书。智藏开襟对风,说:"我也在曝晾经书。"众人都嗤笑他,以为他在说胡话。然而,在回国试业之时,智藏升座敷演,辞义峻远,音词雅丽,应对如流,周围人无不惊骇。

智藏为躲避别人的戕害而披发佯狂的举动,是效仿"箕子被发而佯狂"(《楚辞·惜誓》)的先例,而他在别人曝晒经书的时候,却开襟临风,说自己也来曝晾一下肚子里面的经书,则是来自《世说新

---

① 佛书刊行会编《大日本佛教全书》第 2 卷《佛教书籍目录》第 2 册,佛书刊行会,1912—1922 年,第 13 页。
② 辰巳正明著《怀风藻全注释》(《懐風藻全注釈》),笠间书院,2012 年,第 82 页。

语》郝隆七月七日见邻人皆曝晒衣服,便仰卧出腹,说是"晒书"的故事。被圆珍控诉为"犯僧尼,蓄子息,企图暗杀日本僧,贪欲金钱"的圆载,在归国之际也携有苦心收集的千余卷"儒书及释典"。遗憾的是,这些书籍在海难中与圆载一同化为海藻。

我们还可以通过日本现存的奈良平安朝的珍贵抄本,来推测遣唐使携入的书籍。在文学方面,从现存的正仓院文书及新出土的木简来看,很容易发现《文选》《庾信集》《太宗文皇帝集》《许敬宗集》《骆宾王集》等书被抄写和利用的证据。因此有学者推测,当时在唐朝宫廷中流行的文学典籍基本都传入了日本。[1]其中,特别值得一提的是《王勃集》。王勃(650—676?)系初唐四杰之一,提倡刚健劲雅的文风,在唐代文学史上具有重要地位。其文集已佚,今传者皆为后人辑本。在日本,却残存有《王勃集》的卷二十八、二十九、三十等。其中卷二十八为墓志下,由兵库县芦屋市上野氏收藏;卷二十九存行状、祭文五篇,卷三十存王勃卒后亲友相关文字四篇,此二种残卷均藏于东京国立博物馆。这三种残卷同出一帙,因卷首有"兴福传法"的朱文方印,故推想当是兴福寺的传本。[2]关于其抄写年代,据学者推测是在武后垂拱、永昌之间(公元685—689年),距王勃去世不久。此残卷为《王勃集》现存最早的写本,文献价值极高,因此被定为日本国宝。

另外,奈良正仓院藏有一卷署有"庆云四年(707)七月廿六日"的《王勃诗序集》,卷中抄写了序类41篇,其中20篇系今本《王勃集》所佚部分。关于正仓院本的抄写年代和归属问题,最早关注此文本的杨守敬、罗振玉、内藤湖南,以及后来的何林天、陈伟强等学者都认为是"初唐抄本"。杨守敬根据"书法古雅,中间凡天地日月

---

[1] 大庭修《中国典籍在日本的传播与影响》,详见王勇、大庭修主编《中日文化交流史大系·典籍卷》,浙江人民出版社,1996年,第33页。
[2] 大庭修《中国典籍在日本的传播与影响》,详见王勇、大庭修主编《中日文化交流史大系·典籍卷》,浙江人民出版社,1996年,第34页。

等字,皆从武后之字"进一步断定是"武后时人之笔"。①文中使用了"则天文字",据考证,该抄本的底本是由武周圣历(698)以后至抄写年之间入唐的第七次遣唐使,具体来说是702年出发、704年归国的那次遣唐使携回日本的。

正仓院藏《王勃诗序集》所收41篇诗序,皆为整饬流丽、结构完整的骈文,这些诗序为日本早期骈体诗序的写作提供了可供模仿的文本典范。日本现存最早的汉诗集《怀风藻》(751年),收录自淡海朝至奈良朝64位诗人的120首汉诗(实际缺4首,只存116首),其中6首诗前作有序文。有学者曾通过比读这些序文,指出了日本汉诗人对王勃诗序的模仿和借鉴。②如下毛野虫麻吕所作《秋日于长王宅宴新罗客并序》云:

> 夫秋风已发,张步兵所以思归;秋气可悲,宋大夫於焉伤志。……长王以五日休暇,披凤阁而命芳筵;使人以千里羁游,俯雁池而沐恩盼。于是雕俎焕而繁陈,罗荐纷而交映。芝兰四座,去三尺而引君子之风;祖饯百壶,敷一寸而酌贤人之酎。琴书左右,言笑纵横。物我两忘,自拔宇宙之表;枯荣双遣,何必竹林之间。此日也,溽暑方间,长皋向晚,寒云千岭,凉风四域。白露下而南亭肃,苍烟生以北林蔼。③

该诗序依次描写了宴会的盛景、临宴当时的风景、在座的嘉宾等。"长王以五日休暇"四句,来自正仓院残卷中王勃《秋日登洪府滕王阁饯别序》"十旬休暇,胜友如云;千里逢迎,高朋满座",及同残卷

---

① 杨守敬《日本访书志》,详见《续修四库全书本》(第930册),上海古籍出版社,2002年,第741页。
② 胡凌燕《日本正仓院藏〈王勃诗序〉的文本特色与学术价值》,《江西社会科学》2016年11月,第100—106页。
③ 辰巳正明著《怀风藻全注释》,笠间书院,2012年,第294页。

王勃《江浦观鱼宴序》"群公以十旬芳暇,候风景而延情;下官以千里薄游,历山川而缀赏"。其后,以"于是"二字转折,开始描写宴会的盛景,这一手法在王勃诗序中很是常见。而"物我两忘,自拔宇宙之表"之后的语句,则出自王勃《秋晚入洛于毕公宅别道王宴序》:

是非双遣,自然天地之间;荣贱两忘,何必山林之下?玄谈清论,泉石纵横;雄笔壮词,烟霞照灼。既而神驰象外,宴洽寰中。白露下而南亭虚,苍烟生而北林晚。①

下毛野虫麻吕的序文,除个别文字与王勃序文有出入外,基本未作改动。此外,日本骈体诗序中诸如"盍各言志,探字成篇""宜裁四韵,各述所怀"等结语,也与王勃序最后对赋诗要求的交代十分类似。②

遣唐使们将书籍传入日本,是在印刷术尚未普及的时代,因此这些中国典籍在日本的保存和再生产就显得尤为珍贵。在奈良朝都城平城京内,国家设置了"写经所",专门招募来大量写经生,抄录书物、制作写本。正如"写经"这两个字所展示的那样,它主要以佛教经典为主,但佛教之外的典籍——即佛教徒所谓的"外典"的抄写也在流行。制作写本的话,就需要笔墨纸砚等最基本的工具和材料。从本源上来说,"书籍"这种物品在日本原来是不存在的,将书籍运送到日本,和将其他的中国物品运送到日本其实是一样的,但如果提及再生产的话,则又是另外一个问题了。尤其是对于七、八世纪的日本来说,选用本国制作的笔墨纸砚来抄写大量的中国书籍,其实是相当困难的一件事情。正仓院保留有奈良时代写经所的

---

① 王勃著《王勃文铣》,王政、沈泓选注,浙江古籍出版社,2017年,第32页。
② 详细可参考小岛宪之《上代日本文学与中国文学:以出典论为中心的比较文学考察 下》(《上代日本文学と中国文学:出典論を中心とする比較文学の考察 下》),塙书房,1965年,1329—1303页。

各种各样的记录,为我们了解当时书籍的抄写提供了重要的原始材料,我们由此可知,日本的书籍抄写事业至少经历了一两个世纪的发展。另外伴随着写经的发展,日本人对于书法的关心也急剧增长,在很长一段时间内,书法都被作为"文""文章"和学问的一部分来接受。

二、《日本国见在书目录》的记载

藤原佐世(847—898)所撰《日本国见在书目录》(后文简称《见在书目录》)是日本现存最早的一部敕编汉籍目录。关于这个目录的成书缘由,有一个著名的故事。日本贞观十七年(875),皇室书库"冷然院"不幸被火烧失,历代珍藏的贵重书籍化为灰烬。火灾之后,宇多天皇命藤原佐世编纂残存书目录。冷然院是平安时期后宫之一,建于嵯峨天皇弘仁(810—823)年间。嵯峨天皇让位后,曾在此生活十余年。之后,历代天皇或太上皇多居于此。贞观十七年(875)正月,遭遇火灾,事见《三代实录》卷二七:"廿八日壬子,夜,冷然院火。延烧舍五十四宇。秘阁收藏图籍文书为灰烬,自余财宝,无有孑遗。唯御愿书写《一切经》,因缘众救,仅得全存。"至村上天皇天历八年(954),以"然""燃"同音,改名"冷泉院"。由此可知,编撰《见在书目录》的目的乃是因为贞观十七年冷然院发生火灾,为防止再次遭灾,遂下敕编录。但也有学者质疑,认为此说并不见史载,恐怕只是后人的推测而已。

我们还需要了解一下这部目录的编纂者藤原佐世,他是平安中期学者,式部卿藤原宇合之裔、民部大辅藤原菅雄之子。少时,曾就学于被尊为"日本学问之神"的菅原道真的父亲菅原是善(812—880年)。他之所以能被任命编纂这么重要的一部目录,与他具备相当高的汉学修养和学识密不可分。编纂一部记录日本国平安前期为止传世的汉籍总目录,并不是一件简单的工作,正如狩野直喜所说:"编撰目录,须有充分的学问,自书籍性质至学派原委异同,皆须精通。"在当时,日本中央教育机构大学寮,设置了纪传、明经、明法、算道四科,学习《史记》《汉书》《文选》等史书及诗文。大学寮生参加考试的合格者,取二十名补为"拟文章生",然后再进行省试,取合格者补为"文章生",从"文章生"中遴考出成绩特别优异者二人,补为"文章得业生"。之后再接受论文考试,也就是所谓的对策。对策及第者,才能叙位任官,这才称得上是"儒者"。因此,平安朝"儒者"的概念与后世所谓的"儒家学者"的意思不同,主要指那些具有超高学识和修养的学者,也就是所谓的"文章博士"。奈良、平安时期的藤原家,虽然地位、权势都凌驾于诸氏之上,但是在藤原佐世之前,竟无一人能对策及第。日本贞观十六年(874)七月,藤原佐世对策及第,成为藤原氏的第一个"儒者",由此可知其学识之出类拔萃。

当然,拥有卓越的才能只是藤原佐世编纂目录的条件之一,作为藤原氏出身的一名高级贵族,他能有机会看到宫廷、皇家、贵族、寺院的公私藏书,也是很重要的客观条件。藤原佐世从贞观十六年起进入中央任职,历经清和、阳成、光孝、宇多天皇四朝,还担任过最高教育机关的首长,自然可以接触到宫廷、皇家的藏书。他还是太政大臣藤原基经(836—891)的家司、侍读,也有遍览"藤原四家"藏书的机会。他曾跟随平安前期大儒菅原是善学习,后者编纂过《东宫切韵》。总之,从藤原佐世所处的学术环境来看,他也是最有可能编纂该目录的人选。

因为今本《见在书目录》没有撰者的序文,所以关于它成书的年代,众说纷纭,我们只能大概推定它产生于9世纪末。众所周知,《隋书·经籍志》成书于唐高宗显庆元年(656),《旧唐书·经籍志》成书于后晋出帝开运二年(945),且《见在书目录》第十一目"正史家"类中著录"《隋书》八十五卷",并在其后注曰"颜师古撰",可见《见在书目录》的著书时间应在《隋书·经籍志》与《旧唐书·经籍志》之间。关于编纂这部目录的巨大工程,孙猛先生曾用三句话来归纳:其体例以及部分著录内容主要模仿、参考了《隋书·经籍志》,给一部分著录书作了独特的、必要的注释,其著录的根据是传入日本的、其所闻见的图书及有关目录。①

中国从西汉到东汉时期有刘向、刘歆父子所编的图书分类目录《七略》。由晋《中经新簿》而至唐代编修的《隋书·经籍志》,奠定了经、史、子、集四部分类法的基础,后世图书编目大概都以此为基础。《日本国见在书目录》中虽然记载了"《隋书》八十五卷",但并没有采用四部分类法,而是从"易家"到"总集家",共分为四十个小类,这些小类与《隋书·经籍志》四部下的二级分类基本一致,由此可知该目录对图书典籍的分类处理也大抵仿照了《隋书·经籍志》。

最值得重视的是,《见在书目录》著录而《隋志》、《旧唐志》和《新唐志》未著录的图书数量,经部有196种,史部有89种,子部有79种,集部有103种,凡467种。这些还不包括卷数不同、版本相异者。太田晶二郎《日本国见在书目录解说》说:"此书著录《隋志》以外图书,可谓珠玉。"这部目录,自从清代黎庶昌把它刊入《古逸丛书》以后,为中国学者所知。

《见在书目录》共收录的书籍有1 579部,计16 790卷,大约是《隋书·经籍志》和《旧唐书·经籍志》所著录的图书之半数。其中虽含有个别的日本书籍,但绝大部分都是汉籍,而且几乎都是在遣唐使时代流传到日本的汉籍。该目录中设有"楚辞家""别集家""总集家",这些大致相当于四部分类法中的"集部",其中所列举的书籍有楚辞家6部32卷,别集家149部1 568卷,总集家85部1 568卷,总计240部3 168卷。以上典籍再加上"诗家"收录的《诗经》类文本,"小说家"及"杂传家"收录的《汉武内传》《神仙传》《搜神记》等被后世视为小说源流的书籍,以及在"小学家"类下收录的《文章体》《诗笔体》《四声八体》《文章病》《诗八病》《文场秀句》

---

① 孙猛《日本国见在书目录详考》下册,上海古籍出版社,2015年,第3页。

《诗评》《文轨》《文章体式》等诗格、诗文评类的书籍等四十余种——这些书大多是有关作诗作文方法的探讨,与传统所谓的"小学"没有太大关系,形成了该子目下奇特的著录格局。以上这些书籍,整体上相当于今天意义上的文学类书籍。我们由此可知中国文学类书籍在九世纪末日本流布之广。

具体而言,在"楚辞家"中,收录有六种:王逸《楚辞十六卷》,此书也是今存最早的一部完整的《楚辞》注本,是楚辞研究的基础性文献。另有释智骞《楚辞音义》、《楚辞集音》(新撰)、王逸《离骚十卷》、佚名《离骚音二卷》、佚名《离骚经润一卷》。《楚辞》传入日本较早。七世纪初圣德太子制定《十七条宪法》,第十条云:"人皆有心,心各有执。"被指出或化用《离骚》"民生各有所乐兮,余独好修以为常","民好恶其不同兮,惟此党人其独异"句。八世纪成书的《怀风藻》《日本书纪》等亦受到了《楚辞》的影响。今存《正仓院文书》也说明了《楚辞章句》在奈良初期已经传入日本。《大日本古文书》卷一《正仓院文书·续修》一六,纸背记天平二年(730)七月四日《写书杂用账》中,也著录有《离骚》三帙。稻畑耕一郎指出:"此处所谓《离骚》,不待言指的正是《楚辞》。天平二年即西元730年,值唐玄宗开元十八年。此乃日本著录《楚辞》之始。"[①]《见在书目录》中的《楚辞》家文献价值独特,印证了该书在著录中古文献典籍方面所具有的学术价值。

在"别集家"中存152种,1 619卷,主要收录有《陶潜集》十卷、《阮籍集》五卷、《谢朓集》一卷、《庾信集》廿卷、《何逊集》八卷、《孔稚圭集》十卷、《刘豫帝集》十五卷、《王胄集》十卷、《江陵公集》十卷、《谢偃集》七卷、《张昌龄集》十卷、《东皋子集》五卷、《骆宾王集》十卷、《王勃集》卅卷、《刘孝威集》十卷、《新注王勃集》十四卷、《陆倕集》八卷、《陈子良集》十卷、《沈炯集》十卷、《沈炯后集》十

[①] 孙猛《日本国见在书目录详考》下册,上海古籍出版社,2015年,第1824—1825页。

卷、《崔融集》十卷、《陈子昂集》十卷、《江令君集》廿卷、《卢照邻集》廿卷、《太宗文皇帝集》卅卷、《上官仪集》卅卷、《杨炯集》卅卷、《许敬宗集》廿卷、《魏曹植集》卅卷、《玄奘集》九卷、《沈约集》百卷、《梁简文帝集》八十卷、《王昌龄集》一卷、《宋之问集》十卷、《李峤百廿咏》一卷、《江文通集》一十卷、①《沈佺期集》十卷、《李白歌行集》三卷、《岑参集》十卷、《王维集》廿卷、《王梵志集》二卷、《石季伦集》五卷、《蔡邕集》廿卷、《炀帝集》廿八卷、《王融集》十卷、《鲍照集》十卷、《班固集》十二卷、《杜审言集》十卷、《则天大圣皇后集》十卷、《武媚娘》一卷、《御制王昭君集》一卷、《游仙窟》一卷、《白氏文集》七十卷、《元氏长庆集》廿五卷、《白氏长庆集》廿九卷，等等。

整体上看，"别集家"收录的唐以前的诗人主要有曹植、陶渊明、阮籍、庾信、谢朓、徐陵等六朝时代的著名诗人，唐代诗人主要有初唐四杰的王勃、杨炯、卢照邻、骆宾王以及沈佺期和宋之问等，另外还收录有中国散佚的《上官仪集》三十卷、《许敬宗集》二十卷，他们都是活跃于初唐宫廷的高级官僚文人，其文集在日本奈良、平安朝的宫廷文学中也备受推崇。与此相对，关于盛唐诗人，《日本国见在书目录》中只出现了《王昌龄》一卷和李白的《歌行集》三卷，杜甫、王维的名字都没有看到。《见在书目录》的编撰虽说是唐朝末期，但其中几乎没有出现中晚唐诗人的名字，唯一例外的是，别集家末尾记载的《白氏文集》七十卷、《元氏长庆集》廿五卷、《白氏长庆集》廿九卷，但对《白氏文集》的深度接受则是十世纪之后的事情了。由此可见，对奈良平安朝宫廷文人而言，最为熟悉的其实是魏晋南北朝至隋唐之交时期的文学。

在"总集家"中存 85 种，共 2 835 卷，主要收录有《兔园册》九卷、《注策林》廿卷、昭明太子《文选》卅卷、李善注《文选》六十卷、公

---

① 此处疑有误。

孙罗撰《文选钞》六十九卷、《文选钞》卅卷、李善《文选音义》十卷、公孙罗《文选音决》十卷、释道淹《文选音义》十卷、曹宪《文选音义》十三卷、佚名《文选抄韵》一卷、《小文选》九卷、《文馆词林》千卷、《镜中观妓集》一卷、《诗苑英华》十卷、《续古今诗苑英华集》十卷、《注续诗苑英华集》廿卷、《帝德录》二卷、《珠英学士集》五卷、《河岳英灵集》一卷、《弘明集》十四卷、《古今诗人秀句》二卷、徐陵《玉台新咏集》十卷、《刘白唱和集》二卷、《大唐新集书仪》一卷，等等。

需要注意的是，该子目在相当数量的总集之外，另著录了一部分并非总集的作品，如刘勰《文心雕龙》十卷，本是中国文学史上最早的成系统的文论著作，只因四部分类法初创时并没有为这一类文学批评著作设立专门类目，所以只能暂且归于总集家之下。后来《新唐书·艺文志》的"文史类"、《四库全书总目》的"诗文评类"，才可以说为此类文献真正找到了系属。另有"《类文》二百十三卷"，小注有"在杂家"字样。该书实为类书类著作，子部杂家类已收，此处再入总集家，也许是因类书具有辑录罗列大量史实典故、文章诗赋、丽辞骈语以供士人查考的编排特征，从而间接地包括了大量文学作品的篇章词句所致。①

此外，《见在书目录》共著录小说书目43种(含重出1种)，分别归属如下：第7家"孝经家"3种、第13家"杂史家"2种、第15家"起居注家"1种、第16家"旧事家"2种、第20家"杂传家"13种、第21家"土地家"5种、第25家"道家"1种、第30家"杂家"6种(1种与"杂传家"类著录重出)、第32家"小说家"10种。主要包括《神仙传》《列仙传》《山海经》《搜神记》《冥报记》《西京杂记》《穆天子传》等。

以上梳理了《日本国见在书目录》中记载的中国文学类书籍的目录，下面我们谈谈其中对日本文学影响较大的一些文学典籍。

---

① 赵昱《〈日本国见在书目录〉札记》，详见王勇主编《东亚坐标中的书籍之路研究》，中国书籍出版社，2012年，第301页。

三、六朝隋唐文学典籍的影响

本节我们主要选取几种对奈良平安朝文学影响深远的六朝隋唐文学作品来进行介绍。先来看沈约的文集。沈约（441—513），字休文，吴兴武康（今浙江德清武康镇）人，精通文史，著述繁富，是齐梁文坛的领袖人物。他一生经历宋、齐、梁三代，在文学、史学等领域均有突出成就。沈约的诗文辞赋创作俱有盛名，此外尚有《晋书》《宋书》《齐纪》《梁武纪》等多种史学著作，及《四声谱》这样的声律学著作。他在总结前人声律说的基础上提出"四声八病"之说，并因此与谢朓等人开创了讲求声调平仄的新诗体——"永明体"，为中国古代诗歌由较为自由的古体诗向格律严整的近体诗发展开辟了道路，并提供了一种重要的过渡形式。

《沈约集》在中国宋代已多亡佚，但在日本有《沈约集》百卷、《沈约八咏》一卷。宝龟六年（775），奈良后期文人淡海三船（722—785）撰《大安寺碑文并序》曰："北望平冈，扬震耀于紫阙；南瞻上野，泛仙气于碧峰。"此二句系套用沈约《栖禅精舍铭》"南瞻巫野，北望淮天"而来。柿本人麻吕《悲妻亡歌》"去秋共赏月，今夜月又圆。爱妻离我去，年复一年远"，是套用沈约《悼亡》"去秋三五月，今秋还照房"。《经国集》中收录的滋野贞主（785—852）的《临春风效沈约体应制》，也是仿效沈约的《八咏诗·会圃临春风》而作。

沈约的"八咏诗"包括《登台望秋月》《会圃临春风》《岁暮愍衰草》《霜来悲落桐》《夕行闻夜鹤》《晨征听晓鸿》《解佩去朝市》《被褐守山东》这八首诗，是沈约守东阳郡时为建玄畅楼（后改名八咏楼）而作。其体裁属于杂言体，曾受到乐府诗的影响，与六朝流行的咏物抒情小赋也有许多相似之处。其《会圃临春风》云：

临春风,春风起春树。
游丝暧如网,落花雾似雾。
先泛天渊池,还过细柳枝。
蝶逢飞摇扬,燕值羽参池。
……
曲房开兮金铺响,金铺响兮妾思惊。
梧台未阴,淇川如碧。
迎行雨于高唐,送归鸿于碣石。①
……

沈约《会圃临春风》以描绘春风吹拂的景象为线索,可分为两个部分。第一部分先是写春风吹拂落花、蝴蝶、燕子,接着描写春游女子的裙裾、衣带在春风中飘拂的情态。接着以"曲房开兮金铺响,金铺响兮妾思惊"两句,写春风吹进了深闺,惊动了闺中女子,于是过渡到第二部分,即闺中思妇对远行丈夫的怨情。整首诗以咏春风为线索,但大部分篇幅其实是在写女子的衣着、神态、动作、心思,构思颇为巧妙。

此诗风格极为秾丽。诗中写到的事物,都用艳词加以点缀装饰,如旗帜称为"桂斾",车盖称为"芝盖",桂、芝是香草、灵药,因此就给人以美好之感,这是仿照《楚辞》的写作手法。而诗中的地名"淇川""高唐",则与男女艳情有关。诗人用这些地名,并不是要强调其地理位置或原来的故事,只是给作品涂上富丽绮艳的色彩。此类运用语词的手法,体现了南朝文人的审美趣味。平安朝文人滋野贞主的《杂言临春风效沈约体应制》如下:

临春风,春风澹荡起。

---

① 沈约著,陈庆元校笺《沈约集校笺》,浙江古籍出版社,1995年,第1442—443页。

>　　初从青蘋末,过拂琁闺里。
>
>　　香奁拭即飞栖尘,妆粉眠销懊恨人。
>
>　　舞袖欲缝丝屡乱,音书未寄怨愈频。
>
>　　绿动龙蟠叶,红惊凤脑花。
>
>　　柳絮非同处,海芬是满家。
>
>　　黄莺杂沓谁求媒,素蝶翩翻不倦回。
>
>　　一道风情如有感,吹帘似令荡天开。①

这首诗虽然题名有"效沈约体",但实际上与沈约原诗三、四、五、六、七言并用的句式并不相同,除了前两句效仿沈约之外,它几乎是非常工整的五、七交错体,与沈约原诗交错的音乐美相比,有一种近似工整的端正、优雅之感。但是,与沈约诗中那种从春风写到闺中女子思夫的结构却基本一致。我们知道,《经国集》是以"文章经国"思想为理念而编纂的一部汉诗集,而且这部诗集的序文就是由滋野贞主本人执笔的,但是综观《经国集》,我们会发现效仿六朝宫体诗的作品,在整部诗集中占据绝大多数,这些作品与"经国"的理念几乎毫无关系,甚至可以说是相悖的。因此,实际收录诗文的风格与诗集编纂理念之间的龃龉,一直是学者们百思不得其解之处。这也许是以沈约为代表的六朝诗人,对早期日本宫廷汉诗创作太具有吸引力所致吧。

接下来看王昌龄诗集及《诗格》的流传。王昌龄(698—757年),字少伯,京兆长安(今陕西西安)人。早年贫贱,困于农耕,年近而立,始中进士。他是盛唐著名边塞诗人,以七绝见长。诗境雄浑开阔,自成一格。明王世贞论盛唐七绝时,认为只有他可与李白争胜,列为"神品"。王昌龄诗集大约在奈良、平安之间传入日本。

---

① 与谢野宽等编《日本古典全集·怀风藻、凌云集、文华秀丽集、经国集、本朝丽藻、经国集》(《日本古典全集　懷風藻、凌雲集、文華秀麗集、經國集、本朝麗藻、經國集》),日本古典全集刊行会,1926年,152页。

但王昌龄在日本的主要影响,在于其论诗的《诗格》。空海于大同元年(806)十月归国,并于嵯峨天皇弘仁二年(811)六月二十七日献诸书,其中就有《王昌龄诗格》一卷。翌年七月,空海又献《王昌龄集》等,他的《文镜秘府论·南卷·论文意》就多引用王昌龄《诗格》。另外,《文镜秘府论》所收王昌龄佚诗断句,现已辑入《全唐诗逸》。

值得一提的还有开创咏物诗先河的《李峤百咏》在日本平安朝的影响。李峤(644—713年)是初唐政坛、文坛的重要人物,历任高宗、武后、中宗、睿宗、玄宗五朝,官位高至宰相。他与崔融、苏味道、杜审言合称为"文章四友",又与苏味道并称"苏李"。李峤是唐代第一位有计划创作咏物诗的诗人,他的代表作是《李峤百咏》,古今对其评价颇有不同。李峤的咏物诗有一百二十首,将所咏之物分为乾象、坤仪、居处、文物、武器、音乐、玉帛、服玩、芳草、嘉树、灵禽、瑞兽十二大类,大类中再分为若干小类,如乾象中再分"日、月、星、风、云、烟、露、雾、雨、雪",瑞兽又分"龙、象、马、牛、熊、鹿、羊、兔"等。李峤对诗作按主题进行分类的方法,使其咏物诗具有了类书的性质,为初学诗的人提供了一种创作范式。如李峤的五言小诗《风》:"解落三秋叶,能开二月花。过江千尺浪,入竹万竿斜。"句句嵌入数字,四句两两为对。这类咏物诗开创了唐代蒙学发展的新领域。

《李峤百咏》大约在奈良时期传入日本,后在日本宫廷中流传。现存最早记载是平安初期嵯峨天皇抄写该书,并留下来的残卷,即著名的"宸翰本"。据《日本纪略》记载,从五位下行丹波介清内宿祢雄行曾给即位前的文德天皇(850—858年在位)侍读《李峤百咏》:"昔文德天皇龙潜,御梨本院之时,雄行侍读《百廿咏》,奉讲《孝经》。"《本朝文粹》卷八收录纪长谷雄于延喜十年(910)所撰《八月十五夜陪菅师匠望月亭同赋桂生三五夕》,其诗序云:

八月十五夜者,天至净、月至明之时也。故古之玩月,多在斯宵。莫不登高望远,含毫沥思。古人之情,知有以也。菅师匠菅原道真,儒林之翘楚,文苑之英花。便对三更之晴,以玩一家之月。于时月明于上,桂生其中。润金波之远流,拂玉叶而幽茂。至其托根阴灵,裹影清夜,笼常娥于华叶,荫顾兔于枝条。①

这首诗序的诗题"桂生三五夕"就来自李峤的《月》:

桂生三五夕,莫开二八时。清辉飞鹊鉴,新影学蛾眉。
皎洁临疏牖,玲珑鉴薄帷。愿言从爱客,清夜幸同嬉。②

由此可知,《李峤百咏》与日本句题诗的发展之间具有重要的联系。③另外,日本天禄二年(971),藤原诚信七岁"读李峤《百廿咏》矣",此乃《咏物诗》作为幼学启蒙读物的最早记载。李峤《杂咏诗》旧本中国早散佚,赖日本所藏以存。

张鹭《游仙窟》是唐人传奇中的一篇特殊作品,大约一万字,文笔生动优美,诙谐有趣,文章近乎骈俪,并大量穿插诗歌、俗语。《游仙窟》不见于中国文献著录,故一般认为这部小说在创作出来之后就在中国亡佚了,清末才由杨守敬从日本传抄回来。《游仙窟》大约在中唐时期传入日本,据《旧唐书》云:"天后朝,中使马仙童陷默啜,默啜谓仙童曰:张文成在否?曰:近自御史贬官。默啜曰:国有此人而不用,汉无能为也。新罗、日本东夷诸蕃,尤重其文。每遣使

---

① 藤原明衡编,大曾根章介校注《本朝文粹》(《本朝文粋》),详见佐竹昭广编《新日本古典文学大系》第 27 册(佐竹昭広编《新日本古典文学大系 27》),岩波书店,1992 年,第 258 页。
② 张锡厚《全敦煌诗》第 1 编,作家出版社,2006 年,第 1514 页。
③ 蒋义乔《从句题诗看〈李峤百咏〉在日本的接受情况》,《日语学习与研究》2005 年 2 月,第 59—63 页。

入朝,必重出金贝以购其文,其才名远播如此。"① 可知武则天时期《游仙窟》已经流入日本。

《游仙窟》作者张鷟的生平仅见于其野史著作《朝野佥载》提要所述。鲁迅曾作《游仙窟序》介绍该书传入日本一事:

> 《游仙窟》今惟日本有之,是旧钞本,藏于昌平学;题宁州襄乐县尉张文成作。文成者,张鷟之字。……《唐书》虽称其文下笔立成,大行一时,后进莫不传记,日本新罗使至,必出金宝购之,而又訾为浮艳少理致,论著亦率诋诮芜秽。鷟书之传于今者,尚有《朝野佥载》及《龙筋凤髓判》,诚亦多诋诮浮艳之辞。《游仙窟》为传奇,又多俳调,故史志皆不载;清杨守敬作《日本访书志》,始著于录,而贬之一如《唐书》之言。日本则初颇珍秘,以为异书;尝有注,似亦唐时人作。河世宁曾取其中之诗十余首入《全唐诗逸》。②

《游仙窟》以第一人称叙述张鷟本人的一次艳遇。他在奉使河源途中,进入一个相传为"游仙窟"的大宅,受到十娘、五嫂款待,宴饮笑谑,诗书相酬,留宿一夜而去。据说这篇传奇是因爱慕武则天而作,最早提出这个说法的是日本西行法师传抄的《唐物语》一书,作者在第九章述及《游仙窟》本事时提出这一观点,但很可能只是日本人的讹传。因为武则天的男宠张易之、张昌宗都姓张,他们的族祖名张行成,很容易与张文成弄混,所以才牵合出这一段传说吧。"游仙"实即狎妓。六朝志怪常写凡人入山遇仙,到了唐代,文人们索性用"仙"来指妓女或艳冶女子。"神仙窟"就是妓院,十娘即妓女,五嫂的身份则近于鸨母。《游仙窟》说崔十娘是"博陵王之苗

---

① 《旧唐书》卷一百四十九,中华书局,第 4023—4024 页。
② 鲁迅《游仙窟》序言,详见李新宇、周海婴主编《鲁迅大全集》第 4 册创作编(1927—1928),长江文艺出版社,2011 年,第 86 页。

裔,清河公之旧族",只能视为小说家的游戏之词。郑振铎对《游仙窟》的评价很高:

> 《游仙窟》虽没有《莺莺传》那末婉转曲折,却远胜于《燕山外史》的笨重不灵活。她只写得一次的调情,一回的恋爱,一夕的欢娱,却用了千钧的力去写。虽用的是最不适宜于写小说的古典文体,有的地方却居然写得十分的清秀超脱,逸趣横生。①

郑振铎还从《游仙窟》中插入的诗句出发,肯定了它的两个特征:

> 文中所插附的诗句,也颇有许多动人的深情的话语;像那样的大胆而带些粗野的诗句,如"但当把手子,寸斩亦甘心"之句,是一般唐人诗中所决觅不到的,那时当然也有这类的诗不少,却一一的为时间所淘汰了。
>
> 第二,是咏物诗的隽妙。其中的咏物诗,几乎没有一首不好,虽浅露,却隽美;虽粗疏,却富于情致;虽若无多大意味,却往往是蕴蓄着很巧妙的双关之意。例如,咏筝的一诗:"心虚不可测,眼细强关情。回身已入抱,不见有娇声。"像这样的一种双关的咏物诗,又是民间的歌曲中所常见的。②

由此可知,专注于中国俗文学的郑振铎,从《游仙窟》中发现了来自民歌、民间文学的价值,从而高度肯定了这部作品。

从八世纪开始,《游仙窟》就对日本文学产生了巨大的影响,江户时期国学者契冲(1640—1701年)在《万叶代匠记》中,就指出了《万叶集》对《游仙窟》的化用。如《万叶集》卷四载山上忆良《沉疴

---

① 郑振铎《中国文学论集》,岳麓书社,2011年,第322页。
② 郑振铎《中国文学论集》,岳麓书社,2011年,第327页。

自哀文》引"九泉之下,一钱不值",即出《游仙窟》。日本近代作家幸田露伴(1867—1947年)通过详细的考证,也指出了《万叶集》中大伴家持的《赠坂上大娘歌》十五首,其中有四首的辞意都采自《游仙窟》。日本学者山田孝雄认为,《游仙窟》或许是山上忆良等遣唐使一行人带回来的也未可知。另外,在忆良的文中,也引用有孔子的话、佛经的话,以及《抱朴子》《帛公略说》等书,可想见当时已把此书和经、子为伍,是不足怪的。

《游仙窟》很受奈良朝文人所喜爱,尤喜借其抒发对富有神仙趣味的文学意境的想象。①奈良朝中期出现的《浦岛子传》,据严绍璗先生考证,认为这是最早对《游仙窟》进行"翻案"的作品,在日本古小说史上自有其不可忽视的意义。②至平安朝,《游仙窟》流布更广。旧钞本载文和三年(1354)文章生英房跋云:"嵯峨天皇书卷之中,撰得《游仙窟》。"源顺(911—983年)奉勤子内亲王旨令撰《和名类聚钞》,即以本书的训为典据,引用之处,有十四条。《和名类聚钞》参考的汉籍主要有《尔雅》《说文》《唐韵》《玉篇》《诗经》《礼记》《史记》《汉书》《白虎通》《山海经》等,引用日本古典主要有《日本书纪》《万叶集又式》等。可见那时已把《游仙窟》和这些书籍置于同等地位予以重视。

---

① 小岛宪之《上代日本文学与中国文学:以出典论为中心的比较文学考察》下册,塙书房,1965年,第1054页。
② 严绍璗《日本古代小说的产生与中国文学的关联》,详见王琢编《中日比较文学研究资料汇编》,中国美术学院出版社,2002年。

第三讲 《史记》与平安朝文学

《史记》是我国第一部纪传体通史,也是一部伟大的传记文学巨著,在中国传统的政治文化中有着重要地位。《史记》是随着众多的中国经史典籍一起传入日本,并逐渐得以传播普及的。在日本朝廷完善学制的过程中,《史记》与经书一起成为重要的教科书,留下了许多珍贵的抄本。在奈良、平安时代,《史记》不仅在日本中央大学寮、地方国学作为教科书使用,还在以天皇为首的贵族集团之间作为教养书广泛流传。另一方面,《史记》的故事情节在《艺文类聚》等类书中反复被摘用,而随着这些类书在古代日本的流行,《史记》更为广泛地受到了日本人的喜爱。在镰仓、室町时代,禅宗僧侣代替贵族来讲授汉籍,在这个时候出现了被称为"史记抄"的注释书籍。在江户时代,随着印刷术的发达,日本幕府开始大量刊行《史记》和刻本,这些和刻本《史记》对武士、汉学家、町人等不同阶层都产生了重要影响。

一、《史记》的传入与讲读

《史记》是在西汉武帝(前141—前87年在位)时期,司马迁继其父司马谈之志完成的著作,最初题为《太史公书》。元封元年(前110),司马迁接受司马谈之嘱托,此前部分篇章其实由司马谈执笔撰写。[①]元

---

① 关于《史记》的成书问题,可参考张新科和俞樟华的《史记研究史略》(三秦出版社,1990年)、内藤湖南的《中国史学史》(平凡社,1992年)、佐藤武敏的《司马迁研究》(汲古书院,1997年)等著作。

封三年（前108），司马迁任太史令，开始正式执笔著书。天汉三年（前98）司马迁因为李陵被匈奴俘虏一事辩解而遭受宫刑，后成为中书令，遂发愤著述。该事件的经过和其著书的目的，在《汉书·司马迁传》和《文选》所收的《报任安书》中都有详细记载。

著述完成后，太史公自序"藏之名山，副在京师"，这说明《太史公书》至少制作了正本和副本。但是《太史公书》是在司马迁死后，经其外孙杨恽在汉宣帝（前74—前49在位）时祖述之后，才逐渐为世人所知。此外据佐藤武敏《〈史记〉的体裁上的特色》考察，"史记"的用法始于东汉灵帝以后。从东汉到魏晋有"太史公书""太史公记""太史记"等称呼。[①]然后，随着经书《春秋》的地位的确定，作为史书的"太史公书"的称呼逐渐广为流传。

关于《史记》何时传入日本，历来莫衷一是，但据韩国学者诸海星研究，[②]《史记》最早在高句丽时代已经传入朝鲜半岛。《三国史记·高句丽本纪》记载了为完善"太学"制度，而以"五经"、"三史"为教科书之事，这里的"三史"即指《史记》《汉书》《东观汉纪》。另外，《旧唐书》卷199"东夷列传"上"高丽条"，也记载了朝鲜人读《史记》之事：

> 俗爱书籍，至于衡门厮养之家，各于街衢造大屋，谓之扃堂。子弟未婚之前，昼夜于此读书习射。其书有五经及《史记》、《汉书》、范晔《后汉书》、《三国志》、孙盛《晋春秋》、《玉篇》、《字统》、《字林》，又有《文选》，尤爱重之。[③]

由此可见，《史记》传入日本的过程，也有可能受到了朝鲜半岛的影

---

① 佐藤武敏《司马迁研究》(《司馬遷の研究》)，汲古书院，1997年。
② 诸海星《〈史记〉在韩国的译介与研究》，载《汉学研究》，中国和平出版社，1996年。
③ 《旧唐书》，中华书局，第5320页。

响。武汉大学覃启勋先生专著《〈史记〉与日本文化》,①全面梳理了《史记》在日本传播与影响的历史,包括《史记》传入日本的时间与原因,《史记》对日本政治、教育、史学、文学的影响,以及日本学术界对《史记》研究的成就及特点等。关于《史记》传入日本的具体时间,覃先生认为,《史记》应是在公元600年至604年之间由第一批遣隋使带回日本的。因为直到公元600年,《史记》都没有传入日本的客观条件。②其后,也有学者附和覃先生的观点,并举出圣德太子《十七条宪法》第十条"是非之理,讵能可定。相共贤愚,如镮无端",认为这条应该是出于《史记·田单传》:"奇正还相生,如环之无端。"但日本学者池田昌广、③藤田胜久④很快就举出了两条反证:

第一,《十七条宪法》存在伪作的可能性,也就是说并非圣德太子所撰,由此来断定《史记》传入的年代有些不妥。

第二,《十七条宪法》中的汉籍典故多出自类书,而非直接采用自《史记》。

他们同时提出了自己的看法,认为《史记》传入日本的时间上限,应不早于吉备真备回日本的天平七年(735),其时间下限应不晚于天平宝字元年(757)。因为《续日本纪》天平宝字元年十一月癸未条敕文规定,为了贯彻对诸国博士、医师的教育,大学寮为纪传道生开设"三史",作为"三史"教科书的就是《汉书》《后汉书》和《史记》。《续日本纪》云:

敕曰:如闻。顷年诸国博士、医师,多非其才,托请得选,非唯损政,亦无益民。自今已后,不得更然。其须讲经生者,

---

① 覃启勋《〈史记〉与日本文化》,武汉大学出版社,1989年。
② 覃启勋《关于〈史记〉东传日本的时间起点》,《文史杂志》1989年第6期,第12—13页。
③ 池田昌广《〈史记〉在古代日本的接受》(池田昌広《古代日本における〈史記〉の受容をめぐって》),《古代文化》第61卷第3号(通号578),2009年12月,第394—413页。
④ 藤田胜久《〈史记〉在日本的传播与接受》(藤田勝久《〈史記〉の日本伝来と受容》),《爱媛大学法文学部论集文集》第9号,2000,第85—122页。

三经。传生者,三史。医生者,《太素》《甲乙》《脉经》《本草》。针生者,《素问》《针经》《明堂》《脉诀》。天文生者,《天官书》、汉晋《天文志》、三色簿赞、韩杨要集。阴阳生者,《周易》、新撰阴阳书、《黄帝金匮》、五行大义。历算生者,汉晋《律历志》《大衍历议》《九章》《六章》《周髀》《定天论》。①

根据该敕文可知,在日本古代教育中,《史记》是重要的教科书之一,由此我们就需要了解一下日本古代的学制问题。遣唐使入唐的目的是将唐朝的文化制度移入日本,其中很关键的一环,就是引入唐朝的学制,以便为日本律令制国家培养合格的官僚。桃裕行等学者很早就关注到了这一问题,并讨论了在日本大学寮里作为教科书的汉籍的选定过程,②尤其是以"三史"为代表的历史书籍的选择,与我们要讨论的《史记》的接受问题密切相关。简单来说,日本在大约七世纪末仿唐朝学制在中央设置"大学寮",其中有专门讲习历史的"纪传道",修习"纪传道"的学生被称为"纪传生"。此外需要说明的是,日本大学寮中设置"纪传道"的时间要晚于"明经道"。所谓"明经道",以儒家经典为教科书,这是日本大学寮中设立的最早的科目,早在养老二年(718)元正天皇颁布《养老令》,在平城京设大学寮时,就设立了明经道。神龟五年(728),增设"文章道",以《文选》《尔雅》为教科书,目的在于培养文章生的汉文公文与外交文书的写作能力。在"明经道"和"文章道"之后,才设立了"纪传道",以"三史"为教科书,目的在于培养纂修国史的人才。

《史记》作为"纪传道"的教科书,不仅在日本中央朝廷大学寮推广,而且也传播到了平安京之外,如《续日本纪》神护景云三年

---

① 黑板胜美《新订增补国史大系:日本纪前篇》(黑板勝美《新訂增補国史大系:続日本紀前篇》),吉川弘文馆,1962年,第243页。
② 桃裕行《古代学制研究》(《上代学制の研究》),目黒书店,1947年。

(769)十月甲辰条记载：

> 太宰府言：此府人物殷繁，天下之一都会也。子弟之徒，学者稍众，而府库但蓄五经，未有三史正本。涉猎之人，其道不广。伏乞列代诸史各一本给传习管内，以兴学业。诏赐《史记》、《汉书》、《后汉书》、《三国志》、《晋书》各一部。①

公元769年，正是遣唐使往来于东亚海域的黄金时期，而大宰府则是日本与唐朝往来的重要港口，根据这条文献可知，大宰府"五经"虽然具备，但是由于没有"三史"的正本，所以恳请中央政府将三史及历代史书写本一起赐予。最后的结果是，天皇下令给大宰府赐予《史记》《汉书》《后汉书》《三国志》《晋书》等。《续日本后记》仁明天皇承和九年(842)九月丙申条，也记载了《史记》在相模、武藏、常陆、陆奥等国的抄写：

> 敕令相模、武藏、常陆、上野、下野、陆奥等国，写进三史。②

"三史"旁以小字注释："《史记》、前后《汉书》是也。"由此一来，《史记》在日本地方上也开始传播起来。

根据《日本国见在书目录》记载，平安时代流传在日本的《史记》版本主要有：《史记》八十卷，裴骃集解；《史记音》三卷，邹诞生撰；《史记音义》二十卷，刘伯庄撰；《史记索引》三十卷，司马贞撰；《太史公史记问》一卷。③日本现存《史记》古抄本残卷约有十四种。其中最为古老的是抄于平安末期的卷九六《张丞相列传》、卷九七《郦生陆贾列传》，滋贺县大津市石山寺藏，日本国宝。此外，旧抄本

---

① 《续日本纪》神护景云三年(769)十月甲辰条。
② 《续日本后记》仁明天皇承和九年(842)九月丙申条。
③ 孙猛《日本国见在书目录详考》上册，上海古籍出版社，2015年，第537—547页。

还有毛利家藏延久抄本卷九《吕后本纪》、东北大学图书馆藏延久抄本卷一〇《孝文本纪》、大东急纪念文库藏延久抄本卷一一《孝景本纪》,这三种是同一抄本,大江家国抄于延久五年(1073),日本国宝。高山寺旧藏东洋文库藏卷二《夏本纪》及卷五《秦本纪》,两卷同属于天养二年(1145)的抄本,也是日本国宝。另外还有京都高山寺藏卷三《殷本纪》、卷四《周本纪》,神田文库藏卷七《河渠书》,宫内厅书陵部藏卷八《高祖本纪》,宫内厅书陵部藏卷一《五帝本纪》、卷七九《范雎蔡泽列传》,山岸德平藏大治抄本《孝景本纪》卷十一。[1]这些藏本既是我们了解古代日本人研读《史记》的重要资料,对于中国的《史记》研究也具有宝贵的史料价值。

《史记》是纪传道学生的必读之书。"纪传生"学成后,常担任大学头、侍读、式部大辅等要职,成为公卿,直接参与政治活动。亦有部分学生被选派到"撰国史所",参与日本官方的修史活动。换言之,以《史记》为首的中国史书,作为大学寮的教科书,对于官僚、官吏的培养是必要的,也可以作为编纂日本历史书的典范而被使用。日本最早的史学著述,大约出现在6世纪前半期的继体天皇、钦明天皇时期。此后《六国史》出现,乃是日本奈良、平安时期官方编撰的六部日本国史书,即《日本书纪》《续日本纪》《日本后纪》《续日本后纪》《文德实录》《三代实录》的总称。《日本书纪》成书于八世纪,史料上直接参考过《史记》,体例上也直接借鉴了《史记》中"纪"的体例。按天皇立卷,编年记事。同时,其借鉴《史记》中的正统思想,以说明天皇继承中的统绪问题,把天皇叙述为天照大神的后代,有别于其他血统。这种观念没有《史记》的影响,在当时是不可能形成的。随后《续日本纪》等五部史书,继续弘扬《日本书纪》的特点,吸收和继承《史记》所开创的纪传体史书的某些特点。

---

[1] 杨海峥《日本〈史记〉研究论稿》,中华书局,2017年,第2—3页。

前文我们谈到了《史记》作为奈良朝大学寮"纪传道"的教科书,在纪传生之间讲习。事实上到了平安时代,天皇和贵族阅读《史记》的例子越来越多。如《类聚国史》中"天皇读书"项记载:"嵯峨天皇弘仁七年(816)六月,勇山连文继侍读《史记》。"《三代实录》贞观十七年(875)四月廿八日条,就记载了清河天皇读《史记》之事:"是日,帝始读《史记》。参仪从三位行左卫门督兼近江权守大江朝臣音人侍读。"①《日本记略》中也记载有醍醐天皇和朱雀天皇读《史记》的例子:

醍醐天皇昌泰三年(900)六月十三日己巳条:

令文章博士三善清行,代同博士藤原朝臣菅根讲《史记》。②

醍醐天皇延喜六年(906)五月十六日戊辰条:

天皇始读《史记》于式部大辅藤原朝臣菅根,以少内记同博文为都讲。③

醍醐天皇延长三年(925)五月八日乙亥条:

伊豫权守橘公统讲《史记》于北堂。④

朱雀天皇天庆二年(939)十一月十四日辛巳条:

---

① 黑板胜美《新订增补国史大系:三代实录后篇》(黑板胜美《新訂增補国史大系:三代实録後篇》),吉川弘文馆,1961年,第361页。
② 《国史大系》第5卷《日本纪略》,经济杂志社,1897年,第778页。
③ 《国史大系》第5卷《日本纪略》,经济杂志社,1897年,第785页。
④ 《国史大系》第5卷《日本纪略》,经济杂志社,1897年,第808页。

天子始读《史记》于左中辨藤原在衡,以式部丞三统元夏为尚复。①

朱雀天皇天历三年(949)十月十六日乙酉条:

此日,文章博士纪在昌始讲《史记》。②

另外,在《伏见宫御记录》载923年七月,当天皇的皇子(后来的朱雀天皇)诞生时,举行了"御汤殿始"的入浴仪式。藤原元方、大江千古两位文臣侍奉,在仪式举行的七日间,讲读了《千字文》《汉书》《古文孝经》《论语》《易》《尚书》《史记》《毛诗》《左传》等。很多朝廷官员也研读《史记》,《孝文本纪》《秦始皇本纪》《留侯世家》《孔子世家》等都是供朝廷大臣讲读和研习的篇目。这种讲读《史记》的传统,催生了平安朝的《史记》竟宴诗。

二、《史记》竟宴与"文章经国"

平安朝前期,日本朝廷以东亚文明中心的唐朝为政治文化范本,将《史记》的讲读引入宫廷,使之成为天皇及官吏培养过程中不可或缺的教科书。九世纪中叶,日本国家最高教育机构大学寮,将以《史记》为代表的中国史书设定为"纪传道""文章道"科举取士的重要内容,这一措施不仅使《史记》成为日本官员编修史书、写作文书的实用指导,而且令《史记》的影响很快蔓延至汉诗文领域。其中,"《史记》竟宴"就是将《史记》引入汉文学创作的重要途径之一。

---

① 《国史大系》第5卷《日本纪略》,经济杂志社,1897年,第825页。
② 《国史大系》第5卷《日本纪略》,经济杂志社,1897年,第865页。

所谓"《史记》竟宴",是指文章博士在给天皇的《史记》讲读结束之际,由天皇设宴,命诸臣就讲读篇目中的内容吟咏诗歌,并赐俸禄的一种文学沙龙活动。这样既能进一步熟悉所习典籍,也能提高创作汉诗的能力,同时还兼具交际的目的。当时,这种共同讲解、阅读同一本典籍的方式很是流行,因此也留下了许多与中日古典如《汉书》《文选》《孝经》《日本书纪》等相关的竟宴诗。

平安时代在宫廷给天皇讲读《史记》这一传统,催生了以司马迁和《史记》人物为题材的咏史诗的发达。这些诗的诗题一般由文章博士、侍读根据《史记》讲读内容提前拟定,再结合在场诗人的爵位、身份、功绩等来现场分配。平安朝君臣正是通过"讲读——释句——辨义——竟宴"的方式来学习《史记》,因此"竟宴"某种程度上象征着对《史记》学习成果的一种检验与总结。平安朝的《史记》竟宴诗可整理如下表:

表1.1 平安朝的《史记》竟宴诗

出处	人物	诗　题	收录文集	作者
本纪	高祖	《赋得汉高祖》	《文华秀丽集》	仲雄王
	高祖	《于右丞相省中直庐读史记竟,咏史得高祖,应制》	《田氏家集》	岛田忠臣
世家	张子房	《史记讲竟,赋得张子房》	《文华秀丽集》	嵯峨天皇
	季札	《赋得季札》	《文华秀丽集》	良岑安世
列传	司马迁	《赋得司马迁》	《文华秀丽集》	菅原清公
	司马迁	《史记竟宴,赋得太史公自序传》	《凌云集》	贺阳丰年
	叔孙通	《北堂史记竟宴,各咏史得叔孙通》	《扶桑集》	纪纳言
	司马相如	《史记竟宴,咏史得司马相如》	《菅家文草》	菅原道真
	毛遂	《史记竟宴咏史,得毛遂》	《田氏家集》	岛田忠臣
表		无		
书		无		

从平安朝现存的《史记》竟宴诗来看,诗人们多从《史记》"本

纪""世家""列传"中取材,且多以汉高祖、张良、叔孙通、季札、司马迁等与国家兴衰存亡相关,或对历史有直接影响的重要历史人物为题,吟咏内容往往暗含着平安朝的"文章经国"思想。比如《文华秀丽集》"咏史部"收录的四首《史记》竟宴诗,其中嵯峨天皇的《史记讲竟,赋得张子房》云:

> 受命师汉祖,英风万古传。沙中义初发,山中感弥玄。
> 形容类处女,计书挠强权。封敌反谋散,招翁储贰全。
> 定都是刘说,违宰劝萧贤。追从赤松子,避世独超然。①

嵯峨天皇这首赋"张良"的诗文,直接与嵯峨朝初期的"药子之变"相关。换言之,竟宴就是将"文章"与"经国"思想直接关联起来的制作现场。大同四年(809),平城天皇因病让位给他的弟弟嵯峨天皇。嵯峨天皇登基后采取了一系列新政,这些新政引起了许多人的不满,同时由于平城上皇的病逐渐好转,对嵯峨天皇新政不满的人就开始聚集在平城上皇身边,形成了一个对抗势力。弘仁元年(810),平城上皇在他的情人藤原药子及其兄藤原仲成的帮助下试图推翻嵯峨天皇,重新执政,但这个计划没有成功。嵯峨天皇先发制人,迅速出兵,控制住了形势,平城上皇先被幽禁后出家,藤原仲成被杀,藤原药子服毒自杀。嵯峨天皇这首诗,看似在吟咏汉初谋士张良,实则暗示曾辅佐自己控制异己力量的臣子,要像张良一样,运筹帷幄而不恋权势。

九世纪初,嵯峨天皇敕令文臣编选了汉诗集《凌云集》(814年),诗集命名取自《史记·司马相如列传》:"飘飘有凌云之气。"其序文开篇申述编纂缘由:"魏文帝有曰:'文章者经国之大业,不朽之盛事。年寿有时而尽,荣乐止乎其身。'信哉!"在这种憧憬中国政治

---

① 藤原冬嗣编《文华秀丽集》,塙保己一编《群书类丛》(《羣書類從》)第 8 辑(装束部、文笔部 第 1 册)订正版,续群书类丛完成会,1960 年,第 474 页。

理想时代背景下，平安朝君臣通过吟咏《史记》中的圣主、贤臣、良将、名儒，构建出了一种近似理想的律令制国家政治典范。如同在《文华秀丽集》收录的仲雄王《赋得汉高祖》：

> 汉祖承尧绪，龙颜应晦冥。豁如有大度，生事未曾营。
> 住在中阳里，微班泗上亭。吕公惊贵相，王媪感奇灵。
> 望气秦皇厌，寻云吕后停。径关创汉统，军旅入咸京。
> 揆乱资三杰，膺天聚五星。乌江穷楚项，轵道降秦婴。
> 命革登乾极，时平戢甲兵。绛侯重厚者，刘氏遂安宁。①

仅仅从这首诗的用语来看，"尧绪""龙颜""贵相""奇灵""聚五星""登乾极"等极具修饰性的华词丽语的堆砌，充满着对汉高祖的敬意。"豁如有大度"赞颂高祖的人格魅力，"揆乱资三杰"称其有用人之贤，得到了三位豪杰的相助，共襄天下大计。"乌江穷楚项"两句是说高祖入咸阳而灭暴秦及大破项羽之事。最后两联则高度赞颂高祖取得天下，世间遂能偃兵息甲，以及信托绛侯，致其于高祖身后诛诸吕安定刘氏天下。整首诗充满着对贤明圣主治世的赞颂与渴望，同时也暗含着将嵯峨天皇比拟汉高祖的意思。这种情感在良岑安世的《赋得季札》诗中更容易看出：

> 所谓吴季札，芳命冠古今。交贤情若旧，当让义逾深。
> 晏子终纳色，孙文不听琴。还将一宝剑，空报徐君心。②

良岑安世（785—830 年）的这首诗颇值得玩味。良岑安世与平城天皇、嵯峨天皇同为桓武天皇的皇子，在延历廿一年（802）被降为臣籍，赐姓良岑朝臣。嵯峨天皇即位后，弘仁二年（811）良岑安世被任

---

①② 藤原冬嗣编《文华秀丽集》，续群书类丛完成会，1960 年，第 474 页。

命为藏人头,弘仁七年(816)升参议,弘仁十二年(821)升为从三位中纳言,由此可见嵯峨天皇对其的信任和重用。良岑安世去世后,嵯峨天皇曾为他作挽歌二首,表达了痛失手足的悲伤之感。事实上,平安初期天皇与异母兄弟之间的关系并不都这么融洽,有时围绕着皇位的继承,手足相残的事情屡屡发生,如前所述,嵯峨天皇与其兄长平城上皇之间因为皇位之争而起的"药子之变",就是一例。从这层意义上来看,良岑安世无论是在皇位继承方面,还是国家统治方面,都是嵯峨朝政治安定的局面中不可或缺的人物。

在这次《史记》竟宴诗会中,给良岑安世分配的吟咏对象是"季札"。季札(前576—前485年),是春秋时期吴王寿梦第四子,他品德高尚,卓识远大,曾三次被推为国君,却都避而不受。后周游列国,提倡礼乐,宣扬儒家思想,是儒家推崇的圣人典范,孔子曾为之撰写碑铭。由此看来,在嵯峨天皇落座的《史记》竟宴诗会上,良岑安世分得季札为题,显然是具有着强烈的政治意图在内的。而良岑安世吟咏季札的这首诗,"交贤情若旧,当让义逾深","还将一宝剑,空报徐君心",也重点赞颂了季札拒受王位、信守然诺之事。

在这次《史记》竟宴诗会上,还有菅原清公的《赋得司马迁》:

汉史惟司马,高才为代生。龙门初降化,禹穴渐研精。
续孔春秋发,基轩得失明。三千犹存眼,五百但嫌情。
实录传无坠,洪漪游不停。终令万祀下,长作百王祯。[1]

根据《文华秀丽集》序文可知,当时菅原清公的官位是从五位上行式部少辅兼阿波守。菅原清公少时苦学经史,举文章生,也就是

---

[1] 藤原冬嗣编《文华秀丽集》,续群书类丛完成会,1960年,第474页。

擅长史学的秀才。延历廿三年（804）被任命为遣唐使判官，弘仁九年（818），菅原清公在中国朝廷礼仪的基础上，对嵯峨朝的礼仪制度进行了全面的改革，其学问之渊博即使在中国史书中也留下了记载。弘仁十年（819）升为文章博士，即以对历史的学问和研究为根本，他在历史学方面的精深造诣，在嵯峨朝广为人知。因此，将完成《史记》的中国史学家司马迁，作为诗歌题材分给菅原清公，恐怕也并非偶然吧。

在菅原清公的诗句中，首联赞颂了司马迁的高才，第三联是说太史公的功绩在于对历史上的得失进行了判明，尾联强调《史记》即使经历万代也能一直作为历代帝王统治的基础。因此，菅原清公从对司马迁的赞颂，微妙地表现了政治家的历史观。也就是说，记载历史，既可知历史之得失，亦能资帝王之大业。而在弘仁五年（814）编纂的《凌云集》，收录有贺阳丰年《史记竟宴，赋得太史公自序传》一诗：

宏材承五百，博瞻剑三千。第穴遗文借，梧嶷古册全。
屈中天庆起，识大日官传。张辅称孤秀，且明耻独贤。
名高良史籍，身毁妒臣年。义魄悬声价，爰言陵谷迁。①

与菅原清公强调司马迁的功绩及《史记》对帝王统治的价值不同，贺阳丰年的诗歌则以司马迁为李陵辩护而遭受宫刑之事为主，表现了对太史公的极大同情。

《史记》竟宴诗的创作传统一直保持到了十世纪末，如菅原道真（845—903）的《菅家文草》卷一中也有一首《史记竟宴，咏史得司马相如》，其诗云：

---

① 小野岑守编《凌云集》，塙保己一编《群书类丛》第 8 辑（装束部、文笔部 第 1 册）订正版，续群书类丛完成会，1960 年，第 459 页。

犬子犹司马，相如有旧闻。官嫌为武骑，曲喜得文君。
苦谏长杨猎，多劳广泽军。大人今可用，何处不凌云。①

岛田忠臣(828—892年)的《田氏家集》卷上收录《于右丞相省中直庐读史记竟，咏史得高祖应教》一诗云：

金刀受命自然名，大泽陂头梦遘精。
龙怪到家频漫醉，蛇灵当径勿妨行。
青山隐迹云还识，紫箨裁冠雨便轻。
赋手多年长握剑，强心报敌拟分羹。
床前倨傲看来客，塞上宽容用义兵。
始约三章关老庆，能言十罪项王惊。
咸阳寇尽秦煨灭，氾水尊成汉火明。
万乘威加新海内，数行泪落故乡情。
任官重厚须安嗣，嫌疗良医不虑生。
圣业弥天终四百，长陵松柏秦风声。②

《田氏家集》卷下收录《史记竟宴，咏史得毛遂》云：

赵胜知士早，毛遂出群迟。客舍三年默，荆庭一旦威。
既挥升殿剑，终脱处囊锥。寄语他同辈，如何目击时？③

这是以战国时代平原君的食客毛遂的故事为题材创作的一首汉诗。首联欲扬先抑，言平原君早早提拔了有才能的人，但毛遂在众多食

---

① 菅原道真《菅家文草》，野田藤八出版，1700年，第13b页。
② 岛田忠臣《田氏家集》，塙保己一编《群书类丛》第9辑(文笔部、消息部)订正版，续群书类丛完成会，1960年，第165页。
③ 岛田忠臣《田氏家集》，续群书类丛完成会，1960年，第186页。

客中一直默默无闻。颔联、颈联则描述了毛遂在三年的不遇后,于平原君和楚王会谈时自告奋勇,承担起重任。尾联则以反问的语气,引起在座众人的深思,毛遂作为食客的责任感,以及为了主人舍身的忠诚,彰显了作为臣子的忠义和美德,也有呼吁在座众人忠守臣子本分,尽职尽责之意。由此可见,这些以《史记》人物为题材的竟宴诗,是通过对中国历史人物的评价,表明作者政治立场和历史态度的,即作为臣子的处世理念,以及对于圣主治世的渴望。

《扶桑集》第九卷收录纪长谷雄(纪纳言,845—912)《北堂史记竟宴各咏史得叔孙通》:

> 怀明难照世多艰,直道如谀十主间。
> 他日遂逃秦虎口,暮年初谒汉龙颜。
> 光加粉泽洪基贵,道拂风波少海闲。
> 一代儒宗君第一,于今吾辈仰高山。①

首联先说明叔孙通是怀明之人,身处乱世,而不得不转侍多主,其间看似阿谀的行为而总是被世间诘难,但实际上他一直都走"直道",这是诗人对叔孙通所处立场的理解和对他处世之道的肯定。颔联说叔孙通察觉到了秦朝的危险,因此早早逃离,后辗转到高祖麾下,表现了叔孙通对时势的正确判断,以及对于贤明圣主的追慕。颈联则将其对高祖大业的贡献比喻为"光加粉泽",将君臣一心共筑大业以"洪基贵"的美辞进行表现,最后的尾联则肯定了叔孙通在儒学历史上的地位,称赞他是高山一样的存在,令人仰止。

《扶桑集》还收录了大江朝纲(江相公)《春日侍前镇西都督大王读史记应教并序》一首,其诗序云:

---

① 纪齐名(紀齊名)编《扶桑集》,塙保己一编《群书类丛》第 8 辑(装束部、文笔部　第 1 册)订正版,续群书类丛完成会,1960 年,第 573 页。

镇西都督大王,受《史记》于吏部江侍郎,盖寻圣训也。大王仁义有余,百行无失。虽习马迁之史,不忘车胤之勤。复乐在为善,若非东平王之后身;业只好文,则是曹子建之再诞。于时绿觞频倾,弦管缓调。春花面面,阑入酣畅之筵;晚莺声声,与参讲诵之座。朝惭质谢冰光,文惭雕虎,猥奉大王之教,聊献小子之词。谨序。①

我们由此可知平安朝文人在春花绽放、莺啼声声的美景中,共同讲读《史记》的场景。从平安朝诗人选择《史记》中的人物作为其咏史诗题材的倾向来看,他们多选择对国家统治有着正面影响的官吏或忠臣,或是在文化史上留下浓墨重彩之笔的知识分子,或是博得盛名的儒家学者。在对这些历史人物光辉事迹的歌咏中,也有教育平安朝官员的意味。同样,他们在阅读《史记》的过程中,也会读到《佞幸列传》等对一些奸佞之人的描写,但是这些人物被排除在平安朝《史记》竟宴诗的题材之外,也许是考虑到竟宴诗制作的场合,多为表现君臣一体、其乐融融的氛围,这些反面人物也许不太适合作为诗歌题材。

三、紫式部如何读《史记》

《源氏物语》约成书于 11 世纪初期,作者紫式部,为一条天皇皇后藤原彰子的侍从女官。《源氏物语》以平安王朝全盛时期为背景,分五十四回,主体部分描写了理想化的主人公光源氏的感情生活。物语从源氏与继母藤壶私通开始,叙述了他与正妻葵上结婚、葵上病逝,他又以三公主为正妻,但三公主与他人私通生下一子,最后以他最喜爱的女子紫上去世而终了的故事。中间穿插着源氏在宫廷

---

① 纪齐名编《扶桑集》,续群书类丛完成会,1960 年,第 572 页。

政治地位的晋升,以及与众多女性的交往,每一回都像一个独立的短篇小说。

在《源氏物语》中,紫式部于一百五十二处情节中,摘选了中国文学作品中的语句,①按汉籍引用数量依次有《白氏文集》《史记》《文选》《游仙窟》《诗经》等。其中,《史记》仅次于《白氏文集》,居第二位。论及《史记》与《源氏物语》的关系,最著名的就是《源氏物语》"少女卷"中的这段话:

> 他打算将应读之书尽行读完,早日加入群臣之列,立身用世。果然只消四五个月,已经读完《史记》等书。夕雾现已可应大学寮考试了。源氏内大臣先叫他到自己跟前来预试一下。照例召请右大将、左大弁、式部大辅及左中弁等人来监试。又请出那位师傅大内记来,叫他指出《史记》较困难的各卷中考试时儒学博士可能提到的各节来,令夕雾通读一遍。但见他朗声诵读,毫无阻滞,各节义理,融会贯通,所有难解之处,无不了如指掌。其明慧实甚可惊。监试诸人,都赞叹他的天才,大家感动流泪。②

这是源氏儿子夕雾读《史记》以及被考察《史记》中的难解之处,以应对大学寮考试的情节。由此可知,在《源氏物语》成书的时代,《史记》依然是日本贵族男性的重要教科书。

有关《源氏物语》学习、征引《史记》的研究,大体可以追溯到《源氏物语》早期的注释书,如《明星抄》认为《源氏物语》流畅优美的文体模仿的是《史记》笔法,各卷的安排与设计,也有受《史记》影

---

① 可参考严绍璗《〈源氏物语〉中的中国文化因素与它的文学意义》一节中整理的表格,详见严绍璗《中日古代文学交流史稿》,福建教育出版社,2016年,第241页。
② 紫式部著,丰子恺译《源氏物语》,人民文学出版社,1980年,第361页。

响的痕迹。①此外,四辻善成《河海抄》、一条兼良《花鸟余情》等注释书都从不同角度论及《源氏物语》与《史记》的关系。本节主要以《源氏物语》第十回"杨桐卷"为中心,讨论《史记》的影响。

在"杨桐卷"中,源氏的父亲桐壶天皇去世,藤壶皇后出家,曾经相好的六条御息所离京下伊势神宫。源氏与胧月夜私会之事也被发现,这成为他后来被迫离京、流配须磨的导火索。总之,源氏周边的政治环境在"杨桐卷"都发生了重要的转变,为了渲染这种政治气氛的变化,紫式部在三处引用了《史记》:

> A. 她(藤壶)回想桐壶院在世时对她无微不至的宠爱以及恳切的遗言,觉得现今时世大变,万事面目全非。我身即使不惨遭戚夫人的命运,也一定作天下人的笑柄。②
>
> B. 此时这头弁正前往探望其妹丽景殿女御,恰巧源氏大将的前驱人低声喝着,从后面赶上来。头弁的车子暂时停住,头弁在车中从容不迫地朗诵道:"白虹贯日,太子畏之!"意思是讥讽源氏将不利于朱雀帝。③
>
> C. 诸人皆极口赞誉源氏大将,或作和歌,或作汉诗。源氏大将得意之极,骄矜起来,朗诵"我文王之子,武王之弟……"这自比实在很确当。但他是成王的何人,没有继续诵下去,因为只有这一点是疚心的。④

A 是藤壶皇后决意出家之际的心理描写。戚夫人的典故见于《史记·吕太后本纪》,戚夫人在刘邦生前集万般宠爱于一身,刘邦甚至有意立其子刘如意为太子。但在刘邦去世后,戚夫人却遭到吕

---

① 本居宣长著,王向远译《日本物哀》,吉林出版集团,2010年,第95页。
② 紫式部《源氏物语》,人民文学出版社,1980年,第197页。
③ 紫式部《源氏物语》,人民文学出版社,1980年,第201页。
④ 紫式部《源氏物语》,人民文学出版社,1980年,第209页。

后的疯狂报复。被囚禁永巷,舂米为役,继而被砍去手脚、剜去双眼,熏聋耳朵,灌了哑药,最后被扔入厕中,称为"人彘",受尽折磨而死。其爱子刘如意也遭毒杀。紫式部引用《吕太后本纪》,将弘徽殿女御比作吕太后,让藤壶皇后自比戚夫人,掌权的弘徽殿太后极有可能因为桐壶天皇生前过于宠幸藤壶和皇太子,而对她们母子疯狂报复。此处引戚夫人的典故来写藤壶的忧虑,很是传神。另外,藤壶认为自己即使免遭戚夫人一样的厄运,但"也一定作天下人的笑柄",即是暗指与源氏私通诞下皇太子之事。

B 描写的是源氏与朱雀帝畅谈之后,出宫之际遇到弘徽殿女御的哥哥藤大纳言的儿子头弁之事。他是自源氏一派失势、右大臣一派得势之后的宫廷红人,所以出言讽刺源氏。"白虹贯日"是指白色的长虹穿日而过,这种自然现象被古人视为一种异常事件即将发生的预兆,出自《史记·鲁仲连邹阳列传》中邹阳在狱中给梁孝王的上书,其开篇曰:"臣闻忠无不报,信不见疑,臣常以为然,徒虚语耳。昔者荆轲慕燕丹之义,白虹贯日,太子畏之。……夫精诚变天地,而信不喻两主,岂不哀哉!"①邹阳信中举"白虹贯日,太子畏之"一语,是为了说明荆轲的精诚之心感动天地,甚至出现了"白虹贯日"的异象,但燕太子丹却怀疑他,实在是可悲!在《源氏物语》"杨桐卷"中,头弁引用"白虹贯日,太子畏之"的意图,主要是揶揄源氏与朱雀帝宠幸的女御胧月夜私通,背叛朱雀帝之事。

C 是源氏召集事简多暇的文章博士至府邸,与他们吟诗作文、观摩古籍珍本、竞赛掩韵游戏,借此消磨岁月,以远离政事。在宴席上,源氏醉后失态朗诵周公旦之言。语出《史记·鲁周公世家》周公诫子伯禽曰:"我文王之子,武王之弟,成王之叔父。我于天下亦不贱矣。"②周公旦是西周开国重臣,曾辅佐武王战胜殷纣。武王死后,周公担忧天下人听说武王死而背叛朝廷,遂替幼小的成王代为

---

① 司马迁《史记》,中华书局,2011 年,第 2470 页。
② 司马迁《史记》,中华书局,2011 年,第 1391 页。

处理政务，主持国家大政，但此举却招来管叔等人的嫉妒。其子伯禽代其到曲阜就封时，他对伯禽说了这段话，意在告诫伯禽不要因为自己身份高贵就轻慢于人，要谦虚待人，才能令贤士归心。《源氏物语》"杨桐卷"中，"文王之子，武王之弟"是源氏醉后的自夸之词，他是桐壶帝之子、朱雀帝之弟，身份的确如同周公一样高贵。然而，紫式部却并不是为了显出源氏的高贵或者谦虚才让他说出这样一句话，此处的重点恐怕在于"但他是成王的何人，没有继续诵下去，因为只有这一点是疚心的"，换句话说，他作为今世之帝王冷泉帝未公开的生父却不能再说下去了。该典故最后其实依然指向了《源氏物语》的主题——"私通"问题。

以上三处引用分别来自《史记》的"本纪""列传""世家"，在这三个部分各取一篇，将桐壶天皇驾崩后掌握政治实权的弘徽殿女御一派，以"本纪"的故事来对应，将天皇左近遭受谗言攻陷的源氏，以"列传"故事加以影射，而将预言源氏将来重新掌握政权的事情，以"世家"故事来暗示。[①]田中隆昭指出，《史记》的纪传体结构，催生了《源氏物语》的叙事表现和结构，可以说，《史记》在深层结构上与《源氏物语》的叙事相关联。[②]尤其是上文列举的 C 的部分，周公旦作为源氏的人物原型之一，在《河海抄》《紫明抄》等古注释书中反复被提及，比如源氏主动提出放逐须磨，后重返政坛巅峰的情节，就被认为是模仿"周公东征"的故事。事实上，纵观源氏一生的政治起伏，也与周公旦极其相似。比如他们都出身于皇族却以臣子身份辅政；他们一旦遭受谗言攻讦便毅然离开京城，后重返政治中枢；他们虽为臣子却超越"臣"的身份成为尊贵的"摄政王"，等等。另外，源

[①] 日向福《〈贤木卷〉的构成研究——与〈史记〉的关联》(《〈賢木の卷〉の構成について——〈史記〉との関連で》)，《和汉比较文学》第 7 号，1991 年 6 月，第 15—26 页。

[②] 鬼束(田中)隆昭《源氏物语中密通事件的报应——基于〈史记〉因果观的考察，宫城学院女子大学日本文学会编《日本文学笔记》第 23 号〔鬼束(田中)隆昭《源氏物語における密通事件の応報について——〈史記〉の因果観からの照射》，宮城学院女子大学日本文学会編《日本文学ノート》(23)〕，1988 年 1 月，第 91—107 页。

氏成为太政大臣前的各种天地异变,也被指出是模仿《史记·鲁周公世家》。①在《源氏物语》第十九回"薄云卷"中:

> 这一年世间疫疠流行。禁中屡次发生异兆,上下人心不安。天空也多怪变:日月星辰,常见异光,云霞运行,亦示凶兆。世间惊人之事甚多。各地天文、卜易专家纷纷上书申报,其中记载着种种教人吃惊的怪事。②

这时冷泉帝知道了源氏实为他生父的事情,便想退位给源氏。源氏骇然答道:

> 此事如何使得!天下之太平与否,未必由于政治之长短。自古圣代明时,亦难免有凶恶之事。圣明天子时代发生意外变乱,在中国也有其例,在我国亦复如是。何况最近逝世之人,多半是高龄长寿,享尽天年者。陛下不须忧惧也。③

源氏在拒绝冷泉帝的让位时,说道不必为凶恶之事忧心,这在"中国也有其例",之后,作为叙事者的紫式部说道:"作者女流之辈,不敢侈谈天下大事。略举一端,亦不免越俎之嫌。"这被认为是在暗合《史记·鲁周公世家》的情节:

> 周公卒后,秋未获,暴风雷,禾尽偃,大木尽拔。周国大恐。成王与大夫朝服以开金縢书,王乃得周公所自以为功代武王之说。④

---

① 郑寅珑《〈源氏物语〉对周公旦的接受研究》(《〈源氏物語〉における周公旦の受容》),神户大学博士论文,2017年。
② 紫式部《源氏物语》,人民文学出版社,1980年,第337页。
③ 紫式部《源氏物语》,人民文学出版社,1980年,第340页。
④ 司马迁《史记》,中华书局,2011年,第1395页。

无论如何,从上述"杨桐卷"三处引用《史记》的内容来看,都与《源氏物语》的私通主题密切相关。源氏与继母藤壶私通,诞下的皇子即为冷泉帝。冷泉帝在母亲藤壶去世之后,从一位僧侣那里得知自己的生父是内大臣源氏后,便想将皇位让给生父源氏,但苦于日本历史不曾有此种先例,所以他浏览种种汉籍后发现:

> 帝王血统混乱之事,在中国实例甚多,有公开者,有秘密者;但在日本则史无前例。即使亦有实例,但如此秘密,怎能见之史传?当然不会传之后世了。他只在史传中发现:皇子降为臣籍,身任纳言或大臣之后,又恢复为亲王,并即帝位者,则其例甚多。于是他想援用此种前例,以光源氏内大臣贤能为理由,让位与他。①

冷泉帝通过读史书知道,中国不论公开也好,还是秘密也好,帝王血统混乱的记载很多。关于这一点,室町时代成书的《源氏物语》注释书《河海抄》这样说:"秦始皇虽以庄襄王之子即位,实乃始皇之母太后嫪毐(当为赵姬)与臣下吕不韦私通所生云云。"正像物语里所说的,在日本历史上找不到这样的例子。田中隆昭因此推定,中国的例子——特别是《史记·吕不韦列传》关于秦始皇出生的记载,对《源氏物语》关于冷泉帝出生的描写给予了重要的影响。当时,子楚(后为庄襄王)在赵国作人质,吕不韦把已怀孕的姬妾让于子楚,后生嬴政。其传云:

> 吕不韦取邯郸诸姬绝好善舞者与居,知有身。子楚从不韦饮,见而悦之,因起为寿,请之。吕不韦怒,念业已破家为子楚,欲以钓奇,乃遂献其姬。姬自匿有身,至大期时,生子政。子楚

---

① 紫式部《源氏物语》,人民文学出版社,1980年,第341页。

遂立姬为夫人。①

一般人怀胎十月而产,但赵姬生嬴政则孕十二月,是为"大期"。唐司马贞在《史记索隐》中解释道:"谯周云:'人十月生,此过二月,故云大期。'盖当然也。既云自匿有娠,则生政固当逾常期也。"这与《源氏物语》中冷泉帝的出生极为相似:

> 藤壶妃子分娩的日期,照算该是去年十二月中。但十二月毫无动静地过去了。大家有些担心。……幸而过了二月初十之后,平安地产下一个男孩。于是忧虑全消,宫中及三条院诸人皆大欢喜。②

秦始皇和冷泉帝都比常人推迟了两个月才出生,我们由此可见《源氏物语》在基本情节上对《史记》的借鉴。通过上面的一些文本,我们会发现,据《紫式部日记》记载,紫式部非常熟悉《史记》典故。尽管她不像男性那样,能上大学寮学习《史记》,但在父亲讲解的过程中,她总是很快就记住,惹得她父亲总是感叹,可惜不是男儿,真不幸云云:

> 那个叫式部丞的人,在一旁读《史记》时,听了又听,只是不懂,又记不住。我倒出奇地很快听懂了。对汉文典籍很有研究的父亲时常叹息说:"可惜不是男儿,真不幸啊!"③

可见,在平安时代,女子一般还是被排斥在汉文世界之外的。

---

① 司马迁《史记》,中华书局,2011年,第2206页。
② 紫式部《源氏物语》,丰子恺译,人民文学出版社,1980年,第134—135页。
③ 紫式部《紫式部日记》,收于《王朝女性日记》,林岚、郑民钦译,河北教育出版社,2002年,第355页。

比如《紫式部日记》中记录了一段紫式部家中侍女的议论:"汉籍读得多了,才会薄幸,为什么身为女子却要读汉文呢。从前的女子,就连阅读经书都要被禁止的呀。"因为受到这些议论的影响,紫式部便决定"连一个汉字也不写了"。

第四讲　平安朝的崇"白"风尚

自九世纪中期以来,日本贵族知识阶层对唐代诗人白居易(772—846)及其诗文便长时间地表现出崇敬和仰慕。相较之下,诗仙李白(701—762)、诗圣杜甫(712—770)却很少受到关注。自《白氏文集》传入日本之后,很快取代《文选》成为日本皇室、贵族学习汉诗文的典范。《白氏文集》不仅对日本汉文学影响极深,使日本出现了所谓的"白体诗""句题诗"等,也影响了日本的物语文学、和歌、日记及随笔文学,塑造了古代日本人的美意识。随着对《白氏文集》的深度接受,日本古代贵族阶层在生活方式上也开始模仿白居易,出现了所谓的"尚齿会",以及将白居易视为文殊菩萨化身的信仰。

一、雪月花时最忆君:白居易与日本传统美意识

1968年,日本作家川端康成获诺贝尔文学奖,他在获奖演说《我在美丽的日本》中说:

> 以研究波提切利而闻名于世,对古今东西美术博学多识的矢代幸雄博士,曾把"日本美术的特色"之一,用"雪月花时最怀友"的诗句简洁地表达出来。当自己看到雪的美,看到月的美,也就是四季时节的美而有所省悟时,当自己由于那种美而获得幸福时,就会热切地想念自己的知心朋友,但愿他们能够

共同分享这份快乐。这就是说,美的感动,强烈地诱发出对人的怀念之情。①

川端康成用"雪月花"来概括日本文学的传统美。而这浓缩了日本人独特审美情调的"雪月花",也正是出自白居易的《寄殷协律》一诗:

> 五岁优游同过日,一朝消散似浮云。
> 琴诗酒伴皆抛我,雪月花时最忆君。
> 几度听鸡歌白日,亦曾骑马咏红裙。
> 吴娘暮雨萧萧曲,自别江南更不闻。

这首诗为唐大和二年(828)白居易在洛阳所作。题下自注:"多叙江南旧游。"殷协律是白居易一位不得志的朋友。作者自长庆二年(822)至宝历二年(826)在苏杭任刺史,前后有五年,固有"五岁优游同过日"之说。王士禛《带经堂诗话》卷十五云:乐天诗"吴娘暮雨潇潇曲,自别江南久不闻",极是佳句。这首诗借追忆旧友同游江南之佳景,反衬今日之凄凉,如沈德潜《唐诗别裁集》卷十五云:"追忆佳冶,转觉凄凉。"但在川端康成的转述中,只截取了"雪月花时最忆君"这种盛时的美好,诗句结尾的凄凉却是不过问的。我们若要问日本的白居易接受为何会是这样的一种审美倾向,就要追溯到日本的平安时代。

《白氏文集》传入日本的具体时间不详,最为著名的记载来自大江匡房《江谈抄》。其中记录了这样一个故事,说嵯峨天皇行幸河阳馆,作了这样一句诗:"闭阁唯闻朝暮鼓,登楼遥望往来船。"然后召来当时著名的文臣小野篁(802—852),小野篁见了嵯峨天皇的这首

---

① 川端康成著,叶渭渠译《我在美丽的日本》,河北教育出版社,2002年,第233页。

诗后,奏曰:"以'遥'为'空'最美者。"嵯峨天皇听了大惊,曰:"此句乐天句也,试汝也。本'空'字也。今汝诗情与乐天同者也。"这个故事虚构和夸张的成分颇大,所以不大能当真。《江谈抄》中还记载有"会昌五年冬,乐天已亡。而后年也,《文集》渡来"的内容。据考证,此处指的是唐大中元年(847),入唐僧慧萼将其转抄之南禅院本《白氏文集》带回日本一事。①

日本五山名僧虎关师炼(1278—1346)于元亨二年(1322)撰成的《元亨释书》,是一部关于日本名僧的传记,其卷十六《唐补陀落寺慧萼传》,就是关于慧萼的略传。然其中多有混乱遗漏,经诸多学者考证可知,慧萼又作"慧锷",日本留学僧,中国普陀洛迦山开山祖师。慧萼前后入唐至少有三次。会昌四年(844),慧萼携日本橘皇太后手制绣文袈裟和宝幡并镜奁再次入唐,时值唐武宗废佛,赴五台山巡礼不果,遂入住苏州南禅院,抄录南禅院《白氏文集》藏本。

据学者陈翀考证,慧萼在转抄《白氏文集》时,曾在许多卷末留下"识语",这也是目前唯一可以确认的慧萼本人留下的文字记录,这些识语大部分被保存在属于慧萼转抄本系统的旧金泽文库藏旧抄《白氏文集》的残帙中。从这些识语所记时间来看,慧萼到苏州南禅院转抄《白氏文集》一事,当是在会昌四年初奉橘皇太后之命,到杭州接义空到日本传禅法途中。②据圆仁《入唐求法巡礼行记》可知,会昌四年是唐武宗废佛最为炽烈的一年,因此慧萼一行的处境极其危险,直到会昌四年五月初南禅院在废佛风波中被摧毁的前一刻,慧萼还在坚持校勘《白氏文集》。另外因为抄写《白氏文集》耽误了时间,慧萼等一行赶到楚州之时已经遭到了封港,之后只好隐姓埋名,直到大中元年(847)才辗转乘坐商船回到日本,将《白氏文

---

① 陈翀《新校〈白居易传〉及〈白氏文集〉佚文汇考——以日本中世古文献为中心》,《文学遗产》2010年第6期,第12页。
② 静永健、陈翀《汉籍东渐及日藏古文献论考稿》,中华书局,2011年,第26—31页。

集》七十卷献给日本朝廷。陈翀指出,"慧萼不但是日本的第一个修学禅法,并将南宗马祖禅引入的禅僧,还是第一次将平安贵族文人顶礼膜拜的中唐大诗人白居易的文集——七十卷本《白氏文集》带入日本。正是这本书,其后成了平安文人构建本国文化框架时的重要基石,也直接催化了绚烂多姿的平安王朝的贵族文学"。①

据《日本国见在书目录》记载:"《白氏文集》七十卷、《白氏长庆集》廿九卷",孙猛先生指出,这里的《白氏文集》七十卷,当为唐会昌二年(842)成书的七十卷本,即包括元微之题序的《白诗长庆集》五十卷,又称为《前集》。《后集》二十卷,白居易自题序。众所周知,白居易生前曾几度自编文集,《白氏文集后记》云"其日本、新罗诸国,及两京人家传写者,不在此记",可知白居易在生前,已知晓其诗文流入日本之事。日本史料中确见的《白氏文集》传入的记载,一般都会举《文德天皇实录》卷三仁寿元年(851)九月二十六条,藤原丘守在承和五年(838)检阅唐人货物得《元白诗笔》,进献天皇而升迁五位上官职之事。另外,前述圆仁《入唐新求圣教目录》中也记载有"《白家诗集》六卷"。

平安朝文人对《白氏文集》大为赞颂,都良香《都氏文集》卷三《白乐天赞》说:"集七十卷,尽是黄金。"岛田忠臣《田氏家集》卷中《吟白舍人诗》曰:"坐吟卧咏玩诗媒,除却白家余不能。"都良香、岛田忠臣、纪长谷雄、源为宪等,都写作过"效白体"的汉诗。而论及平安朝文人中最深得白诗之真谛者,则非菅原道真莫属。关于这一问题,国内外学界的研究成果已经极为丰富,此处仅择取一些较新的观点摘录一二。菅原道真诗文集《菅家文草》和《菅家后集》的诗中,经常有"自注"的情况,据后藤昭雄先生考证,菅原道真诗文注释的情况有题注、句注、音注等,这些自注多以小字形式出现,对诗歌题目、诗句意思、字音等进行补充说明,尤其是在大量的题注中,一

---

① 静永健、陈翀《汉籍东渐及日藏古文献论考稿》,中华书局,2011年,第26—27页。

般会用来说明诗歌创作的时间、地点、缘由等。平安朝汉诗的自注现象,在"敕撰三集"和承和期(834—848年)还未出现,而初见于菅原道真那个时代。当时的汉诗人岛田忠臣、都良香、纪长谷雄等人的诗中,都开始出现了自注的情况,这一手法应来自白居易的影响。此外,《菅家文草》的全部诗作中,自注中经常出现"自此以下……首"的注释,这种注释是对作品排列方式加以说明,也来自对《白氏文集》的模仿。换言之,道真在编纂《菅家文草》时,不仅学习了《白氏文集》对诗题、诗句采取的自注的方式,还模仿了《白氏文集》的编纂方法和排序原则。①

之后,兼明亲王、大江朝纲、菅原文时、橘在列、源顺等村上天皇麾下的天历作家群,具平亲王、庆滋保胤、纪齐名、大江匡衡、大江以言等一条天皇麾下的正历作家群,以及平安末期的藤原忠通等人都多多少少受到白居易的影响。平安时代著名的学者庆滋保胤在《池亭记》中,叙述他一天的生活:

> 饭餐之后,入东阁,开书卷,逢古贤。夫汉文帝为异代之主,以好俭约、安人民也;白乐天为异代之师,以长诗句、归佛法也;晋朝七贤为异代之友,以身在朝、志在隐也。余遇贤主、贤师、贤友,一日有三遇,一生有三乐。②

《池亭记》即以《白氏文集》的《草堂记》和《池上篇》为蓝本,将白居易作为自己的异代之师。《白氏文集》对平安朝女性作家影响也很大,清少纳言《枕草子》说:"《文选》与《文集》,乃博士之必读文也。"对紫式部《源氏物语》与《白氏文集》之关系的讨论,已有多部专著产生。

---

① 后藤昭雄《日本古代汉文学与中国文学》,高兵兵译,中华书局,2006年,第104—119页。
② 藤原明衡编,大曾根章介校注《本朝文粹》,详见佐竹昭广编《新日本古典文学大系》第27册,岩波书店,1992年,第335页。

除模仿白居易的诗文外,平安朝文人还追慕白居易的生活方式,尤其喜欢效仿其晚年所办的"尚齿会"。公元845年三月二十一日,白居易在洛阳履道里府邸,举办了首次尚齿会,七位老人齐聚一堂,吟诗作赋,祝福彼此长寿,由白居易召集的这次尚齿会,后传入日本,得到弘扬和发展。日本最早的一次尚齿会,是日本贞观十九年(877)三月,在大纳言南渊年名的小野山庄举办的。他模仿白居易的尚齿会,也召集了七位老人齐聚一堂。《扶桑略记》"贞观十九年三月九日条"记载此事,说他们和白居易尚齿会一样,都是飨宴并作诗。这次宴会上所作的诗文,现存的仅有菅原是善所作《南亚相山庄尚齿会诗序》:

> 大唐会昌五年,刑部尚书白乐天于履道坊闲宅,招卢胡六叟宴集,名为七叟尚齿会。唐家爱怜此会希有,图写障子,不离座右。有人传送呈我圣朝,即得此障,遍览诸相。朱紫接袖,鬓眉皓白,或歌或舞,憨然自得。①

诗题中的"南亚相"即大纳言南渊年名。在这篇诗序的开始,菅原是善说明了尚齿会的源流、形式,以及描摹尚齿会的图画传入日本之后,日本文人遂起而效仿之事。圆融天皇安和二年(969)三月,大纳言藤原在衡在粟田山庄又召集了一次尚齿会。关于这次尚齿诗会,也有一篇诗序传世,即《本朝文粹》卷九菅原文时《暮春,藤亚相山庄尚齿会诗》诗序:

> 尚齿之会,时义远哉。源起唐室会昌白氏水石之居,尘及皇朝贞观南相山林之窟。传来数百万里,绝后九十三年。藤亚相者,儒雅宗匠,国家耆德。忆旧游于七叟,访芳躅于二方。大

---

① 藤原明衡编,大曾根章介校注《本朝文粹》,详见佐竹昭广编《新日本古典文学大系》第27册,岩波书店,1992年,第276页。

相国尊阁,闻之嘉叹矣。乃见赠倭汉两会写真画障各一张,容鬓皆显于后素,词句足知其中丹。①

诗题中的"藤亚相"即藤原在衡。诗序开篇说尚齿会起源于唐代白居易的宅邸,传入日本后最早在南相南渊年名山庄举行。之后近百年之内,再无尚齿之会。如今藤亚相藤原在衡、大相国藤原实赖,都是儒雅宗匠,观摩中日两国的尚齿会画障,心神向往,欲追慕前人遗风,遂又开尚齿会。这次尚齿会与会者所作的诗篇,比较完整地流传了下来。这些诗文大都是对白居易尚齿会诗的仿作,诗句中也经常会提及白居易,如文章得业生藤原忠辅这首《暮春见藤亚相山庄尚齿会诗》:

蟠蟠七叟到芳园,尚齿佳游隔世喧。
老大虽同商洛皓,醉吟正动乐天魂。
林间际会霜侵鬓,花下欢娱酒满楼。
劲节移持松偃盖,精神养得鹤乘轩。
桑榆景暮犹应惜,桃李春深岂不言。
年齿官班为上首,此时喜惧一愚孙。②

其诗最后自注"亚相尊为七老第一,故献此句"。另有三善辅忠《暮春见藤亚相山庄尚齿会诗》,首句就点明了日本的尚齿会是追慕白居易而来:

亚相继来白氏尘,仙游际会德为邻。
醉霞巡八杯三雅,折柳舞闲齿七旬。

---

① 藤原明衡编,大曾根章介校注《本朝文粹》,详见佐竹昭广编《新日本古典文学大系》第27册,岩波书店,1992年,第276页。
② 《粟田左府尚齿会诗》,塙保己一编《群书类丛》第9辑(文笔部、消息部)订正版,续群书类丛完成会,1960年,第267页。

> 山近窗传蓬岛客,水幽庭泻竹林人。
> 风烟得意应今日,花鸟知音足万春。
> 志似园公商岭友,迹贤疏傅汉家臣。
> 便知此会独希有,请见不过七叟宾。①

始于白居易的尚齿会由中国传到日本,平安时代间歇举办过数次。这几次尚齿会,都是将白居易的尚齿会照原样搬过来的。比如,参会的老人都是七位,会期都在三月,而且所有的诗均为六韵十二句,这些显然都是在模仿白居易。②

这种对白居易言行举止的模仿,在天历时期(947—956)更为流行,甚至一度发展为梦遇白居易或将其视为文殊菩萨化身的传说。《本朝丽藻》记载了当时宰相高阶积善与兼明亲王及文人藤原为时等,梦遇白居易的唱和诗。这些诗作以仲尼梦周公的故事相比,描写了当时日本知识阶层对白居易的仰慕之情。

白居易被尊为文殊菩萨化身的传说,大约出现于平安朝末期,这在日本平安朝古籍《政事要略》卷六十一的《白居易传》中可以找到文献根据。这篇《白居易传》在中国已经散佚,其文末记载道:

> 古则宝历菩萨下生世间号伏羲,吉祥菩萨为女娲;中叶则摩诃迦叶为老子,儒童菩萨为孔丘;今时文殊师利菩萨为乐天。③

《政事要略》是一条天皇朝明法博士惟宗允亮编纂的一部法律

---

① 《粟田左府尚齿会诗》,塙保己一编《群书类丛》第9辑(文笔部、消息部)订正版,续群书类丛完成会,1960年,第268页。
② 后藤昭雄《尚齿会の源流》,详见后藤昭雄《日本古代汉文学与中国文学》,高兵兵译,第137页。
③ 惟宗允亮《政事要略》卷六十一,详见黑板胜美、国史大系编修会编《国史大系》第28卷新订增补,吉川弘文馆,1964年,第534页。

文书集,大致成书于1008年,他将这篇《白居易传》收入书中,可见当时平安贵族对此传所云之事深信不疑。《今镜》(约1170年成书)中说:"唐土有一位叫白乐天的人,有七十卷著作,能使人心清澄,可称为文殊之化身。"①慈圆《文集百首》跋文云:"乐天者,文殊之化身也,当和彼汉字;和歌者,神国之风俗也,须述此旱怀。"②隽雪艳指出,白居易作为文殊菩萨化身的传说,是在平安末期向中世过渡的时代背景下产生的。当时贵族阶层的特权日益削弱,越发陷入一种末世的苦闷中,在这种情况下,日本人更为注重白居易的佛教思想,白居易作为文殊菩萨化身的传说就产生了。③

  白居易被尊为文殊菩萨,还不仅仅记在文献资料上,在现存的文物中也有明证。比如应幕府邀请在日本弘安三年(1280)赴日弘扬禅法的无学祖元(1226—1286),赴日之际就随身携带了一副据传说是请赵子昂绘制的白乐天图,这幅图之后一直被供奉在祖元开山的圆觉寺。这时,《白氏文集》自然而然地就被赋予了一种不同寻常文人别集的庄严意义,从现存文献来看,中国在两宋时期尚未出现尊崇《白氏文集》为佛典的记载,但在日本平安朝,这种看法已经成为了主流,这在当时集平安朝贵族与佛门弟子精英的佛教修行活动"劝学会"中也得到了体现。将白居易看做文殊菩萨,将《白氏文集》当做佛典,这个传统一直到镰仓室町时代,一直还有传承。

二、"三月尽"诗语与平安朝的岁时文化

  在日本现存最早的唐诗佳句选集《千载佳句》(约成书于公元929年)中,收录了大量的白居易诗句。《千载佳句》编者是平安

---

① 鹤田久保编《今镜》,国民文库刊行会,1911年,第526页。
② 慈圆《拾玉集·文集百首》,《新编国歌大观》第三卷,角川书店,1985年,第683—685页。
③ 隽雪艳《文化的重写:日本古典中的白居易形象》,清华大学出版社,2010年,第25页。

朝中期汉学家大江维时(887—963年),出身于当时的文章博学之家大江家,祖父大江音人,父亲大江千古。大江维时及其一族与白居易有着特殊的缘分。日本宫廷一直设有《白氏文集》的侍读职位,这一职位向来被大江一族屡世垄断。《江吏部集》记载这一情况曰:

> 近日蒙纶命,点《文集》七十卷。夫江家之为江家,白乐天之恩也。故何者? 延喜圣代,千古、维时父子共为《文集》之侍读。天历圣代,维时、齐光父子共为《文集》之侍读。天禄御宇,齐光、定基父子共为《文集》之侍读。爰当今盛兴延喜、天历之故事,匡衡独为《文集》之侍读。①

夸耀其以《白氏文集》为家学。《千载佳句》共上、下两卷,按"四时""时节""天象""地理""人事"等十五部分类,各部又细分为"立春""早春""春兴""春晓"等门类,每类中以两句一联的摘句形式,从唐诗里选出若干佳句,句下注明作者及诗题,共选唐诗佳句千余联,涉及作者上百人,其中收白居易诗句535联,约占所有入选佳句近半数。收录于《千载佳句》卷上"送春"中的有:

> 115. 惆怅春归留不得,紫藤花下渐黄昏。(白居易《三月卅日》)
>
> 117. 怅望慈恩三月尽,紫藤花落鸟关关。(白居易《三月卅日》)②

---

① 大江匡衡《江吏部集》,塙保己一编《群书类丛》第9辑,续群书类丛完成会,1960年,第221页。
② 大江维时《千载佳句》,上海古籍出版社,2003年,第14页。这两首的诗题在《千载佳句》中都被记为"三月卅日"。

第一联诗句来自白居易那首著名的《三月三十日题慈恩寺》:"慈恩春色今朝尽,尽日徘徊倚寺门。惆怅春归留不得,紫藤花下渐黄昏。"①这首诗作于唐永贞元年(805)三月三十日的慈恩寺,三十四岁的白居易时任校书郎,住在永崇坊华阳院,离慈恩寺很近。诗歌细腻地描写了留春不住的怅惘与忧伤,并将这种怅惘依托于紫藤花这一意象上。"今朝尽"三字劈空而来,诗人无限留恋,惆怅不已,只能尽日徘徊,眼看着黄昏逼近,紫藤花也似带有了一丝哀愁。整首诗虽在佛寺但不言佛理,更像是写给一个时代的挽歌。

第二联诗句来自白居易《酬元员外三月三十日慈恩寺相忆见寄》首联:"怅望慈恩三月尽,紫桐花落鸟关关。诚知曲水春相忆,其奈长沙老未还。赤岭猿声催白首,黄茅瘴色换朱颜。谁言南国无霜雪,尽在愁人鬓发间。"②这首诗作于元和十二年(817),四十六的白居易时任江州司马。诗句中的"紫藤",在宋版之后都作"紫桐",而在日藏的宗性写本、蓬左本中都记为"紫藤",因此有学者指出"紫藤"或许才是《白氏文集》原貌。③但也不少学者认为,"紫藤"是日本人刻意置换的,因为桐树给人一种高大、强健的男性美感,而紫藤以蜿蜒下垂之姿,给人一种弱不禁风的女性美感,后者更符合平安朝人的美意识。④无论哪一种情况,在日本流行的这联诗,都是"紫藤花落鸟关关"。

更重要的是,这首诗首句出现的"三月尽"一词,被认为是白居易诗歌独有的诗语,平冈武夫在《三月尽——白氏岁时记》一文中指出,教会平安朝歌人使用"三月尽"这一诗语咏歌的正是白居易。他

---

① 白居易著,谢思炜校注《白居易诗集校注》第三册,中华书局,2006年,第1015页。
② 白居易著,谢思炜校注《白居易诗集校注》第三册,中华书局,2006年,第1322页。
③ 植木久行《〈和汉朗咏集〉所收唐诗注释补订(二)》,《中国诗文论丛》(通号8),1989年10月,第134页。
④ 德·普拉达·维森特、玛丽亚·季瑟斯《白居易在日本接受研究》,《九州大学学術情報 Comparatio》第7号〔デ・プラダ=ヴィセンテ,マリア=ヘスス《日本における白楽天の受容》,《九州大学学術情報 Comparatio》(7)〕,2003年4月,第7页。

们或直接从《白氏文集》,或间接从摘录《白氏文集》诗句的秀句集中,吸收了白居易独创的"三月尽"这一诗语。"三月尽"在白诗中曾屡次出现,如:

《南亭对酒送春》:"冉冉三月尽,晚莺城上闻。"(卷八)
《送春归》:"送春归,三月尽日日暮时。"(卷十二)
《酬元员外三月三十日慈恩寺相忆见寄》:"怅望慈恩三月尽,紫藤花落鸟关关。"(卷十六)
《浔阳春三首·春去》:"四十六时三月尽,送春争得不殷勤。(卷十七)"
《饮散夜归赠诸客》:"明朝三月尽,忍不送残春。"(卷二十)
《三月三十日作》:"今朝三月尽,寂寞春事毕。"(卷五十二)
《柳絮》:"三月尽时头白日。"(卷五十三)

白居易还经常将"三月尽"与日西、日斜、日暮、日晚、黄昏、落照等词一起使用,流露出一种惆怅、惋惜的情绪。平冈武夫最后指出,"三月尽"这个词对于日本文化人而言,成为了春天即将结束的象征性用语,它使平安朝中后期文人在白居易诗中找到了强烈的共鸣,是一个能瞬间激起古代文人伤感情绪的词汇。[1]

成书晚于《千载佳句》近百年但影响更大的《和汉朗咏集》,是由藤原公任(966—1041)从唐诗、和歌中挑选适合"朗咏"的佳句编纂而成,其中选入唐诗234节,白居易一人便有135节,数量居首位。[2]《和

---

[1] 平冈武夫《三月尽——白氏岁时记》,《日本大学人文科学研究所研究纪要》(通号18),1976年3月,第91—106页。
[2] 川口久雄《和汉朗咏集解说》,详见川口久雄、忌田延义《日本古典文学大系》第73册《和汉朗咏集 梁尘秘抄》,岩波书店,1979年,第23页。

汉朗咏集》也分上、下卷，上卷仿《古今和歌集》以"春、夏、秋、冬"四季分类，下卷杂项收录"管弦、文词、山家、仙家、无常"等四十六种子项。《和汉朗咏集》上卷"春部"除了与《千载佳句》一样，都设有"立春、早春、春兴、春夜、暮春"等子项之外，还专门从白诗中摘取"三月尽"这一诗语，设立了"三月尽"一项，这就意味着"三月尽"作为一种固定的诗语在概念上得以确立。

《和汉朗咏集》"三月尽"中收录了白居易"惆怅春归留不得，紫藤花下渐黄昏"，与之并列在"三月尽"一项的，还有白居易吟咏落花的诗句"留春春不住，春归人寂寞。厌风风不定，风起花萧索"，以及与友人暮春酬唱的"竹院君闲销永日，花亭我醉送残春"。"三月尽"一项还收有菅原道真、尊敬的三首汉诗，以及凡河内躬恒、纪贯之的三首和歌，这种和歌与汉诗并置、自然与人情交错的文本形式，孕育了日本文学独有的抒情性。

《和汉朗咏集》"三月尽"中收录的九首和汉佳句，虽然都有叹息春天易逝、春花零落的意味，但都没有直接用到"三月尽"一语。反之，白诗中用到"三月尽"的名句"怅望慈恩三月尽，紫藤花落鸟关关"，却被收录在《和汉朗咏集》"春部"的"藤"类中。白居易原诗《酬元员外三月三十日慈恩寺相忆见寄》，是其谪江州时所作，故以贾谊谪长沙自况。诗句中的慈恩寺、曲水等长安胜境，与赤岭、黄茅等江表荒寒形成强烈的对比。但《和汉朗咏集》仅摘录该诗首句，与源相规、源顺的汉诗二首及柿本人麻吕、纪贯之的和歌二首并置，生成了一种全新的文本语境。其中，"怅望慈恩三月尽，紫藤花落鸟关关"所描述出的意境，是一种春日即逝，紫藤花零落，但闻鸟鸣关关的清寂感，这与白居易原诗所表达的主题已经相去甚远。

《和汉朗咏集》将"三月尽"作为诗语固定了下来，对日本古典文学产生了重要影响。小岛宪之将白诗中的岁时文化对古代日本文学的影响，进一步扩展到对"尽日"一语的考察。他指出，在日本最早的和歌集《万叶集》中没有歌咏"尽日"的先例，通过"尽日"表现四季更迭的最早用例是《古今和歌集》，彼时文学中盛行使用"尽日"一词，这显然是在九世纪后期"白诗文学接受圈"中衍生出来的文学主题。小岛宪之同时也追溯了中国文学中"尽日"的用例，在《文选》及敦煌资料中都没有出现。在中国古代岁时记类文献中，比如唐代的《四时纂要》中也没有记载"尽日"。宋代的《古今岁时杂咏》"古诗"部分，非常罕见地列有"春尽日"一项，那也是因为收录了元稹、白居易的诗句。因此可以基本判定，在平安时代影响巨大的"尽日"这一岁时文化，其实是由《白氏文集》传入日本的。①

"三月尽"是由白居易诗文始传入日本的观点，早在平安时代已经出现。《本朝文粹》卷八收录的纪齐名《三月尽同赋林亭春已晚各分一字应教诗序》开篇，就叙述了"三月尽"的由来：

> 夫三月尽者，虞夏之文，略而不载。荆楚之俗，得而无称。皇唐以降，元白之流，粗布篇章，垂之竹帛。②

"三月尽"也是日本古代宫廷诗会中最常见的题目之一，平安朝贵族文人经常在三月尽日举办诗会，并以白诗诗句为题目进行酬唱。《本朝文粹》中收录了平安朝著名文人源顺的一首诗序《三月尽日游五觉院同赋紫藤花落鸟关关》，记载了在嵯峨太上皇的五觉院，以白居易"紫藤花落鸟关关"一句为诗题举行的诗会：

> 嵯峨院者，我先祖太上皇之仙洞也。……于时，紫藤之花满院，黄鸟之声入窗。纷纷乱落，飞梢云于媚景之晴；关关和鸣，调筝柱于和风之晓。诚花鸟之欲尽，触耳目而难抛者也。

---

① 小岛宪之《通过四季语考察"尽日"一语的诞生》(《四季語を通して——「尽日」の誕生》)，《国语语文》第 46 期，1977 年 1 月，第 19—22 页。
② 藤原明衡编，大曾根章介等校注《本朝文粹》，《新日本古典文学大系》第 27 册，岩波书店，1992 年，第 262 页。

是以吏部停杯,咏唐太子宾客白乐天之于慈恩寺所作紫藤花落鸟关关句。即命座客,各赋其心。①

在白居易的"三月尽"诗语中,以慈恩寺紫藤一句最为有名,因此"三月尽——慈恩寺——紫藤花"三者就组合成了一种固定的格套,在日本平安朝诗文中反复出现。

后冷泉天皇天喜四年(1056)三月尽日,刚被任命为式部少辅的藤原明衡(989?—1066)与菅原在良、惟宗孝言、大江佐国四人,同游平安京南的慈恩寺,并以《闰三月尽日慈恩寺即事》为题赋诗唱和,这些诗作收录在平安末期最后一部汉诗文总集《本朝无题诗》卷九"山寺部"中。至于选择这一天同游慈恩寺并赋诗的缘由,在藤原明衡所著的《明衡往来》中可以找到旁证:"明日三月尽也,古今诗人才子,每当是日,莫不相惜。请于慈恩寺,可咏紫藤之句。"这就说明了每年三月尽日这一天,在慈恩寺吟咏白居易紫藤之句,已经是平安朝文人间一种近似于年中行事的雅游活动了。

三、《长恨歌》在古代日本的图像化

《长恨歌》作于唐宪宗元和元年(806),白居易当时三十五岁,正是这样一篇"少作",成为《白氏文集》中最为有名的传奇之作。《长恨歌》的两位主人公唐明皇与杨贵妃都是历史上的真实人物。今人对《长恨歌》主题,有隐事说、讽喻说、感伤说、爱情主题说、二重或多重主题说等种种见解,但最准确的概括应该还是白居易本人所说的"一篇《长恨》有风情",也就是说,《长恨歌》是一首表达男女之情的风情诗。②后世据此歌敷衍成的杂剧《梧桐雨》、传奇戏剧《长生

---

① 藤原明衡编,大曾根章介校注《本朝文粹》,《新日本古典文学大系》第27册,岩波书店,1992年,第312页。

② 文艳蓉《白居易生平与创作实证研究》,上海古籍出版社,2016年,第228页。

殿》),也都从这层意义上展开的。

《白氏文集》大约在九世纪中期传入日本。一般认为,《长恨歌》大约也是在这一时期东渐的。[1]《长恨歌》在日本的流传主要有两个系统:一是《白氏文集》系统;二是单独以抄本形式流传的系统。据学者考证,目前流布的《长恨歌》抄本主要有:正宗敦夫文库本《长恨歌》正安二年(1300)抄本、三重大学学艺学部藏《长恨歌琵琶行注》享禄四年(1531)以前抄本、京都府立图书馆藏《长恨歌传 长恨歌 琵琶行 野马台》庆长(1596—1615)古活字本、安田文库藏《长恨歌传》古活字本、神宫文库藏村井古严献刻本(《长恨歌序》为抄入)、贞享元年(1684)刊《歌行诗谚解》、六地藏寺藏本抄本等。

白居易诗文在平安朝宫廷风靡一时,尤其是《长恨歌》这个关于爱与死亡的宫廷悲剧,似乎特别能引起平安朝贵族的共鸣。在《伊势集》《大贰高远集》《道济集》等私撰和歌集中,都有从《长恨歌》诗句取材进行创作的和歌。[2]被誉为"平安朝文学双璧"的清少纳言《枕草子》、紫式部《源氏物语》,也都从《长恨歌》中汲取了大量的灵感,尤其是《源氏物语》,摘取、化用《长恨歌》诗句多达近五十处,国内外学界对这一问题都有精细考察。[3]《源氏物语》起首《桐壶》卷,在叙述桐壶帝与其宠妃更衣的爱情故事时,不仅以叠影的方式对《长恨歌》中的帝妃故事进行了日本式的重塑,还证明了《长恨歌》在平安时代的日本已被宫廷艺术家画过:

　　近来皇上晨夕披览的,是《长恨歌》画册。这是从前宇多天

---

[1] 远藤实夫(遠藤実夫)《长恨歌研究》,东京:建设社,1934年,第180页。
[2] 山崎诚《平安朝的和歌、物语与〈长恨歌〉——关于〈伊势集〉〈高远集〉〈道济集〉〈道命阿阇梨集〉〈宇津保〉〈源氏物语〉》(《平安朝の和歌・物語と長恨歌——伊勢集・高遠集・道済集・道命阿闍梨集及び宇津保・源氏物語をめぐって》),载《中世文艺》第49号〔《中世文芸》(49)〕,1971年3月。
[3] 中西进《源氏物语与白乐天》(《源氏物語と白楽天》),岩波书店,1997年。林文月《山水与古典》,生活・读书・新知三联书店,2013年,第199—212页。

皇命画家绘制的,其中有著名诗人伊势和贯之所作的和歌及汉诗。日常谈话,也都是此类话题。①

我们由是可知,擅长丹青的宇多天皇(867—931年)曾敕令画师绘制《长恨歌屏风》,令伊势(生年不详—939年)、纪贯之(868—845年)等著名歌人咏和歌,并将这些和歌作为画赞题写在屏风上。尽管《源氏物语》是一部虚构的作品,但紫式部提到的《长恨歌屏风》却是真实存在过的。《伊势集》"屏风歌部"收录了伊势受宇多天皇御命而作的《长恨歌屏风》十首,从这些和歌吟咏的秋草、红叶、萤、愁云、恋人的誓言、单翼的鸟等意象来看,该屏风画应是从《长恨歌》后半部分摘取元素进行视觉化,主要描绘玄宗贵妃死别之后的悲哀心境。受宇多天皇《长恨歌屏风》影响,让玄宗伫立在落叶飘零的秋日庭园,听到虫鸣声而落泪这种符合平安朝贵族审美趣味的图像化方式,很快成为主流。这种接受《长恨歌》的方法,主要以安史之乱后的《长恨歌》文本为中心,强调玄宗贵妃的恋爱悲剧,这种倾向在很长一段时间内影响了日本人理解和绘制《长恨歌》的角度。

据木村桂子考察,②现存的以唐玄宗和杨贵妃为主题的绘画作品,大致可以分为两类:其一是以白居易《长恨歌》为主题绘制的《长恨歌图》,其二是以《开元天宝遗事》之类作品为基础,绘制的《玄宗故事图》。这些绘画现存大约有屏风及袄绘30件、挂幅40件、扇面15件、绘卷3件、奈良绘本5件、奈良绘卷10点、浮世绘2件,一共105件。其中,平安时代所制作的《长恨歌》图像多为敕纂(详见表1.2),主要目的是对天皇进行的讽谏及皇室贵族之间的赠贺,并且由于年代久远而多佚失,只能于后世的文献记录中推断其

---

① 紫式部《源氏物语》,丰子恺,人民文学出版社,1980年,第9页。
② 详见村木桂子《近世〈长恨歌图〉的研究:以〈长恨歌抄〉的世俗化为线索》(《近世〈長恨歌図〉の研究:〈長恨歌抄〉の世俗化を手がかりに》),同志社大学博士论文(甲)第525号(2册),2012年。

画面。

表 1.2　平安朝制作的《长恨歌》图像

时间	名称	作者	形式	所藏	出处	备注
887—897 年	长恨歌御屏风	宇多天皇敕纂	屏风	佚失	《源氏物语·桐壶卷》《本朝画工便览》	
1011—1020 年	长恨歌障子绘	未知	障子绘	佚失	《道命阿阇梨集》	
1155—1158 年	玄宗皇帝绘	信西入道	绘卷	佚失	《玉叶》、《考古画谱卷四》	六卷

从上表可知,《长恨歌》最初被绘制在屏风上,而屏风又常被作为政治道具或建筑装饰的一部分。在屏风上绘制的图像,或屏风本身慢慢被称作"屏风绘",成为了绘画作品中的一类,与绘卷、壁画有着同样重要的地位。十一世纪出现的《长恨歌》障子绘,是《长恨歌》文本与日本传统建筑结合产生的一种艺术品。"障子"指日式建筑隔间的木制拉门或拉窗,"障子绘"即绘制在拉门或拉窗上的绘画作品,有时与屏风绘一同被称作"障屏绘"。在障子绘中也有《长恨歌》的画题,如道命法师(974—1020 年)和歌集《道命阿阇梨集》中写道:"在《长恨歌》的障子绘上,玄宗回到了之前的宫殿,展开在眼前的是虫鸣不止,野草荒芜的悲凉景象,不禁流下眼泪。"[①]这类描绘唐玄宗与杨贵妃离别之后悲伤场景的图像作品,在同时代的中国尚未出现,可以说是日本贵族阶层在《长恨歌》的恋爱悲剧中体会到了"物哀"之美,并且为了表达对玄宗与贵妃两人遭遇的感叹,将其绘制成障子绘与屏风,甚至在屏风上写上和歌,由此可知日本古代的贵族们为了享受文学的情趣,而发展出了《长恨歌》图的形式。

到了十二世纪后期,在各种政治势力角逐、政局极度不安的情

---

① 原文:障子の絵に、みかどの、おまへにむしどもの草かげにあれたるをなげき給へる所、ふるさとはあさぢがはらとあれはててよすがらむしのねをのみずなく。柏木由夫《〈道命阿阇梨集〉注释(五)》(《〈道命阿阇梨集〉注釈(五)》),《大妻女子大学纪要·文系》第 47 卷,2015 年 3 月,第 39 页。

况下,日本的《长恨歌》图像开始从描绘宫廷人物的悲哀心境,逐渐转向绘制逆臣的叛乱和王朝的衰落,出现了一类受儒家思想影响的劝诫、讽谏画作。其中,最为著名的是藤原通宪(即信西入道,1106—1159年)进献给后白河法皇(1127—1192年)的《玄宗皇帝绘》。日本绘卷是专指以"词书"和"绘画"交叉结合的方式,将物语故事或宗教说话绘制在绢、帛上的卷物总称。它是东方情节画的一种主要形式,泛见于印度、伊朗、中国、朝鲜半岛等广大地区,在日本获得了最出色的发展。关于这幅《玄宗皇帝绘》,太政大臣九条兼实(1149—1207年)日记《玉叶》有详细记载。兼实不仅记录了自己观看《玄宗皇帝绘》之后的感想,同时还附录了通宪亲笔书写的书状:

> 其状云:唐玄宗皇帝者,近世之贤主也。然而慎其始、弃其终,虽有泰岳之封禅,不免蜀都之蒙尘。今引数家之《唐书》《唐历》《唐纪》《杨妃内传》,勘其行事,彰于画图。伏望后代圣帝明王披此图,慎政教之得失。又有厌离秽土之志,必见此绘。福贵不常,荣乐如梦,以之可知欤。[①]

通宪是当时第一流的儒学者,曾随后白河法皇一起与赴日宋僧会面,据说他能讲一口流利的汉语,这在当时是很有名的传说。通宪的书状说明了这幅绘卷的制作意图,即"披此图,慎政教之得失"。他认为即使像唐玄宗这种的贤主,也会因宠溺贵妃而导致外戚专权,最终引来安禄山叛乱。当时,后白河法皇宠臣藤原信赖(1133—1159)专横跋扈,恐怕他日会像安禄山一样起兵。通宪为了劝诫后白河法皇,还特意参考了《唐历》《唐纪》《杨贵妃内传》等书,于平治元年(1159)将安禄山叛乱的事迹绘制成绘卷献给法皇,因此这幅绘卷又称"安禄山合战绘"。九条兼实有感于通宪之大义,称赞其以图

---

① 藤原兼实(藤原兼実)《玉叶》,建久二年(1191)十一月五日条,国书刊行会,1907年,第737页。

谏政的行为是"后代之美谈"。

与早期流行于平安朝宫廷的宇多天皇《长恨歌屏风》，主要集中在《长恨歌》的后半部分，以玄宗贵妃的悲恋和哀愁为主题，重视诗意的、文学性的视觉化倾向不同，平安末期产生的《玄宗皇帝绘》更关注《长恨歌》前半部分，即玄宗如何宠溺贵妃、重用外戚而导致了安史之乱。《玄宗皇帝绘》围绕着平安末期天皇与太上皇的政治斗争展开，饱含着臣子劝诫执政者的苦心，是具有重要政治意义的画卷。该绘卷的素材不仅来自文学文本《长恨歌》，还追加了许多历史典籍，这不仅开创了日本《长恨歌》图像讽喻性、劝诫性主题的先河，也大大拓展了后世《长恨歌》图像利用玄宗贵妃周边史料与传说的可能性。

现在，提起日本的《长恨歌》绘画，最为著名的当属日本江户时期画家狩野山雪（1590—1651年）绘制的《长恨歌图》，大约完成于1619年前后的京都。① 在19世纪晚期被法国收藏家路易斯·冈瑟（Louis Gonse, 1846—1921）发现之前，《长恨歌图》收藏情况不明。1954年，切斯特·贝蒂（Chester Beatty）爵士得到这幅绘卷，将其收藏在他在都柏林的图书馆。切斯特·贝蒂图书馆（Chester Beatty Library）于1968年成为爱尔兰政府的慈善机构，这幅《长恨歌图》从此也成为了爱尔兰国家文化财富的一部分。《长恨歌图》在20世纪中叶之前，都没有引起世人的注意。它们的保存条件非常差，一度被误认为是中国的绘画作品。直到1990年代在东京展览大获成功，《长恨歌图》最终才被确认为日本江户早期最伟大的叙事绘画作

---

① 关于《长恨歌图》问世的时间，主要有"1619年"和"1647年"两种观点，前者可参考神鹰德治、袴田光康解说《长恨歌画卷：切斯特·比替图书馆馆藏》（神鹰德治，袴田光康解説《長恨歌画卷：チェスター・ビーティー・ライブラリィ所蔵》），东京：勉诚出版，2006年，第120页；后者可参考 Shane McCausland and Matthew P. McKelway, Coda: the Kuki version, 详见 Shane McCausland and Matthew P. McKelway, *Chinese Romance from a Japanese Brush: Kano Sansestu's Chogonka Scrolls in the Chester Beatty Library*, London: Scala Publishers Lt, 2009, p.100. 从"山雪"这一称号使用的时间来看，应以"1619年"说更为可靠。

品之一。2020年,上海古籍出版社将《长恨歌图》引入中国,并邀请复旦大学陈尚君教授撰写解题,逐段解读。至此,这部以白居易《长恨歌》文本为基础,由日本人将其视觉化转译出来的绘卷作品,在爱尔兰的保存下,重新展现在我们面前。

图1.1 狩野山雪《长恨歌图》,上海古籍出版社,2020年。

《长恨歌图》形制为卷轴装绘卷,每卷高约33厘米(绢本高31.8厘米),长约10.7米,各分为六幕。封面题笺为"长恨歌图上(下)","长恨歌"这几个字被题写在扉页上,说明了绘卷内图像的故事来源,但在整部绘卷中《长恨歌》诗句一次也没有出现在画面上。《长恨歌图》卷上(31.5厘米×1 048.4厘米)对应《长恨歌》诗句从"汉皇重色思倾国,御宇多年求不得",到"君王掩面救不得,回看血泪相和流";卷下(31.5厘米×1 070厘米)从"黄埃散漫风萧索,云栈萦纡登剑阁"始,至"天长地久有时尽,此恨绵绵无绝期"终。每卷分别绘制在六幅丝绸上,每一张丝绸上都用墨水绘制线条并以鲜艳的颜料染色,这显示了作者对日本绘卷传统的背离,因为丝绸在中国手卷中更为普遍,而纸张则是日本绘卷中更常用的媒介材料。

《长恨歌图》诞生于日本长久以来对白居易诗文接受和视觉化转译的传统中。事实上,在狩野山雪以前,日本不同画派的画师就曾多次尝试以图像方式表现《长恨歌》故事,尽管多数情况下仅是截取其中一个或几个特定画面,但是这些图像对于《长恨歌》在日本的流传接受影响极大。到了近世,《长恨歌》图像被制作且保存下来的作品数量,就比较可观了。在京都狩野派制作宫廷御用屏风及绘卷作品的同时,跟随《长恨歌》文本从诗文转向物语、浮世草子的通俗化脚步,此时其图像也出现了明显的通俗化的倾向,即在民间也出现了如《长恨歌》奈良绘卷与绘本,以及作为嫁妆的《长恨歌》屏风等,这些图像的出现都体现了江户时代繁荣兴盛的市民文化对传统文化主题的继承与发展,并且通过反向的影响将通俗的元素也带入《长恨歌》图像中。

第二时期

禅僧的崛起与宋元文学的讲释

11—14世纪中国经历了北宋(960—1127)、南宋(1127—1279)至元代(1271—1368),大致相当于日本从平安朝后期(931—1191)开始,经镰仓幕府(1192—1334)、至南北朝(1335—1392)结束。11世纪在中日文化交流史上的意义极其重大。隋唐时代,日本通过向中国派遣隋使、遣唐使,将中国的先进思想、文化、宗教、文艺和技术等传入日本。但随着10世纪初大唐帝国的灭亡和五代十国的动乱,日本极少有机会再接触中国文化。长时间中断交流后,日本再次正式引入中国文化是在11世纪后半叶。此时日本正处于从贵族社会向武士社会、从古代向中世转变的过渡期,新兴的武士阶层领袖平清盛(1118—1181)开启了宋日贸易,希望凭借宋日贸易取得的利益跻身政权核心。随着宋日贸易的发展,宋朝的士大夫文学及禅宗文化在日本开始受到重视,并在11世纪后半叶迎来了日本禅宗史的黎明。随着宋日海商和僧侣的频繁往来,大量宋元书籍也流入日本,为宋元文学在中世日本的接受奠定了重要基础。

元朝至元十一年(1274)和至元十八年(1281),元世祖忽必烈两次东征日本,这就是日本史上著名的"蒙古袭来"事件。经历这两次短暂的战争之后,日本人开始积极引入宋元文化。从无学祖元赴日(1279)到绝海中津归日(1378)的一百年间,中日文学交流呈现出前所未有的繁荣局面。对五山文学有直接贡献的元僧一山一宁、清拙正澄、明极楚俊、竺仙梵仙等,正是在这一时期东渡日本。作为五山文学代表作家的梦窗疏石、虎关师炼、雪村友梅、别源圆旨、中岩圆月、义堂周信,在此时登上历史舞台。元代一流文人赵孟頫、虞集、范梈、揭傒斯、萨都剌的诗文集,在南北朝时期的日本得以迅速翻刻和传播。至14世纪,元日之间的禅僧往来终于迎来了第一个黄金时代,日本五山汉文学由此逐渐走向全盛。

第五讲　憧憬与超越:入宋僧的心态

宋朝于公元960年,即日本村上天皇天德四年建国。日本历史上所谓的"延喜、天历之治"恰恰是唐宋更替的五代时期,当藤原氏主导的"摄关政治"到达全盛时期,中国已进入北宋。藤原氏政权实行一种较为保守的闭关锁国政策,严禁日本人私自渡海进行贸易,因此往来宋日之间的其实只有宋人的商船。这一情况直到摄关政治接近尾声,以平清盛为代表的新兴武士阶层登上历史舞台才有所改变,而这时中国已进入南宋。这一时期,在宋日文化交流之间充当重要媒介的除了海商,最为重要的就是僧侣。

一、宋日贸易与入宋热潮的发生

日本宽平六年(894)废除遣唐使制度,以此为分水岭,中日两国间的官方往来宣告终结。然而,这并不意味着中日之间文化交流的断绝,而是以"宋日贸易"这样一种崭新的交流方式展开。

所谓宋日贸易,发生于从北宋商人初现于日本的公元978年,至南宋时期的泉州、广州、杭州等贸易港口先后被元朝占领的1277年。[1]这二百余年间,日本由最初的锁国到被动地、受限地开展与北宋的贸易,及至十二世纪后期主动地、自由地开展与南宋的贸易,其间多经周折。日本与中国的官方往来于公元894年中断。表面上

---

[1] 详见森克己《日宋贸易研究(新订)》(《日宋貿易の研究　新訂》),收于《新编森克己著作集》第1卷,勉诚出版,2008年,第39—40页。

看,日本废止遣唐使制度是由于唐朝末期政治陷入混乱,以及新罗盗贼蜂起导致海难频频。但更深层的原因,则与日本国风文化的自觉、独立及成熟相关。

公元 927 年,渤海国为契丹所灭,日本由是断绝了与中土的一切外交,并丧失了遣唐使时代对中土抱有的强烈好奇,这种国际意识的衰退为平安后期贵族所共有,整个平安时代后期日本都被这种闭锁的精神所支配。《本朝文粹》卷七收录书状中留有大量记载,如天历元年(947)闰七月,左大臣藤原实赖拒绝吴越王请求邦交的书简《为清慎公报吴越王书》云:"既恐交于境外,何留物于掌中。"天历七年(953),右大臣藤原师辅再致书简《赠太唐吴越公书状》云:"抑人臣之道,交不出境。"再次拒绝吴越王的请求。

然而,拒绝建立正式的邦交关系,并不意味着日本完全退出国际政治舞台。宋朝统一南方之后,解除了九世纪末始于"黄巢之乱"的分裂与动荡,带来了和平与繁荣。而宋朝因军事薄弱,陷入与契丹、西夏等北方游牧民族国家的对峙之中,不太可能给日本带来强大的政治、军事压力。因此,日本与宋朝之间建立了一种以贸易和文化交流为中心的关系,这与隋唐时期中日之间的政治型关系大不相同。

在日本这种状似森严的锁国政策之下,赴日宋商却在东亚海域悄悄活跃起来。现存宁波天一阁的三块"华侨刻石",说明 11 世纪以后定居博多的宋朝商人在中日贸易中扮演着重要角色。宋商将大量书籍、药材、瓷器、香料、染料及金属等输入日本,这些舶来品很快就为日本贵族阶层所争相购买。但是,摄关政权不仅禁止臣民私自渡海贸易,还将私自买卖者的货物没收,并将相关人员论罪,同时严格限制赴日海商的年龄及行动范围。如宽德二年(1045),肥前国清原守武等五人,因入唐贸易获罪,官府不仅没收其全部贸易货物充公,还处以流放佐渡之刑。[1] 故十二世纪之前,往来东亚海域者,

---

[1] 《百炼抄》宽德二年八月廿日条、永承元年十二月廿四日条。

主要是宋朝商人。

据木宫泰彦统计,北宋商船自 978 年第一次抵达日本至公元 1116 年为止,在这 160 余年间可考的往来商船约有 70 余次,其间可能还有很多遗漏者。这些宋船一般为能载六七十人的小帆船,皆从两浙地区出发,横穿东海至日本肥前、博多、越前等地。[①]日本中央朝廷设立大宰府专门管理海外贸易,将这里作为指定登陆口岸,并以"年龄制"制约宋商赴日进行贸易。这种严格的海禁政策至 11 世纪后期开始松动,此时正值日本的庄园政治到达顶峰之际。拥有豪华庄园、过着奢侈生活的贵族们,急需中国舶来的高级货物装饰自己的庄园。兼之宋商对于大宰府的严格管理感到不满,悄悄靠近内陆,向庄园领主及贵族官僚秘密兜售中国货物,博多、平户、坊津等地庄园内的秘密贸易港由是活跃起来。同时期的宋朝恰值宋神宗(1048—1085)执政时期,为缓解国防与财政危机,改变宋王朝积贫积弱的局面,宋神宗启用王安石颁布一系列新法,积极推动海外贸易。

至 12 世纪后半期,日本庄园主不再满足于宋商携带来的物品,而是自己打造船只直赴南宋。尤其是经过保元之乱(1156 年)、平治之乱(1159 年),在平安朝贵族中确立了领导地位的平清盛,彻底摒弃了宫廷贵族们自十世纪初以来一贯采取的退缩、消极、保守的对外态度,而是积极发展与宋朝的贸易,由此迎来了宋日贸易的高峰。为了积极发展宋日贸易,应保元年(1161),平清盛在博多修筑了日本第一个人工港口——"袖凑"(因博多港东西狭长,其状若衣袖而得名),打开了博多港口的大门。随后,仁安二年(1167),平清盛为了使宋船能直抵都城附近入港停泊,又下令开辟了濑户内海的航线。这些大胆快意的举动在保守的贵族势力看来,几乎是如"天魔"一般的暴戾行为。因此,宋日贸易几乎被视为平清盛政权特许

[①] 木宫泰彦著,陈捷译《中日交通史》第 3 册,山西人民出版社,2015 年,第 318—326 页。

的对外交易,以至于中日文化之间的交流展开了难以想象的新局面。①

宋商朱仁聪、周文德、周文裔、周世昌、郑仁德、陈文祐、孙忠、李充等人,都曾多次往来于中日之间,还留下了与日本文人的唱和诗。《本朝丽藻》"赠答部"收录有藤原为时(949—1029)两首赠答宋商羌世昌的汉诗。其一《觐谒之后,以诗赠大宋客羌(姜)世昌》云:

六十客徒意态同,独推羌氏作才雄。
来仪远动烟村外,宾礼还惭水馆中。
昼鼓雷奔天不雨,彩旗云耸地生风。
芳谈日暮多残绪,羡以诗篇子细通。②

前四句称赞在众多赴日的客商中,唯羌世昌可以称得上"才雄",其举止仪表端庄娴雅,甚至惊动了日本乡舍之人。颈联描述了当时日本人迎接宋朝商人的场景,由"彩旗云耸地生风"可推知当日盛况。尾联抒情,言称与羌世昌畅谈至日暮依然不忍分别,仅以诗篇相赠之缘由。这首诗的作者藤原为时正是《源氏物语》作者紫式部的父亲,他是平安王朝后期显赫的藤原氏成员,同时也是当时日本最为有名的学者、歌人、汉诗人。《今昔物语集》收录有藤原为时因为奏折中的诗句感人,而得到越前国国守一职,博得了世人称赞的故事。

《本朝丽藻》还收录有藤原为时的《重寄觐谒后诗赠羌(姜)世昌》:

---

① 可参考森克己关于日宋贸易品的研究,详见森克己《日宋贸易研究(再续)》(《日宋贸易の研究 続続》),收于《新编森克己著作集》第3卷,勉诚出版,2009年,第115—117页。
② 《本朝丽藻》,收于与谢野宽等编《日本古典全集·怀风藻、凌云集、文华秀丽集、经国集、本朝丽藻》,日本古典全集刊行会,1926年,第234页。

言语虽殊藻思同,才名其奈昔扬雄。
更催乡泪秋梦后,暂慰羁情晚醉中。
去国三年孤馆月,归程万里片帆风。
婴儿生长母兄老,两地何时意绪通。①

首联是说两人的语言虽然不同,但通过汉诗文可以交流情感,更何况羌(姜)世昌的诗文造诣都可比得上扬雄。颔联至尾联描述羌世昌离开大宋已有三年,一直羁旅日域,思乡之情只能通过晚醉消解。在他去国离乡的日子,婴儿已经长大,父母兄弟也都老去,不知何时他才能与亲人相聚。

日本寿永四年(1185),平氏政权在"坛之浦"一战中灭亡,但由平清盛开辟的宋日贸易,却一直延续了下来。日本渡海的贸易商船日益增多,由此滋生了西园寺公经等人的豪奢富贵。当时的和歌诗人藤原定家(1162—1241)就曾感叹,西园寺公经的游玩是"尽海内之财力"。随着海上贸易、宗教文化的频繁交流,日本的权贵、僧侣与文人阶层普遍产生了渡海入宋的热望。其中最有影响力的人物之一,就是镰仓幕府第三代征夷大将军源实朝(1192—1219)。诚如太宰治在《右大臣实朝》中描写的那样,源实朝在人生最后几年的入宋计划遭到激烈的反对而失败,这段历史的始末在《吾妻镜》中有详细记载。建保四年(1216)六月八日,宋人陈和卿到达镰仓,六月十五日与源实朝见面,陈和卿是宋朝的铸造师,偶然因博多船只事故无法出航,只好滞留日本,其间应俊乘房重源(1121—1206)之请,至奈良重修东大寺于治承四年(1180)遭受兵乱被烧毁之大佛首。

建保四年(1216)六月十五日,源实朝召陈和卿至御所,令其坐

---

① 《本朝丽藻》,收于与谢野宽等编《日本古典全集·怀风藻、凌云集、文华秀丽集、经国集、本朝丽藻》,日本古典全集刊行会,1926年,第235页。

对面。陈和卿三叩九拜，涕泣而下。继而对源实朝说道："贵客前世乃宋朝医王山的长老，当时我曾侍奉于门下。此机密事，乃建历元年六月三日投宿将军家之际，梦遇一世外高僧，告知于我。"源实朝对陈和卿的这番话深信不疑，相信自己的前生是"大宋医王山的寺院长老"，于是决定亲自入宋，朝拜医王山。陈和卿被任命为监造入宋大船的总工程师。翌年（1217）四月十七日，大船竣工，由数百名船工拖曳至由比浦停泊。可惜因为工料不善，船只质量差劣，木质枯朽渗水，不宜乘用，致使实朝渡宋之志未能得遂。

在整个事件中，无论是源实朝的入宋决心还是陈和卿的行动，都充满了谜一般的不可思议。源实朝是位高权重的幕府将军，居然接受一个宋人的怂恿，意欲涉险入宋，实在令人费解。然而，从当时的历史现实来看，源实朝在政局上一直受制于北条氏，心灰意冷，便借口"想参谒自己前生所居之处"，实则打算逃亡中国也不是没有可能。

当时热心入宋的还有一个重要人物，那就是两度入宋都失败了的华严宗高僧明惠上人（1173—1232）。他原本是打算借入宋而去天竺，却因神的启示而断念，他的故事在说话集《古今著闻集》和能剧《春日龙神》中都有收录。明惠在晚年制作了《华严宗祖师绘传》，又称《华严缘起》，这幅绘卷是以新罗华严宗祖师元晓和义湘的传记为蓝本创作的。

元晓（617—686）和义湘（625—702）渡唐求法之时，途中遭遇大雨，避于墓室。天明方知乃是一处坟场。元晓梦中遇鬼，遂悟出"诸法都是一心所变，心之外无佛法"的道理后归国。这里与明惠本人打算入宋求法又断绝念头的体验重合在一起，另外，在绘卷中元晓的容貌也有明惠画像的影子。义湘在与元晓分别后独自入唐求法，却在唐土为一位叫善妙的女子所恋慕，义湘归国之际，万分悲伤的善妙纵身一跃，舍身蹈海。善妙蹈海后，化身为龙，一直守护着义湘的船，送其平安抵达高丽。登岸后，义湘看中了小乘的山寺,想在此处驻锡弘法。体察其心的善妙遂化作方圆一里的大磐石飞来,赶走本地原有的五百僧众。从此,义湘留在此地,传播华严宗。明惠在《梦记》中也记载了善妙的故事,无疑将自己比作义湘了。

在这一时期,不仅源实朝和明惠这二人热切希望到中国,有实际渡宋计划的人数不胜数,尤其是僧侣阶层,如与源实朝较为亲近的有荣西(1141—1215),献上《吃茶养生记》,还有邀请陈和卿复兴东大寺的重源等,都是那个时代的代表性人物。可以说,这是日本人对入宋充满憧憬的时代。

二、入宋僧及其说话文学

北宋时期,因第一个入宋而知名的京都僧侣奝然(938—1016),自幼便入东大寺,学习了三论、华严及密教。宋太平兴国八年(983),为弘佛法,克服了诸僧的反对,又在老母的支持下,奝然请得东大寺的入宋牒,率领弟子成算(一作盛算)、祚壹(一作祈一)、嘉因等多人乘宋商陈仁爽、陈仁满之船入宋求法。

1953年,从京都嵯峨清凉寺的释迦像胎内发现的"义藏、奝然现当二世结缘手印状",这样记录着二人入宋的决心:"凡夫血肉之身,或业烦恼未除,亲疏难定,喜怒易变。是以十方三世诸佛、国内普天神明为证:先一期生间,曾不变其志。设遇恶知识,宁令背乖其心;常存善知识,曾不违失其契。死生同心,寒温相问。若卒失此结缘兴法之心,终共不证无上菩提。"[1]奝然四十六岁时为实现在爱宕山建立一所伽蓝的誓愿,遂于永观元年(983)八月一日,乘坐吴越地区商人的船只入宋。元朝脱脱(1314—1356)等奉敕修

---

[1] 塚本善隆《清凉寺释迦像中封藏的东大寺奝然之手印立誓书》(《清凉寺釈迦像封藏の東大寺奝然の手印立誓書》),载《佛教文化研究》第4期〔《仏教文化研究》(通号4)〕,1954年7月,第5—22页。

撰的《宋史·外国七》之"日本国",对奝然的记载占了很大的篇幅:

> 雍熙元年(984),日本国僧奝然与其徒五六人浮海而至,献铜器十余事,并本国《职员令》《王年代纪》各一卷。奝然衣绿,自云姓藤原氏,父为真连。真连,其国五品官也。奝然善隶书,而不通华言,问其风土,但书以对云。……国王以王为姓,传袭至今六十四世,文武僚吏皆世官。①

由此可知,奝然向宋太宗(939—997)献铜器十余件,并自著《职员令》《王年代纪》各一卷,给太宗详细介绍了日本的风土、物产、气候及日本国的历史状况。宋太宗对奝然"存抚之甚厚,赐紫衣,馆于太平兴国寺"。当太宗听说日本天皇一姓传继,便叹息着对宰相说:

> 此岛夷耳,乃世祚遐久,其臣亦继袭不绝,此盖古之道也。中国自唐季之乱,宇县分裂,梁、周五代享历尤促,大臣世胄,鲜能嗣续。朕虽德惭往圣,常夙夜寅畏,讲求治本,不敢暇逸。建无穷之业,垂可久之范,亦以为子孙之计,使大臣之后世袭禄位,此朕之心焉。②

奝然向太宗献上了从日本带来的、用"金缕红罗"装饰的水晶轴《郑注孝经》一卷,及唐太宗之子越王贞、记室参军任希古等所撰的《越王孝经新义第十五》一卷。对于平息了唐末五代十国的战乱,将要大力复兴文化事业的太宗来说,见到奝然从异国带来珍贵的经典注释,大概会很高兴吧。其时,正值太宗力图通过编修《太平御

---

① 江静、张新朋著,王勇主编《历代正史日本传考注·宋元卷》,上海交通大学出版社,2016年,第7页。
② 江静、张新朋著,王勇主编《历代正史日本传考注·宋元卷》,上海交通大学出版社,2016年,第20页。

览》《太平广记》《文苑英华》等卷帙浩大的典籍来建设国家文化之际,奝然入宋为中日文化交流打开了新的局面。

在奝然之外,入宋僧中著名的还有寂照和成寻。寂照(962—1034),又作寂昭。平安朝参议大江齐光第三子,俗名大江定基,曾任三河地方长官三河守,故又名三河圣。宋真宗敕赐"圆通大师"。日本永延二年(988),寂照于寂心(庆滋保胤)门下出家为僧。关于寂照出家的传说,在《续本朝往生传》《今昔物语集》及《元亨释书》中都有记载。如《续本朝往生传》云:

> 定基者,齐光卿第三子也。……长于文章,佳句在人口。梦必可往生。未发心之前,唯事狩猎。……其后于任国所爱之妻逝去。爱不堪恋慕,早不葬敛。观彼九相,深起道心,遂以出家,法名寂照。①

根据这些传说,年轻才俊大江定基作为三河守赴任之后,突然遭遇爱妻去世的打击。因为过于悲痛而不惜触犯当时社会对死亡的忌讳,一直没有埋葬遗骸。在守护遗骸的过程中,遂萌生了出家的念头。后来在已经出家的文人庆滋保胤的影响之下,终于投向佛门。

寂照于日本长保五年(1003)八月入宋。《宋史》中有相关记载:"景德元年,其国僧寂照等八人来朝,寂照不晓华言而识文字,缮写甚妙,凡问答并以笔札。诏号圆通大师,赐紫方袍。"②寂照入宋时,不仅得到了比叡山教团和藤原道长(966—1028)的支持,又因为他出身于文章博士辈出的世家,并担任过教授儒学经典的明法博士

---

① 大江匡房《续本朝往生传》(《続本朝往生伝》),塙保己一编《群书类丛》第5辑(系谱部、传部、官职部)订正版,续群书类丛完成会,1982年,第425页。
② 江静、张新朋著,王勇主编《历代正史日本传考注·宋元卷》,上海交通大学出版社,2016年,第61页。

一职，而备受宋朝官僚们的敬重。在与宋朝官僚及文人交流的过程中，寂照的汉诗文才能以及儒学修养得到了宋人的高度赞赏。①《本朝文粹》卷十四收录了寂照的文章《请达嚫物事》，体现了他出色的文采：

> 右，御讽诵，为访故寂心上人菩提者，所请如件。昔隋炀帝之报智者，千僧胜一；今左丞相之访寂公，曝布足百。思古见今，同音随喜。仍注卷篇，谨辞之。②

文中的"左丞相"当指藤原道长，我们由此可知寂照与当权者藤原道长之间的交往。《本朝丽藻》"怀旧部"收录有仪同三司所作题为《秋日到入宋寂照上人旧房》的汉诗，也是我们了解寂照和藤原道长关系的重要史料。其诗云：

> 五台渺渺几由旬，想象遥为逆旅身。
> 异士纵无思我日，他生岂有忘君辰。
> 山云在昔去来物，鱼鸟如今留守人。
> 到此怅然归未得，秋风暮处一沾巾。③

仪同三司即藤原伊周（974—1010年），他是藤原道长的外甥。这首诗被藤原道长读到并有附和之作，因此藤原伊周又作了一首酬答诗《余近曾有到寂上人旧房之作，左丞相尊合忝赐高和，聊次本韵，敬以答谢》：

---

① 半田晴久《日本入宋僧研究》，浙江大学博士论文，2006年。
② 藤原明衡编，大曾根章介校注《本朝文粹》，详见佐竹昭广编《新日本古典文学大系》第27册，岩波书店，1992年，第377页。
③ 《本朝丽藻》，收于与谢野宽等编《日本古典全集·怀风藻、凌云集、文华秀丽集、经国集、本朝丽藻》，日本古典全集刊行会，1926年，第238页。

秋景才残不及旬，萧条相忆远游身。
徘徊岩户荒凉处，珍重琼篇答贶辰。
增价还惭吴市马，吞声遥谢郢歌人。
适交怀旧诗篇末，抱笔沉吟整葛巾。①

久保木哲夫指出，仪同三司的诗与《御堂关白记》宽弘元年（1004）中的记载呼应，一条天皇也曾对藤原道长的和诗赐御制和诗，"通过这些诗可以知道寂照和显贵们交友这样广泛，能得到他们如此器重。他的入宋，可以说给人们带来许多无法预知的影响"。②

寂照在宋朝居住三十余年，1034 年在杭州清凉山麓逝世，在中日两国都留下了不少记载。如北宋目录学家王洙（997—1057）曾作《赠日本国僧》一诗。其附序云：

祥符中，日本僧寂照来朝，后求礼天台山。先中令守会稽，寂照经由来谒。寂照善书，迹习二王，而不习华言，但以笔札通意。时长兄为天台宰，中令以书导之，兼赠诗云：
沧波泛瓶锡，几日到天朝。乡信日边断，归程海面遥。秋泉吟里落，霜叶定中飘。为爱华风好，扶桑梦自消。③

寂照入宋的故事在平安朝说话文学中多有记载，其中最著名的就是寂照"飞钵之法"的传说。这个传说最初在寂照的堂兄大江匡衡曾孙大江匡房（1041—1111）所著《续本朝往生传》中出现，此后成为《今昔物语集》、《宇治拾遗物语》等说话文学的题材。但这些书在

---

① 《本朝丽藻》，收于与谢野宽等编《日本古典全集·怀风藻、凌云集、文华秀丽集、经国集、本朝丽藻》，日本古典全集刊行会，1926 年，第 238 页。
② 久保木哲夫《三河入道寂照入宋事迹考》（《三河入道寂照とその入宋をめぐって》），《国语与日文学》（《国語と国文学》），1980 年 11 月第 57 号，第 52—65 页。
③ 伊藤松辑《邻交征书》初篇第 2 册，学本堂，1838 年，第 10b 页。

寂照死后一个多世纪才流传开来。《续本朝往生传》中的记载如下：

> 到大宋国，安居之，终列于众僧末。彼朝高僧修飞钵法，斋食之时，不自行向。次至寂照。寂照心中大耻，深念本朝神明佛法。食顷观念。爰寂照之钵飞绕佛堂三匝，受斋食而来。异国之人悉垂感泪。皆曰：日本国不知人。①

大江匡房的《江谈抄》中"吉备大臣入唐间事"也记载了类似的故事。唐人因嫉妒吉备高深的学识，将其幽闭于唐土高楼，后遣唐使鬼魂出现，与吉备结成同盟共同抵御唐人迫害，大扬日本国威。②这些传说的真伪并不重要，但对于理解11世纪末以后日本人的中国观具有重要价值。

寂照之后，京都北岩仓大云寺僧人成寻（1011—1081），于1072年（宋熙宁五年，日本延久四年）三月，以62岁高龄偕弟子七人，搭乘宋商孙忠商船秘密入宋。成寻私家集《成寻阿阇梨母集》收录了治历三年（宋治平四年，1067）他渡宋前至渡宋后延久五年（宋熙宁六年，1073），其年逾八旬的母亲抒写自己心境的和歌一百七十五首。而成寻撰写的入宋旅行日记《参天台五台山记》，起自日本延久四年（宋熙宁五年，1072）三月十五日，终至翌年六月十二日，因有一闰月，共历十六个月，计468篇，记录了成寻搭乘宋商船入宋及归国的所见所闻，是我们了解宋日文化交流的重要史料。

《参天台五台山记》是继圆仁《入唐求法巡礼行记》之后，古代日本人的又一部中国游记，但该书中处处自称"大日本国"，表现出一种强烈的"自国意识"。宋人询问成寻日本国情时，他也常常夸张

---

① 大江匡房《续本朝往生传》，塙保己一编《群书类丛》第5辑（系谱部、传部、官职部）订正版，续群书类丛完成会，1982年，第425页。
② 郭雪妮《院政时期日本对唐观的一个侧面——古文献〈江谈抄〉中吉备入唐说话的思想史背景》，《外国文学评论》2016(04)，第152—165页。

以答,以增日本国誉。如《参天台五台山记》卷四"十月十五日"条记载,成寻回答神宗之语时,对日本甚为夸张。

> 令见。皇帝问:日本风俗?答:学文武之道,以唐朝为基。
> 问:京内里数多少?答:九条三十八里也。以四里为一条,三十六里,一条北边二里。
> 问:京内人屋数多少?答:二十万家。西京、南京不知定数,多多也。
> 问:人户多少?答:不知几亿万。
> 问:本国四至北界?答:东西七千七百里,南北五千里。
> 问:国郡邑多少?答:州六十八,郡有九百八十。
> 问:本国王甚呼?
> 答:或称皇帝,或称圣王。①

从成寻的回答来看,大多夸大不实。此外,《参天台五台山记》卷七熙宁六年三月一日至六日,详细记载了成寻在宋朝祈雨的种种细节,如庄严甚妙的祈雨殿、龙头船及水鸟凫雁等灵禽。当宋人问成寻:日本有许多求雨灵验之人?成寻谓:昔有弘法大师,近有小野仁海僧正,此外有此等灵验之人不知凡几。宋神宗命成寻求雨后灵验,其中所炫示的大国意识在日本说话文学中多有记载。如《续本朝往生传》之《成寻传》曰:

> 阿阇梨成寻者,本天台宗之人,智证大师之门徒也。……私附商客孙忠商船,偷以渡海。大宋之主大感其德。彼朝大旱,雨际不雨,霖月无霖。即令成寻修法华法。及于七日犹无其验,公家频问。成寻答云:"可被待今日。"其日晡时,堂上之

---

① 成寻著,王丽萍校点《新校参天台五台山记》,上海古籍出版社,2009年,第292—293页。

瓦皆起云雾,大雨滂沱,四海丰赡。即赐以善惠大师之号,兼赐紫衣。以新译经三百余卷奏宋帝,渡本朝。①

这种自夸的国家意识,是平安时代中后期至镰仓初期一种特别鲜明的思想潮流。这一时期,日本民族文化开始发达,国家之自主观念渐兴。对古代日本的知识阶层而言,无意识中将唐朝视为朝贡对象,在正式文献中用"上国""大国"之类的尊称,是再正常不过的事情。但在平安末期,日本国家内部发生了激烈的变革。在律令制解体的过程中,支撑着国家正统性的价值观开始松动,并逐渐流于形式化、空洞化,以"和魂"为中心的土著精神世界日益受到重视,日本的国家意识便在这一时代风潮中建立起来。以入宋僧为题材的说话文学大多以这种国家意识为底色,这是宋代中日关系在日本文学中的折射。

三、入宋僧与禅宗、宋学的东渐

在北宋一百六十余年间,从日本渡海入宋的僧侣仅有二十余人,而在南宋的一百五十余年间,仅史料上明确记载的日本入宋僧就有上百人,这个数字还不包括众多尚未载入史册之人。南宋时期日本入宋僧数量之多,甚至可以与遣唐使的鼎盛时期相匹敌。此外,两宋时期日僧入宋目的也不尽相同,北宋时期的奝然、寂照、成寻等巡礼僧,大多只是为了参拜天台山、五台山等中国佛教圣地,而不是为求法。与此相对,南宋时期的入宋日僧大部分都是修业僧侣,如荣西、道元、圆尔辨圆等,他们入宋主要是为了学习当时被大力宣传的禅宗。

铃木大拙说,中国禅宗"发达于唐代而繁荣于宋代"。中国禅宗

---

① 大江匡房《续本朝往生传》,塙保己一编《群书类丛》第 5 辑(系谱部、传部、官职部)订正版,续群书类丛完成会,1982 年,第 422 页。

历经五代、北宋以后日益盛行,至南宋时期达到鼎盛。这一时期的日本正处于从哀叹末世、追求净土思想的平安王朝贵族政权,向朴素的、注重行动的新兴的武士阶层政权的转折期。武士们在不立文字、提倡生死一如的禅宗中找到了精神依托,而禅宗也因此成为了受到武家政权支持的代表性宗教,并在镰仓时期一举迎来了鼎盛。

一般认为,镰仓前期僧侣荣西(1141—1215)是最早将禅宗传入日本的人物之一。荣西在延历寺受戒,学习天台密教。他听闻中国禅法兴盛,于是在仁安三年(1168)二十八岁时,兴发西游中国之思。这一年四月,荣西乘商船由博多出发,抵达明州(今浙江宁波),登天台山和育王山,当年秋天回国,带回了天台宗的佛经章疏。时隔近二十年后,即日本文治三年(1187),荣西四十七岁时再度入宋,他到达临安参见知府,表奏拟经由中国转赴印度之意,但没有成功。荣西遂跟随怀敞禅师学习禅宗。建久二年(1191)秋,荣西搭乘宋商船舶回国。建仁二年(1202),征夷大将军源赖家(源赖朝之子,实朝之兄)皈依荣西门下,于京都洛东鸭川畔创立建仁寺,以荣西为开山祖师。翌年六月,荣西设置台、密、禅三宗兼学的道场,创立真言院和止观院,融和此三宗而形成的日本临济宗,一时人才荟萃,声誉震动朝野。而荣西在中日经济文化交流方面的最大贡献,是带回了茶种,并且写了《吃茶养生记》两卷,重新宣传茶的作用,提倡饮茶的风尚。

自宋代以来,日本僧侣、学者、使节从中国归朝时,中国文人、士绅、官员往往赠有送别诗文和绘画,这些绘画及题画诗也是我们研究中日文学关系的重要资料。周一良先生曾考证过日本藏南宋古画《荣西禅师归朝宋人送别书画之幅》,指出了这幅古画在中日文化交流史上的重要意义。这幅画又名《送海东上人归国图》(纵64.5厘米,横37.2厘米,纸本设色),现藏于日本镰仓常盘山文库。这是一幅典型的南宋"小景"山水画,景物只占画幅一边。一浓一淡两颗松树从画幅右下角的坡岸自然斜出,岸上五个点景人物纷纷向船上的人临江作揖话别。烟波江上,兰舟待发,宾客话别于松下,已是典型的"江岸送别"图式。

石守谦先生指出,"江岸送别"图式最早应出现在南宋时期,其现存最早的范例为藏于日本常盘山文库的《送海东上人归国图》,[1] 从而肯定了这幅画在中国美术史上的价值。据铃木敬先生考证,《送海东上人归国图》很有可能是作于 1191 年,由宁波的文士赠予即将回国的日本僧人,"海东上人"即荣西禅师。但据周一良先生对画面上所题两首诗文的考证,画面上的人物可能并非荣西。[2] 我们先来看看这幅画上题写的两首诗。第一首诗作者署名锺唐杰,他是朱熹的弟子。其诗云:

> 上人海东秀,才华众推优。学道慕中国,于焉一来游。
> 武林忽相遇,针芥意颇投。儒道虽云异,诗酒喜共酬。
> 况兹古名郡,佳丽罕与俦。湖山快吟览,胜迹恒追求。
> 合并惜未久,又理东归舟。扬帆渡鲸浪,帖帖如安流。
> 殷勤不忍别,缱绻难为留。临风极遐睇,目断扶桑陬。
> 他日托芳字,还能寄余不。[3]

诗歌开始四句称赞这位慕中国学问而来的日本僧人极有才华,表达了对他的敬意。次之八句叙述与其在临安的相遇,两人学问虽然儒佛有别,但意气投合,"诗酒喜共酬",同游西湖山水,抒发怀古赋诗之惬意。最后写与日本僧人的依依惜别之情,祝愿他回日本途中一帆风顺,希望离别以后能够通信联系。第二首诗作者署名窦从周,也是朱熹的弟子。诗云:

---

[1] 石守谦《风格与世变:中国绘画十论》,北京大学出版社,2018 年,第 235 页。
[2] 周一良《介绍两幅送别日本使者的古画》,《文物》1973 年第 1 期,第 7—11 页。
[3] 伊藤松辑《邻交征书》初篇第 2 册,学本堂,1838 年,第 10b 页。

榜人理行舻,日出江水平。扶桑渺何许,万里浮沧溟。
上人国之彦,夙悟最上乘。慕往中华风,一锡事游行。
名山与奥谷,足迹已遍经。日予处阛阓,幸矣识韩荆。
论诗坐终日,问法天花零。相得臭味同,蔼蔼芝兰馨。
岂比钱刀徒,市利纷以营。去去须臾间,何以展我情。
江草色萋萋,江花亦冥冥。浮云聚复散,不能常合并。①

诗歌前四句叙述了日本僧人不远万里漂洋过海,到中国来游学之事。次之四句赞颂日僧德才兼备,表达了对他的敬意。然后叙述僧人在中国访问各地名山,作者自己虽身居闹市,却有幸和他相识,共同讨论诗的写作和佛教哲学,结成了深厚的友谊。作者认为,这种在两国文化交流基础之上结成的友谊关系,远远不同于商人唯利是图的关系,所以说"岂比钱刀徒,市利纷以营",最后作者表达了惜别的感情。

锺唐杰和窦从周送别的日本僧人是谁,关于这一点,学界众说纷纭。日本学者推断为荣西,但也有指出是俊芿、道元禅师的看法。周一良先生否定了送荣西这一观点,但也没有定义画中的人物具体为谁。近年来,日本学者指出画中人物可能是觉阿禅师。②无论画中人物是谁,从画面中朱熹两位弟子的题诗来看,日僧入宋除了是为学习佛教的禅宗、戒律之外,对宋学也有接触。

宋明理学起于北宋周敦颐,经张载、程颢、程颐到南宋朱熹而集大成,故又称程朱理学,日本将之称为宋学。宋学与唐代之前的旧儒学相比,重点已不放在形而下的繁琐训诂诠释上,而是着重探讨心性与宇宙的关系,论证理气、性德等问题。宋学吸收了佛教华严宗、禅宗和道教的宇宙生成论及万物化生论,将儒家思想进一步哲

---

① 伊藤松辑《邻交征书》初篇第 1 册,学本堂,1838 年,第 11a 页。
② 佐藤秀孝撰,光泉主编《11 世纪后半叶的中日交流与禅宗——以觉阿、能忍、荣西、俊芿为中心》,杭州佛学院编《吴越佛教》第 7 卷,九州出版社,2012 年,第 61 页。

学化,因而与禅宗在很多方面有着相通之处。入宋日僧在学禅之余,往往也兼学宋学。铃木大拙说:"为了学禅而前往中国的日本僧侣,他们的行囊,除了禅典以外,全被儒道两教的书籍所填满。"这句话很形象地描述了当时的入宋日僧既学禅宗又兼儒学的现象,这些都为日本中世汉文学之发达提供了先决条件。

入宋日僧不仅带回了禅宗经典,还引进了包括程朱理学在内的许多汉籍。比如入宋日僧俊芿(1186—1227)于建历元年(1211)从南宋带回汉籍二千余卷,其中包括"四书"和朱子学书籍二百多卷。日本江户时期学者伊地知季安在《汉学纪源》中,视俊芿为宋学传入日本之首:"僧俊芿建久十年(1199)浮海游于宋,明年至四明,实宁宗庆元六年(1200),朱子卒岁之年矣。居其地十二年,其归也多购儒书回我朝,此乃顺德帝建历元年宁宗嘉定四年(1211),刘爚刊行《四书》之年也。宋书之入本邦,盖首乎僧俊芿赍回之儒书。"[1]仁治二年(1241),入宋日僧圆尔辨圆(1202—1280)归国时,也带回朱熹的《大学或问》《中庸或问》《论语精义》《孟子精义》《孟子注》《大学注》等。关于入宋僧携回汉籍的具体情况,我们将在第七讲详述。这一时期,朝廷和幕府开始请学问僧讲授宋学,圆尔辨圆就曾在幕府官邸讲授过《大明录》,向当权者介绍二程和朱熹的理学思想。

需要注意的是,随着日本禅宗的兴起,大量宋代高僧开始赴日弘扬禅法,如兰溪道隆(1213—1278)、无学祖元(1226—1286)等,他们主张"佛儒道一致",大力提倡以义理说经。但是,他们只是将二程、朱子学视为禅宗文化传布的工具,从这个意义上讲,宋学的引入与禅宗的传布紧密结合,但宋学本身并未在这一时期的日本形成独立的学问体系。[2]这与江户时期宋学大兴形成了鲜明的对比。但无论如何,不能否定的是,宋学最初是通过附着于禅宗的东传而进入

---

[1] 伊地知季安著《汉学纪源》,收于《新萨藩丛书》第5卷,历史图书社,1971年。
[2] 叶渭渠《日本文化史》,北京理工大学出版社,2010年,第179页。

日本的事实。诚如永田广志所总结的那样：

> 在战乱不绝的南北朝——足利时代和公家（及公家的上层神官）一起作为学问的唯一维护者的大寺院，特别是禅宗五山的僧侣，由于没有局限在佛教本来的领域之内，非常重视汉学的教养，所以从中国回国的僧侣都是儒教，特别是宋学的传播者，不久就形成了儒教对抗佛教而兴起的开端。正像五山文学被看作是日本汉文学的典型一样，禅僧在儒教史上起了不可忽视的作用。①

---

① 永田广志《日本哲学思想史》，商务印书馆，1978年，第22页。

第六讲　元代禅僧往来与
　　　　五山文学的兴起

　　据木宫泰彦考察，自1277年至1364年，元日之间可考的往来商船有43次，但实际商船的数目可能还要增加好几倍。①元朝数十位高僧乘商船东渡日本，如西涧士昙（1249—1306）、灵山道隐（1255—1325）、明极楚俊（1262—1336）、东明慧日（1273—1340）、清拙正澄（1274—1339）、竺仙梵仙（1292—1348）等，其中很多人都是在日本开创一代禅宗流派的宗师，如西涧士昙开创"西涧派"、东明慧日开创"东明派"、清拙正澄开创"清拙派"等。当时，不少日本公卿、武士师从清拙正澄、明极楚俊、竺仙梵仙等人学禅。其中，明极楚俊、竺仙梵仙的诗文又极其卓越，他们在传播中国文学方面发挥了积极的作用。此外，明极楚俊《明极楚俊遗稿》、东明慧日《东明和尚语录》、清拙正澄《禅居集》、竺仙梵仙《天柱集》、东陵永玙《玙东陵日本录》既是日本五山文学的重要著述，也是中国元代文学不可分割的一部分。遗憾的是，《全元诗》《全元文》限于体例，均没有收录这些东渡日本的元僧的诗文集。

一、乱世中的元日禅僧

　　日本在镰仓时代文永十一年（1274）和弘安四年（1281），两次

---

① 木宫泰彦著，陈捷译《中日交通史》第4册，山西人民出版社，2015年，第475—480页。

遭到了忽必烈遣兵东征,这两次战争在日本历史上被称为"文永之役"和"弘安之役"。"文永之役"实际爆发于文永十一年(1274)十月五日傍晚,元军船队驶入日本对马岛的佐须浦。由于双方兵力悬殊,对马岛很快失守。元军又趁势攻陷壹岐岛以及松浦半岛等地,并在周围小岛实行烧杀掠夺。十月二十日上午,元军开始登陆博多湾,其战船在海岸一字排开,军势威严。九州一带的武士、神官、高僧全都集结于此,严阵以待。然而,日本的作战实力和元军相比,无论是在团队作战经验,还是战争中所使用的武器上,相差都非常悬殊。尽管如此,面对日本武士的顽强抵抗,元军也为之胆寒,再加上弓矢耗尽,无法补给,所以历时仅半个月的"文永之役"就此仓促结束了。①

1275 年二月,忽必烈派礼部侍郎杜世忠、兵部侍郎何文著为宣谕日本使。然而,幕府在镰仓将杜世忠等人枭首示众。斩杀使节,有违外交礼节。镰仓幕府此举,似乎是期望以此警示元朝。殊不知,这种极端行为,却促使战争再起。日本弘安四年(1281),忽必烈再遣征讨大军兵分两路攻日。东路军五月二十日向对马岛佐贺浦、大明浦渡口发起攻击,很快对马岛陷落,元军趁势又攻下了壹岐岛。占领此地之后,东路军继续推进至博多湾,并打算由此地抢先登陆。但是自"文永之战"与蒙古人交过手之后,北条时宗(1251—1284)在博多湾花重金修筑了石垒连垣,以防御元军入侵。如此一来,东路军耗费月余,都没有正式登岸作战的机会,当时正是夏季,天气炎热,淡水、蔬菜供给困难,再加上出征日久的疲劳,元军中疫病患者急增,病死者有数千人。在此境遇下,东路军不得已退回壹岐岛,等待与江南军的会合。江南军总兵力有 10 万,大小兵船 3 500 艘。但是,势大力强的元军却缩居战舰,延误了最佳战机。闰七月一日夜,台风袭来,船舰遭毁灭性破坏,船上将士大多溺水,元军大败。历时

---

① 王金林《日本中世史》(下卷),昆仑出版社,2013 年。

两个月的"弘安之役"也草草收场。

在"文永之役"与"弘安之役"的影响下,直至13世纪末,元日之间的国际关系都异常险恶,双方的交流因此一时断绝,《邻交征书》中收录的《元鞑攻日本败北歌》中对此有详细记载。但从一山一宁(1247—1317)奉使赴日后,受其感化影响,入元的日本僧人逐渐开始增多。一山一宁是普陀山的高僧,元大德三年(1299)作为元成宗的外交使节,持国书赴日,最初被幕府疑为间谍,禁锢在伊豆修禅寺。后来以其高德而赦,长期居住在日本。一山一宁深受幕府执政者北条贞时(1271—1311)赏识,先后被迎入建长寺、圆觉寺、净智寺,后来成为京都南禅寺主持。因为一山一宁享有盛名,当他在圆觉寺之时,大量的求学僧慕名涌入该寺,以至于不得不采用偈颂考试的方式选拔优秀学僧。后宇多法皇将一山一宁请到京都,敕住南禅寺。作为公家寺院的南禅寺邀请外国僧侣作住持,这在日本史上还是首例。此后,公卿贵族们也开始修习宋朝风的禅宗,据镰仓时代歌论著作《野守镜》记载,就连对禅宗极度嫌恶的六条有房,也被一山一宁折服而皈依禅宗。在一山一宁示寂之后,六条有房还亲自撰写了祭奠文。

一山一宁在日长达十余年,其博学多才受到日本各阶层的尊重和信赖,在传播大陆文化,诸如文学、书法、绘画等方面,也起到了指导性作用。尤其是一山一宁以自己高深的文化素养,极大地刺激了日本汉诗文的创作,培养出了梦窗疏石(1275—1351)、虎关师炼(1278—1346)、雪村友梅(1290—1346)、龙山德见(1284—1358)等一批高足,为五山文学的崛起输送了大量的人材。但是,一山一宁果真如学界所说的那样,是五山文学的开创者吗?毫无疑问,他是在无数个文化领域都有非凡贡献的人,特别是在书法及金石碑刻方面,无疑是备受后人重视和肯定的名家。另外宋学传入日本的过程中,他也发挥了举足轻重的作用。但在文学方面,仔细阅读其《一山国师语录》的话,会发现与其他赴日的宋元禅师语录几乎没有太大的差别,特别是与纯文学创作相关的内容微乎其微。一山一宁虽然跟随过南宋文笔僧藏叟善珍求学,因此多少也接受了藏叟的文学影响,但从他一生的经历来看,与其说他是五山文学的开创者,不如说他是一位优秀的文学教育家更为妥切。

早期五山文学的许多重要诗僧,如虎关师炼、梦窗疏石和义堂周信(1325—1388),并没有留学中国的经历,他们能够写出优秀的汉文学作品,一方面是有日本高僧指引,熟读佛经和中国典籍,另一方面也离不开向东渡元僧请教和学习。五山时代前期的著名诗僧,几乎都与赴日僧侣有着密切的文学交流。如虎关师炼、梦窗疏石和雪村友梅都曾师事一山一宁;别源圆旨(1294—1364)、中岩圆月(1300—1375)与竺仙梵仙交往密切;乾峰士昙(1285—1361)、此山妙在(1296—1377)、义堂周信皆与明极楚俊有交往。受东渡元僧的影响,日本僧人纷纷不辞艰险,渡海入元。①

从文学关系的角度来看,元僧东渡是传播中华文化的一个重要媒介,而入元日僧的激增,也显示出日本积极吸收、传播并移植中国文化的迫切心态。正如木宫泰彦所言:

> 弘安以来,几乎断绝之中国留学,所以能再盛者,全由一宁刺激而成,入元僧龙山德见、雪村友梅、无著良缘、嵩山居中、东林友丘等,皆彼会下所出之人材也。②

元日关系虽然一度交恶,但因商船之络绎往来,日本禅僧入元者也颇多。尤其是在1342年,元朝正式允许日本商船进入中国港口,而日本国内由于南北朝动乱带来的财政紧张,使得九州南海诸国的豪族铤而走险,争相私造船只与元朝进行贸易,中日之间的海

---

① 罗鹭《五山时代前期的元日文学交流》,《四川大学学报》(哲学社会科学版),2015年第3期,第66—73页。
② 木宫泰彦著,陈捷译《中日交通史》第4册,山西人民出版社,2015年,第507页。

商贸易由此拉开了新的帷幕。以此为契机,日本人对于汉文学的热情再次高涨了起来。在京都的主要禅寺,争相派遣商船入元。公元1323年,东福寺派遣商船入元,但在归途中沉没。公元1325年,幕府为筹集建长寺的营造费用,派遣建长寺船入元。公元1332年,幕府为筹建摄津住吉神社,遣商船入元进行贸易。

在幕府派遣的商船中,以"天龙寺船"最为著名。据史料记载,天龙寺方丈梦窗疏石曾给幕府将军足利直义(1306—1352年)写信,请求政府建造两艘商船入元开展贸易,为建天龙寺筹钱。梦窗疏石的书信及足利直义的回信,都印证了"天龙寺船"是由日本官方认可并由其保护的商船。[1]据《天龙纪年稿》记载:"(历应)四年(1341)辛巳冬十二月,左武卫,忧寺乏法器,以遣船于宋,举大贾至本为纲司,大获宝器而归。"梦窗疏石《天龙寺语录》中也有《中秋谢宋船纲司上堂》,云:"普天匝地一秋光,不动扶桑见大唐。明月团圆杂海峤,满船官货孰私商。"[2]此番入元的天龙寺船所获利润,远远超过了幕府的预期,于是在翌年又遣天龙寺船入元。不过,幕府允许天龙寺通过国际贸易筹集营造资金,但在利益分配上附加了条件,就是天龙寺要承担对抗横行于东亚海域的海盗、护卫贸易船的责任。但就结果来看,幕府实际上等于承认了元日贸易的合法性,从而为元日之间外交关系的复活迈出了重要的一步,这也为明朝中日之间的贸易往来奠定了基础。

中国著名的禅宗丛林中几乎都住有日本僧人。木宫泰彦统计,史册上留名的入元日僧多达220余人,[3]此外,在历史上默默无闻的入元僧还不知其数。从数量上看,相比于入宋僧130多人、入明僧110余人,[4]入元僧的数量几乎是宋、明两代的总和。因此,五山文

---

[1] 赵莹波《唐宋元东亚关系研究》,上海社会科学院出版社,2016年,第88—89页。
[2] 上村观光编《禅林文艺史谭》(上村観光編《禅林文芸史譚》),详见上村观光编《五山文学全集》(别卷),思文阁,1973年,第912—913页。
[3] 木宫泰彦著,陈捷译《中日交通史》第4册,山西人民出版社,2015年,第520—540页。
[4] 木宫泰彦著,胡锡年译《日中文化交流史》,商务印书馆,1980年,第254页。

化的发达,离不开入元日僧对中国文化的移植。据元德元年(1329)渡日的元僧竺仙梵仙说,他自己在建康凤凰台保宁寺做古林清茂的侍者时,与他同时在清茂座下参禅究道的日本禅僧就有32人。

这些入元僧留元的时间,固然因人而异,但一般都比较长,如龙山德见在元时间长达45年,雪村友梅22年,无涯仁浩24年,古源邵元20年等,他们几乎在中国度过了半生。比如怀着满腔热情渡海入元的龙山德见,最初入元之际,不通汉语,颇费一番周折才拜入天童山东岩和尚门下,不久即因元大德十一年(1307)发生的日商焚掠庆元(今宁波)事件而受牵连。焚掠庆元事件原是一批来华的日本商人,不堪庆元郡吏的勒索行为,用携带的贸易品硫磺焚烧城内府衙、民舍、寺观等,以发泄愤意。该事件致使元朝政府不仅加强了对日商的贸易限制,还开始严查在元活动的日本人。当时的天童山尤其遭受到重责,数十名日本僧人被捕,遣送至元大都问罪,龙山德见也被赶至洛阳白马寺。他借机深入北方寺院,体验中国之禅林生活,领略中国社会之种种风俗。

入元僧不像入唐僧或北宋时代的入宋僧那样,由日本政府提供资助、发给旅费,并能随带翻译或从僧同行,而是同师、同宗的禅僧结伴或只身西来。他们随身携带的行李只有头上的编笠、肩上的僧囊和手提的禅杖。饿了就向民户或寺院讨点儿吃的,傍晚找个地方投宿,全靠自己的毅力和中国人的帮助遍访丛林名刹。[1]他们将宋元之书法绘画传入日本,将当时中国流行之食物的烹调方法也传入日本,甚至连同住宅设计、室内装饰以及茶会等,悉数传入日本。总之,入元僧的生活几乎完全是中国化的,他们也因此能创作纯粹的中国文学。

以《五山文学全集》和《五山文学新集》所收录的诗文集为限,

---

[1] 高文汉《中日古代文学比较研究》,山东教育出版社,1999年,第454—455页。

曾入元游学的日僧及其诗文集有：天岸慧广（1273—1335）《东归集》，龙山德见《黄龙十世录》，雪村友梅《岷峨集》，别源圆旨（1294—1364）《南游集》《东归集》，中岩圆月《东海一沤集》，此山妙在《若木集》，一峰通玄（生卒年不详）《一峰知藏海滴集》，友山士偲（1301—1370）《友山录》，性海灵见（1315—1396）《性海灵见遗稿》，铁舟德济（生卒年不详）《阎浮集》，古剑妙快（生卒年不详）《了幻集》，愚中周及（1323—1404）《草余集》。可以说，入元日僧诗文集几乎占据了早期五山文学作品集的一半左右，尤其是雪村友梅《岷峨集》、别源圆旨《南游集》、此山妙在《若木集》，集中作品全部作于入元期间。因此，考察这些入元日僧在中国的文学活动，对于深入研究五山文学以及中日文学交流都是极为重要的。

二、入元僧的江南怀古诗

元朝京城虽设于大都（今北京），但从南宋开始的五山十刹官寺主要分布在江浙一带，因而日本僧人抵达中国的登陆地点集中在江浙、福建沿海。北宋初期，宋太宗（977—997年在位）在杭州设立两浙市舶司，以控制海外贸易。宋真宗咸平二年（999），在杭州和明州分别增设市舶司。到了元代，这一情况并没有太大改变。因此，入元日僧在中国的活动与交游范围也多以江浙为中心，旁及江西和福建，对江南风景名胜的吟咏，在入元僧汉诗中很是常见。下文依次选读入元僧的游江南诗作。

天岸慧广，师从无学祖元、高峰显日（1241—1315），于正中二年（1325）入元，曾说服明极楚俊、竺仙梵仙等高僧赴日。在元逗留四年，曾先后巡礼天目山、天台山、径山、大慈山、天童山、国清寺、鹤林寺等江浙名山重刹，留下许多首书写江南风景的偈颂及怀古诗，如《下闽道中》写其游遍吴越之后，往闽地而去时所见之风景：

吴越已游遍,南而正欲东。百滩流水急,一叶片帆穹。
饮忌杯中毒,心酸门里虫。惟思劈火脐,香荐荔枝红。①

天岸慧广在游历途中,也留下了不少怀古诗,如这首《过严陵台》,对古人评论得异常深刻,辩证中包含着几分禅机,其诗曰:

汉室兴亡甚,英雄陷毁誉。器才同芥蒂,天地属藘庐。
逃世难逃迹,钓名非钓鱼。一钩台上月,独照子陵居。②

这首诗写作者过东汉隐士严光陵时,感慨严光轻视官爵、超然物外的可贵精神。诗虽不长,但其中的寓意及感染力颇令人称道。再如这首《越王台》:

千古英雄尘窖暗,越王台趾长蓬蒿。
伍胥预识今朝事,救得钱塘拍岸涛。③

越王台位于绍兴市卧龙山东南麓,系后人为缅怀越王勾践功绩而建。天岸慧广游历时,此地已颇为荒芜,"越王台趾长蓬蒿"便是对其景象的描写。第三句以伍子胥预料到吴国的灭亡转折,感慨历史之兴亡。相较之下,别源圆旨的诗作则充满了对江南的眷恋之情,他的《送僧之江南》非常有名:

闻兄昨日江南来,珂弟今朝江南去。

---

① 天岸惠广《佛乘东归集》(天岸惠広《佛乘東帰集》),上村观光编《五山文学全集》(第一卷),思文阁,1973年,第 11 页。
② 天岸惠广《佛乘东归集》,上村观光编《五山文学全集》(第一卷),思文阁,1973年,第 11 页。
③ 天岸惠广《佛乘东归集》,上村观光编《五山文学全集》(第一卷),思文阁,1973年,第 12 页。

故人又是江南多,况我尝在江南住。
江南一别已三年,相忆江南在寐寤。
十里湖边苏公堤,翠柳青烟杂细雨。
高峰南北法王家,朱楼白塔出云雾。
雪屋银山钱塘潮,百万人家回首顾。
南音北语惊叹奇,吴越帆飞西兴渡。
我欲重游是何年,送人只得空追慕。①

别源圆旨于日本元应元年(1319)渡元,留学元朝十一年之久,曾拜高僧中峰明本为师,与赵孟頫有同门之谊且交谊深厚。回国后历住弘祥寺、寿胜寺、善应寺、吉祥寺等,后任京都建仁寺住持,主要著作有《南游集》《东归集》等。《送僧之江南》在写法上很有特色,前六句中连续嵌入"江南"二字,极写自己对江南的追忆和眷念,一句"相忆江南在寐寤"便有着说不出的惆怅。次之八句细数江南风景,如苏堤翠柳、朱楼白塔、钱塘观潮、吴越帆飞等,最后一联很自然地引出了想要重游江南的愿望。别源圆旨在元朝生活日久,对江南风物极有感情,"故人又是江南多,况我尝在江南住"正是其江南生活的写照。即使回到日本,别源圆旨对自己在江南的生活与经历仍然记忆犹新,如《送竹上人入江南兼简旧友》:

最佳山水浙中多,君去烂游休走过。
小朵峰前秋夜静,老猿啼月挂松萝。
知识门高如上天,风雷鼓动口皮边。
杖头一双乾坤眼,照顾船舷未跨先。
一别东归仅四年,江湖旧事已茫然。

---

① 别源圆旨《东归集》(《東帰集》),上村观光编《五山文学全集》(第一卷),思文阁,1973年,第769页。

庐山半幅留图画,贴在闲房古壁边。①

这首诗写于作者东归日本四年之后。无论江南山水还是庐山,都是诗人曾经漫游过的地方,尽管离别已有四年,但在小朵峰前参禅入定的情景始终深深地印在诗人脑海中。透过皎洁的月光,若隐若现地看见挂在松萝间的老猿,它的啼声打破了宁静的夜空。如今诗人只能凭借挂在墙壁上的庐山图,来回忆和想象曾经的江南旧游。

别源圆旨《东归集》中收录有多首与中岩圆月的唱和诗,如《和韵酬不闻、中岩》《再和中岩》《和因棋戏与中岩谈论生死地狱有无之事》《和中岩书怀古诗》等,可知中岩圆月也创作了不少怀古诗作。中岩圆月俗姓土屋,法号中岩,又号中正子,法讳圆月,相模(今神奈川县)人。日本南北朝时代临济宗僧人。出身于没落的武士之家,幼入镰仓寿福寺,少习儒学,后在京都三宝院学习密教,又师从东明慧日、虎关师炼学习禅宗。正中元年(1324),中岩圆月乘船渡元,在元游历近八年。东归后,历任万寿寺、建仁寺、建长寺等名刹住持,并为光严、光明上皇讲解禅法。

学界凡论及五山文学,皆以义堂周信、绝海中津为"双璧",殊不知以"善属文"著称的义堂周信曾以中岩圆月为师;绝海中津诗文之妙世皆赞颂,却很少有人提及与其绝海同出一脉、比绝海诗文气宇更为宏大的中岩圆月。中岩十四岁时始沉湎于作诗,曾受到约翁德俭、南山士云等人赞赏;他又精通汉语,曾在东明慧日、灵山道隐等中国名僧会下修行。入元之后,受命为百丈山的法堂及天下师表阁撰写上梁文,足见其才能之卓拔超群。中岩圆月学识之广博、著述宏富,就连虎关师炼也钦羡不已,他既涉历法、《周易》,又兼通朱子学,是将朱子学传入日本的先驱之一。有《中岩语录》《中正子》《东海一沤集》《自历谱》《藤阴琐语》《文明轩杂谈》《琐细集》《蒲室集

---

① 别源圆旨《东归集》,上村观光编《五山文学全集》(第一卷),思文阁,1973年,第756页。

注释》等。中岩圆月还是第一位在日本讲授《三体诗》的禅僧,他的这些文学活动对中国文学在日本的经典化作出了重要贡献。

中岩作品辞藻丰润,表现手法自得流畅,诗有盛唐之风,文逐韩文之脉,又兼通汉语,这使得他的诗文整体上带有一种新时代的气息,境界雄浑壮阔而又不乏精巧纤致,酷似乱世中的杜甫诗作。再加上中岩性情中的理想主义倾向和纯真气质,使得他与俗流多生龃龉,这种不大痛快的处境,为其作品蒙上了一层适度的阴影,促生了他诗文中自带一种慷慨悲愤之情和寂寞哀愁之感,极具厚重之美,这在中岩游历中国江南一带时创作的怀古诗中可以感受出来。

中岩圆月在元期间,先后游历了浙江、江苏等地的名山巨刹,创作了大量的怀古诗作,其中《金陵怀古》一诗,被认为是日本五山诗人中现存最早的借由金陵历史文化抒发思古情怀的诗作,这与之前日本人的金陵书写通常只是吟咏与自身紧密相连的日常生活事件,如参禅拜佛、临别赠答等,在时空维度和精神空间上形成鲜明的对比。[1]《金陵怀古》诗云:

> 人物频迁地未磨,六朝咸破有山河。
> 金华旧址商渔宅,玉树残声樵牧歌。
> 列壑云连常带雨,大江风定尚生波。
> 当年佳丽今何在,远客苍茫感慨多。[2]

这是作者在中国江南游历时所作的一首诗,大约作于1326年春或1327年秋。"人物频迁"指以金陵为舞台的政治人物不断地变换。

---

[1] 毛建雷《中岩圆月〈金陵怀古〉的发生》,比较语言文化学会编《语言文化学刊》第2期,2015年5月,第181—188页。
[2] 中岩圆月《东海一沤集》卷一,上村观光编《五山文学全集》(第二卷),思文阁,1973年,第900页。

金陵为六朝故都所在地,素以虎踞龙盘、雄伟多姿著称,其山地、丘陵、江河、湖泊纵横交错,地据要津,自古为江南重镇。到元朝时,这里依然是市廛栉比、灯火万家,呈现出一派繁荣气象。作者来到金陵,遥想历史兴亡更替,不禁感慨万分。"玉树"指陈后主所作《玉树后庭花》,这首曲子在中国的金陵怀古诗作中经常出现,通常被视为"亡国之音"的象征。"列壑"是指相连的山谷,"远客"则指作者自己。诗以六朝故都金陵为背景,抒发兴亡嗟叹、怀想古人之情,是日本汉诗中的怀古精品。

中岩圆月入元后游历各地,在金陵的所见所思,六朝的兴废都给了他极深刻的印象。当他回到日本,看到元弘战乱后的鞆津时,由镰仓幕府的灭亡想到杜牧的《泊秦淮》,提笔写了一首七言绝句《鞆津》:

楸梧风冷海城秋,燹火烟消灰未收。
游妓不知亡国事,声声奏曲泛兰舟。①

后两句化用自杜牧的"商女不知亡国恨,隔江犹唱后庭花",从鞆津一带常见的游女写起,抒发亡国之叹,极为贴切。由此可知,中岩圆月不仅熟悉中国诗文,而且也很了解这些诗文背后的文化风土与历史典故,可以自如地化用在自己的诗歌创作中,这使得他的汉诗摆脱了"和臭",而有了一种接近于唐宋诗的风格。

金文京先生在《日本五山禅僧中岩圆月留元事迹考》一文中肯定了中岩圆月在五山文学中的独特地位,说道:"相对大部分五山禅僧的著作都停留在禅僧之间的应酬诗画赞、铭,或疏、偈颂、字说等仪式所用文字,以及语录等教团内部活动的范围之内,中岩圆月既有《中正子》这部儒佛交融的哲学著作,且当后醍醐天皇打倒武士政

---

① 中岩圆月《东海一沤集》卷一,上村观光编《五山文学全集》(第二卷),思文阁,1973年,第909页。

权,恢复天皇亲政的建武中兴时,他竟敢向后醍醐天皇呈上用汉文写的上表文,建议新政应施行的政策。由于这种对儒家的特别关注,以及将此付诸实践的旷前政治行为,中岩圆月成为五山禅僧中公认的最突出的存在。作为禅僧,他这种特异的活动,虽由天禀所致,也跟前后八年的留华经验密切相关,殆无疑问。"[1]由此看来,中岩圆月或许早已将自己的禅僧身份抛诸脑后,而是作为一个积极参与政事的儒者登上历史舞台,这种自我认同也当是他创作了大量怀古诗的原因。

活跃于十四世纪中后叶的禅界诗僧,比较著名的还有此山妙在。此山妙在大约于元应年间(1319—1320)入元,兴国六年(1345)归国,在元逗留二十余年。他并未像其他日僧一样遍参江浙禅林,而是直谒祖庭,长期寓居湖南浏阳石霜寺,他在石霜寺掌管藏经阁的钥匙,饱读群书,闲暇时常与同道以诗文相切磋,这在同时代的游学僧人中极为罕见。此山妙在长于诗文,有遗稿《若木集》一卷传世。此山妙在的诗歌创作,特色在于对日常生活的观察和体验,并从中参禅悟道。如《友人归乡》诗中写道:

合涧桥边送别时,秋风分袂各东西。
明朝归到家山日,记取寒猿月下啼。[2]

这是妙在于中国天台山国清寺所咏的赠别诗,诗风古简质朴,把相别毋相忘的感情都凝聚在了"记取寒猿月下啼"之中,情感丰富但不外露,绝少平滑松脱之感,颇有些元诗的风骨。妙在滞留元朝时间较长,对中国古代文学尤其是宋、元诗歌有着较多的学习和了解。在创作时,他对中土文化的吸收不再局限于个别词句,而是把

---

[1] 金文京《日本五山禅僧中岩圆月留元事迹考》,详见邵毅平编《复旦中文学术前沿工作坊系列·东亚汉诗文交流唱酬研究》,中西书局,2015年,第2页。
[2] 此山妙在《若木集》,上村观光编《五山文学全集》(第二卷),思文阁,1973年,第1111页。

注意力转移到了对全诗意境的把握和借鉴上,从而把中国文化、中国文人的思维和表达方式都注入到自己的诗歌当中,使二者融为一体。

另有古剑妙快,别号了幻,生卒年不详。入梦窗疏石之室。日本南北朝初入元,参禅于恕中无愠、楚石梵琦、穆庵文康。日本贞治四年(1365)归朝。先后住持镰仓东光寺、等持寺、伏见大光明寺、临川寺、建仁寺、建长寺。诗文集称《了幻集》,另传著作《扶桑一叶》。他也创作过游历江南的诗作,如这首《春江》:

> 东风吹水碧涟涟,日暮谁家一钓船。
> 南浦落花三月雪,西湖垂柳万条烟。
> 浮杯渡口吞平地,舞棹岩头笑揭天。
> 归去来兮波浪险,数声欸乃白鸥前。①

很多时候,江南甚至成为了日本禅僧的第二故乡,而西湖作为有代表性的风景,总是会被吟咏,如性海灵见(1315—1396)的《莲》也很有名:

> 亭亭抽水清于碧,片片泛波轻似舟。
> 十里西湖风景好,六桥烟雨忆曾游。②

这些吟咏西湖的诗文和描绘西湖的图像一起流传于五山禅林,也激发了那些没有去过西湖的僧人想象西湖、并进行创作的欲望,如义堂周信《题西湖小草堂图》:

---

① 古剑妙快(古剑妙快)《了幻集》,上村观光编《五山文学全集》(第三卷),思文阁,1973年,第2114页。
② 性海灵见《性海灵见遗稿》(《性海霊見遺稿》),上村观光编《五山文学全集》(第二卷),思文阁,1973年,第1252页。

十里西湖一草堂,断桥柳色晚凄凉。
何当借得扁舟去,分取梅花月半床。①

则是借着《西湖小草堂图》来神游西湖了。与入宋僧相比,入元僧虽然也会历访中国禅林、参禅辩道,但至元代中国禅林已渐呈衰退之相,因此入元僧更多时候其实是为了体验中国禅林生活、领略中国之风俗,比起求法来,更多带有一种漫游的意味。木宫泰彦就此道出:

倘以专心研究真面目之禅而论,则反有堕落之倾向。然彼等在元期间颇久,随意领略中国之风趣,因此遂于日本文化各方面大有影响。其中最显著者,乃日本之中国文学也。②

日本的五山文学就是由这些久居元朝而后归国的禅僧推向兴盛的,"日本五山文学,实与平安朝贵族所作之中国文学,及德川时代儒者所成之中国文学鼎足而峙,且在三者之中,为最优秀。盖其诗文,完全脱离倭臭,可目为宋元诗文之一分派,而成纯粹之中国文学故也。"③这与五山禅僧对"儒佛不二"思想的鼓吹不无关系。义堂周信在《空华集》中说道:"凡孔孟之书,于吾佛学,乃人天教之分齐也,不必专门,姑为助道之一耳。经云:法尚可舍,何况非法。如是讲则儒书即释书也。"④虎关师炼《济北集》亦云:"夫儒之五常,与我教之五戒,名异而义齐。"义堂周信、虎关师炼虽然未曾入元,但通过渡日元僧亦能深入了解中国之好尚,其作品也会令元人惊叹不已。

---

① 义堂周信《空华集》,上村观光编《五山文学全集》(第二卷),思文阁,1973年,第1441页。
② 木宫泰彦著,陈捷译《中日交通史》第4册,山西人民出版社,2015年,第561页。
③ 木宫泰彦著,陈捷译《中日交通史》第4册,山西人民出版社,2015年,第562页。
④ 义堂周信《空华集》,上村观光编《五山文学全集》(第二卷),思文阁,1973年,应安四年六月三日条。

三、函谷关西放逐僧:雪村友梅的入元体验

据《雪村大和尚行道记》记载,雪村友梅俗姓源氏,自号"幻空","雪村"是他的字,而"友梅"则是当时作为使者被元朝派到日本的国师一山一宁为他取的名字,因当时有三位童子拜师,一山便以"岁寒三友"为三人取名。[①]

雪村师从一山一宁学习佛法和汉学,兼习书法绘画。元成宗大德十一年(1307),十八岁的雪村友梅随日本商船入元。最初的两三年,雪村友梅主要游历了元大都(北京)、河北、河南等地,留下了《宿柏林寺》《赵州》《柏庭》《过邯郸》《宿少林》《寄永宁觉庵》等诗作。这一时期的诗作整体比较轻快明朗,哪怕是这首写离别的诗歌《中秋留别觉庵无文》,也表现出光风霁月的洒落胸怀:

> 孤云踪迹元无定,兴尽京华我欲行。
> 山好岂辞秦路远,身闲尤喜客装轻。
> 一天霁色秋如洗,二老风襟日见清。
> 不审明年今夜月,分光还照别离情。[②]

首句以"孤云"自拟,将无根无定的禅行者比作稍纵即逝、行踪飘忽的"孤云",意象高远清奇。"云"意象在雪村的语录作品中有独特含义,雪村表现"云"时单侧重它的"无心"。次之几句言在洛阳与诸位友人相聚极为尽兴,如今虽要分别,但见晴空万里,秋色浸染层山,旅人神清气爽,甚至不觉入陕路途遥远。这首诗虽然是以

[①] 小野胜年《十四世纪踏足长安的日本僧人——雪村友梅诸事迹》(《十四世紀に長安を踏んだ日本僧——雪村友梅のことども》),详见《东方学论集:小野胜年博士颂寿纪念》,龙谷大学东洋史学研究会,1982年,第13—14页。
[②] 雪村友梅《岷峨集》,上村观光编《五山文学全集》(第一卷),思文阁,1973年,第558页。

送别为主题，但写得风轻云淡，面上不露哀戚之感，让人觉得耳目一新。

雪村友梅在瞻仰达摩面壁遗迹后，便奔赴浙江湖州万寿寺参谒住持叔平隆，不料却因倭寇滋事受到牵连，被问"间谍罪"而沦为阶下囚。事实上，就在雪村友梅入元的1307年，元朝庆元（今浙江宁波）一带，日商与元朝官吏发生暴力冲突，甚至发生了焚城抢夺的恶性事件。两年后（1309）类似事件再次发生，元廷震怒，遂下令彻查从庆元登陆的日本人。雪村友梅蒙冤获罪，在狱中经历种种酷刑，反复竟长达五年。叔平隆本是雪村友梅恩师一山一宁的同门师兄弟，他深爱雪村友梅之才，遂为救其出狱而奔走各方，最后竟谎称雪村友梅是中国人，不料被人告密功亏一篑。叔平隆自身也陷入险境，之后病死狱中。

据《雪村大和尚行道记》载，元皇庆二年（1313）二月七日，被判死刑的雪村友梅被缚刑场，白刃加身之时，他高声朗诵无学祖元禅僧的《临剑颂》："乾坤无地卓孤筇，喜得人空法亦空。珍重大元三尺剑，电光影里斩春风。"仿佛当年祖元禅师为元兵说法一样，其威严的气势使得在场官吏无不震惊。时人以其为有德高僧不敢妄加侵犯，雪村友梅由是得以豁免死刑，而被发配至长安，幽禁于翠微寺。他当时的心情和处境，从其创作于元延祐三年（1316）的《杂体十首》可窥之一二：

吾不欢人誉，亦不畏人毁。只缘与世疏，方寸淡如水。
一身缧绁余，三载长安市。吟哦聊适情，直语何容绮。①

雪村友梅在长安期间，作诗有《石瓮寺》《元夕二首在蓝田》《辋川道中》《宿鹿苑寺王维旧第》《和曾彦权游雁塔韵》等。由此可知，

---

① 雪村友梅《岷峨集》卷下，上村观光编《五山文学全集》（第一卷），思文阁，1973年，第554页。

他有一定的行动自由,但主要活动范围还是在翠微寺周边。长安翠微寺是创设于晚唐时期的佛教宝刹之一,位于长安城西南翠微山下。雪村友梅曾在重阳节登游翠微山,并留下了一首《九日游翠微》:

> 一径盘回上翠微,千林红叶正纷飞。
> 废宫秋草庭前菊,犹着寒花媚晚晖。①

诗句中的"废宫"即指初唐时期修建的翠微宫,后将废宫改为了翠微寺。②如其《辋川道中》云:

> 杖履欲何适,悠然意若存。山回悬栈道,溪转断桥村。
> 松老苓收液,玉藏石带温。已知幽隐处,聊此扣柴门。③

在长安幽禁三年之后,也就是在延祐三年秋,雪村友梅又被流放至西蜀。在从长安入蜀途经汉中时,雪村友梅题有《偶作十首》,开篇两首云:

> 函谷关西放逐僧,黄皮瘦里骨棱层。有时宴坐幽岩石,只欠空生作友朋。④(其一)
> 函谷关西放逐僧,是何顽恶得人憎。髑髅刃下逃腥血,脚债曾烦驿吏征。⑤(其二)

---

① ④ 雪村友梅《岷峨集》卷下,上村观光编《五山文学全集》(第一卷),思文阁,1973年,第552页。
② 李健超《终南山翠微寺与日僧雪村友梅》,《碑林集刊》2006年12月,第113—120页。
③ 雪村友梅《岷峨集》卷下,上村观光编《五山文学全集》(第一卷),思文阁,1973年,第556页。
⑤ 雪村友梅《岷峨集》卷下,上村观光编《五山文学全集》(第一卷),思文阁,1973年,第553页。

"黄皮瘦里骨棱层"极写受尽苦难之身形,"髑髅刃下逃腥血"将自己从死刑场上逃离的场面写得入木三分。但在后面的几首,又能体会到作者的豁达不执与百折不挠的坚韧性情:

函谷关西放逐僧,惯骑铁马走冰棱。昙花落二千年后,又见黄河一度澄。①(其三)

函谷关西放逐僧,同行唯有一枝藤。终南翠色连嵩华,庆快平生此一登。②(其四)

函谷关西放逐僧,生涯善以拙为能。千钧弩发篱边雀,惊落抟风化海鹏。③(其五)

第三首的铁马指披甲的战马,"冰棱"原指结冰的道路,这里比喻人生险路。"昙花落二千年后,又见黄河一度澄"这两句是说目前遭受的这些苦难,都如昙花一样,不过是瞬间之事,千年之后,黄河之水又会清澈。第四首主要描写终南山的苍翠美景,雪村友梅的入蜀之旅是由陕西鸡头关出发,在途中远望与嵩华山脉相接的终南翠色,抒发自己的心情。第五首以"千钧弩发篱边雀"比喻曾经被判死刑、押解刑场之事,最后以"惊落抟风化海鹏"一句,强调这些离奇的悲惨遭遇,都会成为自己日后的经验,类似的诗句如"百炼黄金色更增"等,在《偶作十首》中也不断出现,我们由此可知雪村友梅之坚毅性情。

然而,雪村友梅的蜀道之行因疾病缠身并不顺畅,其诗《病枕织长句,谢石桥发药》云:

君不见江西马祖昔强健,眼若流星机若电。

---

①②③ 雪村友梅《岷峨集》卷下,上村观光编《五山文学全集》(第一卷),思文阁,1973年,第553页。

> 一日不安却劳忙，被人看破日月面。
> ……
> 半年蜀道历艰崄，寒热相攻病正作。
> 耳黑面黄支体枯，头疼目眩频呻呼。
> 何物小儿巧乘隙，欺我万里形骸孤。①

可见雪村笔下的蜀道印象尽是行走之难的肉体感受。行路磨难如此深刻，与其"罪犯"的身份有关，据元朝针对流囚的刑法规定："诸徒罪，昼则带镣居役，夜则入囚牢房。"此外还规定："诸狱具，枷长五尺以上，六尺以下，阔一尺四寸以上，一尺六寸以下，死罪重二十五斤，徒流二十斤，杖罪一十五斤，皆以干木为之，长阔轻重各刻志其上。……镣连镮重三斤。"由是推知雪村半年蜀道历尽艰辛，除了路程本身天险不少，也可能在颈上枷、脚上镣的制约下行走不便，又因沿途驿站路程不一，每日行走里数或有不同，或缓或急，以致一路走来身影憔悴。②

进入巴蜀地区后，雪村友梅最初被安置在锦里东郊的一间佛寺，得以暂时安定下来，不用再感受流放途中的奔波劳苦。1323 年，雪村友梅与友人朴庵同游青城山，对于这一次的出游，雪村友梅写下了《癸亥春晚，朴庵游青城回，诵子美石刻丘字韵诗，予因追和，姑宽不同游恨云尔》一诗，诗云：

> 山人夸我碧山幽，曾倚琼栏十二楼。
> 翠壁冈风乡月转，绿湾流水落花浮。
> 麻姑道应环中妙，杜老诗新意外求。
> 胜概会心心已足，泠然何必跨昆丘。③

---

① 雪村友梅《岷峨集》卷上，上村观光编《五山文学全集》（第一卷），思文阁，1973 年，第 530 页。
② 黄郁晴《山川何处异乾坤：入元日僧雪村友梅及其〈岷峨集〉析论》，《域外汉籍研究集刊》，2014 年，第 151 页。
③ 雪村友梅《岷峨集》卷上，上村观光编《五山文学全集》（第一卷），思文阁，1973 年，第 531 页。

青城山因道教兴盛，多依托仙踪。"十二楼"是指神话传说中的仙人居处，麻姑也是道教神话人物，"杜老诗新意外求"即指青城山上的杜甫诗刻。杜甫曾登临青城山，写下《丈人山》："自为青城客，不唾青城地。为爱丈人山，丹梯近幽意。丈人祠西佳气浓，缘云拟住最高峰。扫除白发黄精在，君看他时冰雪容。"可见从古至今，"幽"一直是青城山的特色。雪村友梅在诗中嵌入诸多典故，描述了青城山的清幽神韵。

观《岷峨集》，可知其在西蜀后期，游历范围已从成都府的周边范围扩展至路程稍远的嘉定府路（今四川乐山市）、峨眉（今四川峨眉山市），包括乐山凌云寺和乌尤寺、岷山、圣山峨眉等处。他在蜀地结交了数位好友，修习佛法之余，以诗为心语，或抒发自己的游览即兴，或在静思之余得出别样禅思。因此《岷峨集》中有相当多的诗作于这一时期，同时他以岷山和峨眉山为诗集命名，本身就代表了这一时期对于雪村友梅所具有的独特意义。

泰定元年（1324）秋，大赦消息传开，雪村友梅也被释放。元天历元年（1328），文宗即位，闻雪村友梅经历，深为感动，特赐"宝觉真空禅师"尊号，并请往长安翠微寺任主持。[1]翌年夏，雪村友梅乘日本商船从福州出发，抵达日本博多。他自十八岁踏上元朝的土地，独在异乡漂泊二十三年，四十岁才终于回到了故国。之后陆续被请到日本慈云寺、德云寺、建仁寺、万寿寺等许多著名的寺院，弘扬禅宗道法。直至1346年十二月二日黎明，于所住清住庵圆寂。

从中日文学关系史的角度来看，雪村友梅的经历十分独特。《岷峨集》是雪村入元期间唯一的作品集，玉村竹二《五山文学新集》收录了雪村友梅在元时期创作的汉诗集《岷峨集》和回国后创作的《宝觉真空禅师录》乾坤二卷，此外还附有雪村法孙大有有诸的《雪村大和尚行道记》，该文献记录了雪村在元游学和回国弘法行道

---

[1] 《雪村大和尚行道记》，上村观光编《五山文学全集》（第一卷），思文阁，1973年，第569页。

的主要事件。其中,《岷峨集》共收录雪村友梅244首汉诗,按其内容可大致分为偈颂、写景诗、赠答诗、闲适诗等。诗集中出现了大量描绘中国自然风景和人文景观的诗作,是我们解读其中国体验、考察那个时期中日文学关系的重要资料。

五山文学之祖,应推为何人,诸家之说不一,或推一山一宁,或推雪村友梅。如那波利贞《五山文学论》云:"所谓五山文学者,乃镰仓末期至足利时代五山僧徒所为文学之总称。广义以解之,以一山一宁为始祖,原无不可,然五山文学,乃五山之日本僧徒之纯粹中国文学,实当以雪村友梅为始祖,何则? 一山一宁,不过对于日本五山之学问研究上,与以许多刺激耳;终为元僧之归日者,其撰述亦仅有语录二卷,而雪村友梅则在日本僧侣中,为宋元派诗文最初之一人。"①此说颇为中肯。雪村友梅遍历中国十二省,即使在蒙受冤屈入狱的情况下,依然以强大的意志力克服种种逆境,在精神领域不断精进,创作出了众多传世名作。考察雪村友梅的入元体验及其诗文创作,既有助于我们理解雪村友梅在五山文学史上的地位,也能帮助理解唐、宋时期诗禅交涉之风影响、移植到日本的过程。

---

① 那波利贞《五山文学论》,收录于史学地理学同考会编《室町时代研究》(《室町时代の研究》),星野书店,1923年,第97—150页。

第七讲　宋元文学典籍和五山禅僧

与隋唐时期中国典籍的输入主要是经由遣隋使、遣唐使之手完成不同，宋元时期中国典籍的输入，主要是由宋商和禅僧实现的。在遣唐使使团中虽然也有大量僧侣，但主要是以天台宗、真言宗僧侣为中心，他们传入的中国典籍以佛典为主，而佛典之外书籍的传入与接受，则主要由那些以学问为职业的中流贵族担任。到了镰仓时代中后期，随着中日禅僧的频繁往来，在幕府的保护下，以禅宗寺院为中心，接受中国最新文化的主要阵地得以形成。入宋僧和入元僧将大量的中国典籍带往日本，促进了日本佛教的革新和汉文学的成长。另外，宋代开始发展并大盛的印刷术改变了整个书籍传播的形态，书籍的流传由以前的官方主导型逐渐转变为以民间贸易型为主，书籍的交流、阅读与接受都逐渐进入了一种新模式。

一、宋元文学典籍在日本

考察宋元时期中国文学典籍之东渐，通常要依据两种目录：其一是藤原通宪(即信西，1106—1159)编纂的《通宪入道藏书书目》。其二是圆尔辨圆法孙大道一以(1305—1370)编纂的《普门院经论章疏语录儒书目录》(1353年成书)。《通宪入道藏书书目》是在《台记》康治二年(1143)二月十一日、天养二年(1145)六月七日条记载的公卿、学者之间关于少纳言藤原通宪之名的卜筮问题进行的讨论中，留下的藤原通宪的藏书目录。《普门院经论章疏语录儒书目录》

是圣一国师圆尔辨圆(1202—1280)于嘉祯元年(1235)入宋,仁治二年(1241)返回日本时,携归的内外典籍目录。宽元元年(1243),圆尔辨圆应关白九条道家、九条良实父子邀请,赴京都开创了东福寺,他将入宋所得典籍数千卷藏于东福寺普门院。他自己曾编了一部三教典籍目录,可惜已佚失。日本正平八年(1353),大道一以禅师根据藏书情况编成的目录,被通称为《普门院经论章疏语录儒书等目录》。

这两种目录虽然都很有名,但并不易见,因此王勇、大庭修主编的《中日文化交流史大系·典籍卷》,详细录入了这两种目录的全文。[1]其中,《通宪入道藏书目录》记载的文学类典籍大概如下:

一合(第二柜)
　　《释注毛诗》四卷　　《毛诗音义》三卷　　《诗义音辨》五帖(摺本)
一合(第八柜)
　　《寒山诗》一帖　　王逢《蒙求》一卷　　《西京杂记》一卷
　　《游仙窟》一卷
一合(第四十一柜)
　　《罗隐诗》二帖　　《临川先生诗》一部五帖
一合(第一百十六柜)
　　《王勃集》一帖五卷　　《天宝文苑集》六卷　　《李商隐诗集》三卷　　《杜荀鹤集》一卷　　《章孝标集》一卷
一合(第一百廿二柜)
　　《典丽赋集》六卷　　《桂山文律》十二卷四帖
一合
　　《皇宋百家诗》三帖

---

[1] 参考《通宪入道藏书书目》原文。详见王勇、大庭修主编《中日文化交流史大系·典籍卷》,浙江人民出版社,1996年,第65—72页。

从这份目录我们可以大概得知平安末期日本贵族知识分子对中国文学典籍的阅读情况。与十世纪之前主要推崇中国六朝及隋唐文学不同,这一时期日本已经开始引入宋代诗文,如王安石的《临川先生诗》一部五帖、《典丽赋集》六卷、《桂山文律》十二卷、《皇宋百家诗》三帖等。其中,除王安石诗之外,其他几种诗文集均已散佚。如《典丽赋集》是宋人王戊编选的一部律赋总集。南宋时期,由于进士科试诗赋的制度相当稳固,所以举子研习律赋成为进学的必然之路,与之相配合的律赋集与赋学书籍编撰也是相当兴旺。《典丽赋集》即为其中一种,但该书在南宋晚期已经湮没无闻。[1]《皇宋百家诗》系南宋曾慥所编,又称《皇宋百家诗选》《皇宋诗选》《宋百家诗》等,收录自寇准以至僧璡二百余人诗作,博采旁搜,拔尤取颖,但不载欧阳修、王安石、苏东坡等大家诗文,历来众说纷纭。该书宋时即有两种刻本,但或许因入选者不餍人望,故很快失传。所选诗篇,今可见者,不过一鳞半爪。[2]

《普门院经论章疏语录儒书目录》难得一见其全貌,《中日文化交流史大系·典籍卷》的编者同样详细整理了该目录的全文。[3]我们由是可知,该目录以《千字文》排序,内典部分主要包括"天、地、玄、黄"部到"日、月、盈、昃"部之间的一百七十部经论章疏,以及"辰、宿、列、张"部至"律、吕"字部之间的九十二部僧传。"调、阳"字部以下至"剑、号、阙"字部之后,则主要是百余部外典,涵盖五经、朱子学、老庄、兵家、小学、医书、本草之外,还有《文选》《白氏文集》及韩愈、柳宗元诗文等。收录在该目录中的书籍,既有圆尔辨圆从中国带回的书籍,还有之后在日本开版重印的书籍,以及圆尔辨

---

[1] 许瑶丽《〈后典丽赋〉的编选与传播考论》,《电子科技大学学报(社科版)》第 6 期,2010 年 12 月,第 50—55 页。
[2] 王利器《曾慥〈百家诗选〉钩沉》,详见《文学遗产》编辑部编《文学遗产增刊十四辑》,中华书局,1982 年,第 373—374 页。
[3] 王勇、大庭修主编《中日文化交流史大系·典籍卷》,浙江人民出版社,1996 年,第 47—54 页。

圆后世法嗣从中国带回的书籍等。因此该目录中的书籍既有元版，也有明版。

圆尔辨圆传入外典的数目在整部目录中约占三分之一，这与遣唐使时代的"请来目录"截然不同。平安时代的入唐僧侣，虽然也会从中国带回外典文献，但多则也只有数十卷，像输入如此众多外典的情况，此前从未有过。这与其说是圆尔辨圆本人携书东归的特色，还不如说是大部分入宋僧、入元僧的阅读倾向。从圆尔辨圆搜集的汉籍目录外典部分来看，他对宋学新注的兴趣比较浓厚，如《晦庵集注孟子》《晦庵大学》《晦庵中庸或问》《晦庵大学或问》以及吕祖谦《吕氏家塾读诗记》、胡文定（安国）《春秋解》等，都显示了宋学新注的传入与宋元学风的输入。① 换言之，这种新的文化现象的出现，意味着禅宗与宋儒合一的理念，正在逐步成为日本禅宗僧侣们的具体实践。而五山文学，正是在这种汉学教养的基础上形成的。

严绍璗先生曾整理了这份目录中的外典文献，指出当时著录实存于该寺庙的汉籍外典合计一百零二种，去其重复著录，共得九十四种，并详细列举了这九十四种外典文献的目录。② 我们在这些外典文献目录中，会发现著录了这样一些文学典籍：

致：《六臣注文选》廿一册。

露：《东坡词》二册、《东坡长短句》一册、《诗律捷径》二册、《诚斋先生四六》四册、《连珠集》一册、《搜神秘览》三册、《合璧诗学》二册、《四言杂事》二册。

霜：《白氏六帖》八册。

金：《白氏文集》十一册。

生：《韩文》十一册、《柳文》九册。

---

① 王勇、大庭修主编《中日文化交流史大系·典籍卷》，浙江人民出版社，1996 年，第 54 页。
② 严绍璗《日本中国学史稿》，学苑出版社，2009 年，第 50—52 页。

果:《合璧诗》八册、《悟真寺诗》一卷、《镡津文集》一部。

从圆尔辨圆携归的文学文献书目来看,最引人注目的大概就是《东坡词》二册、《东坡长短句》一册了。宋刻本苏轼词,北宋时不知有无刻本传世,南宋刻本则较多,或名《东坡先生长短句》,或名《东坡词》,或称《东坡乐府》。据王兆鹏先生考证,南宋所传东坡词,至少有十一种版本,但除了两种传钞本传世之外,其余均已散佚。现存的传钞本之一为曾惜辑刻本《东坡先生长短句》二卷补遗一卷,刻于宋高宗绍兴二十一年辛未(1151),其二是绍兴(1131—1162)初年钱塘刻傅幹《注坡词》。《直斋书录解题》有著录,作二卷,今传钞本作十二卷。[①]苏轼(1037—1101)对日本中世之后的文学史影响深远,不仅五山禅僧集体讲读、模仿苏轼诗文,即使到了江户时期、明治时期,日本文人依然极为推崇苏轼。若论及源头,圆尔辨圆携归的《东坡词》《东坡长短句》则为嚆矢。

其次值得注意的是《搜神秘览》三册。《搜神秘览》是宋人章炳文编撰的志怪小说集。该书所记多属异闻,带有较强的神怪色彩,多讲鬼神报应和宿命前定之类的故事,但又以实录的笔记形式,融入了现实的道德意识。圆尔辨圆携带归来的《搜神秘览》为南宋光宗时(1190—1194)刊本,现藏于日本天理图书馆。此书现为海内外孤本,被确定为"日本重要文化财",中国已将其影印,并编入《古逸丛书》中。[②]

在上述两种目录之外,其实能追溯宋元典籍流布日本的资料极为匮乏,以往的研究也因此凤毛麟角。大庭修曾指出过这一问题,并尝试利用平安末期以后公卿日记中的零星记载,来考察宋元典籍的东渐。比如,大庭修指出,藤原道长《御堂关白记》记有宽弘三年

---

① 王兆鹏《宋代文学传播探原》,武汉大学出版社,2013年,第210—214页。
② 严绍璗《日本藏汉籍珍本追踪纪实 严绍璗海外访书志》,上海古籍出版社,2005年,第360页。

(1006)获得宋商曾令文赠送的《五臣注文选》与《白氏文集》二书。《御堂关白记》还记载了藤原通长于宽弘八年(1011)献上刊本《文选》与《白氏文集》之事,足见这两种书籍之流行。又据《宇槐记》久安六年(1150)记载,藤原赖长(1120—1156)曾接受宋商刘文冲所赠的《东坡先生指掌图》《五代史记》和《唐书》。仁平元年(1151),藤原赖长以沙金30两为礼,并将《要书目录》交于刘文冲,委托他回国代为采购所需书籍。再据《小右记》长元二年(1029)四月四日记载,藤原赖通为观赏"新渡书籍"赴大中臣辅亲之宅。之后,辅亲将唐模本《唐音玉篇》和《白氏文集》诸书献给天皇。①

但是,宋商并不能满足日本公卿、学者的所有书籍需求,因为宋朝不允许书籍无限制地输往外国。例如真宗景德二年(1005)九月,朝廷下令禁止九经书疏以外的一切书籍在北方边界贸易。元祐八年(1093),高丽使者向北宋政府提出购买《册府元龟》、历代正史、太学敕式等书籍的要求,当时朝廷臣僚对此事意见分歧很大,礼部尚书苏轼极力反对,他的理由是,"文书积于高丽而流于北虏,使敌人周知山川险要、边防利害,为患至大"。由此可知宋朝士人对书籍流于辽金的忧虑。②宋朝政府除了屡屡颁布对于民间雕印书籍的禁令,以期从源头上加以控制之外,在流通环节上也限制、防范书籍的外流。尤其是《太平御览》,这部由李昉等人奉宋太宗之命敕撰,于太平兴国八年(983)完成的类书,长久以来为朝鲜人、日本人及安南人所钦慕。宋神宗时,高丽使者请赐此书,未经允许,哲宗时期,再请,仍然未许。虽然宋朝的书禁颇为森严,但却有不少《太平御览》舶载至日本。治承三年(1179),《太平御览》首次传入日本,为平清盛所得,但据说它只是一千卷中的三百卷。自此之后,《太平御览》

---

① 大庭修著,戚印平等译《江户时代中国典籍流播日本之研究》,杭州大学出版社,1998年,第10页。
② 刘浦江《文化的边界——两宋与辽金之间的书禁及书籍流通》,收录于张希清等主编《10—13世纪中国文化的碰撞与融合》,上海人民出版社,2006年,第138页。

渐次输入,镰仓时代公卿向宋朝求此书者甚多。《妙槐记》文应元年(1260)四月条记载,藤原师继以钱三十贯向宋商购买《太平御览》一部一千卷。可见此书在当时日本已经渐多,相传已有数十部。这也许说明北宋时期颇为严厉的书禁制度,至南宋时期便渐至松弛。①

但是,与边防战事关系不大、不太涉及国家机密类的书籍,如蒙学类、文学类书籍的输出则似乎不太受影响。从平安时代到镰仓时代,贵族、僧侣的子弟教育所使用的蒙幼教材,主要有《千字文》《李峤百咏》《蒙求》等。但随着宋元时期僧侣的往来,许多新的蒙学书籍也传入了日本,并对日本的汉学教育产生了重要的影响,其中比较重要的蒙幼书籍有:

《三体诗》,又名《增注唐贤三体诗法》,宋代周弼编,元僧圆至注,元代裴庚增注。

《古文真宝》,又名《魁本大字诸儒笺解古文真宝》,宋代黄坚编,元代林正注释。

《十八史略》(《立斋先生标题解注音释十八史略》),元曾先之编,明陈殷音释。

这些书籍基本都附有详细的注释,形式上篇幅短小,押韵易诵,内容上多以中国的历史故事为中心,很适合作为汉文学基础教材。另外,在禅寺中,广泛涉猎内经外典,尤其是创作汉诗文的能力成为高僧的必备修养。五山云集了当时最优秀的文笔僧,他们作为文化领袖,或结交执柄者,成为半僧半俗的特殊存在;或以汉诗文表达悟禅的心境,进而训练、指导后来者。所以,众多禅僧由坐禅修行逐步把兴趣转移到了汉诗文的创作和儒学研究上。

近年来,随着域外汉籍研究逐渐成为显学,学界对日本所藏部分宋元汉籍文集进行了一些整理研究,这也为我们进一步理清宋元

---

① 大庭修著,戚印平等译《江户时代中国典籍流播日本之研究》,杭州大学出版社,1998年,第12页。

时期中日文学关系提供了大量的新材料。关于日本所藏两宋汉籍文集部分,日本学者吉田寅、棚田直彦编著的《日本现存宋人文集目录》,以及北京大学严绍璗先生调查撰成的《日本藏宋人文集善本钩沉》,都为这一领域的研究推进奠定了重要的文献基础。尤其是严先生的著作,将流传于日本的宋、元、明时期刊刻或抄写的宋人文集,分"别集""总集""笔记""诗文评""词曲""宋人编丛书"六类,进行了细致的钩沉,颇便后来学者按图索骥。此外,张伯伟先生点校《稀见本宋人诗话四种》一书中,第一种即是日本五山版的《冷斋夜话》十卷。《冷斋夜话》系惠洪(1071—1128)所撰,其人工诗能文,著述颇丰。《冷斋夜话》有多种版本,但最佳的版本当推日本五山版。据张伯伟先生考证,五山版《冷斋夜话》应是镰仓末期的覆宋本。[1]

2000年以降,日本宫内厅书陵部所藏宋元版汉籍陆续被影印到国内,这在国内的古典文献学、古代文学、域外汉籍研究等领域,掀起了一股学术热潮。日本宫内厅书陵部属皇室藏书机构,创建于公元701年,当时称做"图书寮",隶属中务省。1884年改称"宫内省图书寮",1949年更名"宫内厅书陵部"。日本宫内厅书陵部所收图书,至今历经1300余年,数量甚巨。从目前已公开的书目看,所收中国古籍宋刊本75种、元刊本69种、明刊本336种,另有唐写本6种、元钞本5种、明钞本30种,共计521种。其中有的是中国国内未有收藏的版本,有些是不同于中国所藏之残本的全本,有些则是书陵部刻印较早的版本。现我国高校古籍整理研究委员会已从中引回宋元版144种,并选择其中宋版书9种、元版书5种,共118册作为第一辑,由线装书局在2002年5月影印出版。第一辑中就包括宋刻本《东坡集》《东坡后集》共60卷(宋刻本,存45卷)。2003年6月出版第二辑,其中宋代部分诗文集共四种,有严粲《诗缉》(元

---

[1] 张伯伟《稀见本宋人诗话四种》前言,江苏古籍出版社,2002年,第4页。

刻本),悟明编《联灯会要》(元刻本),崔敦诗《崔舍人玉堂类稿》(宋刻本),苏洵、苏轼、苏辙《三苏先生文粹》(宋刻本)。[①]宫内厅书陵部所储宋元善本之宏富,足以证明宋元版典籍在汉籍流布史上的重要意义。

日本所藏汉籍对于中国古典文献学、古典文学研究具有重要的补充作用。如欧阳修诗文总集,为其子欧阳发于熙宁五年(1072)编定,然世无刊本。至光宗绍熙二年(1191),同郡人孙谦益加以校正,宁宗庆元元年至二年(1195—1196),再加覆校,后由周必大刊刻,至今国内已无全本。日本天理图书馆则藏有周必大刊完整的《欧阳文忠公集》153卷,并《附录》5卷,这是欧阳修诗文存世的唯一宋刻全本(仅有少量页面补写)。今后,对于中日古典文学关系研究领域而言,如何借用这些新材料来考察日本人对中国文学典籍的阅读史及接受史,将是极其具有意义的问题。

二、"五山版"汉籍与宋元诗文集

入宋僧和入元僧在将大量中国经典带回日本的同时,也将中国禅宗的五山制度介绍到了日本。中国禅宗经五代、北宋而益趋盛大。南宋宁宗(1195—1224)时,仿印度释迦在世时修建鹿苑、祇园、竹林、大林和那烂陀五等精舍,在江南禅宗中,定临安径山万寿寺、北山灵隐寺、南山净慈寺、明州阿育王山广利寺和太白山景德寺为"五山"。另外,又以释迦牟尼圆寂后的项塔、牙塔、齿塔、发塔、爪塔、衣塔、钵塔、瓶塔、盬塔等共十塔为依据,于"五山"之外,再定"十刹"。这"五山十刹"便是南宋禅宗的根基。

十三世纪镰仓幕府便依中国"五山"之名,在其政治中心镰仓,取建长寺、圆觉寺、寿福寺、净智寺、净妙寺为"五山"。十四世纪中

---

① 参考《宋代文学与海外汉籍》,详见傅璇琮、蒋寅总主编《中国古代文学通论·宋代卷》,辽宁人民出版社,2005年,第542页。

期,禅宗势力进入京畿地区,之后"五山"屡经变革。1338年至1342年,京都定南禅寺、天龙寺、建仁寺、东福寺、万寿寺为"五山",其后,妙心寺、大德寺、临川寺等又为"准五山",从此开始了日本文化史上的一个新时代——五山时代。需要说明的是,在日本文化史上提及五山时代,一般泛指从十三世纪的镰仓时代到十六世纪的室町时代,相当于中国的南宋到明代。

所谓的"五山版"汉籍,是指十三世纪的镰仓时代至十六世纪室町时代,以京都、镰仓的五山为中心,由禅僧主导雕版印刷的中国典籍。在这些中国典籍中,既有佛书内典,也有佛书以外的外典。外典中绝大部分是宋元刻本的覆刻。[①]在日本印刷史上,早期印刷出版的书籍全部是佛教书籍,而佛教书籍以外的外典的出版则是从"五山版"开始的。由于武家政权的保护和支持,五山寺院在经济上颇有保障,于是出现了一大批模仿宋元版的中国典籍的覆刻本。此外,入宋僧、入元僧带回日本的书籍主要是名僧语录以及诗文集,这一事实也促进了日本五山开版事业之发达。比如杭州径山虚堂智愚在世时的语录,以及圆寂后弟子所编纂的《后集》三卷,这些文集由入元僧相继带入日本。当时日本还没有刊行,所以很难入手,沙弥宗哲在正和二年(1313)舍财在京都龙翔寺开版,智愚的法孙南禅寺绝崖宗卓曾作题跋。[②]通常,1287年建长寺刊行的《禅门宝训》被认为是开五山版汉籍之先河。之后,1288年京都三圣寺东山湛照(1231—1291)出版了《虎丘隆和尚语录》。1329年,赴日元禅僧竺仙梵仙(1292—1348)刊行了其师古林清茂的著作《拾遗偈颂集》。总之,为了适应五山学僧钻研禅学和汉文化的需要,覆刻中国文献典籍的事业,很快就在五山中流行了起来,日本书籍出版史上的第一个黄金时期随之到来。

据川濑一马调查,现存五山版禅籍约二百余种,另有汉籍外典

[①] 川濑一马《五山版研究》(《五山版の研究》),日本古书籍商协会,1970年。
[②] 木宫泰彦著,陈捷译《中日交通史》第4册,山西人民出版社,2015年,第551页。

近七十种,其中经部十一种、史部六种、子部十三种、集部三十六种。主持刻刊汉籍外典种数最多的是天龙寺的春屋妙葩(1311—1388年),他是日本五山时期极负盛名的禅僧梦窗疏石的外甥和弟子。在禅学和汉学上,承梦窗疏石亲炙,继承了无学祖元创立的"佛光派"禅法,并将之发扬光大,继而使"佛光派"发展成为日本禅林最大门派。他首任僧录,以京都相国寺为中心,统摄全国禅宗官寺,推行幕府的文教政策,著有诗文集《云门一曲》及《语录》等。春屋妙葩主持刊印了大量高僧语录和年谱,如《雪峰和尚语录》(1349年刊)、《五家正宗赞》(1349年刊)、《梦窗国师语录并年谱》(1365年刊)、《虎丘和尚语录》(1368年刊)、《破庵和尚语录》(1370年刊)、《无准和尚语录》(1370年刊)等,而他对刊印外典著作的重视,对五山文学促进很大。

日本延文三年(1358),春屋妙葩开始据元刊本翻刻元代"杨载撰《诗法源流》",该刻本现藏于日本大阪杏雨书屋。傅璇琮先生指出,日本"著录本书作元杨载撰,误",[1]撰者应为"佚名"。本书为现存最早的元人诗法著作汇编,卷首有题"杨仲弘"(杨载)序,可能因为这点,作者被误记为"杨载"。书中收有元人诗法著作三种:《诗法源流》,未署撰者;《论诗法家数》,署"卢疏斋书";《诗解》,署"杨仲弘载"。本书元刊本自明以来,未见在中国本土流传。春屋妙葩的翻刻本因此成为海外孤本。

日本延文四年(1359),春屋妙葩又主持刻刊笑隐大䜣禅师的《蒲室集》。笑隐大䜣禅师在文学上成就颇高,其《蒲室集》讲四六句骈文作法,又被称为"蒲室四六",为日本五山文学中期骈文作法之典范。《蒲室集》中还收录有众多诗作,如"古辞""古诗""律诗""绝句"等等。现存《蒲室集》版本众多,但春屋妙葩的刊本是最为重要的善本之一。该书是五山禅林的重要教科书之一,在五山后期

---

[1] 傅璇琮主编《中国古代诗文名著提要·诗文评卷》,河北教育出版社,2009年,第138页。

出现了许多注释书和讲义,最具代表性的有中岩圆月的《蒲室集注释》、月舟寿桂(1460—1533)的《蒲室集钞》等。

延文六年(1361),春屋妙葩刊行元人范梈(1272—1330年)撰《范德机诗集》七卷。现存最早的《范德机诗集》,刊行于元朝至元六年(1340),即益友书堂本,今国家图书馆、南京图书馆等有藏。春屋妙葩刊行的延文本《范德机诗集》,系覆刻益友书堂本而来。该书在元代出版仅二十余年,日本便有了刊本,足见当时书籍流通之迅速。是故日本汉学家岛田翰(1879—1915)惊叹道:

> 嗟吁!地之相距万里,而庚辰之与辛丑,其间不过二十二年,况当时,南北争统,沸鼎滔天,寰宇糜烂,而犹且能为集部之覆雕,是亦可以见问学之升降矣。[1]

日本贞治二年(1363),春屋妙葩又刻刊了元人虞集(1272—1348)的诗文集《翰林珠玉》六卷。目前该书国内仅有清人写本流传。有趣的是,《翰林珠玉》与上述的《范德机诗集》,都是由益友书堂刊行的。益友书堂是元代后期至元年间孙如山的家塾,曾刻印过诸多元人文集。根据虞集之孙虞堪编撰的《道园遗稿六卷》跋文"先叔祖学士虞公诗文,有《道园学古录》《翰林珠玉》等编,已行于世"可知,在虞堪写作跋文的元顺帝至正十四年(1354)之前不久,《翰林珠玉》已经刊行。春屋妙葩的刊本距离元刊本问世不过十年,这些文集大都是通过入元僧之手传入日本。这一时间日本的政治环境极其不稳定,在这种情况下春屋妙葩还大量出版中国诗文集,由此可知这一时期日本知识界的汉学热忱。

日本五山版汉籍之发达,当然也离不开中国宋元时期雕版技术之东渐。春屋妙葩出版事业的巅峰时期,日本正处于南北朝争统的

---

[1] 岛田翰撰《汉籍善本考》,北京图书馆出版社,2003年,第480页。

动乱之中,而中国也因元朝统治日渐衰微,社会动荡不堪。这时,福建、浙江一带的书籍刻工为避战乱而东渡日本,传入了元朝先进的雕版技术,极大地促进了五山文化的发展。①"五山版"的雕版,绝大多数是以中国的宋元刊本为底本,只有极少数选择了明初刊本,而雕工则主要是由先后到达日本的元人操刀的。在1289年刊行的五山版《雪宝明觉大师语录》的刊行记中,就出现了"徐舟""洪举"等中国人名字。②在东渡日本的书籍雕工中,最为著名的是元朝福建人俞良甫。他在日本从事出版至少有二十五年,当时日本的许多典籍和大型出版物,大都经他之手刊刻,如李善注《文选》六十卷、《传法正宗记》六册、释宗衍《碧山堂集》五卷、释英《白云集》四卷、《新刊五百家注音辩唐柳先生文集》等。

据黄启江考证,刊行于南宋而流入日本的《禅文集》,至少有六种。分别是橘洲宝昙(1129—1197)的《橘洲文集》十卷、敬叟居简(1164—1246)的《北磵诗文集》十九卷、淮海元(原)肇(1189—1265)的《淮海挐音》和《淮海外集》、藏叟善珍的《藏叟摘稿》、物初大观的《物初剩语》二十五卷、无文道璨(1213—1271)的《无文印》。③这六种禅文集在中国已经失传,它们流传到日本后,颇受日本五山禅僧追捧,前后连续刊印多次。尤其值得关注的是,此六种禅文集所含五七言古诗及近体诗以外的序、跋、书、启、疏、记、祭、铭等不同文类,也即"禅林日用文书"约有五百篇,每篇都富有文学性。它们往往涉及相当琐碎的事与物,如佛生日、成道、供奉、建浴室、化笋、买屋、建寺、佛龛座、祈晴、涂田、请僧、经会等等,而文学僧不厌其烦,以四六文体,为文叙事、绘物及说理。这些禅文集对于虎关师炼选录《禅仪外文集》影响颇深,可见他欲以南宋禅师之日用文书来

---

① 木宫泰彦著,胡锡年译《日中文化交流史》,商务印书馆,1980年,第479—486页。
② 蔡凤林《古代日本的出版业》,收于蔡凤林《汉字与日本文化》,中央民族大学出版社,2016年,第236页。
③ 黄启江《南宋禅文学的历史意义》,王宝平主编《东亚视域中的汉文学研究》,上海古籍出版社,2013年,第37页。

教育五山禅僧之深意。

此外,许多五山禅僧都在幕府与地方大名家担任要职,或作为顾问出谋划策,或施展文才撰写外交文书,或充当使节履行外交实务,总之,在日本中世的对外交往中发挥着至关重要的作用。五山禅僧大都具有出色的汉诗文能力,他们进入五山要接受汉诗考试,根据表现分为上、中、下三等,只有那些汉学修养深厚的僧人才能进入五山的上层。正如西尾贤隆所言,固定于日本中世社会中的五山官寺体制,将全国优秀的人才吸引到禅林社会。经由这个体制所建立的人才体系,就如基于科举制度的士大夫阶层一样。①

五山禅僧不得不频繁地介入政治,这种情况下能够用四六文写法语、或作诗文的禅僧,就会格外受到幕府统治者的重视。所以为了出人头地,比之对禅法的修行,五山禅僧对文学修养的追求就变得更为迫切。②在这种背景下,对宋元诗文集的翻刻也变得极为重要。据统计,五山时期翻刻的元人诗文集近二十种,除上述由春屋妙葩主持刊刻的诗文集《蒲室集》《范德机诗集》《翰林珠玉》等,以及俞良甫雕刻的释宗衍《碧山堂集》、释英《白云集》等之外,比较重要的有如下几种:

萨都剌《新芳萨天锡杂诗妙选稿全集》一卷,永和二年(1376)刻本。萨都剌(1272?—1355)是元代回族诗人、画家,《新芳萨天锡杂诗妙选稿全集》所收以七言咏物诗为主。③

赵孟頫《赵子昂诗集》七卷,日本南北朝刻本。赵孟頫(1254—1322)是元代著名诗人、画家、书法家,遗世诗文被编纂为《松雪斋文集》十卷、《赵子昂诗集》七卷、《新刊赵松雪文集》四卷、《松雪遗稿》一卷等,其间先后又有各家刊本,其文本组合既丰富又混乱。严绍

---

① 西尾贤隆《中世的中日交流与禅宗》(《中世の日中交流と禅宗》),吉川弘文馆,1999 年。
② 朱莉丽《行观中国——日本使节眼中的明代社会》,复旦大学出版社,2013 年。
③ 陈尚君编选《蛾术薪传》下册,商务印书馆,2019 年,第 447 页。

瀣先生对日藏《赵子昂诗集》的版本有详细考证。①

揭傒斯《揭曼硕诗集》三卷,日本南北朝刻本。揭傒斯(1274—1344)是元朝文学家、书法家。与虞集、杨载、范梈同为"元诗四大家"之一。《揭曼硕诗集》三卷,有至元六年(1340)日新堂刻本,此版本是揭曼硕在世时,其门人溥化校录,刻印于建阳书坊,为此书的最早刻本,今存国家图书馆。

从以上五山版覆刻的元人诗文别集来看,赵孟𫖯、虞集、范梈、揭傒斯、萨都剌等元代第一流诗人的诗文集,几乎都被介绍到了日本,由此不难想象元代文学对五山文学之影响。②此外,在五山版的元代诗文集中,还有日本南北朝时翻刻的傅习、孙存吾编《皇元风雅》十二卷。《皇元风雅》是一部元诗总集,共收录诗人二百八十人,其中多为江西籍诗人,或许因江西诗人多近宋调之故。《皇元风雅》因为是随得随录,无一定体例,比较杂乱,但其中多采不见经传者的诗篇,许多元诗亦赖此以传世。

在以上所述文人别集及总集之外,五山时期也翻刻了大量的禅僧诗文集,这些禅僧都直接或间接与入元日僧有交往,故不难想象其诗作受到五山禅僧的欢迎。重要的禅僧诗文集有以下几种:

元释来复编《澹游集》三卷,永德四年(1384)刻本。

元释道惠撰《庐山外集》四卷,日本南北朝刻本。

元释至仁撰,皇甫琼编《澹居稿》一册,日本南北朝刻本。

元释克新撰,皇甫琼编《雪庐稿》一册,日本南北朝刻本。

元释克新《金玉编》三卷,日本南北朝刻本。

元末明初释宗泐撰《全室外集》九卷,日本南北朝刻本。

有关《庐山外集》《澹居稿》《雪庐稿》《全室外集》等四种诗集的详细介绍,可参看卞东波《稀见五山版宋元诗僧文集五种叙录》一

---

① 严绍璗《日本藏汉籍珍本追踪纪实 严绍璗海外访书志》,第 322 页。
② 可参考罗鹭《宋元文学与文献论考》,复旦大学出版社,2019 年,第 277—292 页。

文的研究。①总之,对中国传入的典籍进行校注与翻刻,是五山禅僧在中日古典文学关系中最主要的贡献之一。然而,盛极一时的五山版,从应永年间(1394—1428)开始走向衰落,"应仁之乱"以后几乎就完全绝迹了。

三、五山禅僧与"汉籍抄物"

如果说"五山版汉籍"的覆刻与刊行,是五山禅僧接受中国典籍的第一阶段,那么"汉籍抄物"就是中世日本知识阶层阅读、接受中国典籍第二阶段的知识结晶。"抄物"是在十四世纪末日本五山禅林中开始大量诞生的一种对中国典籍、佛典和日本古典进行注释的学术文献。"抄"本来是抄写、记录、摘录的意思,在"抄物"一词中,则主要指"注释"。柳田征司如此定义"抄物":

> 所谓抄物,主要指在室町时代由京都五山禅僧、博士家学者、神道家、公卿、医家、足利学校庠主及其门人、曹洞宗僧侣等制作的,关于汉籍、佛典及部分日本古籍的注释书。②

关于"抄物"制作的主体,虽然柳田征司定义中将博士家学者、神道家、公卿、医家、武士等不同身份的人都囊括在内,但事实上绝大多数抄物都是由五山禅僧完成的。关于"抄物"的文体,柳田征司认为,大体可分为两类:一类是以讲稿或听课笔记为基础,采用接近当时口语的文体写成,并且大多使用假名,这种抄物被称为"假名抄"。另一类则主要是对原典进行词句解释、考订典故来源、补充相关资料,这种以汉文书写的抄物被称为"汉文抄"。实际上,"假名抄"与

---

① 卞东波《稀见五山版宋元诗僧文集五种叙录》,《文献》2013 年第 3 期,第 20—34 页。
② 柳田征司《作为室町时代语料的抄物研究》(《室町時代語資料としての抄物の研究》),武藏野书院,1998 年,第 5 页。

"汉文抄"混杂在一起的抄物也同样存在。而从作为抄物原典文献的种类来看,抄物中既有"佛典抄物"以及《日本书纪抄》这样的"日本古籍抄物",同时也存在大量以中国典籍为对象的注释类文献,也即"汉籍抄物"。"汉籍抄物"涵盖经、史、子、集四部,其中"集部类"抄物凝缩了十四世纪日本知识阶层研究中国文学的主要成果,是早期海外汉学研究的思想宝库。

关于抄物的形态,主要包括作为讲师讲义的"手控"、听讲者记录的"闻书"及备忘录、以及单纯模仿讲义形式的注释书等。[①]因此,"抄物"最大的特色就是采用口语或故意近似于"口语"的叙述形式,这或许因为"抄物"诞生之初,大多都是讲义的缘故。或者,是禅僧的弟子们根据讲师的口述内容,整理添加而成的笔记。当然,也有不少抄物是刻意模仿口述讲义的形式,给人一种在讲课现场聆听对话的感觉,这一点令人倍感有趣。中国也有语录这样的讲学传统,最为著名的比如《论语》,就是记载孔子及其弟子言行的语录。而到了宋代,随着禅宗的兴盛,崇尚师承关系的高僧语录大量流传,这种风气据说也影响到了儒家学者,如朱熹门人各记其所闻之语的《朱子语类》等。日本的"抄物"之所以保持一种近似于"语录体"的形式,正是出于对中国宋元时期禅宗重视师承关系,用口述笔录方式进行知识传承这一传统的模仿。

正因为"抄物"具有语录体的特点,1900年代初,日本国语调查委员会的学者们最初发现并关注到抄物作为中世日本口语史研究资料的价值。新村出、汤泽幸吉郎、山田孝雄等学者,在1920年代确定了以"抄物(しょうもの)"一词来统称这批文献。从20世纪初一直到90年代末,抄物研究基本都是在语言学的范畴内推进,在抄物的语法、词汇语丛等研究领域成果丰硕。1960—1979年间是抄物资料整理的高峰期,日本国语史学家先后编纂了《抄物小系》

---

① 柳田征司《作为室町时代语料的抄物研究》,武藏野书院,1998年,第28页。

(1968)、《抄物大系》(1970)、《抄物资料集成》(1971)、《续抄物资料集成》(1980)、《洞门抄物丛刊》(1973)等。①在抄物目录编纂方面,远藤嘉基、寿岳章子整理了战前发掘的抄物目录,柳田征司最早整理了汉籍抄物经、史、子三类的抄物目录,其后又在2004年完成了汉籍抄物集部类文献目录稿。

"汉籍抄物"的产生,首先与日本知识阶层身份的转变息息相关。在日本古代社会,对知识或经典的解释权通常掌握在博士家学者和贵族手中,而僧侣则侧重于钻研佛理——虽然一些高级僧侣也会通过与皇室或公卿的亲密交往,而间接地参与政治,但整体上而言,对于中国输入的经、史、子、集类文献的注释与讲读,往往是在博士家和贵族公卿之家传承。镰仓时代以后,贵族阶层在政治领域权力的失坠,使其很难有机会接触到最新的中国文化,尤其是随着大陆的新儒学——日本称之为"宋学"的经典的进入,借鉴宋儒重新阐释中国经典的话语权,就逐渐落入那些有着入宋、入元经历的禅僧手中。五山禅僧们具有着更为开阔的国际视野,又大多受到新兴的统治阶层——幕府武士的信赖与支持,他们很快成为幕府将军的座上宾,从而有机会将中国儒学和佛教的新知识讲授给那些执政者。

"汉籍抄物"的产生,也与五山汉文学之发达及衰落有关。南宋时期的禅僧留下了大量的文学作品,这些作品既以总集、别集的形式流传,也通过禅僧语录、僧传等的记载散存于世。这些诗文集的传世反映了南宋时期禅僧生活已经呈现出类似一般风雅文士的倾向——他们热衷于诗文创作,沉醉于丹青笔墨。宋元时期禅僧留下的文学作品,颇受日本僧侣推崇,譬如南宋孔汝霖编的《中兴禅林风月集》被传入日本后,在五山僧侣之间反复被研读、注释。宋元时期

---

① 大塚光信编《抄物资料集成》,清文堂出版,1971年。中田祝夫编《抄物大系》,勉诚社,1977年。大塚光信编《续抄物资料集成》(《续抄物资料集成》),清文堂出版,1980年。大塚光信编《新抄物资料集成》,清文堂出版,2000年。

中日禅僧的密切交流,加速了汉诗文在五山中的流行。他们为充实汉学知识,争相阅读中国文献,各类典籍的注疏、选粹等也随之盛行起来。①

五山禅僧在政治上依附的足利幕府在"应仁之乱"后走向衰败,随着京都沦为战场,旌旗连影,他们不得不离开京都辗转于日本各地名山巨刹之间避难。受地方寺院或权贵的邀请和资助,五山禅僧们大都开始在地方上讲学,他们的讲稿也就是早期抄物的主体。比如相国寺的桃源瑞仙,在应仁元年(1467)战火蔓延至相国寺时,与友人横川景三一同避祸,至其故乡江州。横川景三《题横川关》一文云:

> 文正丁亥,国婴兵戈,洛人喋血,几虽佛宇僧庐,皆成战场。不遑宁处,适余友桃源藏主,归江之故里,盖避乱也。遂随之东游,庶几其少安乎?又昔人避秦桃源之意也。②

一行人沿途屡受兵贼骚扰掠夺,横川景三称"五步迎黄巾,十步送赤眉",恐非虚言。桃源瑞仙后来受江州一位小有名气的大名小仓实澄邀请,在识庐庵开始讲学,留下了许多大部头的珍贵抄物如《史记抄》、《百衲袄》(《周易》抄物)等。

桃源瑞仙在识庐庵居住近十余年,生活异常艰苦,其《百衲袄》识语中多有记载,如文明七年(1475)十月六日条云:"丧乱来里,生涯者粗布而已。每岁为风雪所侵,及春必婴于伤寒之疾。大率以为常。"同年十月八日云:"寒苦侵肌,敕厨细锉蔓草,投之多水少米之粥,与众啜之。"③这种食不果腹、衣不蔽体的处境,在应仁之乱后辗

---

① 高文汉《中日古代文学比较研究》,山东教育出版社,1999 年,第 482 页。
② 详见横川景三《小补东游集》,收录于玉村竹二编《五山文学新集》第 1 卷,东京大学出版会,1967 年,第 41 页。
③ 上村观光编《禅林文艺史谭》(《禅林文芸史譚》),详见上村观光编《五山文学全集》(别卷),思文阁,1973 年,第 936 页。

转各地避难的禅僧们之间很是常见。在现代史学家看来,当时的五山禅僧作为政治、宗教和文化界的权要,大约过的都是锦衣玉食、童仆相侍的生活。事实上,从五山禅僧留下的书信和日记来看,大部分人对金钱的态度极为淡泊,生活也异常清贫。桃源瑞仙在文明十四年(1482)回到京都,重住相国寺,七年后在大德院示寂,横川景三等人为筹香资,托钵化缘以凭吊桃源瑞仙的故事,在《荫凉轩日录》"延德元年"条也有记载。横川景三是当时五山之耆宿,经济状况尚且如此,整个五山禅僧的生活状况由此可见一斑了。

然而,就是在这种艰苦的环境中,桃源瑞仙依然坚守着他一贯以来的治学态度,他在《史记抄》第二中写道:"凡言学者,六经三史为体,诸子百家为翼。是以见所未见之书,无不通者也。近世之学,则异于此,大抵率逐末而弃本者,什八九矣。盖便于制作吟咏也。"[①]他在六经之中选《周易》,于四史之内择《史记》进行讲释,可见他所谓的"学问的根底"以及其治学的态度。桃源瑞仙对五山诗僧醉心于四六文和汉诗文创作这种浮华无实的做派极为不满,强调以经史为底蕴来研究诗文,并借明代曾鼎之语,说"经是山林之花,史是园圃之花。古文高蹈者为栏槛之花,次者为盆盎之花,再次者为插入瓶中的无根之花",他批评禅林一味追求辞藻者:"今之以诗文鸣者,不瓶花几希矣。"

这种注重诗文注释、研究的实学倾向,是五山后期学界的主要思想潮流。这种倾向发展至极,竞夸博闻强识的学风便开始流行起来。以五山禅僧为主导的抄物的制作,其本意是为了正确地理解典籍,但事实上,从现存的宋元诗文抄物来看,整体上呈现出一种百科全书式的样态,而且这种注释态度和方法对于日本的古籍注释史产

[①] 上村观光编《禅林文艺史谭》,详见上村观光编《五山文学全集》(别卷),思文阁,1973年,第934页。

生了巨大的影响,甚至影响了一个时代的治学方法。[1]

"汉籍抄物"的产生,还与中国诗文注释学至宋元时期始达兴盛有关。就整个中国古籍注释的实践来看,与经书、史籍、诸子文献的注释相比,先秦两汉时期思想家、经学家对《诗经》《楚辞》的解注,可视为中国诗文注释学的萌芽阶段。至唐代,产生了像李善《文选注》这样的优秀注本,这标志着古诗注释学的初兴。及至两宋,学者们对唐人诗集展开大规模的搜集整理,并对其中优秀的作家如李白、杜甫、韩愈等人的诗集进行详尽注释,"千家注杜""五百家注韩"就是对这一热潮的形象概括,中国诗歌注释学至此进入黄金时代。[2]关于这点,张三夕先生说:

> 由于政治、教育及学术传统等原因,四部之中,注"经"最发达,注"史""子"次之,注"集"则比较少,宋以前只有《楚辞》《文选》这两部总集有注。值得注意的是,虽然诗歌是我国最流行的文学样式,名家辈出,传世作品极为丰富,但在宋以前却没有任何一个人注释过一部诗人的别集。[3]

宋人注诗范围极广,不仅注宋以前大家、名家诗歌,且向来以注宋人诗歌而展现出其独有的特征,突破了唐代以前今人注古人的传统。关于宋注诗文集的数量,仅宋诗宋注一项,据张三夕《宋诗宋注管窥》附表统计,存、残、佚以及只有存目而未见称引的宋诗宋注就有三十五种,其中仅注东坡诗者就有十七种,足见数量之多。在诗歌注释方法上,宋注一般重出处、重校勘、引证广、议论多。尤其是

---

[1] 渡边卓《〈日本书纪〉注释史与"日本书纪抄"之成书——以汉籍注释的影响为中心》,张逸农译,收录于王晓平主编《国际中国文学研究丛刊》第5集(写本学研究专号),上海古籍出版社,2017年,第184—195页。
[2] 周金标《中国古代诗歌注释学研究》,上海三联书店,2020年,第10页。
[3] 张三夕《宋诗宋注管窥》,收录于《古籍整理与研究》第4期,中华书局,1989年,第63页。

"引证广"这点，对于五山禅僧影响极深。宋人除了援引经、史、子、集及佛、道等书外，宋注中还大量引方志以明地理，引诗话、笔记以考事理、论修辞，还有引词注诗等。至于家谱、实录、注者所见闻的轶事、掌故等，都能引以为证。这样就开拓了诗歌注释的引证范围。宋人注释集部工作的兴盛，既是中国文学研究史上不可忽视的现象，也是研究日本五山禅僧接受宋代文学思想的重要背景，而汉籍抄物无疑给我们提供了一片考察宋代注诗风潮如何影响日本学术史的沃土。

禅僧创作抄物的目的，一般是为了子弟们的启蒙教育，尤其是为了培养其创作汉诗文的能力。但是随着时代的推移，抄物的读者范围不断扩大，因此仅仅作为传授知识的抄物也出现了。抄物虽然说是一种注释文献，但与现代意义上为了理解作品而进行的注释不同，抄物中的注释几乎无所不包，它大大超越了一般注释的范畴。抄物的作者往往根据自身的学养，对原文进行自由解释和发挥，这些解释很多情况下可能已经偏离了原文的轨道，但从注释学的视角来看，这种跨文化的自由发挥恰恰是抄物文献本身存在的意义。

五山禅僧们留下来的抄物主要与禅宗典籍相关，如《临济录》《碧岩录》《无门关》《虚堂录》《百丈清规》《五家正宗赞》《人天眼目》《蒲室集》《江湖风月集》《中兴禅林风月集》等。在禅籍之外，亦涵盖到了经、史、子、集各类文献。如经部抄物有解释《周易》《尚书》《毛诗》《左传》《礼记》《孝经》《大学》《中庸》《论语》等，史部抄物有解释《史记》《汉书》《十八史略》等，子部抄物有解释《三略》《六韬》《孙子》《医方》《大成本草》《蒙求》《老子》《庄子》等，而集部抄物则有《杜诗抄》《柳文抄》《韩文抄》《长恨歌抄》《琵琶行抄》《胡曾咏史诗》《东坡诗抄》《山谷诗抄》《潇湘八景诗抄》《三体诗抄》《古文真宝抄》等。

从集部抄物来看，作为抄物注释对象的主要是宋代的诗文集，如《东坡诗抄》《山谷诗抄》《三体诗抄》《古文真宝抄》等，或是被宋元学者喜爱并注释过的一些早期文本,如《杜诗抄》《柳文抄》《韩文抄》等。也就是说,抄物与宋代诗歌注释学密切相关,这也就是抄物中为何多以杜甫、苏轼、黄庭坚诗文为对象,而很少对李白、白居易诗文进行注释的原因。换言之,中世日本接受的中国文学典籍,是以宋人的评价体系为基准的。当然,将宋元人注释的诗文集与日本抄物进行比较,会发现抄物注释得更为详细,有些时候近乎于冗余。一些在中国人看来是常识性的故事、人物、地名,抄物作者却要大费周章地引经据典进行说明,因此他们就要使用大量的中国典籍作为参考书。

根据现存汉籍抄物所使用的参考书来看,可以大致推测出五山禅僧对中国典籍的阅读情况。其中,字书和韵书方面主要有《古今韵会举要》《韵府群玉》等。《古今韵会举要》系元人熊忠在黄公绍《古今韵会》基础上删改编纂而成,全书共分一百零七韵,编撰方法比较精审。《韵府群玉》是宋元之际阴时夫所编的一部分韵辑录典故辞藻的韵书,也是现存最早的一部以韵隶事的类书。凡二十卷,分韵一百零六,对后代通行的诗韵韵目影响极大,这两种文献都是五山禅僧注释诗文时常引用的书目。

五山禅僧的汉籍抄物最常引用的类书有《事文类聚》及《翰墨全书》等,前者又名《古今事文类聚》,成书于宋代,元代出现了增补版,按类别收录了大量的故事解说和相关诗文。后者成立于元代,其中收录了大量实用文的用例、语丛、氏族大全及《方舆胜览》的内容。[1]另有诗歌类书《诗学大成》,系元代林桢辑。分为天、地、人、物四部,每部下设若干门,门下又设若干小类。其编排为先训诂旁推,后附详细诗例。训诂旁推分叙事、故事、大意三部分(或仅有故事、大意两部分)。具体诗例,皆分起、联、结三部分列举,颇便应用,因此堪称五山禅僧作诗、解诗的座右之书。

---

[1] 张澜《中国古代类书的文学观念〈事文类聚翰墨全书〉与〈古今图书集成〉》,九州出版社,2013年。

五山禅僧使用的宋元诗话类著作更多，比如宋代阮阅编纂的《诗话总龟》，是我国现存最早的一部以分门别类的形式编纂的诗话总集。该书采集诗话、小说、笔记论诗文字，分门别类加以汇纂，撷拾旧文，保存了大量今人仅见于是书的文献，是早期诗话的渊薮。南宋胡仔(1110—1170)在《苕溪渔隐丛话》里反复提及此书。《苕溪渔隐丛话》同样作为宋人编选的诗话总集，成就较阮阅《诗话总龟》要高，《四库全书总目提要》曾比较两书之特点云：

> 其书继阮阅《诗话总龟》而作，前有自序，称阅所载者皆不录。二书相辅而行，北宋以前之诗话大体略备矣。然阅书多录杂事，颇近小说，此则论文考义者居多，去取较为谨严；阅书分类编辑，多立门目，此则惟以作者时代为先后，能成家者列其名，琐闻轶句则或附录之，或类聚之，体例亦较为明晰；阅书惟采撷旧文，无所考正，此则多附辨证之语，尤足以之参订。故阅书不甚见重于世，而此书则诸家援据，多所取资焉。

这也就说明了《苕溪渔隐丛话》更被后人重视、援引的主要原因。此外，与上述两种宋代诗话总集齐名的《诗人玉屑》，也是五山禅僧抄物中最常引用的书物之一。《诗人玉屑》是宋人魏庆之编纂的诗话总集，共二十一卷，体例兼取阮阅《诗话总龟》和胡仔《苕溪渔隐丛话》之长。前十一卷以类为目，有"诗辨""诗法""诗评""诗体""句法""命意""用事""锻炼""沿袭"等四十余目，后十卷大抵以人为目，以时为序，自《诗经》至宋末诗人，约六十余目，其中以陶渊明、李白、杜甫、韩愈、白居易、王安石、苏轼、黄庭坚八大家的资料最为详赡，可谓宋人编选宋代诗话之集大成者。这些诗话总集对于五山禅僧影响极大，他们对诗歌用事、用语本末进行探求的历史主义倾向，与宋人注诗方法基本一致，尤其是诗文类抄物中大量存在着"讽喻说"的阐释方法，从一个侧面折射了五山禅僧对宋元诗歌批评方法的接受。另外,在注释方法上,五山禅僧讲求禅悟解诗、静坐内视以阐发义理,有时对诗文的解释有过于探微索隐之嫌,这和中国诗文注释的方法略有不同。

从五山学僧中流行的抄物来看,他们最喜欢的诗人是苏轼、黄庭坚,而他们最喜欢的诗集则是《三体诗》,尤其是关于《三体诗》中的七言绝句的注释解读,在整个日本的抄物体系中独树一帜。《三体诗》又称《唐诗三体家法》《唐贤三体诗法》《唐三体诗》,是宋人周弼(1194—1255)以中晚唐诗歌为中心,按照五言律诗、七言律诗、七言绝句三种诗体编纂的一部唐诗选集。《三体诗》最早经入元诗僧中岩圆月(1300—1375)传入日本,这在盐濑宗和《三体诗绝句抄》(1620 年刊)中有记载:"此集讲授,始于妙喜庵之祖中岩和尚入唐归朝之时。慈氏院之义堂和尚,得中岩和尚传授此诗讲义。惟肖得义堂和尚之真传。"[1]

《三体诗》作为中世禅林学僧的唐诗讲义文本,是当时最为流行的外典之一。据《三体诗绝句抄》等文献可知,在中岩圆月、义堂周信、惟肖得严之外,讲授并注释过《三体诗》的还有绝海中津、观中中谛、心田清播、江西龙派、瑞严龙惺、希世灵彦、桃源瑞仙、彭叔守仙、继天寿戬等禅僧。月舟寿桂还曾为后御土门天皇进讲《三体诗》:"应仁丁亥兵乱以来,今上迁柳营。此时长安收复,还幸禁中,(月舟)奉敕讲《三体诗》。"[2]现存《三体诗》抄物大约有数十种,其中影响较大的有万里集九《晓风集》、月舟寿桂《幻云抄》及雪心素隐《素隐抄》等。到了江户时期,日本的《三体诗》注释出现了更为通俗化的倾向,如熊谷了庵的《三体诗备考大成》十九卷(1675 年刊)、宇都宫遁庵的《三体诗详解》二十卷(1700 年刊)以及森川许六的《和训

---

[1] 芳贺幸四郎《中世禅林学术与文学研究》(《中世禅林の学问および文学に关する研究》),思文阁出版,1981 年,第 294 页。
[2] 月舟寿桂《幻云稿》,详见塙保己一编《续群书类丛》第 13 辑上(文笔部),续群书类丛完成会,1959 年,第 114 页。

三体诗》。《三体诗》抄物文献群的产生,是考察唐诗在日本接受的重要资料。

在宋元明时期传入日本的大量中国文学典籍中,只有一小部分被室町时代学者反复阅读与讲释,其中杜诗抄、东坡诗抄、山谷诗抄的大量出现,与宋儒的注释与推崇密不可分。但对《三体诗抄》《古文真宝抄》等蒙学诗文集,以及《蒲室集抄》《江湖风月集抄》等禅僧诗集的注释,则是室町日本人区别于宋儒之处。汉籍抄物这一庞大的"冷门"文献体系,是保存中国宋元明时期知识、学问、思想、诗歌、诗论的大宝库,值得我们进一步追索。相信对汉籍抄物的发掘,既有助于赓续近代以来受西方学术影响而中断的中国传统学术,也有助于探究中国古代文学典籍在海外被注疏、阐释及其经典化的过程,整体呈现海外早期中国文学研究的学术系谱。

第八讲　苏轼与五山禅林文学

在五山禅僧之间流传着这样一句口头禅:"东坡、山谷,味噌、酱油"。这句话的意思是说,苏轼(1037—1101)和黄庭坚(1045—1105)的诗文对于五山禅僧而言,就像味噌和酱油一样,是日常生活中不可或缺之物。在《鹿苑日录》的记载中,"东坡"在很多情况下甚至被视为"味噌"的代名词,如天文七年(1538)六月十八日条云:"捣东坡渍瓜香物矣。"天正十九年(1591)三月十日条云:"大豆涵水,东坡之用意也。"那么,苏轼在日本五山禅林中为何会如此有影响力?这就要从苏轼诗文集的传入、注释、讲读及被化用等问题谈起。

一、苏轼和他的日本读者

北宋大文学家、书画家苏轼,诗词文赋,无一不工,著述宏富,流布亦广。这样一位千古奇才,因为在政治上处在两党斗争的夹缝中,屡遭排斥和贬谪。苏轼在思想上融会儒、释、道三家生命哲学之要义,其诗文对人生之长短、苦乐、得失、荣辱、离合、贵贱等诸多问题,都有深切的彻悟和明晰的表述,并进而在诗中展示出他诗意的生存态度:进取、独立、随缘。旷达虚静,随遇而安,形成了苏轼最为世人崇敬的人格魅力。苏轼诗歌现存两千七百余首,"其诗一如其人,道大、思深、才高、语奇";[①] 其文如行云流水,纵横奔放,意趣横

---

① 傅璇琮、蒋寅总主编《中国古代文学通论·宋代卷》,辽宁人民出版社,2005年,第39页。

生,对东亚古典文学影响极深。

有宋一代,苏轼作品以多种形式传刻。其中有总集如《三苏先生文粹》七十卷、《坡门酬唱集》廿三卷;有别集如《东坡集》四十卷、《东坡后集》二十卷、《东坡奏议》十五卷、《内制》十卷、《外制》三卷、《和陶诗》四卷、《应诏集》十卷,凡七集,统称"东坡七集"。[①]有苏轼诗注,即所谓"八注""十注"之类。南宋中叶,建安书肆还出现了一部新颖的苏轼诗集注本,这就是《王状元集百家注分类东坡先生诗》。此书是在苏诗"八注""十注"基础上,"搜索诸家之释","铲繁剔冗"而编成的,并托名王十朋所作。它以分类编次和汇注百家为特点,后人称此书为"王注"或"百家注"。此书的元刊本传到日本后,在南北朝时期的日本也出现了翻刻本。日本室町时代最为著名的东坡诗注《四河入海》,其底本正是《增刊校正王状元集注分类东坡先生诗》。[②]此外,南宋嘉定六年(1213),第一部编年体苏轼诗注在淮东刊行,书名为《注东坡先生诗》,编者是施元之、顾禧,南宋著名诗人陆游(1125—1210)特为该书作序。这就是后人所谓的《施顾注苏诗》,俗称"施注"本。

苏轼诗文集传入日本的具体时间虽不确切,但据平安朝后期左大臣藤原赖长《宇槐记抄》仁平元年(1151)九月二十四日条记载,宋商刘文冲曾将《东坡先生指掌图》二帖赠给藤原赖长。橘成季著《古今著闻集》(成书于1254年)也记载了这件事:"仁平之元,宋朝客商刘文冲向宇治左府奉献《东坡先生指掌图二帖》《五代记十帖》

[①] 东坡谢世一年后,苏辙遵兄遗嘱,为他撰写了《墓志铭》。其中谈到苏轼平生著述,除学术专著《易传》《论语说》《书传》外,有《东坡集》四十卷、《后集》二十卷、《奏议》十五卷、《内制》十卷、《外制》三卷。加《和陶诗》凡六集九十二卷,说明苏轼生前整理编定的诗文全集乃"东坡六集"。北宋末年苏集被禁毁。南宋弛禁后的苏轼全集,内涵稍有变迁。晁公武在《郡斋读书志》中著录:"苏子瞻《东坡集》四十卷、《后集》二十卷、《奏议》十五卷、《内制》十卷、《外制》三卷、《和陶集》四卷、《应诏集》十卷。"这是闻名后世的"东坡七集"的首次著录,反映着南宋初期东坡全集编刻情况。详见刘尚荣《苏轼著作版本论丛》,巴蜀书社,1988年,第2页。

[②] 池泽滋子《〈四河入海〉——日本四僧的东坡诗注》,《宋代文化研究》,2000年,第51—75页。

以及名籍。"①这是东坡名字首次在日本出现,此时距苏轼去世(1101)不到五十年。但王水照先生指出,苏轼著作中无此书,因此很可能是假托苏轼之名的伪书。另,《宋史·文艺志》虽有《指掌图》一卷,但不录作者名氏。长泽规矩也在论述仁平元年刘文冲献书一事时,则干脆把书名改为《历代地理指掌图》。《四库总目提要》的《史部·地理类存目》有《历代地理指掌图》一卷,上题"旧本题宋苏轼撰",又引《梁溪漫志》,认为"此书之伪,南宋人已言之"。要之,《四库总目提要》认为二书均非苏轼所撰。所以,刘文冲献书或为伪书,或真的是佚书。

在宋商刘文冲献《东坡先生指掌图二帖》之外,最为可靠的记载,是日本仁治二年(1241)从南宋返回日本的圆尔辨圆携归的书籍目录中,有《注东坡词》二册及《东坡长短句》。日本最早引用苏轼诗文并称颂其人格的是道元的《正法眼藏》(成书于1253年)。《正法眼藏》之《溪声山色》中称:"大宋国东坡居士苏轼,字子瞻。乃笔海真龙,佛海龙象。"其后抄录苏轼偈诗曰:"溪声便是广长舌,山色无非清净身。夜来八万四千偈,他日如何举似人。"②在这里,道元引苏轼意谓"溪声即为说法,山色即为佛身"的诗偈,示范了自己能够自如地禅悟山水声色的能力。之后,道元这种与山水合一的禅学思想,直接促进了日本室町时代禅林水墨山水的发展,并进一步激发了以梦窗疏石为首的禅林"枯山水"思想的发展。③道元以苏诗与禅学的关系为着眼点来解读的方式,奠定了苏轼诗文在中世日本接受的底色。如苏轼将禅宗的自然观以及触目皆道、无情说法等玄旨,艺术性地展现出来的诗句"不识庐山真面目,只缘身在此山中",被五山禅僧认为是表现"即身即佛、我身即佛"禅旨的典范。再比如最为五山禅僧传诵的苏轼诗句"到得归来无别

---

① 橘成季《古今著闻集》,有朋堂书店,1922年,第112页。
② 道元《正法眼藏》,鸿盟社,1926年,第65页。
③ 松冈正刚撰,韩立冬译《山水思想"负"的想象力》,中国友谊出版公司,2017年,第307页。

事,庐山烟雨浙江潮"①,即是表现禅的未悟与了悟那一刹那的最高精神。

《苏轼文集》卷六十一,汇集了苏轼写给僧人的大量尺牍,我们由是可知他和僧人交游之亲密。苏轼不仅是一位在思想上深受禅宗影响的诗人,他还被列入了禅门用来构建自身历史的"灯录"类书籍中,厕身于所谓"传灯"的宗教谱系。最早将苏轼列入灯录,作为临济宗黄龙派东林常总禅师法嗣的是南宋雷庵正受编《嘉泰普灯录》,此后的灯录也作如是处理,这足以说明苏轼在诗、禅高度融合方面所具有的象征意义。因为禅林具有极其浓厚的宗派观念,所以一位士大夫作为某禅师的"法嗣"而进入"灯录",则意味着他对禅的体悟,已与高僧相当。②正是因为这种深层的原因,日本五山禅僧才对苏轼诗文抱有极其强烈的亲近感。

十四世纪以来,流传在日本的苏轼诗文集按版本系统划分主要有宋元刊本及五山版,且都是《王状元集百家注分类东坡先生诗二十五卷》(后文简称"王注本")。其中,五山版据推定应刊行于应安三年(1370)至应永二年(1395)之间,且是覆元刊本而来,刊行数量颇多。据长泽规矩也考证,现宫内厅书陵部有四部,另外东北帝国大学附属图书馆、东洋文库、足利学校遗迹图书馆、近卫家阳明文库、静嘉堂、德富家成篑堂文库、高木家高木文库等均藏有此刊本。③但此书可能被多次重印,甚至重刻。

五山时期虽然"王注本"盛行于世,但五山禅僧对苏轼诗文的了解,并非以"王注本"为唯一来源,那些收录苏轼诗文的总集及诗话类著作影响也很大。先说总集,如收有苏轼诗文的《精选唐宋千家

---

① 柴山全庆编《禅林句集》(其中堂,1954年)、《禅学大辞典(新版)》(大修馆,1985年)都将作者记为苏轼,实则作者不详。
② 朱刚《苏轼十讲》,上海三联书店,2019年,第169—170页。
③ 长泽规矩也《镰仓至室町时期旧刊本汉籍外典现存书分类目录》(長沢規矩也《鎌倉至室町期舊刊本漢籍外典現存書分類目錄》),收录于《书志学论考:安井先生颂寿纪念》,松云堂书店,1937年,第110—116页。

联珠诗格》(宋于济撰,蔡正孙补)、《古文真宝》(宋黄坚编)等,在五山时期也备受推崇,出现了多种注释本。尤其是作为五山禅林诗文集典范教科书之一的《古文真宝》,收录有苏轼的《喜雨亭记》等宋代散文,对时人了解苏轼诗文不无帮助。然虎关师炼似乎对苏轼颇为不满,他说"坡公道德文章为赵宋师表,然言之不醇也",①当然这是后话了。

再说诗话,成书于1372年左右的《太平记》曾抄录苏轼的《春夜》,此诗并未见于"王注本",仅见录于《诗人玉屑》《诚斋诗话》等诗话集,直到明成化四年(1468)吉安府本《东坡集·续集》卷二才收入本集。而《诗人玉屑》则早在正中元年(1324)即有和刻本,因此该诗很可能借助了《诗人玉屑》等诗话的媒介才传入日本,并很快传诵一时。②

十四世纪以后,苏轼诗文集已经是五山禅僧最为喜爱的外典之一了。义堂周信在其《空华集》中就会经常提及苏轼诗文,中岩圆月在为《空华集》作序时,也说义堂周信"最于老杜、老坡二集读之稔焉"。在五山禅僧的日记中,与苏轼相关的记载更是随处可见,如季琼真蕊《荫凉轩日录》宽正五年(1466)十月六日条云:

> 今日以例日不参仕,仍闲闲谈话之次。偶益斋翁小袖中出小轴,使愚老见之。即展图,即是东坡老人遗像也。其面目也、其标格也,宛如存,尤可敬慕也。其赞曰:"心似已灰之木,身如不系之舟。问汝平生功业,黄州惠州琼州。"东坡居士自题书于金山精舍。观之其语言三昧为妙。以之殆座右铭也。③

---

① 虎关师炼《济北集》(《济北集》)卷二十,详见上村观光编《五山文学全集》(第一卷),思文阁,1973年,第340页。
② 王水照《苏轼作品初传日本考略》,《湘潭师范学院学报》(社会科学版),1998年第2期,第3—6页。
③ 季琼真蕊《荫凉轩日录》,详见佛书刊行会编《大日本佛教全书》第133册,1912年,第500页。

我们想象一下,在初冬之日,众人闲聚展轴观赏东坡画像,再三吟咏苏轼"心似已灰之木,身如不系之舟"之句,嗟叹其平生挫折沉浮与旷达洒脱的情景。再如《荫凉轩日录》文明十八年(1486)三月二十八日云:

> 斋罢谒东府。东求堂御书院被置二重小棚。宜见置之书可择之之命有之。乃于御对面所四六间择书。《东坡文集》廿册、《方舆胜览》十五册、《韵会》十册、《李白诗》七册、《大广益会玉篇》五册,以上五部奉置之。①

这里的"东府"即足利义政(1436—1490),"东求堂"即银阁寺在文明十八年建成的持佛堂。这段话记载的是《荫凉轩日录》的笔录者,被足利义政问及在刚建成的东求堂御书院"二重小棚"上,应该供放哪些书籍时,回答时首先就列举了《东坡文集》。因为能够置放在这种场合的书籍,不仅是主人常读之书,还能对来访客人展示主人的知识与教养。

季弘大叔(1421—1487)藏有东坡诗抄,甚为珍爱,其《蔗轩日录》文明十八年(1486)三月十二日条,还记载了五山禅僧在相国寺招庆轩聚会,以《东坡诗集》十四中的"龙兴寺赏牡丹"为题,开办诗会一事:"十一日,于承天之招庆轩,江湖诸老宿兄弟有雅会。题者龙兴寺赏牡丹,坡诗十四有此诗。"横川景三《补庵京华新集》云:"龙兴赏牡丹。三月十一日,会龙兴轩,五山诸老会合,主人伯始庆春藏主,曾从玉英入。"诗云:"公昔南游四百州,彼方花似此花不?天无雨雹午风软,东武龙兴输一筹。"②这次诗会在当时影响甚广,

---

① 季琼真蕊《荫凉轩日录》,详见佛书刊行会编《大日本佛教全书》第 133 册,佛书刊行会,1912 年,第 829 页。
② 横川景三《补庵京华新集》,收录于玉村竹二编《五山文学新集》第 1 卷,东京大学出版会,1967 年,第 656 页。

《荫凉轩日录》文明十八年三月七日条也有记载：

> 桃源高先来曰：来十一日于龙兴轩有诗会，携桂公可出，以龙兴赏牡丹为题，鹿苑院主亦可光降云云。龙兴花事见于坡诗第十四惜花诗跋。①

"龙兴花事"见于苏轼《惜花》自跋："钱塘吉祥寺花为第一，壬子清明赏会最盛。……今年，诸家园圃花亦极盛，而龙兴僧房一丛亦奇。但衰病牢落，自无以发兴耳。昨日雨雹如此，花之存者有几，可为叹息也。"苏轼诗集卷十四另有《吉祥寺赏牡丹》一诗，在五山禅林影响极广，因此这次诗会恐怕是在吟诵苏轼牡丹诗的基础上，有意识模仿的结果。

一条兼良（1402—1481）纪行文《藤河之记》中，有以"龙尾砚"为诗题举办文人诗会的记载："十三日，正法寺有短册之评，诗题为龙尾砚。此砚在东坡诗集中可见。"②这里的"龙尾砚"，在《东坡先生诗》卷十二《龙尾砚歌并叙》中可见："我生天地一闲物，苏子亦是支离人。粗言细语都不择，春蚓秋蛇随意画。愿从苏子老东坡，仁者不用生分别。"这首诗为苏轼代砚而作，作者从龙尾砚的视角写到人与砚之情感，"我生天地一闲物，苏子亦是支离人"写出了二者的惺惺相惜，"愿从苏子老东坡，仁者不用生分别"道出了人与砚之相依相偎。苏轼与砚的故事在五山颇为流行，以至于禅林赠物常择砚与之，砚上当然也要镌刻东坡的诗文以作题铭，如《荫凉轩日录》文明十九年（1487）二月三日条云：

> 自相公被出邺瓦砚一面，曰：此瓦砚东坡铭在之，赐横川可传。愚敬白：横川定可忝存云云。堀川殿语云：大内教弘被

---

① 季琼真蕊《荫凉轩日录》，佛书刊行会，1912年，第823页。
② 外村展子《一条兼良藤河日记全译》(《一条兼良藤河の记全釈》)，风间书房，1983年。

任赠三位,为礼谢献此砚。①

这是足利义尚赐给横川景三(1429—1493)一方刻有东坡铭的砚台。横川景三是室町时代中期临济宗名僧、汉诗人。幼年入相国寺为僧,学习临济宗及汉文化,后得室町幕府第八代将军足利义政信任,先后任等持寺、相国寺、南禅寺等大寺的住持,著有《东游集》《京华集》《补庵集》等。瑞溪周凤称赞其汉诗"有俊逸奔放之美,而无奇涩拗峭之弊。古所谓如翻云之鹘、走堤之马者也。"②横川景三作有多首东坡像赞诗,如《补庵绝句》所收《题东坡像》云"玉堂赤壁鬓皤皤,回首是非春梦过。七世文章今八世,元朝虞集一东坡",③又如《东坡干浴图》云"青云回首是非兼,风雨蛮村着子瞻。干浴犹胜休沐赐,床头晞发颂《楞严》",④《子瞻样帽》云"孰为楚相孰为优,头上子瞻如此不。熙丰十八年天下,檐短屋高双鬓秋",⑤等等。

五山禅僧从对苏轼诗文的喜爱,到对苏轼人格魅力的倾倒,再到对苏轼相关的物质的崇拜,这些都是苏轼被视为五山文化权威的象征。需要注意的是,五山时期的苏轼诗文集主要在禅僧中流传,五山禅僧因此成为了日本苏轼学的权威。相反,中世时期日本其他阶层的人,很少有机会能接触到苏轼诗文集,因此除了《春夜》之外,未见有其他被反复称引的苏诗。但是,许多佛理诗、禅意诗却附会

---

① 季琼真蕊《荫凉轩日录》,详见佛书刊行会编《大日本佛教全书》第134册,1912年,第944页。
② 详见瑞溪周凤为横川景三《补庵绝句》(又称《小补集》)所作序文,收录于玉村竹二编《五山文学新集》第1卷,东京大学出版会,1967年,第3页。
③ 详见横川景三《补庵绝句》,收录于玉村竹二编《五山文学新集》第1卷,东京大学出版会,1967年,第4页。
④ 详见横川景三《补庵绝句》,收录于玉村竹二编《五山文学新集》第1卷,东京大学出版会,1967年,第10页。
⑤ 详见横川景三《补庵京华前集》,收录于玉村竹二编《五山文学新集》第1卷,东京大学出版会,1967年,第249页。

成苏轼之作而行世,由此可知在日本苏轼与禅林关系之亲密远甚于中国。

二、五山禅僧的东坡诗讲释

东坡诗在日本的流行,与五山禅僧讲释东坡诗抄物的不断问世密不可分。五山禅僧的东坡诗抄在编纂方式上自成一统,即把"王注本"分类拆开,切除边框,逐页粘贴在较大的和纸上,再装订成册,然后即在和纸上写入自己的见解,或抄录他人的讲述。[①]在日本,最早讲述东坡诗集的是惟肖得严(1359—1437),他是临济宗焰慧派的僧侣,法讳得严,道号惟肖,别号蕉雪。少时其父死于战场,故在备前护国寺出家。曾受幕府将军足立义持邀请居相国寺西堂,后住摄津栖贤寺、京都真如寺、万寿寺、天龙寺、南禅寺等地,并在少林院双桂轩讲授东坡诗,人称"双桂和尚"。[②]

惟肖得严在学术、艺术方面受绝海中津影响很大,尤其表现在四六文的作法方面。他还听过义堂周信讲《三体诗》,后又以藏海性珍(1335—1409年)为师学韩柳文和苏黄诗。辗转多位名师广泛学习中国经史子集的惟肖得严,以博学多识蜚声禅林,其著述《东海琼华集》在五山禅僧中影响深远,明极楚俊为他所作的悼词就有"耕开东海种琼华"一句。五山文学史上有名的禅僧如希世灵彦、瑞溪周凤、东沼周曮等皆出自其门下。遗憾的是,惟肖得严讲述东坡诗的讲稿未见传世。

在日本的东坡诗讲义中,较早成书的是大岳周崇(1345—1423)的著作《翰苑遗芳》。大岳周崇是临济宗梦窗派的僧侣,俗

[①] 王水照《苏轼作品初传日本考略》,《湘潭师范学院学报》(社会科学版),1998年第2期,第3—6页。

[②] 上村观光编《五山诗僧传》(《五山詩僧伝》),详见上村观光编《五山文学全集》(别卷),思文阁,1973年,第475页。

姓一宫,道号大岳,外号全愚道人,阿波国人。他性情极其聪慧,凡经手的内外典籍,无不通晓其义。周崇曾师事默翁妙诚,至相州金泽文库遍览其中藏书。大岳周崇曾先后任等持寺、天龙寺、南禅寺住持,将军足利义满很是信任他,并让他主持神泉苑的祈雨仪式,大为灵验。周崇以圆觉寺义堂周信为师,学汉诗艺文,观中中谛、绝海中津等为其师兄,又兼与惟中通恕、西胤俊承等同期,因此是在一个汉文学氛围极其浓厚的环境中成长起来的学者。周崇精通《汉书》,并在五山禅院不时讲解,曾著《前汉书抄》,这在《幻云文集》《汉水余波》的序文中有记载:"慧林大岳和尚,龄未弱冠,远游关左以学《汉书》。克驾其说,业成归洛。至乎游乎息乎之时,屡讲此书。"①

《翰苑遗芳》是大岳周崇开坛讲解东坡诗并注释的成果。②该书原本虽已散佚,但大部分内容都在东坡诗抄的集大成作《四河入海》中被引用,是深受后人推重的东坡诗注本之一。万里集九(1428—1507)在《天下白》的序中说:"《芳》《脞》《翠》之三部,乃坡集之日月星也。凡好学者,而孰不借其余光。"③《翰苑遗芳》大部分内容与南宋施元之的"施注本"一致,小川环树指出,这大约是因为贞治六年(1367),大岳周崇在镰仓抄写了施注本的缘故。④现在日本国立国会图书馆收藏的《翰苑遗芳》廿五卷,是 1490 年至 1491 年的抄本。根据该抄本我们可以大致看出《翰苑遗芳》的注释特色,即注重关联政治事件,以"讽喻说"为主的解诗倾向。如其对苏轼《风水洞二首和李节推》的注释,就以"世事渐艰吾欲去"一句为中心,引乌台诗案一事,解释这首诗的创作背景:

---

① 上村观光编《五山诗僧传》,详见上村观光编《五山文学全集》(别卷),思文阁,1973 年,第 470 页。
② 卞东波《古注与古钞:苏诗日本注本〈翰苑遗芳〉研究》,《古典文献研究》,2021 年第 1 期,第 33—59 页。
③ 笑云清三《四河入海》第一册,庆长元和年间写本,国立国会图书馆藏,第 32 页。
④ 详见苏轼著《苏东坡诗选》后记,小川环树、山本和义选译,岩波书店,1975 年。

熙宁六年,通判杭州,游风水洞,节推李必在此等候。轼到乃留题于壁,其卒章云"世上小儿夸疾走,如君相待今安在",以说世之小人多务急进也。……"世事渐艰吾欲去,永随二子脱讥谗",意谓朝廷行新法,后来世事日益艰难,小人多务讥谤。轼度斯时之不可以合,又不可以容,故欲弃官隐居也。①

在大岳周崇《翰苑遗芳》之外,较为著名的苏诗注本是成书于日本宽正四年(1463)的《脞说》,该书作者瑞溪周凤(1391—1473),是临济宗梦窗派的僧侣。其父在战乱中丧生,遂进京投靠外亲,后机缘巧合,深受相国寺严中周噩(1359—1428)熏陶。严中周噩是春屋妙葩的法嗣,曾经跟随义堂周信学习外典,善于作诗文,精通《三体诗》,是所谓"五山文学的正嫡"。瑞溪周凤师从严中周噩学《三体诗》和东坡诗,他也曾经跟随江西龙派、惟肖得严学习汉诗文和四六文。可以说,瑞溪周凤继承了五山文艺的两大流派,即以绝海中津为鼻祖的建仁友社,和以义堂周信为鼻祖的相国寺友社的传统。瑞溪周凤著述广富,有《卧云日件录》二卷、《卧云梦语集》、诗集《卧云稿》、四六文集《瑞溪疏》、纪行文《入东记》一卷(已佚)、《温泉行记》一卷,另有收集外交文书的《善邻国宝记》三卷等。

自宽正二年(1461)始,瑞溪周凤便专心注释东坡诗,花两年时间著成《脞说》一书。据《四河入海》收录的呆间叟述《脞说》序云:"承天瑞溪侍史缁林季士也,喜读坡诗,尝于旧注晓不得处,证以故实宜解一编,名曰《脞说》。持以示余曰,聊呈管见,欲备童蒙之训耳。"②我们由是可知,《脞说》原是为童蒙训解坡诗而作。瑞溪周凤在文明四年(1472)所作《绵谷飚禅师行状》中,记载了他自十五岁立志学东坡

---

① 《翰苑遗芳》第一册,延德二年(1490)写本,国立国会图书馆藏,第7页。
② 《四河入海》第一册,庆长元和年间写本,国立国会图书馆藏,第30—31页。

诗,其后转益多师,并抄写东坡诗注本的经历:

予三十岁母亡矣,乏于葬事。故所藏书,皆卖与于人。就中留两三本,今所授苏诗其一也。予十五岁,侍先师于崇寿,初闻椿龄中讲坡诗第一者。仅数纸耳,从此有欲学此诗之志,然不得其师焉。二十四岁,闻严中和尚居大智,承公命为珍宝山讲之,自末而始矣。此时初得此本,每纸上下写顾氏赴(赵)氏注,及自余故事者也。写之将为同居诸少讲而不果焉。①

瑞溪周凤不仅详述了自己注释坡诗的方法和文献来源,还提到了对他学习东坡诗影响至深的两位老师,即惟肖得严和严中周噩。瑞溪周凤学东坡诗的事迹,在后人为他所撰的行状《兴宗明教禅师行状》中,记载得更为生动:

师少小癖于坡诗。年十五,侍无求于崇寿。有椿龄中者,在其会下,讲此诗仅数纸耳,师闻之有欲学此诗之志。其后懒云翁(中岩)、蕉雪翁(惟肖)禅余玩此集。师谒来二老门,粗得一二矣。又一时诸彦之论,面而问者,耳而闻者,并录号坡诗《胜说》。盖每句下举诸说,至末判其优劣,师古注《汉书》之法也。古人所未注及,苟有在证则笔之,是《胜说》之作也。有客诘曰:"释氏之徒,醉心于儒家者之诗集,为有识所嘲。"师解曰:"坡公身为戒禅师再生,而拜照觉为师。佛印付云山衲佛惠点智海灯。曰释曰儒,假也妄也。不二境中,何异之有哉?"②

---

① 瑞溪周凤《绵谷㽵禅师行状》,详见塙保己一编《续群书类丛》第九辑下(传部)卷二百四十一,续群书类丛完成会,1957年,第724—725页。
② 《兴宗明教禅师行状》,详见塙保己一编《续群书类丛》第九辑下(传部)卷二百四十一,续群书类丛完成会,1957年,第744页。

据此行状，瑞溪周凤仿效颜师古注释《汉书》之法，录五山各家讲释东坡诗的观点，判其优劣，并补以古人未能注释之处，完成了《脞说》一书。另外，我们从瑞溪周凤反驳那些嘲讽禅僧醉心于儒家诗集的人可知，他对东坡的认同和崇拜，源于东坡"曰释曰儒，假也妄也。不二境中，何异之有"。

此外，较为著名的讲坡师及其著作还有桃源瑞仙（1430—1489）的《蕉雨余滴》和江西龙派（1375—1446）的《天马玉津沫》。严格意义上来说，《蕉雨余滴》是桃源瑞仙讲解东坡诗的笔记，由一韩智翃整理记录而成，因此也叫《一韩翁闻书》，这种以"闻书"的方式记录的抄物在五山禅僧之间非常流行。一韩智翃跟随桃源瑞仙二十余年，抄录了恩师所讲的《东坡诗集》，写成了《蕉雨余滴》。桃源瑞仙是临济宗梦窗派的僧侣，法讳瑞仙，道号桃源，别号蕉了、蕉雨、春雨、亦庵等，江州爱知郡人。他是绝海中津的法孙，又长期在相国寺胜定院，同横川景三、万里集九等同好参加了相国寺的诗文同盟社，对诗文的艺术性感受力极高。此外难能可贵的是，桃源瑞仙经史功底深厚，曾深入学习并讲解过《易经》《史记》《汉书》，并接受继天寿戬的请求讲过《三体诗抄》，著有《史记抄》《百丈清规抄》《三体诗抄》《百衲袄》等抄物。[1]桃源瑞仙对学问孜孜追求，其对苏诗的讲解中也蕴含着深厚的经史思想。江西龙派是临济宗黄龙派僧侣，号木蛇、续翠，擅长四六文、汉诗，曾师事建仁寺的天祥一麟。他天性俊逸，常以文辞优美为人称颂。晚年隐居建仁寺的续翠轩，著有《江西和尚语录》《续翠诗稿》《江西和尚疏稿》《江西和尚四六之讲》等。他注释东坡诗的《天马玉津沫》，文本虽已散佚，但在万里集九《天下白》和笑云清三《四河入海》中多有引用。

如上所述，在十五世纪的日本，产生了诸多的讲坡师及著作。《四河入海》开篇的《日本坡诗讲谈师》列举有：

---

[1] 荫木英雄《关于桃源瑞仙》（《桃源瑞仙について》），《相爱大学研究论集》第 3 期，1987 年第 1 期，第 136—125 页。

双桂和尚,讳传,字惟肖,号蕉雪,始号樵雪。

懒云师,讳噩。字严仲,号懒云。

北禅师,讳凤,字瑞溪,号刻楮子,或号卧云。作《胜说》。

大岳师,作《翰苑遗芳》。

万里居士,述《天下白》。

木蛇师,讳派,字江西,作《天马玉沫》。号续翠。

竹处师,讳仙,字桃源,号卝庵,或号春雨。

讳翃,字一韩,坡之闻抄,号《蕉雨余滴》。回桃翁所讲也。①

在上述八位讲坡师中,论及影响力,无疑以述《天下白》的万里集九和完成《四河入海》的笑云清三为最。万里集九的《天下白》成书于日本文明十四年(1482),是在综合瑞溪周凤《胜说》、大岳周崇《翰苑遗芳》、江西龙派《天马玉津沫》三种注释的基础上,添加了许多新资料而形成的坡诗注释书。其《天下白》自序云:

>《芳》《胜》《翠》(谓《天马玉津沫》)之三部,乃坡集之日月星也。凡好学者而孰不借其余光。故弥纶夏夷之间,今不悉录也。三大老若有异说,则举某谓之二字,以判矣。加之史传小说、诗话图经、天竺之悉昙、扶桑之假名,有益于本集。而三大老不载者,件件纂焉。②

万里集九是临济宗一山派的僧侣,其法讳取自《庄子·逍遥游》:"鹏之徙於南冥也,水击三千里,抟扶摇而上者九万里。"别号有梅庵、江左漆桶道人等。自幼入相国寺,师从大圭宗价。资性聪

---

① 《四河入海》第一册,庆长元和年间写本,国立国会图书馆藏,第 12 页。
② 上村观光编《五山诗僧传》,详见上村观光编《五山文学全集》(别卷),思文阁,1973 年,第 594 页。

颖,博涉广闻。应仁之乱爆发后,万里集九避乱至美浓鹈沼,在此地开始讲释东坡诗文。文明十二年(1480),万里集九决定在鹈沼落户,盖一庵名"梅花无尽藏"。这名字来自他喜爱的陆游诗句"要识梅花无尽藏,人人襟袖带香归"。另外号"梅花海",也是来自陆游诗句"锦城梅花海,十里香不断"。文明十四年(1482),万里集九等人举行了诗会,在诗会上他作祭东坡文,并让春熙宗熙朗读这篇祭文。又作《祭东坡先生》诗及诗序,云:

> 余讲毕东坡集二十五卷。始丁酉终壬寅。春泽主盟梅心翁,会诸彦,设斯宴,祭其灵。作诗席上,又作祭文,命铁船市隐老读焉,盖一时之美谈也。祭文并市隐着语,见《天下白》末。余作坡诗抄二十五卷。号《天下白》。

其诗云:

> 春梦玉堂花昨非,大鹏背上着鞭归。
> 今朝三拜举头看,云舞蓬莱及第衣。①

万里集九后来又讲了三年的黄庭坚诗二十卷,他将讲稿整理为《帐中香》。另外,东福寺藏有《晓风集》,这是万里集九讲述《三体诗》的讲稿,这也是由笑云清三抄写而成的。万里集九还有汉诗集《梅花无尽藏》七卷,这部诗集按照时间的顺序排列,很多诗歌都附有注释,并且这些注释都是万里集九自注,因此被视为特别珍贵的资料。

明德六年(1496),万里集九到了古稀之年。一韩智翃和笑云清三到梅花无尽藏寄居。因为有这样的缘分,所以笑云清三后来得以

---

① 池泽滋子《〈四河入海〉——日本四僧的东坡诗注》,《宋代文化研究》2000年,第61页。

将东坡诗的四家注合在一起,这就是《四河入海》。笑云清三(1492—1520)是临济宗圣一派的僧侣。法讳清三,道号笑云,时人称为"三东堂",伊势人。他曾跟随东福寺的一韩智翃修习经史,后来至美浓,住在梅花无尽藏邻近的"容安斋"里,以万里集九为师,抄写《帐中香》。笑云清三继承其师一韩智翃的遗志,从1527年到1534年共花费八年时间写完了《四河入海》一书。他的同门伊汭贤淳为《四河入海》作跋云:"慧日派下笑云三和尚者,势之奇产也。自幼好学,手不释卷,臂不离案者四十余年,至老益壮也。读书既破数万卷矣,最殚思于苏堂之诗。……本邦《脞》《翰》《白》诸抄,受业师一韩翁闻抄,合成一集,而分卷为五十,名曰《四河入海》。"[1]我们由此可知,《四河入海》是集合瑞溪周凤的《脞说》(1461)、大岳周崇的《翰苑遗芳》(1490年后)、一韩智翃《蕉雨余滴》(一韩翁闻书)、万里集九的《天下白》(1482)而编成的。

笑云清三在天文三年(1534)作自序道:

    此抄者,集北禅和尚《脞说》、慧林和尚(大岳)《翰苑遗芳》《一韩翁听书》、万里居士《天下白》,以题句下。故名曰《四河入海》也。一翁之《听书》者,竹处和尚(桃源)之口诀也。余又受一翁口诀矣。翁一日告愚曰,集以大成则可矣。愚之抄之起本者,盖翁遗意也。大永七年丁亥始笔,天文三年甲午绝笔矣。字字鲁鱼,句句传传。庶几后君子以是正焉。

《四河入海》以苏诗"王注本"为底本,此外还引用了严中周噩的《东坡诗抄》、惟肖得严的《东坡诗抄》、江西龙派的《天马玉津沫》,又

---

[1] 上村观光编《五山诗僧传》,详见上村观光编《五山文学全集》(别卷),思文阁,1973年,第672页。

引用史传、小说、诗话等资料,并附加有自己的简介和解说。①在体例、内容、阐释、评点等方面都具有独特之处,堪称是日本五山禅林研究东坡诗文的集大成之作,对东坡诗文在日本的传播与接受影响深远。

三、《翰林五凤集》中的苏轼形象

随着苏轼诗文在五山禅林的广泛讲释,苏轼的文人形象深入人心,于是便出现了大量从苏轼诗文摘取典故,或以苏轼肖像画为题材创作的汉诗。这些汉诗很好地被保存在五山文学唯一的敕撰汉诗集《翰林五凤集》中。《翰林五凤集》是在五山文学走向衰落的近世初期编纂而成的一部汉诗集,按时间来看,应属于近世汉文学,但在论及近世汉文学时,学者们往往是从藤原惺窝、林罗山等儒学者溯源,《翰林五凤集》几乎从未被提及过,这恐怕是因为该诗集在内容上还属于五山文学传统,因此很难被纳入近世文学的体系中吧。

《翰林五凤集》系五山之上南禅寺住持以心崇传国师(1569—1633)奉后阳成天皇(1571—1617)、后水尾天皇(1596—1680)之命,敕撰的五山禅僧的汉诗总集,集中收录虎关师炼、义堂周信、绝海中津、惟肖得岩、江西龙派、希世灵彦、心田清播、万里集九、横川景三、天隐龙泽、策彦周良等二百零四名五山禅僧诗文,按《法华经》二十七品分为二十七部,仿"易卦之数"编为六十四卷。以心崇传作序陈述了《翰林五凤集》的成书经过及编纂要旨:

> 本朝风俗之所业者,以歌为最。以诗次之。因兹,敕选之歌集,虽其数甚蕃,未闻及于诗。今也,皇帝陛下,文明日月,德

---

① 芳贺幸四郎《中世禅林学术与文学研究》(《中世禅林の学問および文学に関する研究》),日本学术振兴会,1956年,第284—287页。

等乾坤。……召诸臣于帘下,咏歌赋诗,各曰其志。情发于声,声成文,皆治世之音也。非啻兴和歌道,况又修诗律废,孰不仰赞乎哉?……此集之发端,《江春入旧年》之题,偶合《古今集》卷头之咏歌。歌与诗其名异,而其意同者乎。[1]

以心崇传对于平安初期的三部敕撰汉诗集《凌云集》《文华秀丽集》《经国集》似乎并不知情,因此在序文开篇说,日本风俗历来重视和歌,故有敕撰和歌集之先例,而"未闻及于诗"。《翰林五凤集》有一个重要的编纂思想,即"咏歌赋诗,各曰其志。情发于声,声成文,皆治世之音也",这显然与儒家诗歌教化的思想一脉相承。此外,在《翰林五凤集》的编纂体例上,以心崇传刻意模仿日本最早的敕撰和歌集《古今和歌集》,他以瑞岩龙惺的《江春入旧年》一诗置于整部诗集之首,也是为了与《古今和歌集》开篇收录的在原元方和歌"偶合",显示出当时日本学人重视古今传授的诗歌理念。[2]

这部诗集共收录苏轼相关诗文一百三十六首,分散在"春部"(二十七首)、"夏部"(一首)、"冬部"(五首)、"'支那'人名部"(一百零三首)里,这些汉诗分别出自三十六名诗僧之手。海村惟一先生整理了《翰林五凤集》中的苏轼相关诗文题目及作者,[3]由此可知《翰林五凤集》中收录的苏轼诗歌的数量,远远超过了其他中国诗人——该诗集中收录屈原相关诗作八首,陶渊明相关诗作六十五首,杜甫诗作四十五首,李白诗作四十一首,韩愈诗作十六首。可见苏轼相关诗作的数量占有绝对优势。

---

[1] 以心崇传(以心崇伝)编《翰林五凤集》第 1 册,详见佛书刊行会编纂《大日本佛教全书》第 144 册,佛书刊行会,1914 年,第 1 页。
[2] 萌木英雄《关于〈翰林五凤集〉——近世初期汉文学管窥》(《〈翰林五鳳集〉について—近世初期漢文学管見》),《相爱大学研究论集》第 4 期,1988 年第 3 期,第 192—202 页。
[3] 海村惟一《〈翰林五凤集〉的"中国性"》,详见海村惟一、戴建伟、王立群主编《阳明学与东亚文化——纪念北京大学刘金才教授从教四十周年》,贵州人民出版社,2017 年,第 407—429 页。

从《翰林五凤集》收录苏轼相关诗文最多的"支那人名部"来看,五山禅僧创作的苏轼相关诗文,取材主要有两大来源:一是以苏轼诗文为题材,二是以苏轼相关画像、诗画轴为题材。

以苏轼诗文为题材的汉诗有:策彦周良、春泽永恩、瑞溪周凤的《读东坡喜雨亭记》三首,瑞溪周凤、南江宗侃的《读东坡六合词》二首,瑞岩龙惺、雪岭永瑾、三益永因、春泽永恩、瑞溪周凤的《读东坡祥符寺观灯诗》七首,其中三益永因一人独占三首。另有《东坡试院煎茶诗》及以《东坡试院煎茶图》为题材的诗十首,其中江西龙派一首、瑞岩龙惺二首、春泽永恩五首、彦龙周兴一首、琴叔景趣一首,以及东坡饮酒诗四首,等等。

五山禅僧在讲读苏轼诗文的过程中,经常从中汲取灵感进行再创作,如以《读东坡喜雨亭记》为题的三首诗。《喜雨亭记》是苏轼于北宋嘉祐六年(1061)任凤翔府签判时所作的一篇杂记。文章从该亭命名的缘由写起,"亭以雨名,志喜也",继而记述建亭经过,表达人们久旱逢雨时的喜悦心情,反映出苏轼重农、重民的仁政思想。策彦周良的《读东坡喜雨亭记》一诗,就重点歌颂了儒家的仁政思想,诗云:

亭以苏仙文物夸,雨声未断喜色加。
只今圣代为多露,复观舜田秋谷花。①

而在瑞溪周凤的同名诗作中,吟咏的重点则在苏轼因"雨之赐",而得"与二三子相与优游而乐此亭",诗云:

远檐点滴尽欢声,众客斟春会一亭。

---

① 以心崇传《翰林五凤集》第3册,详见佛书刊行会编纂《大日本佛教全书》第146册,佛书刊行会,1916年,第149页。

他岁伤心卯君约,萧萧不似此时听。①

　　诗歌开始先营造出春雨中众客欢聚一亭的喜悦场景,第三句陡转,引出并未在场的人物"卯君"——即苏轼弟子由来。"卯君"典出苏轼《子由生日以檀香观音像及新合印香银篆盘为寿》一诗:"缭绕无穷合复分,东坡持是寿卯君。"王注曰:"卯君,子由也。子由己卯生,故云。"瑞溪周凤必定是十分熟悉苏轼诗中"卯君"这一典故,故可以随手拈来,以苏轼兄弟夜雨对床之约,来反衬眼前春雨带来的喜悦感,用意极深。

　　江西龙派、瑞岩龙惺、春泽永恩等人所作的《讲东坡试院煎茶诗》,则从禅宗与煎茶的角度解释了五山禅僧接受苏轼诗文的一个重要维度。茶早在日本镰仓时代以前就为人所知,但将茶在日本真正普及推广的,据说是入宋带回茶种的荣西禅师(1131—1215)。他在禅寺内种植茶树,还写了一本与种茶相关的书《吃茶养生记》献给了将军源实朝(1192—1219)。后来在禅寺,茶道成为一种用来款待客人的礼仪,并经由珠光(1422—1502)、绍鸥(1503—1555)、千利休(1521—1591)等艺术天才将其发扬光大,成功融入了日本独有的情趣,成为日本重要的文化符号之一。而且,日本茶道不仅在历史发展上与宋元之际的禅僧往来密切相关,而且茶道礼仪中流露出来的精神、茶室中书画挂轴等,更是与禅有着密不可分的关系。②因此之故,五山禅僧对于苏轼,这位写作了大量不朽茶诗,且对烹茶富有独到而又精辟见解的大诗人,便极具认同感。

　　苏轼现存诗文中,专门写茶的有二十余首,其他诗文中涉及茶事的名言、隽句则数不胜数。《试院煎茶》作于宋熙宁五年(1072),该诗围绕试院煎茶一事所行所想展开,由日常生活感慨儒冠误身,

---

① 以心崇传《翰林五凤集》第3册,详见佛书刊行会编纂《大日本佛教全书》第146册,佛书刊行会,1916年,第149页。
② 铃木大拙《禅与日本文化》,钱爱琴、张志芳译,译林出版社,2014年,第157—158页。

是后世传诵的咏茶诗杰作。其诗云：

蟹眼已过鱼眼生，飕飕欲作松风鸣。
蒙茸出磨细珠落，眩转绕瓯飞雪轻。
银瓶泻汤夸第二，未识古人煎水意。
君不见昔时李生好客手自煎，贵从活火发新泉。
又不见今时潞公煎茶学西蜀，定州花瓷琢红玉。
我今贫病长苦饥，分无玉碗捧蛾眉。
且学公家作茗饮，砖炉石铫行相随。
不用撑肠拄腹文字五千卷，但愿一瓯常及睡足日高时。①

　　这首诗的内容可分为三个部分。"蟹眼已过鱼眼生"其后六句，讲述水沸、碾茶及汤花的状态。"蟹眼、鱼眼、松风"等词均是汤候术语，其中前二者是以目测汤候，而"松风"则是以耳测汤候。这些汤候术语在五山禅僧创作的"东坡试院煎茶"诗群中反复出现，如春泽永恩《讲东坡试院煎茶诗》组诗，这显示出五山禅僧深受中国士大夫煎茶雅好之熏染。宋代最流行的烹茶方式是点茶，即将磨好的茶末放入茶瓯中，然后注水用茶筅搅拌，其间涌起的白色沫饽即为"飞雪"。宋人点茶以沫饽多为上。"银瓶泻汤"两句承上启下，指出自己上述操作尚未得个中真谛，继而引出下文"君不见昔时李生好客手自煎"四句，显然唐代李约、本朝文彦博方合"煎水重于煎茶"之古法。最后六句，寄寓感慨。自嘲身处贫病之中，不得遂意，惟以能得一瓯相伴、自在高眠为愿耳。

　　《翰林五凤集》中的组诗《讲东坡试院煎茶诗》，从诗歌题目来看，大都是五山禅僧在讲释苏轼《试院煎茶》诗作后的余兴，因此多与苏轼的生平经历相结合，借讲煎茶诗赞颂诗人的高雅人格。如春

---

① 苏轼著，冯应榴辑注，黄任轲、朱怀春校点《苏轼诗集合注》，上海古籍出版社，2001年，第346页。

泽永恩的《讲东坡试院煎茶诗》五首。

（一）

坡翁老去鬓星星，试院煎茶日忘形。
碌碌雷鞫一瓯里，熙丰天下梦初醒。

（二）

文章七世老坡翁，试院煎茶睡正浓。
胸次波澜高万丈，松风书静一瓯中。

（三）

煎茶试院百忘愁，白发东坡得自由。
似为先生说家势，松风十里尽飕飕。

（四）

试院煎茶书不扃，坡翁老去鬓星星。
困来愧我掷书卷，蟹眼未眠鱼眼醒。

（五）

煎茶试院鬓丝丝，蟹眼已过鱼眼奇。
想向坡翁可夸说，日高睡足酒醒时。[1]

　　春泽永恩的前两首诗作都从"坡翁"起笔，"坡翁老去鬓星星，试院煎茶日忘形"与"文章七世老坡翁，试院煎茶睡正浓"，都意图将苏轼描绘成一位日高睡足、闲散旷达的出世老翁形象。事实上根据苏轼年谱来看，写作《试院煎茶》时他不过三十七岁，刚到任杭州不久，实在很难用"鬓星星""鬓丝丝"来描述。但在五山禅僧的《试院煎茶》诗群中，"鬓星星"则已成固定形象。比如：

　　　　试院秋风双鬓花，九州四海破生涯。（彦龙周兴《东坡试院

---

[1] 以心崇传《翰林五凤集》第 3 册，详见佛书刊行会编纂《大日本佛教全书》第 146 册，佛书刊行会，1916 年，第 151 页。

煎茶》)

持节钱塘考试新,寒炉煎雪鬓如银。(瑞岩龙惺《讲东坡试院煎茶诗》)

昨梦南迁鬓似丝,煎茶试院夜眠迟。①(江西龙派《东坡试院煎茶图》)

五山禅僧描绘的苏轼试院煎茶形象具有高度的统一性,似乎具有一个图像模板,而江西龙派的诗题名则给我们透露出这样一个信息:当时在五山禅林,应该流传着《东坡试院煎茶图》,这幅画的具体形态不详,它或为手卷,或为挂轴,或为扇面,但无论如何,五山禅僧对其极为熟悉与亲近,如瑞岩龙惺《东坡试院煎茶图》一诗就描述了这样一幅画:

门外青袍举子忙,棘围煎茗浇枯肠。
何如南北湖边寺,瓦椀寻僧风味长。②

"门外青袍"暗示了这幅画的场景是在"试院",门内棘栏围绕之处,有一位老翁正在煎茗。而琴叔景趣的《苏仙汲江煎茶图》则告诉我们,五山禅林流行的东坡煎茶图可能不止一幅,其诗云:

高帽临矶伛汲腰,茶声乡月夜萧条。
迩英讲舌有余渴,倾倒江湖入一瓢。③

画面中的东坡着"高帽",正临矶弯腰烹茶,这时月夜萧条,煮茶的声音越发清寂。这里的"高帽"在苏轼咏物诗《椰子冠》中曾有描

---

① ② ③ 以心崇传《翰林五凤集》第 3 册,详见佛书刊行会编纂《大日本佛教全书》第 146 册,佛书刊行会,1916 年,第 151 页。

述:"规模简古人争看,簪导轻安发不知。更着短檐高屋帽,东坡何事不违时。"①这种用椰子壳做的帽子虽然模样古拙,但戴起来轻便安逸,特别是那种帽檐短、帽桶长的"高帽",戴起来虽然有违时背势之态,但诗人并不以远谪为意,而以"违时"自傲。相传宋李公麟(1049—1106)绘《西园雅集图》,描绘的就是中国艺术史上宋"十六名家"聚会于驸马王诜庭园之情景。画中一石桌陈列于花园中高大翠竹之下,苏轼头戴高帽,身着长袍,正倚桌观弈。苏轼之帽帽高顶窄,微向前倾,后人称为"子瞻帽",受到很多文人的模仿。也就是说,"高帽"已经成为了苏轼文人形象的符号之一。

以上虽然是对《翰林五凤集》"支那人名部"以苏轼诗文为题材的汉诗的梳理,但不难看出,苏轼相关图像的流传,往往与其诗文的讲释、接受结合在一起。换言之,五山禅林在接受苏轼诗文的过程中,经常利用到大量的图像资料,这些图像有些是从中国传入的,有些则是五山禅僧自己绘制的。《翰林五凤集》中,以苏轼相关画像、诗画轴为题材的汉诗主要有:

《东坡先生画像》五首,其中江西龙派一首、瑞岩龙惺一首、惟肖得严三首;

《东坡赐金莲图》五首,天隐龙泽一首、雪岭永瑾二首、三益永因一首、春泽永恩一首;

《东坡祥符寺观灯图》二首,瑞溪周凤、三益永因各一首;

《东坡望海楼观潮图》二首,月舟寿桂、三益永因各一首;

《东坡观庐瀑图》一首,春泽永恩作;

《东坡白鹤峰迁居图》二首,均为琴叔景趣所作;

《东坡泛颍图》三首,江西龙派、月舟寿桂、谦岩各一首;

《东坡迩英阁讲论语图》二首,月舟寿桂、熙春龙喜各一首。

《李节推待东坡图》十二首,分别是策彦周良《李节推待东坡

---

① 苏轼著,冯应榴辑注,黄任轲、朱怀春校点《苏轼诗集合注》,上海古籍出版社,2001年,第2135—2136页。

图》《东坡追李节推图》、春泽永恩《扇面李节推图》、天隐龙泽《题苏李游风水洞扇画》《东坡游风水洞图》、月溪《李节推行风水洞待东坡》《东坡游风水洞画扇》、瑞岩《东坡游风水洞画扇》、熙春《题风水洞图》、仁如《扇面风水洞为业景亩题在南禅》、月舟《李节推击马岩花图》、兰坡景茝《题岩花击马图寄伊阳故人》。

《东坡游赤壁图》八首,村庵灵彦一首、天隐龙泽三首、兰坡景茝二首、春泽永恩一首、瑞溪周凤一首。

《苏公堤图》三首,均为江西龙派所作。

《东坡戴笠图》十三首,其中江西龙派、西胤俊承、村庵灵彦、雪岭永瑾《东坡戴笠图》各一首;《笠屐东坡》诗,万里集九、瑞严龙惺、天隐龙泽各一首,策彦周良二首、春泽永恩三首;月溪中珊《东坡蓑笠图》一首。

以上仅梳理了《翰林五凤集》第六十一卷"'支那'人名部"中收录的苏轼相关汉诗,仅从这些汉诗题目来看,也可以明确苏轼相关图像资料对于五山禅僧的影响,尤其是围绕着《东坡笠屐图》产生的题画诗数量最多,也最为值得探讨。

《东坡笠屐图》以 1097 年苏轼被贬海南儋州为背景。《梁溪漫志》卷第四述:"东坡在儋耳,一日访黎子云,遇雨,乃从农家借箬笠戴之,着屐而归,妇人小儿相随争笑,邑犬群吠。……今时亦有画此者,然多俗笔。"[1]此时,苏轼政治上失意,老病缠身,又兼儋州自然环境恶劣,可谓"垂老投荒",但他还能安闲自适、淡然处之,《东坡笠屐图》便是此时心态的反映。目前所知最早创作此画者,则可追溯到苏轼的好友、人物画家李公麟。李公麟在其《东坡笠屐图》中题道:"先生在儋,访诸黎不遇。暴雨大作,假农人箬笠木屐而归。市人争相视之,先生自得幽野之趣。"这是关于创作《东坡笠屐图》的最早记录。从北宋的李公麟,到元代的赵孟頫、任仁发、钱选等,直

---

[1] 费衮撰《梁溪漫志》,三秦出版社,2004 年,第 123 页。

至明清时期包括唐寅、仇英、尤求、曾鲸、张宏、朱之蕃、陈继儒、孙克宏等在内的这些画家,正是借助苏东坡的生命意志与达观人生,或通过《东坡笠屐图》传递一种积极向上的人生态度,或在《东坡笠屐图》中找到慰藉,成为苏轼的隔代知己。①

东坡笠屐的故事也随着画像流传到东亚各国,通过对其作品的理解,苏轼的文学形象也开始以不同的姿态出现在五山禅僧的诗文之中。比如江西龙派《东坡戴笠图》云:

戴笠霓裳秃鬓双,梦中不竟落蛮邦。
牛栏西畔溟濛雨,醉眼玉堂云雾窗。②

诗中将海南儋州称为"蛮邦",以示自然环境之凶险。"牛栏西畔"则借意苏轼在海南时完全融入农村生活,写成的那句"但寻牛矢觅归路,家在牛栏西复西"。③而"醉眼玉堂"则取自苏轼怀念东坡雪堂而作的词《如梦令》其一:"为向东坡传语,人在玉堂深处。"④词中的"东坡"指苏轼黄州的居处,"玉堂"是宋代翰林学士的官署,苏轼在元祐间一度任职于此,因宋太宗曾亲书"玉堂之署"四字匾额,故有此称。⑤"牛栏"与"玉堂"暗示着苏轼人生中截然不同的两种境遇。雪岭永瑾的汉诗中也充满着对苏轼屡遭贬谪命运的同情:

借笠黎家过海边,牛栏西畔送残年。

---

① 朱万章《明清文人为何钟情〈东坡笠屐图〉》,《读书》2020 年第 1 期,第 100—108 页。
② 以心崇传《翰林五凤集》第 3 册,详见佛书刊行会编纂《大日本佛教全书》第 146 册,佛书刊行会,1916 年,第 151 页。
③ 苏轼《被酒独行,遍至子云、威、徽、先觉四黎之舍,三首》之一,《苏轼诗集》卷四十二,中华书局,1982 年,第 2322—2323 页。
④ 苏轼《如梦令》,《东坡乐府笺》卷三,上海古籍出版社,2009 年,第 467 页。
⑤ 朱刚《苏轼十讲》,上海三联书店,2019 年,第 275 页。

>乡关未觉七千里,风雨蛮村似蜀天。①

首句点明了画面中苏轼所戴斗笠是借自海南黎族人,"牛栏西畔"描绘了苏轼的乡村生活,后两句以眼下的"风雨蛮村"比拟故乡西蜀,以体现苏轼泰然自若的心态。西胤俊承诗句则重在突出苏轼厌倦中央朝廷的束缚,对贬谪生活潇洒处之的旷达。其诗云:

>白头久厌侍金銮,一卧炎荒梦自安。
>借笠农家乐风雨,也胜趋走着朝冠。②

在上述的《东坡戴笠图》相关汉诗之外,五山禅林应该还流行着苏轼头戴斗笠、脚着"木屐"的《笠屐图》,因此也流传下来了诸多以《笠屐东坡》为题的诗作,如万里集九诗云:

>瘴毒埋时海不霞,履吟犹瘦笠吟斜。
>蛮村谪籍挂名后,椰叶香于翰苑花。③

诗句同样强调海南之蛮荒,以衬托苏轼"履吟犹瘦笠吟斜"的洒脱形象,这种形象通常与其在中央朝廷时形成对照,故有"椰叶香于翰苑花"的感叹。类似的嗟叹还可见于春泽永恩咏诗:

>白发东坡一世雄,蛮村著屐雨溟濛。
>却将箬笠为冠盖,似步玉堂云雾中。④

---

① ② 以心崇传《翰林五凤集》第3册,详见佛书刊行会编纂《大日本佛教全书》第146册,佛书刊行会,1916年,第151页。
③ ④ 以心崇传《翰林五凤集》第3册,详见佛书刊行会编纂《大日本佛教全书》第146册,佛书刊行会,1916年,第152页。

前两句寥寥几笔勾勒出了荒村大雨中,着木屐、戴斗笠的苏轼形象,后两句赞叹诗人头戴蓑笠却胜似冠盖,虽行蛮村却宛若信步"玉堂"。策彦周良面对《东坡笠屐图》,难掩对诗人的崇敬:

> 蛮村涩勒雨和风,征袖龙钟儋秃翁。
> 笠子檐头莫言窄,九州四海在其中。①

天隐龙泽的诗也写得纵横开阖、恣肆豪迈:

> 七世文章苏子瞻,朱厓儋耳雪吹髯。
> 袖中东海波澜阔,洒作雨声鸣笠檐。②

但天隐龙泽从《笠屐图》还看到了苏轼落寞的一面:

> 一别天涯怀子由,屐穿笠破瘴茅秋。
> 彭城夜与蛮村夕,旧雨声欢今雨愁。③

这首诗与其他五山禅僧《笠屐图》诗最大的不同,就在于从"怀子由"入手,借苏轼散文《书〈彭城观月〉诗》典故,描绘出了一位怀念手足亲故的苏轼形象。然而,这种苏轼形象毕竟是少数的,五山禅僧更多是将苏轼仙人化,如春泽永恩则诗句云:

> 老去坡翁穷益坚,蛮村着屐鬓蟠然。
> 笠檐雨似庐山瀑,即是题诗李谪仙。④

---

①②③④ 以心崇传《翰林五凤集》第3册,详见佛书刊行会编纂《大日本佛教全书》第146册,佛书刊行会,1916年,第152页。

诗句从苏轼斗笠檐上的雨联想到庐山瀑布，显然是过于夸张了，但春泽永恩的意图显然是在末句"即是题诗李谪仙"，这种将苏轼与李白比拟的写法，在五山禅林中也显得极为独特。总之，五山禅林中应该流传着多种《东坡笠屐图》，相比于苏轼年少得志时意气风发的形象，五山禅僧似乎更加偏向于其后期的与世无争和生活中隐隐透出的"禅"味。

第三时期

遣明使的延续与明代文学的接受

14世纪后期至17世纪初期,适逢中国明代(1368—1645),在日本则大致相当于室町时代(1336—1573)和安土桃山时代(1573—1603)。明朝将蒙古统治者赶回北地沙漠,在复兴中华民族主义的旗帜下,实行海禁,封闭了海上的自由往来之路。在此国际形势大变动的情况下,五山禅僧不得已转为官僧,担任日本对明外交的任务,因此整个明代往来中日之间的人物,主要是由五山禅僧担任使者入明进行"勘合贸易"的遣明使团。14世纪是整个东亚由佛教世界观转为儒家天下观的重要时期,由于五山僧侣的不懈努力,日本汉文学终于迎来了历史上的第二个高峰——五山汉文学。另外,五山僧侣到达明朝后,主要活动范围在中国江南及福建一带,因此这一时期的江南文化对日本产生了很大的影响。在书籍传播方面,这一时期与宋元时期的典籍传播方式、传播类型都没有太大变化。最后,明代文学在诗歌、小说、散文、传奇、戏曲、批评等方面全面开花,这些文学作品的传入,给17世纪之后江户文学的繁荣带来了新的影响因素。

第九讲　遣明使与五山文学的繁荣

明朝约三百年间,日本禅僧或求法、或出使,入明者颇多。他们游历山川,学作诗文,其中不乏博学多才者,如绝海中津、龙室道渊、九渊龙赅、观中中谛、天与清启、桂庵玄树、雪舟等杨、了庵桂悟、策彦周良、简中元要、汝霖良佐等。这一时期,禅僧们的文学观也发生了根本性变化,由"诗禅一味",即作诗与参禅互为一体,彻底转变成了"文本禅末"的文学观,留学的目的也随之发生巨大变化。在众多入明僧中,有许多人已不再以修禅为目的,而是为了体验当地禅林生活,领略山川风物之美,与中国禅僧文人交游,以期提高汉诗文的创作水平等。如绝海中津长于诗、秀于文、善于字;桂庵玄树每撰一诗,传诵艺林,被誉有盛唐之风;汝霖良佐则善作文章,明翰林学士宋濂读其文后大为赞赏,欣然为其写跋;仲芳中正因善于楷书,奉明成祖之命书写永乐通宝钱文。这些名僧门下,不乏长于诗文、学艺优秀者。如此往复,五山汉文学终于迎来了最为黄金的时代。

一、勘合贸易船上的遣明使

足利幕府遣使赴明,以日本应永八年(1401)为起点。当中国在元末明初处于动荡之中时,日本也正经历着一场政治剧变。公元1333年,由北条氏执政的镰仓幕府走到尽头,镰仓时代宣告落幕,日本历史迎来了长达半个多世纪、天皇家族一分为二的南北朝时期(1335—1392)。在此期间,后醍醐天皇亲政的政治局面犹如昙花一现,随着足利氏势力的急剧扩张,后醍醐天皇苦心经营的"建武新政"(1333—1336)迅速崩溃。公元1368年,室町幕府第三代将军足利义满继任征夷大将军,逐步巩固了幕府的政治基础,于公元1392年统一了南北朝,拉开了室町时代(1336—1573)的帷幕。

公元1401年,足利义满计划向明朝派遣使者。但直到公元1404年,明日之间才正式缔结贸易条约。明朝海禁极严,为防止秘密贸易并打击倭寇,而制定了贸易"勘合制",即向日本使船特别送出勘合及其底簿,日本由此开始了与明朝的外交往来。木宫泰彦将明日之间的勘合贸易分为两个时期:第一阶段从1404年足利义满缔结明日贸易条约,至1419年足利义持与明朝断绝外交。在这十五年之间,日本贸易船至中国六次,明朝使者赴日七次。第二阶段从1432年足利义教恢复明日外交,到1547年足利义晴派遣最后一次遣明使。在这一百一十五年之间,日本派遣勘合贸易船共十一次,明朝使者赴日一次。[1]中日文学之间的交流主要发生在明日勘合贸易的第二阶段。

遣明使团虽称"朝贡",但实质上以贸易为主。需要说明的是,明朝文献中经常出现的"朝贡""称臣入贡"和"班示大统历,俾奉正朔"等词句,实际上意味着海外各国君主与中国皇帝之间是一种藩属或臣属关系。洪武皇帝从中国传统的世界观、中华思想的立场出发,重新构筑了新王朝和各国之间的关系,且只允许以这种政治关系为基础进行对外贸易。因此,宋元两代以来比较自由松散的民间贸易,在进入明代之后,就被置于中央政府强有力的统制之下了。

遣明使团成员包括正使、副使、居座、土官、从僧、通事、客商、从商以及水手等等。正副使是遣明使船的代表,负责幕府的遣明表文和贡品清单。与遣唐使时代多由王室贵族担任正副使节不同,室町时代日本向外国派出的使节,通常都是由五山禅僧充当。这给明朝

---

[1] 木宫泰彦著,陈捷译《中日交通史》第5册,山西人民出版社,2015年,第597页。

人留下了深刻的印象,明代图录类书《三才图会》中描绘的日本人,便是方袍圆顶的僧侣形象。然而,万里集九在《帐中香》中叹息道:"近来跨南船者,大半为利,而不为法,缁林憔悴,哀哉!"[1]这也说明了当时大部分日本僧侣入明的实际情形,是为了获取经济利益。

图 3.1 《三才图会》中的"日本人",明王圻、王思义编《三才图会》,上海古籍出版社,1998 年,第 836 页。

作为遣明使船代表的正使,自足利义教(1428—1441 年在位)时代开始,基本都是从京都五山僧徒中选任。当时,被列入官寺的"五山十刹"不仅是幕府控制禅宗丛林的枢纽,也是幕府内部的政治顾问机构。五山之上设有"僧录"一职,专事为幕府起草政治、外交文书,并参与外务、内务等政治活动。这些博学多才的五山禅僧,之所以被选为国使出使中国和朝鲜,不仅是因为五山与足利幕府有着

---

[1] 上村观光编《禅林文艺史谭》,详见上村观光编《五山文学全集》(别卷),思文阁,1973 年,第 1065 页。

特殊的关系,还与五山僧徒学养深厚、长于诗文,又最熟悉明代中国之情形有关。这从现存的一首作者不详的遣明使诗歌《对洪武皇帝问咏日本国》,即可窥知一斑:

> 国比中原国,人同上古人。衣冠唐制度,礼乐汉君臣。
> 银瓮筸清酒,金刀脍素鳞。年年二三月,桃李自成春。①

这是日本遣明使来明朝后回答朱元璋提问日本国情形时所作的一首诗。首句"国比中原国,人同上古人",是自诩日本国就如同中国一样,而日本人就像上古时代的人那样淳朴。日本的"衣冠"都是按照唐朝的制度,而"礼乐"是仿汉代君臣而来。后两联形容日本社会的富足,连装清酒的器具和切生鱼片的刀具,都是金银器物,整个社会呈现出一派繁华的景象。事实上,这首诗可能并没有反映当时日本真正的社会生活。众所周知,整个室町时代武士角逐不断,地方势力蠢蠢欲动,皇室贵族也伺机反扑,因此诗歌中描绘的犹如世外桃源般的日本社会,很大程度上只是使者的一种外交性夸耀。

日本中世文献中保留有许多遣明使在中国的佳话,如日本宝德三年(1451)入明的使团,以建仁寺九渊龙赅为首,天与清启等禅僧随行,东沼周曤《流水集》中收录有《送天与启公座元禅师南游序》《送九渊西堂赴大唐国序》,便记载了二人入明前的情形。在希世灵彦的《村庵稿》中,有一篇《启天与住开善同门疏》序,便讲述了天与清启面对明朝皇帝挽回危机之事:

> 前席安国天与法兄禅师,荣领大檀越均旨,董莅信州路叠秀山开善禅寺。盖禅师往岁从国使南游,亲见大明国皇帝。时我使者昧于事机,故其所请不听。禅师奋然而起,再机上表以

---

① 宇野直人选,李寅生译《中日历代名诗选·东瀛篇》,上海古籍出版社,2016年,第120页。

闻,然后事行情达,而东人数百口始得活矣,实禅师一人之力也。①

到了日本宽正六年(1465)秋,天与清启作为遣明使团正使再次入明。这批使者在明朝引发骚乱之事,被记载于《明史》三百廿二卷"日本列传"成化四年(1468)条:"十一月,使臣清启复来贡,伤人于市。有司请治其罪,诏付清启,奏言犯法者当用本国之刑,容还国如法论治。且自服不能钤束之罪,帝俱赦之。自是,使者益无忌。"天与清启第一次入明时,与明朝名僧硕儒唱和的诗作,汇编成的文集名为《万里集》,第二次入明时的唱酬诗作收录于其《再渡集》中,可惜这两种书籍都失传了。天隐龙泽《默云稿》中收录的《送古川勤公游大明国诗序》,便记载了天与清启与明朝僧儒酬唱的两本诗作:

兹记,大明景泰中,天与大禅师,伴两使达燕京,伏阙下两回上书,以伸东人所求之情。天恩广大,付其书于礼部尚书,劳慰甚至,锡臣金襕伽梨,命光禄寺设宴,东人千余口,各蒙优渥。又与宿衲巨儒赋诗作文,束作巨编,名曰《万里集》,人皆曰使哉。然后归本国,本国又差禅师作正使,再航中华。孤身叶轻,国命山重,不克辞之,重泛沧溟,实成化己丑也。舟达宁波府,一十年前旧友,喜其重来,虚左迎焉,倡酬之作,纪行之篇,倍于景泰《万里集》,号曰《再渡集》也。②

日本京都国立博物馆藏明代宫廷画家王谔绘制的《送别图》(又名《送源永春还国诗画卷》),是一件关涉遣明使与中国明代士

---

① 上村观光编《禅林文艺史谭》,详见上村观光编《五山文学全集》(别卷),思文阁,1973年,第894页。
② 上村观光编《禅林文艺史谭》,详见上村观光编《五山文学全集》(别卷),思文阁,1973年,第911页。

绅交流的重要作品。该画卷纵 29.7 厘米，横 706.5 厘米，由六纸相接而成。除第二纸前半为王谔所绘送行图外，其余均为诸家所作诗文，人各一首。其中第一纸起首为正德五年(1510)杨守阯作《送朝天客诗序》，后接倪复七律诗。第二纸王谔画后，依序接屠滽七律诗，董鏞七律诗，魏偁、方志七绝诗，陆偁七律诗，杨守随七绝诗，张昺五律诗，金洪七律诗，袁孟悌、宋似、方霖七绝诗，以及正德五年六月九日方仕跋。综计全卷前后有十二人题诗，一人作画，另有一人撰序，一人作跋。①

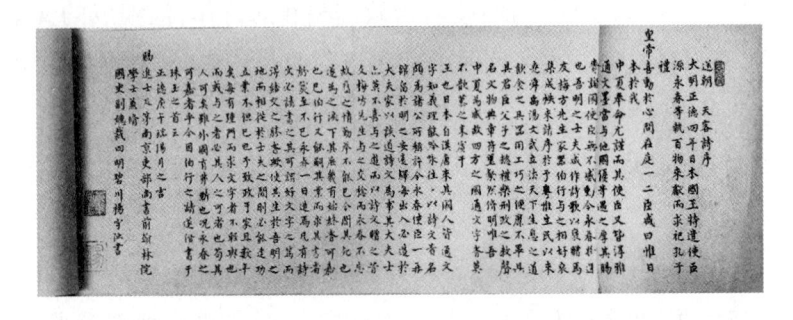

图 3.2　王谔《送源永春还国诗画卷》，东京国立文化财研究所，1961 年。

在这幅画的卷首，题有南京吏部尚书前翰林院学士兼国史编修杨守阯(1436—1512)所撰《送朝天客诗序》，曰：

　　大明正德四年，日本国王特遣使臣源永春等，执百物来献。而求祀孔子礼，皇帝喜动于心，问在庭一二臣，咸曰：惟

---

① 陈正宏《诗画合璧史丛考》，中国美术学院出版社，2019 年，第 33 页。

日本于我中夏,奉命尤谨,而其使臣又皆淳雅,通文墨,当与他国优等遇之。厚其赐赍,诸国使臣无不感动。今永春将还也,吾明之士夫咸作诗歌,以褒赠焉。……日本自汉唐来,其国人皆通文字,知义理,能吟咏,往往以诗文著名,颇为诸公所称许。今永春使臣,一再馆留于明之安远驿,每出入必造于大夫家,以谈道诗文为事。其大夫士亦莫不喜与之游,而以诗文赠之。①

诗序简述了源永春入明及本诗画卷的创作过程,高度赞赏了日本使者"通文字,知义理,能吟咏,往往以诗文著名"。根据诗序记载的时间可知,这批使节团应是日本永正六年(1509)十一月出发,由地方实力大名细川氏和大内氏共同派遣。高僧了庵桂悟(1425—1514)担任遣明正使,相国寺住持景徐周麟(1440—1518)《翰林葫芦集》有《奉赠了庵和尚入大明国诗序》云:

惠日了庵大禅师奉使大明国。抑禅师德望之重,位师表之尊,而齿逾入耄三,而选以充之,盖旌皇明使命,不可忽也。于是乎禅师矍铄,示以可用,亦行化之一端也……今持节以往,海若护船,祥风送帆,巨浸万里,跬步可至,有何难哉。一朝着岸之日,彼地面诸官,胥率以迎,次第历南台,以达天子之都,称观国宾者,可想矣。②

了庵桂悟当时已是 87 岁高龄,他精于汉文,亦能作诗,入明后与当地官员、文人、僧侣有广泛接触。了庵桂悟归国时,明代文人学者、士绅为其作诗、作序相送者极多,如卢希玉《赠了庵归国》、杨端

---
① 川上泾《送源永春还国诗画卷与王谔》(《送源永春還国詩画卷と王諤》),《美术研究》第 221 期,1962 年 3 月,第 219—240 页。
② 景徐周麟《翰林葫芦集》,江户初年抄本,请求番号 205—0094,日本国立公文书馆藏。

夫《赠了庵归国并序》等。尤其是杨端夫的序文，写得极有情感："日本了庵阐释，膺使命来我皇明，馆于姑苏几半载。凡士大夫之相与者，无不敬且重焉。以其齿德既高、□学亦称是故耳。昔王摩诘所谓，色空无得而不物物，语默无际而不言言者，似为今日禅师道也。"①而在今日存世的与了庵桂悟相关墨迹中，最为著名的是王阳明撰并书之《送日东正使了庵和尚归国序》，落款时间为"皇明正德八年癸酉五月既望"。

2013年2月东京五岛美术馆展出了王阳明《送日东正使了庵和尚归国序》手书真迹。2018年5月，大东急纪念文库举办"海外交流：无学祖元、王阳明墨迹及高僧像"，再次展列王阳明序真迹。在此次展览之前，该序文收录在汉学者伊藤松于日本天保年间付梓的《邻郊征书》中，序文云：

> 今有日本正使堆云桂悟字了庵者，年逾上寿，不倦为学，领彼国王之命，来贡珍于大明。舟抵鄞江之浒，寓馆于驲，予尝过焉。见其法容洁修，律行坚巩，坐一室左右经书，铅朱自陶，皆楚楚可观，爰非清然乎？与之辨空，则出所谓预修诸殿院之文，论教异同，以并吾圣人，遂性闲情安，不哗以肆，非净然乎？且来得名山水而游，贤士大夫而从，靡曼之色不接于目，淫洼之声不入于耳，而奇邪之行不作于身。故其心日益清，志日益净，偶不期离而自异，尘不待浣而已绝矣。兹有归思，吾国与之文字交者，若太宰公及诸缙绅辈，皆文儒之择也，咸惜其去，各为诗章，以艳饰迥躅，固非贷而滥者，吾安得不序。
>
> 皇明正德八年岁在癸酉五月既望，余姚王守仁。②

---

① 伊藤松辑《邻交征书》初篇第2册，学本堂，1838年，第32a页。
② 伊藤松辑《邻交征书》初篇第1册，学本堂，1838年，第18b页。相关研究参考杨晓维、秦蓁《了庵桂悟明与阳明学之初传日本——基于〈送日东正使了庵和尚归国序〉真迹实物与文本的研究》，《史林》2019年第5期，第86—91页。

这则序文也是阳明学初传日本的重要史料之一。与上述《送源永春还国诗画卷》主题相似、画风相近的作品是《谦斋老师归日域图》，这幅画是宁波文士方仕、屠月鹿、董秋田、包吉山和叶寅斋赠予遣明使策彦周良（1501—1579）的饯别之物，现藏日本京都天龙寺妙智院。该图是典型的江岸送别图，以江面上一艘正欲扬帆起航的船只为中心，船头站立的黄衣人物应该就是策彦周良，他正在拱手向岸边的儒士们告别。画面右上角绘一城门楼，该城门应为宁波旧城东城墙的东渡门。①

策彦周良是日本京都天龙寺妙智院高僧，五山文学后期代表诗人。少时进入京都北山鹿苑寺，跟随住持心翁等安学习，博学多才，精通汉诗文。曾于明嘉靖十八年（1539）与嘉靖二十六年（1547）先后两次率领使节团入明。著有汉文行纪《初度集》《再度集》等。②

事实上，我们今天称为"遣明使"的那批人，在当时的日本仍沿用着"遣唐使"的称呼，这在汉诗文中尤其常见，如横川景三所作《送遣唐使》三首，诗题下注云："北鹿寺（鹿苑寺）子璞（周璋）为大明正使"，该组诗其一云：

远奉皇华万里行，欲超鲸海上燕京。
金襕映日紫宸殿，东望扶桑天已明。③

《送遣唐使》其二：

---

① 刘恒武《宁波古代对外文化交流：以历史文化遗存为中心》，海洋出版社，2009年，第203页。
② 参考牧田谛亮《策彦入明记研究》（《策彦入明記の研究》）上、下，法藏馆，1959年。夏应元、夏琅著《策彦周良入明史迹考察记及研究》，中国社会科学出版社，2016年。
③ 详见横川景三《补庵京华别集》，收录于玉村竹二编《五山文学新集》第1卷，东京大学出版会，1967年，第507页。

中朝奉使几时还,一片春帆海上闲。
昨夜离愁都似雪,风吹先欲满燕山。①

《送遣唐使》其三:

皇明持节海程遥,一别春风绾柳条。
若写离愁上船去,和烟和雨入中朝。②

诗题中的"遣唐使"就是泛称日本派赴至中国的使节,在这里则是指"遣明使"。

早期以宋元时期渡日禅僧为中心而兴起的五山汉文学,逐渐由虎关师炼、雪村友梅、龙山德见等几位杰出的日本禅僧继承发展下来。其后,在综合了诸多传统之后,由以梦窗疏石为中心的"梦窗派"禅僧引领主流。梦窗疏石门下春屋妙葩、义堂周信、绝海中津等杰出人才辈出,将五山汉文学引向全盛。此外,这一派的特征是,能利用政治手段保持与天皇及幕府的密切关系,给当时的国政带来了不小的影响。他们担任天皇或将军的高级参谋,在内政外交双方面都作出了突出贡献。入明僧绝海中津和策彦周良就是其中的佼佼者。

二、绝海中津入明所作怀古诗

绝海中津(1334—1405年)本姓藤原,名中津,字绝海,别号蕉坚道人。日本南北朝至室町时代前期临济宗禅僧、汉诗人。土佐(高知县)人,梦窗国师的法嗣,自幼巧于翰墨。绝海中津善作骈文,

---

①② 详见横川景三《补庵京华别集》,收录于玉村竹二编《五山文学新集》第1卷,东京大学出版会,1967年,第507页。

尤长于诗,后与义堂周信(1325—1388)齐名,被并称为"五山文学的双璧"。公元1368年渡海入明,入住杭州天竺寺,其后赴灵隐寺、护圣万寿寺地,与用贞辅良等明代高僧相会,并入其门下受教。公元1376年,应明太祖洪武帝朱元璋之诏,在英武楼晋谒,并应敕赋诗,题作《应制赋三山》:

熊野峰前徐福祠,满山药草雨余肥。
只今海上波涛稳,万里好风须早归。①

"三山"之典出自《史记》关于徐福东渡的故事,在这里指的是日本。"熊野"句,谓熊野山徐福祠,传说徐福从秦朝东渡时曾在此登陆。作者把历史传说融入诗中,意谓秦皇时代已一去不返,而现在的洪武帝恩泽无疆,天下太平。诗歌第三句的"波涛稳"原指海上风平浪静,这里比喻时局安定。最后一句以催促徐福亡魂早日归国的口吻,巧妙赞扬了明代的平和安乐及日本与明朝的友好交流。明太祖很是欣赏其才学,当场步韵和诗一首:

熊野峰前血食祠,松根琥珀也应肥。
当年徐福求仙药,直到如今更不归。②

绝海中津还与文人宋濂、诗僧全室宗泐等交游,名声远扬。在中国游学九年后返日,因受足利义满信任,住持相国寺。应永十二年(1405)圆寂,后追封佛智广照国师。著有《蕉坚稿》二卷,为五山文学中的重要诗文集。

《蕉坚稿》其实是由绝海中津的弟子慧凳编纂而成,共收录五言

---

①② 绝海中津《蕉坚稿》,上村观光编《五山文学全集》(第二卷),思文阁,1973年,第1927页。

律诗22首、七言律诗45首、五言绝句10首、七言绝句48首,另外还有疏12篇、序3篇、书9篇、说2篇、铭6篇、祭文3篇等。诗集中附有明成祖宠信的僧录司左善世道衍所作序文,以及杭州天竺寺古春如兰所作跋文,据说该序跋都是由绝海中津的弟子龙溪等闻入明时,亲自求取而来。

道衍为《蕉坚稿》所作序文中便盛赞了绝海中津的诗文:"日本绝海禅师之于诗,亦善鸣者也。自壮岁挟囊乘艘,泛沧溟来中国,客于杭之千岁品,依全室翁以求道,暇则讲乎诗文。故禅师得诗之体裁,清婉峭雅,出于性情之正。虽晋唐休、彻之辈,亦弗能过之也。"[1]古春如兰在跋中也称赞绝海中津汉诗没有日本人常见的"和臭气",诗句工巧而脱俗:"今观《蕉坚稿》,乃知绝海得益于全室为多。其游于中州也,观山川之壮丽,人物之繁盛,登高俯深,感今怀古。及与硕师唱和,一寓于诗。虽吾中州之士老于文学者,不是过也。且无日东语言气习,而深得全室之所传,信矣!"[2]

《蕉坚稿》中收录的百余首汉诗,按主题大致可以分为怀古诗、题画诗、送别诗等。尤其是怀古诗,在义堂周信的《空华集》以及其他五山诗僧的诗文集中较为少见。这些诗文大多都是绝海中津入明后游览江南名胜古迹时所作,体现出诗人深厚的汉文学修养。如这二首《钱塘怀古次韵》:

天目山崩炎运徂,东南王气委平芜。
鼓鼙声震三州地,歌舞香消十里湖。
古殿重寻芳草合,诸陵何在断云孤。
百年江左风流尽,小海空环旧版图。

---

[1] 绝海中津《蕉坚稿》,上村观光编《五山文学全集》(第二卷),思文阁,1973年,第1903页。
[2] 绝海中津《蕉坚稿》,上村观光编《五山文学全集》(第二卷),思文阁,1973年,第1955页。

兴亡一梦岁云徂,葵麦春风久就芜。
父老何心悲往事,英雄有恨满平湖。
朱崖未洗三军血,瀛国空归六尺孤。
天地百年同戏剧,燕人又献舆亢图。①

这是绝海中津游历杭州钱塘江时,次韵全室宗泐(1317—1391)《钱塘怀古》所作的二首七言律诗。钱塘江所在的杭州市曾是南宋的都城,作者来到钱塘故地,联想到历代政权的更迭,不胜感慨。前诗首句的"天目山"在浙江省临安市境内。按阴阳五行之说,赵宋为火德,故称"炎运"。"徂",消灭之意。"东南王气",南宋偏安于东南,故有此说。"委平芜"指委于荒草。该诗前两句悲叹宋王朝的灭亡,中间部分则是详写宋朝的衰败带来的钱塘一带风景的变化,"三州"指杭州、嘉州、湖州,即泛指钱塘一带。"十里湖"即指杭州西湖,这里叠加化用了柳永"三秋桂子,十里荷花"和林升"西湖歌舞几时休"的典故。"古殿重寻"四句的意思是说,如今重访宫殿遗迹,但见芳草茂盛,诸王陵墓今在何处呢?百年后的江南不见了昔日繁华,只有江水环绕旧时的版图。后诗以"兴亡一梦""天地百年同戏剧"等句,抒发对万物皆空的顿悟。

绝海中津赴明时,正值明朝建立伊始,中华大地历经元末动乱,一片凋零景象,当时日本也正处于南北朝争权的混乱时期,因此绝海中津的诸多怀古诗其实都包含着对乱世英雄的慨叹,如这首怀古诗《岳王坟》:

深入朱仙临北虏,不知碧血塞南州。
垄云空映吴员庙,湖水无期范蠡舟。
四将元勋俄寂寂,两宫归梦谩悠悠。

---

① 绝海中津《蕉坚稿》,上村观光编《五山文学全集》(第二卷),思文阁,1973年,第1912页。

他年天堑人飞渡，添得英雄万古愁。①

　　这首诗是绝海中津寓居杭州，凭吊岳王坟时创作的七言律诗。岳王坟是南宋抗金名将岳飞之墓，位于杭州西湖畔栖霞岭下。此诗由历史遗迹追忆起岳飞的英雄事迹，"北虏"即是对金兵的蔑称，诗人在对重大历史事件的描述中表达了对悲情英雄岳飞的同情和崇敬之情，充满苍凉和悲壮之感。尤其是最后四句，抗金的四位名将已经亡故，徽宗、钦宗回归的梦想遥遥无期。多年后元军飞渡了天堑长江，这给英雄更是平添了一段万古悲愁。

　　绝海中津的怀古诗，经常利用历史之推移和空间之壮阔形成强烈呼应，表达对中国历史和古人的深切感怀。在意象、语汇以及意境方面，都体现出一种广阔、雄奇、深远的气象，如这首《姑苏台》：

　　　　姑苏台上北风吹，过客登临日暮时。
　　　　麋鹿群游华丽尽，江山千里版图移。
　　　　忠臣甘受属镂剑，诸将愁看姑蔑旗。
　　　　回首长洲古苑外，断烟陈树共凄其。②

　　这是绝海中津游览姑苏台所作诗歌。姑苏台位于江苏吴县西南之姑苏山上，亦称胥台、姑胥台。首联写到身为他乡异客的作者，登临姑苏台时所见北风劲吹的苍茫暮色。以下三联遥想历史上伍子胥进谏吴王反遭赐死，以及吴王夫差不听忠言终灭于越之事，感叹曾经的繁华不再，留下的只有荒凉落寞。作者将历史典故、景物描写和自身感受融于一体，在广大悠远的历史空间中，表达了一种悲壮

---

①② 绝海中津《蕉坚稿》，上村观光编《五山文学全集》（第二卷），思文阁，1973 年，第 1917 页。

之情,极具感染力。这种对历史兴亡的感叹在绝海中津的怀古诗中很是常见,如这首《多景楼》:

> 北固高楼拥梵宫,楼前风物古今同。
> 千年城堑孙刘后,万里盐麻吴蜀通。
> 京口云开春树绿,海门潮落夕阳红。
> 英雄一去江山在,白发残僧立晚风。①

这是绝海中津在镇江北固山游历多景楼时所作的一首诗。多景楼位于今江苏省镇江市北固山甘露寺内。诗人登上多景楼,联想到在此成就一番事业的东吴孙权和蜀国刘备,不禁感慨系之。遂由眼前凭临之景,达时空超越之境。"万里盐麻吴蜀通"一句,描述了镇江处在长江水道交通之要,有使相距万里的吴蜀物产互相交换的枢纽作用。诗中"千年"和"万里"形成时空对照,营造出一种雄浑气象。"京口云开春树绿,海门潮落夕阳红"描述了镇江自然景色之优美,在如此壮阔的胜景中,诗人也登场了,但他却在尾联为自己勾勒了这样一副衰颓的形象:"英雄一去江山在,白发残僧立晚风。"

绝海中津在明所作怀古诗多为江南一带的风景,这与他长期寓居江南有关,其送别诗中也经常会描写到江南景物,如这首《送云上人归钱塘》:

> 天街凉雨晓疏疏,行客东归碧海隅。
> 路自近关经北固,舟随远水到西湖。
> 诸峰乱后僧钟少,旧业年深塔树孤。
> 早晚啼来龙河上,从师问道是良图。②

---

①② 绝海中津《蕉坚稿》,上村观光编《五山文学全集》(第二卷),思文阁,1973年,第1917页。

以及这首《送赵鲁山山人自钱塘归越中旧隐》：

若耶旧隐白云中，布袜青鞋归意浓。
已有清名高百粤，更令秀色满千峰。
柴门久掩藤遮壁，溪路重开雪满松。
别后相思何处寄，月明唯有渡江钟。①

在怀古诗、送别诗之外，《蕉坚稿》中还收录有大量的题画诗，也与江南风景有关。如《西湖归舟图》："访僧寻寺去，随鹤棹舟回。来往俱潇洒，宁惭湖上梅。"②这些诗句既有对江南风景的实际体验，也有受到禅僧之间流行的江南题材诗文、绘画鉴赏的影响，如《寒江独钓图》："独钓寒江何处翁，蓑衣堪雪又堪风。得鱼只换渔村酒，未必客星惊汉宫。"③《题江天暮雪图》："江天日暮雪潆潆，客路湘南魂易消。罢钓渔舟有何意，冰生野渡懒移桡。"④这两首诗都以画面景物为中心，表现了中国传统的渔隐主题。这类隐逸思想的表现在绝海中津的题画诗中很常见，如《题归田图》："柳色阴阴隔水村，休官归去问田园。义熙年后无全士，独喜先生靖节存。"⑤《题四皓图》："一随子房计，曾惊隆准君。直教紫芝岭，万古厌青云。"⑥这两首诗则是以中国传统的隐逸人物为对象，歌颂了高士的隐逸之志。

五山诗僧们通常会共同观赏中国题材的绘画，并进行同题赋诗，这在绝海中津《蕉坚稿》中也有体现，如《题千里明月画轴，寄濡侍者》这首诗：

---

① 绝海中津《蕉坚稿》，上村观光编《五山文学全集》（第二卷），思文阁，1973年，第1916页。
②⑥ 绝海中津《蕉坚稿》，上村观光编《五山文学全集》（第二卷），思文阁，1973年，第1925页。
③ 绝海中津《蕉坚稿》，上村观光编《五山文学全集》（第二卷），思文阁，1973年，第1930页。
④ 绝海中津《蕉坚稿》，上村观光编《五山文学全集》（第二卷），思文阁，1973年，第1932页。
⑤ 绝海中津《蕉坚稿》，上村观光编《五山文学全集》（第二卷），思文阁，1973年，第1931页。

京华与江表,相别又相望。唯有九霄月,共兹千里光。
山空还独夜,水阔更殊方。顾影伫延停,不堪清漏长。①

绝海中津在这首诗的序文中提到了该画轴的制作始末及作诗缘由:

> 隔千里兮共明月,是盖谢希逸憩皓月而咏怀者欤。千载之下,讽之咏之,使人怆然。龙山天伓濡上人,远游江东而未还,洛社诸彦,咏谢氏之旧歌以寓怀焉。怀而不已,辄命绘事,以馨县县,装潢寄以征予诗。予老矣,而废诗久如。迫于诸彦之督责,遂拂拭笔研,率然而作云。②

在五山禅僧的诗文集中,与其同题的有惟肖得岩的《题千里明月图寄濡上人》与惟忠通恕的《题千里明月图寄东濡侍者》,这二诗可认为是题于同一作品《千里明月图》上的题诗。根据这三诗可得知,《千里明月图》为送予禅僧天伓东濡之物。由于东濡远赴"江东"云游未归,京都诗社中一人倡导,集数人以谢希逸《月赋》中的"隔千里兮共明月"为题制作诗画轴,然后向绝海求得序文及题诗。

以上对《蕉坚稿》中汉诗的简要介绍,只是我们了解绝海中津才学的一个侧面。《蕉坚稿》中收录的疏、铭、书、祭文等,也是我们日后研究绝海中津文章学及其汉文学思想的重要材料。

三、遣明使搜集汉籍的倾向与困境

宋元明时期大量汉籍的东渐,对于日本禅林的影响极大,这改

---

① 绝海中津《蕉坚稿》,上村观光编《五山文学全集》(第二卷),思文阁,1973年,第1911页。
② 绝海中津《蕉坚稿》,上村观光编《五山文学全集》(第二卷),思文阁,1973年,第1925页。

变了早期贵族佛教与儒学互相对立的局面，创造了新佛教（禅宗）与新儒学（宋学）之间互相补充的新文化形势。平安时代，儒学的传授几乎完全在大学寮中进行，分为纪传、明经、明法、算共四道。每一道的学问常常被一两个大家族所垄断。例如，菅家与大江家世袭纪传道，清原家与中原家世袭明经道等。然而，五山僧侣直接从中国引入新儒家典籍，改变了以前由贵族世家垄断学术的局面，开创了宋代新儒学在日本传播的新形式。五山名僧义堂周信在《空华集》中说："近世儒书有新旧二义，程朱为新义。宋朝以来，儒学者皆参吾禅宗，有一分发明之心地，故与注书章句迥然而别。"由于五山禅僧执着于"儒佛互补"的新理念，从中国引进了大量新汉籍，终于造就了一个新的文化局势，开创了一个文化的新时代。

五山禅僧在明期间搜集中国典籍的方式，主要有两种：其一是请求明朝政府回赐书籍，以满足日本国内对汉籍的需求。其二是遣明使自己购买，或从明人那里获赠。关于明朝政府向日本使臣赐书一事，自14、15世纪以来似乎已经成为定例。据《明史·日本传》记载：永乐六年（1408），日本遣明使回国时，请求赐与仁孝皇后撰写的《劝善》《内训》二书，明廷各赠百本。更多情况下，日本禅僧在入明之前，就已经提前拟好了需要的书单，提请明廷照单赠书。比如公元1464年，日本建仁寺住持天与清启受室町幕府第八代将军足利义政之委派访明，在动身前曾先行请等持寺僧人周继西堂、东福寺僧人应昙西堂等人，录列未曾东传而又希冀获得的中国图书目录，由瑞溪周凤书写表文。其文曰：

> 书籍铜钱，仰之上国，其来久矣。今求二物，伏希奏达，以满所欲。书目见于左方：《教乘法数》全部、《三宝感应录》全部、《宾退录》全部、《北堂书钞》全部、《兔园策》全部、《史韵》全部、《诗歌押韵》全部、《退斋集》全部、张浮休《画墁集》全部、

《遯斋闲览》全部、《石湖集》全部、《类说》全部、《挥麈录》全部,附《后录》十一局、《第三录》三局、《余录》一局、《百川学海》全部、《老学庵笔记》全部。①

以上求书请求,基本都被明朝所照准,十五部书籍中,内典只有二部,而外典则占十三部之多。其中,诗文类书籍如《诗歌押韵》《遐斋集》《画墁集》《遯斋闲览》《石湖集》《老学庵笔记》等,反映了五山禅僧对宋元时期诗文的推崇与好尚。

然而,这批遣明使回国时,恰逢日本国内爆发了"应仁之乱"(1467—1477),天与清启在返回京都途中,为大内氏所袭击,所以这批书很有可能落入了他们手中。因此在公元1475年,足利义政遣正使竺芳妙茂等入贡,上书大明皇帝,自称"日本国王源义政",请求明朝赐给铜钱、勘合符和汉书等。其中请求的汉籍书目包括:

《佛祖统纪》全部、《教乘法数》全部、《法苑珠林》全部、《宾退录》全部、《兔园策》全部、《遯斋闲览》全部、《类说》全部、《百川学海》全部、《北堂书钞》全部、《石湖集》全部、《老学庵笔记》全部。②

但是据《明宪宗实录》卷一七〇记载:"日本国遣正副使妙茂等来朝,贡马及方物。……妙茂又以国王意,求《佛祖统纪》等书。命以《法苑珠林》与之。"可知这次明朝只给了日本《法苑珠林》而已。无论如何,这种外事礼宾中回赐文献典籍,是明代中国文献典籍东传的一个重要渠道。③

---

① 木宫泰彦著,胡锡年译《日中文化交流史》,商务印书馆,1980年,第405页。
② 《善邻国宝记》卷中,足利义政在公元1475年上明朝皇帝书。王辑五选译《一六〇〇年以前的日本》,商务印书馆,1983年,第54页。
③ 陈小法《明代中日文化交流史研究》,商务印书馆,2010年,第216—217页。

除了得到明廷回赐的图书外，遣明使在明期间还遍游苏州、杭州、南京、北京等地书肆，收购一些所需图籍。如明世宗嘉靖年间以副使、正使身份两次入明的策彦周良，在其入明日记中详细记载了他在中国搜集典籍的情况。策彦周良将他入明期间的旅行见闻撰写成日记体的《策彦和尚初渡集》与《策彦和尚再渡集》刊行。策彦周良日记主要使用汉文，有些地方也掺夹着少量的片假名与平假名。该日记详细记载了策彦周良奉使入明的行程及其与明朝官员交涉的经过，是研究明代中日关系史的重要史料，另外，其中记载的策彦周良本人在中国搜集汉籍的实况，也是我们了解明代书籍进入日本的重要文献。

日本天文八年（明嘉靖十八年，1539），策彦周良被选为勘合贸易副使，当时他是京都五山之一的天龙寺妙智院的院主，具有僧录的地位。他乘船到达宁波后，怀着对中国文化的憧憬和敬意，不断购买书籍。策彦周良不仅入手了当时广受好评的医学书《医林集》一部十册，还购买了《鹤林玉露》四册，以及《读杜愚得》《听雨纪谈》《白沙先生诗序》《李白集》《文锦》《古文大全》《九华山志》等。我们以策彦周良第一次入明时搜集的汉籍目录为例，来详细了解一下五山禅僧搜集汉籍的倾向。

嘉靖十八年

七月四日《听雨纪谈》一册，谢国经赠。《医林集》十册。

七月八日《读杜愚得》八册，以粗扇二把、小刀三把交换。

七月九日《鹤林玉露》四册，银二目。

七月十八日《白沙先生诗序》三册，钧云所赠。

七月二十七日《李白集》四册，张古岩所赠。《文锦》二册，张古岩之兄所赠。

闰七月一日《古文大全》二册，柯雨窗所赠。

七月二十五日《九华山志》二册，钱龙泉所赠。

八月十三日《升庵诗稿》一册,周莲湖所赠。

八月十六日《三场文选》三册,范蔡园所赠。

八月二十二日《文章规范》二册,金南石所赠。

十二月十日《张文潜集》四册,刘宗仁所赠。

嘉靖十九年

四月十八日《注道德经》一册,邓通事所赠。

八月十六日《文献通考》一部,银九目。

十月十五日《剪灯新余话》二册。

从这些书目来看,策彦周良所得图书之半数以上,都是由明朝人赠送的,如《听雨纪谈》《白沙先生诗序》《李白集》《文锦》《古文大全》《九华山志》等,而他花重金自购的图书,则以医书为主。[1]郑若曾在《筹海图编》卷二下《日本纪略》"倭好"条,记载了当时日本人所欲购买之中国之丝绸、布、锦、水银、铁锅、瓷器、药材、古文钱、古名画、古书等,其中有关"古书"一项云:

> 五经则重《书》《礼》,而忽《易》《诗》《春秋》。四书则重《论语》《学》《庸》而恶《孟子》。重佛经,无道经。若古医书,每见必买。重医故也。[2]

《筹海图编》的记载也可以说明当时日本人对医学书之重视。此外,值得注意的是,策彦周良于嘉靖十九年(1540)十月十五日得"《剪灯新余话》二册"的记载。现存明正统年间(1436—1449)张光启刊本《剪灯余话》,此书原与《剪灯新话》合刊,所以卷八、卷九的尾题均作"新刊剪灯新余话"。策彦周良所得是否为该刊本虽然不是很清楚,但是从他搜集汉籍的目录可知,至少这一时期《剪灯新

---

[1] 严绍璗《汉籍在日本的流布研究》,江苏古籍出版社,1992年,第46—47页。
[2] 郑若曾撰《筹海图编》,中华书局,2007年,第200页。

话》类的著作已经为日本人所熟知。

在整个遣明使往来东亚海域的时期，五山禅僧究竟带回多少汉籍，很难统计，但从现有的零星记载来看，数量无疑是相当可观的。如明代宗景泰四年(1453)入明的天龙寺僧东洋允澎一行，归国时曾带回《劝忍百箴孝经》二册、《清江贝先生文集》三册、《元史》四十册，以及《翰墨全书》等。①因正使东洋允澎归国途中殁于杭州，所以这些书籍就由九渊龙賝、天与清启等人带回日本了。明朝著名文人、政治家宋濂(1310—1381)曾作《赋日东曲十首》，其中第十首就提到了日本人在中国的购书情况：

中土图书尽购刊，一时文物故斑斑。只因读者多颠倒，莫使遗文在不删。②

在这首诗后，宋濂自注道："其国但购得诸书，悉官刊之。字与此间同，但读之者，语言绝异。又必侏离，顺文读下，复逆读而上。始为句。所以文义虽通，而其为文终不能精畅也。"③宋濂似乎颇为熟悉日本人重刊及阅读中国典籍的方法，并指出日本人训读汉文的方法，终会使得他们写的汉文"不能精畅也"。林罗山对宋濂的看法颇有微词，他在评价宋濂《赋日东曲十首》时说："诗中所使事实多谬传，今不细辩碎解。"④

遣明使搜集的典籍，大部分是宋元椠本，少数是明初版本。从内容来看，主要有以下几类：一为佛教经论章疏、僧传僧史，如《法苑珠林》《佛祖统记》《名义集》《神僧传》等。二为诗文集类，如《诗歌押韵》《遐斋集》《石湖集》《李白集》等。三为政书类书，如《北堂书钞》《文献通考》《百川学海》《类说》等，这些典籍对五山禅僧采撷丽文骈句影响很大。四为儒学典籍，如《性理大全》《周易注疏》《尚书

---

① 郑梁生《元明时代东传日本的文献》，台湾文史哲出版社，1984年版，第101—102页。
②③④ 伊藤松辑《邻交征书》初篇第2册，学本堂，1838年，第18a页。

正义》《礼记正义》《诗集传》《春秋左氏传》《大学衍义》等。五为医学书籍,如《本草》《奇效良方》《医书大全》等。[1]

其中,日本遣明使在明朝搜集的诗文集类著作,多为唐宋以后诗人别集及宋代笔记类著作,如南宋范成大别集《石湖集》,主要收录作者使金途中所作绝句以及渡淮后的见闻,其诗题材广泛,尤其以描写农村风光和民生疾苦的田园诗最有韵味。笔记著作则以《遁斋闲览》和《老学庵笔记》最为出名。前者是宋人陈正敏所撰,成书于宋徽宗崇宁(1102—1106)、大观年间(1107—1110),原书久佚。该书分名贤、野逸、诗谈、证误、杂评、人事、谐噱、泛志、风土、动植十门,其中"诗谈"等门记述诗事,论诗评诗及考释诗句等均属诗话内容。于诗人则极称王安石,并多引其诗及评诗之语。《老学庵笔记》是宋陆游(1125—1210年)所撰的笔记,十卷。此书多记时事轶闻、典乐制度,兼及诗文考订与民间传说,于当时军民抗金活动多有叙述。这些诗文集、笔记类著作对于日本五山汉文学的发展影响极深。但中国明代文学对日本真正发生影响,则是在日本进入江户时代之后的事情了。

---

[1] 彭斐章主编《中外图书交流史》,湖南教育出版社,1998年,第127页。

第十讲 《唐诗选》与江户文艺

唐诗代表了中国历代诗歌的最高成就,唐代开始就出现了诸多的唐诗选集。其中,在日本江户时代以后备受日本人推崇的唐诗选集——明代李攀龙编纂的《唐诗选》,同时也是日本人中国文学教养的重要组成部分。随着《唐诗选》的流行,经日本人之手编纂的《唐诗选》注释书,在江户中期之后也大量出现了,《唐诗选国字解》是其中最为著名的一种。《唐诗选国字解》可以说是完全继承了《唐诗选》评价诗歌的标准与取向,对盛唐时期的诗歌倾注了全部的热情,并以一种自由奔放的态度,对其中收录的唐诗进行一种个人化的解读。

一、盛唐诗情的诱惑

进入明代之后,唐诗作为中国诗歌最高成就的观点逐渐成为共识,众多的唐诗选集也相继得以编纂问世。如高棅的《唐诗品汇》《唐诗正声》、唐汝询的《唐诗解》《唐诗十集》、钟惺的《唐诗归》等,其中《唐诗选》一书,是明后期至清前期影响最大的唐诗选本,在明代即有二十余种版本。

《唐诗选》的编纂者被认为是明代"后七子"之首的李攀龙(1514—1570年)。李攀龙字于鳞,号沧溟,历城(今属山东)人,与王世贞同为"后七子"领袖,倡言诗文复古,著《沧溟集》三十卷行世。他在诗文上主张严守古法,提倡"文必秦汉,诗必盛唐",其复古的文学思想在当时影响很大，明人胡震亨《唐音癸签》称"李于鳞一编复兴，学者尤宗之"，《唐诗选》也因此一度成为明清之际最受追捧的唐诗选本。但是，自四库馆臣断《唐诗选》为明末书商假托李攀龙之名的伪书之后，该书在清代一时便销声匿迹了。《四库全书总目提要》卷一八九《〈古今诗删〉提要》曰："流俗所行，别有攀龙《唐诗选》。攀龙实无是书，乃明末坊贾割取《诗删》中唐诗，加以评注，别立斯名。"同书卷一九二《〈唐诗选〉提要》、卷一九三《〈唐诗广选〉提要》也有类似说法。总之，馆臣认为李攀龙先撰《古今诗删》，王世贞为之作序，刊出后坊贾再割取其中的《唐诗删》部分，另出《唐诗选》。因《四库全书总目提要》具备相当的权威性，兼之始终无法证实《唐诗选》是由李攀龙亲定，所以此后论者基本都沿用四库馆臣的看法。这一主流意见无疑也影响了《唐诗选》在清代的地位。

《唐诗选》是一部独具个性的唐诗选集，共录一百二十八家诗四百六十五首，分体编排为七卷，计五古、七古、五律、五排、七律、五绝、七绝各一卷。书末附《统论》上下篇，摘录前人论唐诗观点。《唐诗选》的选诗标准并非意在对唐朝三百年的诗作进行全面而公允的评价，而是极其推崇高昂着浪漫诗情的盛唐诗歌，集中收录杜甫诗五十二首、李白三十三首、王维三十一首、岑参二十七首、王昌龄二十一首，另有初唐沈佺期、宋之问、陈子昂等诗人诗作数首，中晚唐诗人韩愈、李商隐各录一首，而白居易、李贺、杜牧等名家竟一首未录，这充分反映了《唐诗选》厚盛唐、初唐，薄中唐、晚唐的选诗观念。

《唐诗选》在中国不断再版的时间是在16世纪末17世纪初，这一时期日本刚好从战国时期走向江户初期。《唐诗选》最初经服部南郭(1683—1759)校订出版和刻本是在享保九年(1724)，在此之前，中国出版的《唐诗选》已经陆续传入日本，在那波活所、贝原益轩等江户初期学者之间流行，这从内阁文库的藏本及《舶载书目》可以得知。据大庭修考察，早在宽永十六年(1639)以前的舶载书目中，已有《唐诗选》的记载，只是那时并未流行开来。《唐诗选》真正风靡于天下,则是在荻生徂徕门人服部南郭的积极校订与注释之后开始的。①

江户前期,最受日本人喜爱的唐诗选集是《三体诗》,其后是《唐宋联珠诗格》《瀛奎律髓》等。这些选集以中晚唐诗歌为主,对盛唐诗则几乎不太收录。《唐诗选》在日本的流行,是随着推崇盛唐诗歌的风潮而来的。开创这一风潮的,是近世初期的儒学者荻生徂徕(1666—1728)。他质疑当时占据主要思想潮流的朱子学,在摸索儒学的新的可能性的过程中,提出了"古文辞学"的观点。荻生徂徕开办私塾蘐园,在汉学界享有极高地位,其引领的学派被称为"蘐园学派"或"古文辞学派"。

将唐诗置于宋诗之上,在唐诗中尤其尊崇盛唐诗的评价方式,早在南宋末严羽的《沧浪诗话》中就可以看到端倪。严羽认为,宋诗擅长说理,具有散文性的特征,相较之下,唐诗充分发挥了诗歌本身的抒情功能,其中盛唐诗尤以情感充沛而值得推崇。这种观点成为荻生徂徕古文辞学派的指导性纲领,并在徂徕门人服部南郭那里得到了很好的推广。服部南郭试图从理论上确立《唐诗选》的经典地位,他在门人之间不断讲解《唐诗选》,其讲义经门人笔记整理而形成的书籍《唐诗选国字解》,对于《唐诗选》在日本的普及起到了关键的作用。南郭校订的《唐诗选》在享保九年(1724)由嵩山房刊行后旋即流行开来。据中岛敏夫《本邦刊〈唐诗选〉书目》记载,江户时代刊行的《唐诗选》约有四十二种。②村上哲见对《唐诗选》的版本进行了精细考察,指出约有三十一种可以确定,另外还有十四种有待确定,总之大约有四十五种。③赖山阳在文化七年(1810)编纂的

---

① 蒋寅《李攀龙〈唐诗选〉在日本的流传与影响——日本接受中国文学的一个侧面》,载蒋寅《视角与方法:中国文学史探索》,北京大学出版社,2018年,第521—548页。刘芳亮《日本江户汉诗对明代诗歌的接受研究》,山东大学出版社,2013年,第108—130页。
② 中岛敏夫《唐诗选》,学习研究社,1982年,第37页。
③ 村上哲见《〈唐诗选〉与江户时代汉籍出版的一个侧面》(《〈唐詩選〉と江戸時代漢籍出版の一側面》),汲古书院,1998年,第1240—1241页。

《唐绝新选》是一部专门收录唐诗七言绝句的诗集,这是赖山阳编选的众多汉诗教科书中最为著名的一种。在《唐绝新选》的例言中,赖山阳描述了江户后期人们学习《唐诗选》的盛况:"辑唐诗者数十家,而行于此间者于鳞为最。三家村亦藏历下之选,人人诵习。"①

在服部南郭注解《唐诗选》之前,日本已获得了《唐诗品汇》《唐诗正声》等唐诗选集,蘐园学派对这些集子都比较推崇,但为何偏偏选定李攀龙的《唐诗选》校订出版呢?关于这一点,服部南郭在《唐诗选国字解附言》里说到,近体诗尽于唐,唐诗尽于盛,而唐诗选本无有较李于鳞所选更善者。"故唐诗莫善于《沧溟选》,又莫精于《沧溟选》。人或谓《沧溟选》过刻。然予则谓,后世诸家纷然,邪路旁径,往往蓁塞。"②故初学诗者,应择其善者而从之,先熟习《唐诗选》,确立准绳,"乃后稍就诸家读焉。则左右取之,无不逢原。诸家则《沧浪诗话》、《品汇》、《正声》、弇州《卮言》、元瑞《诗薮》,其杰然者,亦不可不读焉"。③在服部南郭的鼓吹下,《沧浪诗话》《艺苑卮言》也陆续出现了和刻本,成为日本汉诗人必读的诗论书籍,在此之前已经和刻过的《诗薮》也重新进入汉文学爱好者的视野。

自18世纪初以来,徂徕古文辞学说盛行,受其影响,时人喜好盛唐诗风以及明代倡导复古诗学的诗人诗作。在这种情况下,李攀龙、王世贞等复古诗人的诗作被陆续和刻并施以注释。日本古文辞学派的全盛时期一直持续到18世纪末,在半个多世纪的时间里,他们倡导的汉诗理念,将饱受朱子学束缚的日本汉诗从道德压抑的倾向中解放出来,提倡诗人情感表达的自由。他们模仿盛唐诗中饱含激情的语汇和措辞,将日本的汉诗推向了一个全新的阶段。但是,与明代的复古思潮一样,日本的古文辞派也因为过于拟古而在18世纪末饱受批评,并最终失去了影响力。一味地模仿盛唐那种高

---

① 赖山阳辑《唐绝新选》卷上,吉田屋治兵卫,1844年,早稻田大学藏本。
② 服部南郭《唐诗选国字解》第1册,日野龙夫校注,平凡社,1982年,第53—54页。
③ 服部南郭《唐诗选国字解》第1册,日野龙夫校注,平凡社,1982年,第56—57页。

昂、雄浑的诗风,则很容易流于过度夸张、粗放,这与进入江户太平盛世后文人们的文学理念逐渐出现偏离,这一时期平易的、更为日常的诗风开始盛行。

对徂徕古文辞学派批评最为激烈的代表人物是山本北山(1752—1812),他在天明二年(1782)发表《作诗志彀》,明确援引袁宏道的诗论"性灵说"来批判拟古诗学,主张抒写自我的真情。山本北山认为比起唐诗来,取材于日常、富有诗情的宋诗更具"清新"之美,这一观点的影响一直持续到幕末的"清新"诗学。另外,随着《四库全书总目提要》传入日本,《唐诗选》被视为伪书的观点也为日本人所熟知,这在山本北山的《孝经楼诗话》及市河宽斋的《谈唐诗选》中都可以看到,但是与明清文人的反应不同,在日本即使古文辞派的热潮消退,对《唐诗选》的推崇却并未动摇。不仅《唐诗选》本身不断被再版,而且关于它的注释书如《唐诗选国字解》《唐诗选讲释》等,也一版再版,成为江户时期日本人学习唐诗的基本范本。

《唐诗选》各体兼备、推崇盛唐的选诗体例,是其在江户时期大受欢迎的原因之一。明治时期著名汉诗人森槐南(1863—1911)在《唐诗选评释》序言中说:

> 在我国通行的诗本中,为乡塾童蒙熟所熟习者凡三种:曰《三体诗》,曰《唐诗选》,曰《联珠诗格》。此三书是非优劣姑且置之,唯《三体诗》限于五七律及七言绝句三体,《联珠诗格》仅局于七言绝句一体,且选唐又不涉及初盛唐诗,而多录宋代。《唐诗选》各体收于一部之内,又多录李、杜前后大家名家,采录初学必不可不睹者,虽不完备,然三书比较之下,乃推本书为第一,此不得不言也。是故,余为今日初学者示诗之津梁之际,求便于俾其平日习熟最易入者,而终评释此书也。[①]

[①] 森槐南著《唐诗选评释》(《唐詩選評釈》)上卷,新进堂,1892年,第3—4页。

当然，出版商嵩山房在其间发挥的作用也不容忽视。据村上哲见考察，嵩山房主人看到《唐诗选》异常畅销，就成功地推出了更多的有关《唐诗选》的书籍。其中既有训读版的《唐诗选》，也有在汉字上以片假名加注原读音的《唐诗选唐音》，还有在汉字的四角用圆圈表示平上去入四声的《唐诗选》版本。另外还出版了一些辅助阅读《唐诗选》的读物，如《唐诗选掌故》《笺注唐诗选》和《唐诗选字引》等，《唐诗选》的流行由此可见。随着《唐诗选》的普及，出现了诸多的通俗类读物，如将《唐诗选》中的诗句与《百人一首》的和歌巧妙结合，描述游离诸相的洒落本《异素六帖》；以《唐诗选》中的七首诗的诗意为基础创作的七篇读本小说《俗谈唐诗选》；以及以《唐诗选》为基础文本，创作的绘本《唐诗选画本》等。这些周边文学的诞生，使得《唐诗选》成为与《百人一首》《伊势物语》等日本古典足以匹敌的经典文本。

二、服部南郭的情感解诗法

《唐诗选》在江户时期日本之所以拥有极高的人气，首先与服部南郭（1683—1759）《唐诗选国字解》的流行及其中横溢着悲哀的、甘美的情感密切相关。在江户时期，以"国字解"来命名的书籍非常多。所谓"国字解"，是指区别于以往用汉文注释的方法，而用日语假名对中国古典进行简单平易的解说。《唐诗选国字解》是服部南郭给门人讲解《唐诗选》的讲义，由南郭门人林玄圭整理，最初是以写本的形式流布。但是也有很多学者质疑这本书可能只是假托服部南郭之名，理由是出自荻生徂徕门下的服部南郭汉文学修养极其深厚，但在《唐诗选国字解》中存在着许多低级错误，这实在不太像是南郭的风格。而且，最早宣称《唐诗选国字解》是林玄圭整理和记录服部南郭讲义的人，其实是江户书肆嵩山房第三代主人小林新兵卫。在宽政三年（1791）出版的《唐诗选国字解序》中，嵩山房的小林高英这样写道：

> 自有南郭先生，而世知有《唐诗选》。然而初学之人苦不能得其解。北越林玄圭氏每听先生之讲此书，随而记其言，积为数卷。而将归乡，谓先人曰："先生常曰，诗之义固泛然。故人欲赖注释而解之，而竟失其本根。是所以恶诗之有解也。虽然，寒乡无诗友，且初学未有所闻者，无解则何因得逆作者之意哉。故我欲公之，悉与吾子。吾子谋之。"先人受而藏焉。①

序文指出，因为有南郭先生，世人才知道《唐诗选》。但是初学之人往往不解其意，北越的林玄圭在听南郭先生讲解《唐诗选》的过程中，日积月累做笔记，才形成了现在的这本书。但实际上，关于记录和整理讲义的南郭弟子林玄圭这个人物，后人对其生平也不是很清楚，这也在一定程度上造成了学界对《唐诗选国字解》一书真伪的质疑。尽管如此，嵩山房借助徂徕学派的影响力，还是将《唐诗选国字解》打造成了当时的畅销书。在天明二年（1782）初版后，宽政三年（1791）再版，文化十年（1813）三版，明治十五年（1821）四版，之后还在不断再版。从本书反复再版，可知其在江户时代日本受欢迎的程度。②

毫无疑问，《唐诗选国字解》中存在着一些明显的错误，如对王昌龄《青楼曲》其一的解释，原诗如下：

> 白马金鞍随武皇，旌旗十万宿长杨。
> 楼头少妇鸣筝坐，遥见飞尘入建章。

---

① 服部南郭述，日野龙夫校注《唐诗选国字解》第1册，平凡社，1982年，第41—42页。
② 大庭卓也《传服部南郭讲述〈唐诗选国字解〉的初版研究》（《伝服部南郭講述〈唐詩選国字解〉の初版について》），《久留米大学文学部纪要》第36期，2019年9月，第57—65页。

对于题目中的"青楼",服部南郭认为是指"倾城屋",也就是江户时期的"游女屋",所以这首诗的主题是描述羽林军官的少年们在游女屋冶游的样子。①这就完全误解了这首诗的本意。作为乐府题《青楼曲》中的"青楼",一般是指妇人的居室。具体到这首诗的场合,诗句中的"楼头少妇"应是指"白马金鞍随武皇"的武将之妻。《唐诗选国字解》的解释显然有牵就江户时期通俗文学趣味的倾向,这对于江户时期的读者而言,的确变得趣味横生,但从诗歌本身的讲释来看,则无疑有些曲解。

关于这一问题,日野龙夫指出,服部南郭给门人讲释《唐诗选》的笔录讲义应该是真实存在的,但这本书出版于南郭去世之后,因此其门人很可能在保留南郭大部分原始讲义的基础上,又根据《唐诗训解》《唐诗句解》等参考书,增补上了自己的理解。增补的时间大约是在南郭殁后的宝历末年到明和初年,所谓"不像南郭先生风格的幼稚错误"大约也就是在这时混入其间的。②服部南郭讲释《唐诗选》的实际情况,还可通过《芙蕖馆提耳》三册的写本文献来补充考察。该文献作为服部南郭子孙家传文献之一,统一收录于"服部文库"中,现收藏在早稻田大学图书馆。

上述是《唐诗选国字解》的成书情况,下面简要介绍一下这本书解释唐诗的方法和态度。说到这一点,这本书最让人过目不忘的就是大量运用俗语及通俗的比喻,将江户日本的风俗人情带入唐诗讲解之中。如杜甫《丹青引赠曹将军霸》:

> 将军魏武之子孙,于今为庶为清门。
> 英雄割据虽已矣,文采风流今尚存。
> …………
> 将军画善盖有神,必逢佳士亦写真。

---

① 服部南郭述,日野龙夫校注《唐诗选国字解》第 3 册,平凡社,1982 年,第 127 页。
② 服部南郭述,日野龙夫校注《唐诗选国字解》第 1 册,平凡社,1982 年,第 23 页。

> 即今漂泊干戈际,屡貌寻常行路人。
> 途穷反遭俗眼白,世上未有如公贫。
> 但看古来盛名下,终日坎壈缠其身。①

这首诗借画家曹霸一生的遭际,折射了安史之乱前后世情之变化,寄托了治乱兴衰的深沉感慨。该诗在杜甫的近二十首咏画诗中,是最负盛名的一篇,在章法上错综绝妙。诗人用前后对比的手法,以浓墨彩笔铺叙曹霸过去在宫廷作画的盛况,曹霸最善画马,这篇歌行的高潮也在此处。诗歌最后八句又以苍凉的笔调描写曹霸流落民间的落泊境况。"即今漂泊干戈际,屡貌寻常行路人"句说明,在战乱的动荡岁月里,一代画马宗师,流落飘泊,竟不得不靠卖画为生,屡屡为寻常过路行人画像了。《唐诗选国字解》在解释这句时,说"如今战乱之际零落不堪,即使在日本亦是如此。土佐的绘师何某,生逢天文、永禄之乱,为了求生不得不绘制大量通俗的大津绘,甚至经常为路上行人所托而画像,真是可悲可叹啊!"②便是用日本的人事典故来置换唐诗中的人物故实了。再比如卢照邻的《长安古意》:

> 长安大道连狭斜,青牛白马七香车。
> 玉辇纵横过主第,金鞭络绎向侯家。
> ············
> 挟弹飞鹰杜陵北,探丸借客渭桥西。
> 俱邀侠客芙蓉剑,共宿娼家桃李蹊。③
> ············

诗中"探丸借客渭桥西"一句,据《汉书·尹赏传》记载,汉代长

---

① 葛晓音《杜甫诗选评》,上海古籍出版社,2019 年,第 213—214 页。
② 服部南郭述,日野龙夫校注《唐诗选国字解》第 1 册,平凡社,1982 年,第 187 页。
③ 霍松林编选《唐诗精选》,凤凰出版社,2018 年,第 5 页。

安少年有一种专门刺杀官吏的组织,事前设赤、白、黑三色弹丸,由参与者探取。摸到赤丸者杀武官,摸到黑丸者杀文官,摸到白丸的为死于行动的同伴料理丧事,此即"探丸"。该诗看似写汉代长安,实则借汉京人物写唐都现实,极其富有批判精神。相比之下,《唐诗选国字解》的注释就具有明显的江户时代特色了,"得红丸者杀奉行,得黑丸者杀目付,探白丸者处理尸体"。其中所说的"奉行"和"目付"都是江户时代的官职名称,分别相当于通常说的武官和文官。①

《唐诗选国字解》对于许多诗歌中人物及历史事件的解释,都比中国的注释本都要详细。比如杜甫的《饮中八仙歌》,这首诗大约是天宝五载(746)杜甫初到长安时所作,是为长安"酒中八仙"描绘的肖像诗。这"八仙"分别是大诗人贺知章、汝阳王李琎、左丞相李适之、吏部尚书崔日用之子崔宗之、开元进士苏晋、诗人李白、书法家张旭、布衣之士焦遂。焦遂在《饮中八仙歌》最后一句出场:"焦遂五斗方卓然,高谈雄辩惊四筵。"袁郊在《甘泽谣》中称焦遂为布衣,他喝酒五斗后方有醉意,高谈阔论,神情卓异。诗里对焦遂性格特征的刻画,集中在渲染他的卓越见识和论辩口才。然而,服部南郭《唐诗选国字解》介绍道:"焦遂乃口吃之人。平时说话结巴,但饮酒五斗后能言善辩,滔滔不绝,常震惊四座。"②而中国选本多未指出焦遂口吃这一点,在这个细节的解释上《唐诗选国字解》要更加具体。

《唐诗选国字解》是诞生于江户时期繁华都市中的一部唐诗讲稿,它代表了日本古文辞学派的唐诗观,即以一种过度感性的情绪来自由地解读唐诗,将其中饱含的情感以一种高昂的、赞许的态度释放出来,从而具有了一种唯美的倾向。

---

① 服部南郭述,日野龙夫校注《唐诗选国字解》第 1 册,平凡社,1982 年,第 126 页。
② 服部南郭述,日野龙夫校注《唐诗选国字解》第 1 册,平凡社,1982 年,第 169 页。

三、《唐诗选画本》中的视觉转译

《唐诗选画本》又称《唐诗选绘本》《画本唐诗选》，初编于1788年出版，第七编至1836年完成，全编耗费了近半个世纪才完全出版。《唐诗选画本》是以《唐诗选》为底本制作的唐诗绘本，每一幅画上题有诗句，诗句上还注有日语读音，另附有日语解释。在《唐诗选画本》第一编最后，附有署名为"嵩山房小林高英"撰写的跋文《书画本唐诗选后》，该跋文写于"天明戊申（1788）之腊"，大致记述了《唐诗选画本》的刊行经纬：

> 高英四世之祖岁仲者，以春台、南郭二先生撰著，皆藏于铺里，故其为嵩山房著矣。赐顾诸君子，月日进哩，其后祖君先人，相继刻《唐诗选》者，凡十余种，特欠画而已。盖祖文由，尝欲尽备以承岁仲之意，乃谋石峰先生，而性多病，未果而逝矣。父祐之亦不果而逝矣。呜呼哀哉，故余遂得请先生上梓焉，是亦欲承父祖之意者而已，庶几补其欠乎。先生又善书，则亦请书诗于其傍。先生退逊，辞以不堪罪梨枣。余固请曰：是非高英之请也，岁仲、文由之请也。先生于是诺。此举也，非发乎余肚里也，且或南郭先生之忠臣，而余家之孝子乎？故聊书其传于后而已。①

小林高英四世之祖中有一位叫岁仲的人物，收藏有太宰春台和服部南郭的著作，皆为嵩山房刊行。其后岁仲又先后刊行《唐诗选》数十种，遗憾的是，其中都没有《唐诗选》绘本。因此小林高英的祖父小林文由，继承先父岁仲遗志，和石峰先生商议出版《唐诗选》绘本之事。然而，祖父小林文由不久病逝，小林高英父亲也未能实现

---

① 石峰先生画《唐诗选画本》初编，小林新兵卫，文化二年（1805）刊本。

先祖之志就病逝了，于是这个重任就落在了小林高英身上，他继续委托石峰先生，最终绘制出版了《唐诗选画本》。

《唐诗选画本》的编纂过程，大致可分为两个阶段。第一阶段是从天明八年(1788)至宽政五年(1792)的五年间，石峰先生、芙蓉先生、高田圆乘、红翠斋主人编纂了第一编至第四编。内容包括五言绝句、七言绝句、五言律诗、五言排律。第二阶段是从天保三年(1832)至天保七年(1836)的四年间，主要由高井兰山、翠溪先生、前北斋为一、画狂老人卍翁合作，编纂了第五编至第七编。前北斋为一和画狂老人卍翁其实都是葛饰北斋(1760—1849)的画名，也就是说，第二阶段主要是由高井兰山、翠溪先生和葛饰北斋三人合编完成。内容上有五言古诗、七言古诗、五言律诗、五言排律、七言律诗。第一阶段和第二阶段之间，有近四十年的空白。其原因不是很清楚，但时隔四十年刊行的第五编《画本唐诗选叙》中，高井兰山也只是说明了接受嵩山房的编纂委托，其他原因也没有交待。第二阶段嵩山房的小林新兵卫再次开始编纂《唐诗选画本》时，他没有像小林高英那样撰写序文和跋文，只是在一编、续编、三编、四编的第五册后面，都印有"小林新兵卫藏板"，在五编、六编、七编上，只印有"小林新兵卫"的字样。《唐诗选画本》的具体编纂详见下表：

表 3.1 《唐诗选画本》编纂一览

编　次	时　间	作　者
一编(五言绝句)	天明八年(1788)文化二年(1805)再刻	石峰先生书画
续编(七言绝句)	宽政二年(1790)文化十一年(1814)再板	芙蓉先生画(铃木芙蓉)
三编(五言律诗、五言排律)	宽政三年(1791)	高田圆乘
四编(七言绝句续编)	宽政五年(1793)	红翠斋主人画(北尾重政)
五编(五言古诗、七言古诗)	天保三年(1832)	高井兰山著，翠溪先生画
六编(五言律诗、五言排律)	天保四年(1833)	高井兰山著，前北斋为一画
七编(七言律)	天保七年(1836)	高井兰山著，画狂老人笔

《唐诗选画本》虽然是以《唐诗选》为基础,但在《唐诗选》收录的465首诗歌中,只选择了398首进行绘画。其中,第一编、续编、第四编的所有五言绝句和七言绝句都有绘画,欠缺绘画的67首诗主要集中在第三编、第六编、第七编中,即以五言排律和七言律诗居多。

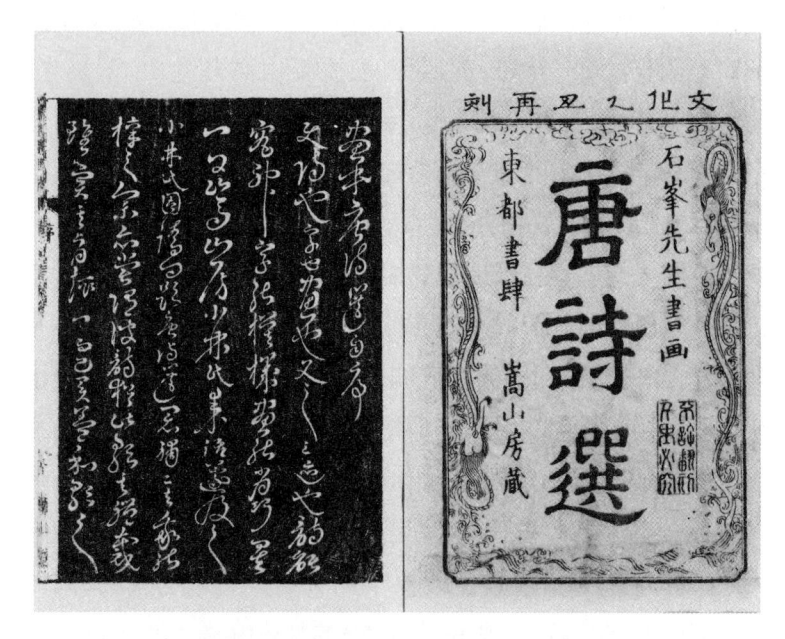

图3.3 《唐诗选画本》第一编第一册 题名与序文,石峰画,嵩山房,1805年,早稻田大学图书馆贵重古籍室藏。

在诗集的编选顺序上,《唐诗选画本》也与《唐诗选》不同,这可以看出编纂者小林高英重视五言绝句和七言绝句的倾向。[1]尤其值得注意的是,《唐诗选画本》除了第一编和第三编外,各编都附加有题目,这些题目大多数都是从诗句中摘抄出来的,如续编第一至五册依次名为"鸿雁""黄雀""秋天""春风""胡笳",这些题名以极具艺术感的书法表现出来,使得每一卷打开瞬间都有一种典

---

[1] 张小钢《〈唐诗选画本〉考:关于诗题与画题》(《〈唐詩選畫本〉考:詩題と画題について》),《金城学院大学论集》11卷1号,2014年9月,第81—94页。

雅之感扑面而来。这可能是由于编纂者和绘画师的不同,每个人从自己解读唐诗的视角和经验出发,对《唐诗选画本》进行的处理。下文我们以《唐诗选画本》第五编①的七言作品为例,考察一下其图文特征。如卢照邻《长安古意》:

长安大道连狭斜,青牛白马七香车。
玉辇纵横过主第,金鞭络绎向侯家。
龙衔宝盖承朝日,凤吐流苏带晚霞。
百尺游丝争绕树,一群娇鸟共啼花。
游蜂戏蝶千门侧,碧树银台万种色。
复道交窗作合欢,双阙连甍垂凤翼。
梁家画阁中天起,汉帝金茎云外直。
楼前相望不相知,陌上相逢讵相识。
借问吹箫向紫烟,曾经学舞度芳年。
得成比目何辞死,愿作鸳鸯不羡仙。
比目鸳鸯真可羡,双去双来君不见?
生憎帐额绣孤鸾,好取门帘帖双燕。
双燕双飞绕画梁,罗帷翠被郁金香。
片片行云着蝉鬓,纤纤初月上鸦黄。
鸦黄粉白车中出,含娇含态情非一。
妖童宝马铁连钱,娼妇盘龙金屈膝。
御史府中乌夜啼,廷尉门前雀欲栖。
隐隐朱城临玉道,遥遥翠幰没金堤。
挟弹飞鹰杜陵北,探丸借客渭桥西。
俱邀侠客芙蓉剑,共宿娼家桃李蹊。
娼家日暮紫罗裙,清歌一啭口氛氲。

---

① 翠溪先生画《唐诗选画本》,1832 年。

北堂夜夜人如月，南陌朝朝骑似云。
南陌北堂连北里，五剧三条控三市。
弱柳青槐拂地垂，佳气红尘暗天起。
汉代金吾千骑来，翡翠屠苏鹦鹉杯。
罗襦宝带为君解，燕歌赵舞为君开。
别有豪华称将相，转日回天不相让。
意气由来排灌夫，专权判不容萧相。
专权意气本豪雄，青虬紫燕坐春风。
自言歌舞长千载，自谓骄奢凌五公。
节物风光不相待，桑田碧海须臾改。
昔时金阶白玉堂，即今惟见青松在。
寂寂寥寥扬子居，年年岁岁一床书。
独有南山桂花发，飞来飞去袭人裾。

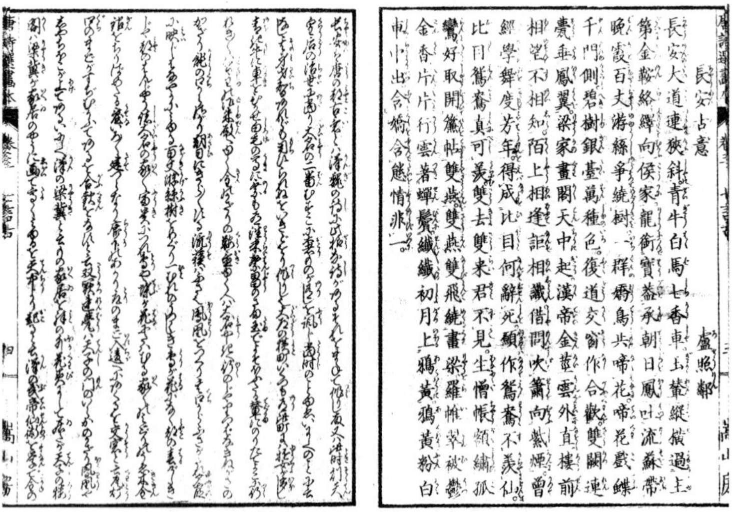
長安古意　盧照鄰
長安大道連狹斜青牛白馬七香車玉輦縱横過主第金鞍絡繹向侯家龍銜寶蓋承朝日鳳吐流蘇帶晚霞百丈游絲爭繞樹一群嬌鳥共啼花啼花戲蝶千門側碧樹銀臺萬種色復道交窗作合歡雙闕連甍垂鳳翼梁家畫閣天中起漢帝金莖雲外直樓前相望不相知陌上相逢詎相識借問吹簫向紫煙曾經學舞度芳年得成比目何辭死願作鴛鴦不羨仙比目鴛鴦真可羨雙去雙來君不見生憎帳額繡孤鸞好取門簾帖雙燕雙燕雙飛繞畫梁羅帷翠被鬱金香片片行雲著蟬鬢纖纖初月上鴉黃鴉黃粉白車中出含嬌含態情非一

图 3.4　《唐诗选画本》第五编《长安古意》画本题诗，高井兰山著、翠溪画，嵩山房，1832 年，早稻田大学图书馆贵重古籍室藏。

因为这首诗篇幅较长，所以编者先将诗文整体分为前后两个部分。第一部分从开篇的“长安大道连狭斜，青牛白马七香车”到“鸦黄粉白车中出,含娇含态情非一",紧随其后的是以日语假名进行的诗意解说,这些诗意解说基本都来自服部南郭的《唐诗选国字解》。在"解说"之后是截取这部分诗歌内容描绘的一幅对页开合的图像。第二部分本来是从"妖童宝马铁连钱,娼妇盘龙金屈膝"到结尾,但是因为纸张尺幅所限,在"自言歌舞长千载"一句处不得不断开,所以绘师在此处又添加了一幅插图,在插图后依然是对这部分诗歌内容的假名解说,之后则以又一幅图画收尾。因此《长安古意》这首诗在文本内容上虽然分为两个部分,但是因为有三幅插图,所以事实上被分为了三个部分。我们先来看第一幅插图。

图 3.5 《唐诗选画本》第五编《长安古意》插图一,高井兰山著、翠溪画,嵩山房,1832 年,早稻田大学图书馆贵重古籍室藏。

这幅图紧密贴合开篇对长安城繁华市景的描写,首句"长安大道连狭斜"横空而来,颇有气势地为读者展开了一幅大长安的平面图——四通八达的大道与密如蛛网的小巷交织,而《唐诗选画本》中这首诗的第一幅画,画面中心纵向就以一条宽阔的通衢大道为视觉焦点,与横向的小街曲巷勾连,街上无数的香车宝马,川流不息。卢照邻花费大量笔墨写出的长安街景,也构成全诗的背景,下一部分的各色人物正是在这一舞台上活动的。绘师选择热闹繁复的长安街景作为《长安古意》全诗的第一幅插画,用意大致也在于此。

诗文次四句"玉辇纵横过主第,金鞭络绎向侯家。龙衔宝盖承朝日,凤吐流苏带晚霞",则是恣肆汪洋地描写长安城的帝王贵族出行时的车马,玉辇纵横、金鞭络绎、龙衔宝盖、凤吐流苏,这些内容被描绘在画面左侧下方的大道上,绘师以此为起点缓缓展开视觉叙事。另外,为了对应接下来四句描写长安街道自然景观的内容,即"百尺游丝争绕树,一群娇鸟共啼花。游蜂戏蝶千门侧,碧树银台万种色",绘师特意在近景处细致地插入了一株高大的春柳,以对应原诗中的"百尺游丝",并在整幅画面的近景中高低错落地绘制了碧树成荫、楼台掩映的景象,以表现"碧树银台万种色"。这里需要说明的是,卢照邻原诗中的"百尺游丝",指的是"春天虫类所吐的飘扬于空中的丝",如庾信《燕歌行》就有"洛阳游丝百丈连,黄河春冰千片穿"的吟咏,而绘师则似乎误解了"游丝"之意。

原诗接下来四句"复道交窗作合欢,双阙连甍垂凤翼。梁家画阁中天起,汉帝金茎云外直",主要描写常人无由见到的长安宫禁景物。复道凌空,双阙高耸,殿宇相连,其威严富丽,不一而足。为了表现这些建筑的威严性和震慑力,绘师巧妙地将这些元素安排在图像顶端,给人一种遥不可及的威严感,并且以云雾为分界线,将长安城的政治空间与世俗空间分割开来。前者作为远景,用简笔概括性地绘制;后者作为近景,进行了细致的白描。由此可知绘师关注的重点,其实是长安城的都市生活。

描写完长安熙熙攘攘的街衢景观及富丽华美的宫苑建筑,原诗的内容自然就过渡到了长安街上的各色人物。但是原诗作者用大段文字描写了豪门贵族之家的舞女,从侧面反映出长安人们对于情爱的渴望。与之相对,《唐诗选画本》中《长安古意》的第一幅插图中,出场人物的身份林林总总,从左至右依次有骑马的官员、嬉戏的儿童、华盖出行的皇室贵族、楼上的少妇、宴饮的商贾、戴笠云游的僧侣、执行公务的衙役、沿街叫卖的小贩等等，颇有《清明上河图》市井局部之感，将长安都市的繁华景象纤毫毕现地展现于观赏者眼前。

在第一幅插图之后，紧接着是从"妖童宝马铁连钱，娼妇盘龙金屈膝"开始的第二部分诗歌内容，之后是假名解说，然后配以第二幅插图。

相较于第一幅插画是整体的、远景的绘制，第二幅插画则是截取室内的近景。从出场人物皆为女性，且其中有管弦奏乐者来看，我们很容易推测出这是对原诗中的"长安娼家"的想象。原诗这部分内容以长安坊市妓院为中心，写长安少年、游侠、金吾将军等各色人物的夜生活。长安平康坊为娼家聚集地，"南陌北堂连北里，五剧三条控三市"，这里街道纵横，门前的车马如云般涌集。这种繁华景象对于江户时期深谙游廊文化的日本人而言，是再也熟悉不过的场景。

江户时代的游廊不仅是寻花问柳之所，根据元和三年（1617）幕府在吉原开设游廊时所作的规定，游廊实际上超出了幕府的预期，最终担当起了一种历史使命。正是游廊，使得近松创作了《夕雾伊左卫门》，使得春信画出了《青楼美人》，使得歌麻吕画出了《青楼十二时》。实际上，游女与文学的关系，并非始于江户时代，平安时代硕学鸿儒大江匡房（1041—1111年）的《游女记》《傀儡子记》可视为其先驱。中世时期出现的身着男装表演艺能的白拍子，也属游女之流。江户时期，由于承平日久，再加上町人的推动，最终产生了深具蛊惑性与妖艳美的游廊文化。

服部南郭《唐诗选国字解》对《长安古意》的解释中，就非常注重引入江户游廊文化来说明。比如对"娼妇盘龙金屈膝"一句中的"娼妇"，就直接释为"游女"。将"娼家日暮紫罗裙"也释为游女们在日暮时分身着轻薄的纱裙。尤其是对于"弱柳青槐拂地垂"一句，

图 3.6 《唐诗选画本》第五编《长安古意》插图二,高井兰山著、翠溪画,嵩山房,1832 年,早稻田大学图书馆贵重古籍室藏。

中国的注释书一般都不太解释这一句,大概认为这句写得很直观,似乎不用太多解释。但在服部南郭的注释本中,对这句解释得很详细:"娼家所在之地,大都植有婀娜多姿的柳树和槐树,极具美感。"①事实上,服部南郭之所以会这么注释,是因为江户时期的游廊确实会种植很多柳树和樱树。

冲浦和光指出,游里中有许多以柳为名的地方,游里的所在地很多也都称"柳町"。游廓的出口前一定有"回望柳",寓意是客人和游士在此处依依不舍。还有一种观点是,种植柳树是为了区分阴间与阳世。因为古代的日本人认为柳有灵力,《万叶集》中就曾咏赞过把柳枝插在头上祈祷长寿和丰足的风俗。柳树下垂的枝条也被看作是迎接神灵降临的圣木。②大约因为日本的游廓经常种

---

① 服部南郭述,日野龙夫校注《唐诗选国字解》第 1 册,平凡社,1982 年,第 126 页。
② 冲浦和光著《"恶所"民俗志:日本社会的风月演化》,上海三联书店,2015 年,第 220—221 页。

植柳树,服部南郭在解释这句诗时才会特别重视柳树与娼家之关系吧。

因为上述第二幅特写长安娼家的图画的插入,第二部分的诗文就从"自言歌舞长千载"一句处断开了,因此原诗最后八句,就形成了一个独立的意义单元。这八句诗如下:

> 节物风光不相待,桑田碧海须臾改。
> 昔时金阶白玉堂,即今惟见青松在。
> 寂寂寥寥扬子居,年年岁岁一床书。
> 独有南山桂花发,飞来飞去袭人裾。

在这八句诗之后,依然是假名解释,之后配以第三幅插图,其图如下:

图 3.7 《唐诗选画本》第五编《长安古意》插图三,高井兰山著、翠溪画,嵩山房,1832 年,早稻田大学图书馆贵重古籍室藏。

即使从原诗的情感动向和描写手法来看,这八句趁势陡转,也有天骥下坡之感。它们不但在内容上与前面的长篇铺叙形成对比,形式上也尽洗藻绘,语言转变得朴素天然了。因为词采亦有浓淡对比,所以就突出了那扫空一切的悲剧效果。尤其值得一提的是,最后四句作者出场了。他以穷愁著书的扬雄自比,与长安豪贵人物对照作结,前面是长安市上,轰轰烈烈;而这里是终南山内,"寂寂寥寥"。然而,前者终究化为了尘土,而"独有南山桂花发,飞来飞去袭人裾"一句却流芳百世。这个结尾在迥然不同的生活情趣中寄寓着自我宽解的意味,它是此诗归趣所在。闻一多在《宫体诗的自赎》中如此评价《长安古意》:

这生龙活虎般腾踔的节奏,首先已够教人如大梦初醒而心花怒放了。然后如云的车骑,载着长安各色人物 panorama 式的一幕幕出现,通过"五剧三条"的"弱柳青槐"来"共宿娼家桃李蹊"。诚然这不是一场美丽的热闹。但颠狂中有战栗,堕落中有灵性。……对于时人那虚弱的感情,这真有起死回生的力量。[1]

所以《长安古意》画谱中的第三幅图,其实是绘师为诗人卢照邻绘制的画像。在寂静的群山之中有一座草庐,隐居于此的诗人正在临窗读书。他身后右侧堆满了"一床书"。山中的桂花盛开了,它是隐士的象征,飘飞的花瓣落满行人的衣襟。整幅画面充满静谧、寂寥的感觉,与前两幅画的都市空间形成了鲜明的对比。

以上我们以卢照邻《长安古意》的图像化为例,分析了《唐诗选画本》的特征。简单总结一下的话,我们会发现:第一,《唐诗选国字解》作为《唐诗选画本》的文学底本,对于绘师理解诗意展开绘画具有重要的意义;第二,《唐诗选画本》一般只截取唐诗中的一个或若干片段来进行描绘,因此这些画面代表了江户日本人解读唐诗的焦

---

[1] 闻一多《唐诗杂论》,广西人民出版社,2017年,第15页。

点。第三,画面中的人物服饰、建筑造型、自然景观等都极具中国趣味,由此可知他们可能依据了中国的《唐诗画谱》,关于这一问题,留待日后考察明清唐诗画谱在日本的影响问题时再作讨论。

第十一讲 《剪灯新话》何以成为东亚文学典范

勃兴于六朝、兴盛于中唐的志怪传奇小说,经过宋、元两朝的沉寂,到明初又重新焕发生机,诞生了《剪灯新话》一类的作品。《剪灯新话》在中国传奇小说发展中起着承先启后的津梁作用,它上承唐宋传奇的余绪,复兴了明代传奇的创作,下启明清文言短篇小说的先河,同时给东亚的怪谈小说创作以相当大的影响。《剪灯新话》在日本的流传与接受,经历了从改编、翻译到翻案的过程,其间诸多江户文学家受其影响,创作出了日本的读本小说。

一、《剪灯新话》与东亚知识圈

明代文言小说集《剪灯新话》完成于洪武十一年(1378),共收录文言短篇小说二十篇,分为四卷,每卷五篇。卷一收录有《水宫庆会录》《三山福地志》《华亭逢故人记》《金凤钗记》《联芳楼记》;卷二有《令狐生冥梦录》《天台访隐录》《滕穆醉游聚景园记》《牡丹灯记》《渭塘奇遇记》;卷三有《富贵发迹司志》《永川野庙记》《申阳洞记》《爱卿传》《翠翠传》;卷四有《龙堂灵会录》《太虚司法传》《修文舍人传》《鉴湖夜泛记》《绿衣人传》。最后附录部分收录有《秋香亭记》和《寄梅记》。关于《剪灯新话》书名的来历有必要说明一下:古代人们常以烛灯照明,当烛灯长时间燃烧后逐渐变得昏暗时,人们就会剪掉烛芯顶端的部分,以使烛光变亮。李商隐的《夜雨寄北》有云:"何当共剪西窗烛,却话巴山夜雨时。"《剪灯新话》中的"剪灯"正有此意。书名中的"话"是一种文学题材,主要是指故事或小说。隋代以前的小说集通常不使用"话",而使用意义相近的"说"或"语",最著名的莫过于《世说新语》了。唐代以后,"话"字开始被用于小说集的名称。①由此可知,《剪灯新话》的书名与中国古小说集之间具有一定的渊源关系。

《剪灯新话》作者瞿佑(1347—1433),钱塘(今杭州)人,字宗吉,号存斋,又号乐全叟。他自幼聪慧。据说十四岁时,当时的一些名士让他即席作诗,他便吟出绝句一首《鸡》:"宋宗窗下对谈高,五德名声五彩毛。自是范张情义重,割烹何必用牛刀。"四句各出一个关于鸡的典故,因此备受称赞。然而,生活于元末明初的瞿佑虽满腹文章,但始终不得志。他当过训导、教谕之类不入流的小官,还因诗蒙祸被流放边地十年。据钱谦益《列朝诗集小传》记载,瞿佑谪戍保安时,"当兴河失守,边境萧条,永乐己亥,降佛曲于塞下,选子弟唱之,时值元宵,作《望江南》五首,闻者凄然泪下。又有《漫兴》诗及《书生叹》诸篇,至今贫士失职者,皆讽咏焉"。②瞿佑一生著述颇丰,其中有诗作、小说、研究专著等,可惜多已散佚。今存作品除《剪灯新话》之外,还有《香台集》《归田诗话》《天机云锦》《咏物诗》《四时宜忌》等几种。

《剪灯新话》诸篇多为仿前人之作,这些故事类型自魏晋以来多已有之,甚至其人物刻画亦往往有因袭痕迹,但这本书却备受当时读者欢迎,并被赞赏为新奇之作。至于其间原因,周楞伽先生在《剪灯新话》前言中说:"因为内容都是烟粉、灵怪一类的故事,在当时文网严密、文坛冷落的情况下,大足新人耳目,所以很受读者的欢迎。"③众所周知,元朝统治者的残酷压迫、野蛮掠夺,以及明初文禁森严,使得

---

① 薛克翘《剪灯新话及其他》,辽宁教育出版社,1992年,第5页。
② 钱谦益《列朝诗集小传》,上海古籍出版社,1983年,第189—190页。
③ 瞿佑等著,周楞伽校注《剪灯新话(外二种)》,上海古籍出版社,1981年,第1页。

文坛冷落。文人为避免杀身之祸，便追慕唐人，借写闺情艳遇、鬼怪神仙的传奇小说来曲折表达自己的思想。《剪灯新话》虽然写的也是爱情，但它传颂的不是科第中人和北里名妓之间的风流韵事，而是兵火之余发生在江南水乡的如梦如幻的悲欢离合。它不是旧传奇的简单复活，其中弥漫的感伤情调带有元末明初特定社会背景的印迹。

《剪灯新话》取材于烟花粉黛、神仙鬼怪一类的故事，虽然在意境功力上被诟病无法同唐宋传奇媲美，但是它作为唐以后沉寂多时的传奇小说复兴的标志，在当时产生过相当的影响，以致后来有一批仿效《剪灯新话》的传奇作品问世，如李昌祺《剪灯余话》、邵景詹《觅灯因话》、丘燧《剪灯奇录》、周礼《秉烛清谈》、赵弼《效颦集》等。《剪灯新话》的影响远不止于文言小说，在它的二十篇作品中，《金凤钗记》《翠翠传》《三山福地志》被改写为拟话本编入"二拍"，足见其为晚明拟话本提供了丰富的素材。①

《剪灯新话》在明清曾一度被列为禁书，如顾炎武《日知录之余》卷四"禁小说"记载：

> 《实录》：正统七年二月辛未，国子监祭酒李时勉言："近有俗儒假托怪异之事，饰以无根之言，如《剪灯新话》之类。不惟市井轻浮之徒争相诵习，至于经生儒士多舍正学不讲，日夜记忆，以资谈论。若不严禁，恐邪说异端日新月盛，惑乱人心。乞敕礼部行文内外衙门及调提学校佥事、御史并按察司官，巡历去处，凡遇此等书籍，即令焚毁。有印卖及藏习者，问罪如律。庶俾人知正道，不为邪妄所惑。"从之。②

《剪灯新话》不仅在市井之间争相阅读，就连经生儒士，也日夜

---

① 乔光辉《明代剪灯系列小说研究》，中国社会科学出版社，2006年，第2页。
② 顾炎武撰，严文儒、戴扬本校点《日知录 日知录之余》，上海古籍出版社，2012年，第1418—1419页。

传看。这事惊动了国子监,担心该书惑乱人心,所以勒令严禁。如果有抄印或私藏者,还要问罪,因此《剪灯新话》在流传过程多有散佚。它在国内早已没有足本流传,据袁行霈、侯忠义《中国文言小说书目》载录,《剪灯新话》四卷附录一卷,有明成化丁亥刻本、乾隆五十六年刻本,清同治十年镇江文盛堂《剪灯丛话》本,以上均为二卷本。今天我们见到的篇数完备的《剪灯新话》,是1917年董康据日本藏本进行翻刻的。

《剪灯新话》最早传入的国家是朝鲜。朝鲜李朝初期的1465年,作家金时习读到《剪灯新话》后大为赞赏,并作诗《题〈剪灯新话〉后》云:"山阳君子弄机枢,手剪灯火录奇语。有文有骚有记事,游戏滑稽有伦序。美如春葩变如云,风流话柄在一举。……眼前一篇足启齿,荡我平生磊块意。"从诗中可以看出,金时习认识到《剪灯新话》"诗、文、事"相结合的体例特点,也注意到《剪灯新话》以情见长和抒写胸臆的特征。金时习还对瞿佑《剪灯新话》进行"翻案",创作了《金鳌新话》二十卷。《金鳌新话》最初以手抄本形式流传,最早的木刻本刊于朝鲜王朝明宗年间(1546—1567)。但公元1592年"壬辰战争"爆发,丰臣秀吉大规模进攻朝鲜,在战乱中《金鳌新话》失传。最早的木刻本幸赖中国保存,现藏于大连图书馆。部分手抄本则被带往日本,日本人大塚彦于明治十七年(1884)加以刊刻,卷首有依田百川的序以及《梅月堂小传》。[①]《金鳌新话》全文已散佚,残存的仅有五个故事,《万福寺樗蒲记》《李生窥墙记》为爱情题材,《醉游浮碧亭记》为历史题材,《南炎浮州志》为志怪题材,《龙宫赴宴录》为士子题材。

所谓"翻案",主要指的是将外国小说、戏剧等作品描写的故事情节,以本国的时间、地点、人物等要素置换成本国的故事。"翻案"一词本出自中国,指诗文中对前人成句或用意反而为之,后成为东

[①] 详见《论金时习与〈金鳌新话〉(代序)》,金时习著,权锡焕、陈蒲清译《金鳌新话》,岳麓书社,2009年,第7页。

亚各国文学借鉴、化用中国文学的常见手法,含义有所演变。《金鳌新话》在主题思想、创作意图、情节发展、人物形象等诸方面皆借鉴了《剪灯新话》,这在朝鲜时代的文人之间亦是众所周知。如金安老的《龙泉谈寂记》(1525年)就提到了金时习隐居金鳌山仿《剪灯新话》著书之事:"入金鳌山著书,藏石室日后必有知岑者,大抵述异寓意。效《剪灯新话》等作也。"另有朝鲜文人鱼叔权的随笔集《稗官杂记》(16世纪初成书)评价《金鳌新话》虽然仿自《剪灯新话》,但在艺术成就上却远胜于原著:"金时习《金鳌新话》中的《南炎浮州志》实小说之第一也。……余读之,未尝不抚卷三叹,但其敷叙大概,以踏袭瞿宗吉《剪灯新话》,而立意出语则过之。"

朝鲜李朝文人虽然对《剪灯新话》和《金鳌新话》推崇有加,但从《朝鲜王朝实录》等史书的记载来看,从第十一代中宗时儒学的确立开始,就出现了反对并处罚传抄《剪灯新话》之人的记载。尤其是到第十四代宣祖时,更是出现了对《剪灯新话》的激烈批判:

> 况《剪灯新话》《太平广记》等书,皆足以误人心志者乎?自上知其诬而戒之,则可以切实于学问之功也。……《剪灯新话》,鄙亵可愕之甚者。校书馆私给材料,至于刻板,有识之人莫不痛心。或欲去其板本,而因循至今。间巷之间,争相印见。其间男女会淫,神怪不经之说,亦多有之矣。①

从上述记载可知,《剪灯新话》虽被朝廷列为禁书,但是街头巷尾争相传阅之风盛行。朝鲜刊本的《金鳌新话》和《剪灯新话句解》刊行于朝鲜十三代明宗年间(1545—1567),当时佛教思想流行,而且金时习创作《金鳌新话》前后已经隐居了起来,恐怕与这一时期朝鲜对《剪灯新话》的批判不无关系。

---

① 《朝鲜王朝实录》,第十四代宣祖二年(1569)六月廿日。

至于《剪灯新话》传入日本的具体时间,很难考证。五山禅僧景徐周麟(1440—1518)《翰林葫芦集》卷三有《读〈鉴湖夜泛记〉》一诗,因为《鉴湖夜泛记》是《剪灯新话》中的一篇小说,写织女神请处士成令言代为澄清民间所传牵牛、织女相配的故事,因此日本学者泽田瑞穗推测该诗作于文明十四年(1482)。如果禅僧景徐周麟确实是在读了《鉴湖夜泛记》之后写下这首诗,那么《剪灯新话》的传入应不晚于文明十四年(1482)。①

江户时代《剪灯新话》流传颇广,日本庆长年间(1596—1615),《剪灯新话》的活字本四卷已在日本刊行,元和年间出版了《剪灯新话句解》古活字本。尽管《剪灯新话》的几种版本同时在日本印行,但长崎港口的进口书籍目录中仍然有从清朝购入此类书的汉刻本。1794年日本商人从抵港的中国南京商船中,一次购进《剪灯新话》和《剪灯余话》共80部。这在当时中日书籍进出口贸易中,也可以算是大宗贸易了。②另外,据《朝鲜王朝实录》仁祖十九年(1641)一月五日记录,江户幕府还从朝鲜购买了《剪灯新话》。

《剪灯新话》的东传,为江户时期日本怪谈小说的创作起到了巨大的推动作用,我们从浅井了意于宽文六年(1666)撰写的志怪小说集《伽婢子》中,可以看到明显的化用痕迹。浅井了意的《伽婢子》是受《剪灯新话》影响而创作的,这一事实在《伽婢子》问世之初已广为人知。儒医石桥生庵日记《家乘》宽文八年(1668)五月十日条,甚至还专门记载了浅井了意"剽窃"《剪灯新话》之事:"洛下松云所集有十三卷,剽窃《剪灯新话》,述怪异之事。"《剪灯新话》和《伽婢子》在日本博得了大量的人气,《伽婢子》在宽文六年(1666)、元禄十二年(1699)、文政九年(1826)连续刊行,其后出现了诸多仿《伽婢子》之名的书籍,如宽文十一年(1671)的《续伽婢子》、天和三

---

① 戴燕《〈剪灯新话〉和〈剪灯余话〉在日本的流传及其影响》,《中日文化交流史论文集》,人民出版社1982年,第198页。
② 严绍璗、王晓平《中国文学在日本》,花城出版社,1990年,第129页。

年(1683)出版的《新御伽婢子》、元禄十五年(1702)出版的《御前伽婢子》等。这种现象促进了日本怪谈小说之发达,江户时代汉学家林罗山记其当年所读书目,在"说话类"典籍中就有《蒙求》《酉阳杂俎》《太平广记》《游仙窟》《剪灯新话》和《剪灯余话》等。林罗山对中国这类的志怪故事颇感兴趣,他搜集整理了不少文本集结为一本书,并于元禄二年(1689)出版,题为《怪谈全书》。

二、龙宫意象:《水宫庆会录》的影响

《剪灯新话》中有两篇描写龙宫故事的篇目,分别是卷一《水宫庆会录》和卷四《龙堂灵会录》。这两篇描写文士进入龙宫的故事,对东亚古典文学影响深远。

《水宫庆会录》是《剪灯新话》中的第一篇,它描写了一个贫寒却很有才华的儒生余善文,被广利王邀请进南海龙宫,为新建的宫殿撰写上梁文的故事。余善文文采斐然,才惊四座。广利王大喜,又邀请东、西、北三海龙王同赴龙宫,来庆祝宫殿落成之会。这是一场盛大的宴会,既有美女二十人歌舞凌波之词,亦有小歌童献上采莲曲。余善文还为这次宴会献上了《水宫庆会诗》二十韵。宾主很是尽兴。翌日,广利王以夜明珠、犀牛角等宝物赠送余善文,以作诗文之酬。余善文初凭这些珍宝成为富豪,后看破红尘出世而去,不知所终。这篇文章寄托着普通士子渴望以才学示人并被赏识的寓意。瞿佑为了表现这一寓意,以儒生余善文所撰"上梁文"及其长诗构成原作的主要内容,这两部分内容过于冗长,在某种程度上甚至降低了整个故事的趣味性。

《水宫庆会录》在日本最为人所熟知的影响,是浅井了意读本小说《伽婢子》卷一《龙宫的上栋》。标题中的"上栋",就是"上梁"的意思。浅井了意(?—1691)别号瓢水子、松云,生年不明。被誉为日本假名草子作家第一人及怪异小说之祖。他出身寺僧,其父因宗派

纠葛被逐出寺门,最后还俗务农。浅井也曾是净土真宗大谷派的僧人,自嘲是被世界遗弃的和尚。走出寺门之后,决定以卖文为生,成为日本最早的职业作家之一。浅井了意一生完成了大量的佛教相关著作,并且著有假名草子三十余部,另有大量史学、军事学、游记等不同题材的作品。

《伽婢子》是一本充满怪异色彩的短篇小说集,全书共十三卷,由六十八个故事组成,这些故事几乎都是从中国文学化用而来,其中《太平广记》的影响尤其明显。如《伽婢子》卷九《下界的仙境》中有一段"门中有数十人出云,怪有昏浊气,令责守门者二人,惶懼而言曰:有外界工人不意而到,询问途次,所以来奏",就来自《太平广记》。[1]《伽婢子》的续篇《狗张子》卷一的《足柄山》则完全是对《太平广记》卷十七《裴谌》的翻案。裴谌、王敬伯、梁芳三个人结为好友,一齐入白鹿山修道。后梁芳病死,王敬伯贪恋红尘、出山任官,唯有裴谌矢志不渝,修道成仙。《狗张子》将原故事场景"白鹿山"更换为日本的"足柄山",人名也换成了由井源藏、藤山兵次、神原四郎等具有日本特色的人名,但无论是故事情节的发展、人物的对话都与《太平广记》几乎一致,尤其是文中的场景描写,在语言的使用上几乎完全是对《太平广记》原文的翻译。《伽婢子》中类似化用中国原典语句的篇章也很多,如对《杜阳杂编》《博异志》《古今说海》《醒世恒言》《古今奇观》《剪灯新话》等文本的化用等,其中《剪灯新话》的影响无疑最为引人注目。

浅井了意《龙宫的上栋》一文,描写了日本永正年间,在滋贺郡松本一带隐居着一位文士,名叫真上阿祇奈。他曾进取文章生在宫中任职,后因厌世,遂挂冠而去,隐居于此地,安闲度日。一日,受海龙王之邀赴龙宫,为龙王新造的宫殿撰写上梁文。文章作毕,龙王同样邀请了三位海神——江之神、河之神、渊之神同赴龙宫盛宴。

---

[1] 麻生矶次《江户文学与中国文学》(《江戸文学と中国文学》),三省堂,1972年,第41页。

在宴会上,先有美女二十人载歌载舞,继而有童子十余人献歌。两者舞毕,又有一位名叫郭介子的蟹精,以自己居于岩石间、横着走的特征为谜表演了滑稽剧。一位名叫玄先生的龟精,也以自己能自由伸缩头部的特征为哑谜进行表演,引得满座宾客捧腹大笑。宴会过后,龙王还引导真上阿祗奈遍游龙宫。作者浅井了意不厌其烦地描绘了龙宫内富丽堂皇的庭池楼阁,以及神奇的"电母之镜""雷公之鼓""风伯之囊""雨师之瓶",令人目不暇接。最后,真上阿祗奈也带着珍宝重返人间,但在不久之后便隐遁修行而去,不知所终。

如上所述,浅井了意《龙宫的上栋》与瞿佑《水宫庆会录》的故事结构基本一致,都是讲述人间饱学文士被龙王邀请入龙宫,为新造的宫殿撰写上梁文,龙王设歌舞之宴感谢文士,后赠珍宝使其发家,最终文士神隐而去的故事。但如果细致比较两篇文章,会发现浅井了意在情节的增添、细节的变化、插入的诗文等方面,都有着非常明显的改动。

首先来看情节的增添。与瞿佑《水宫庆会录》相比,浅井了意《龙宫的上栋》在情节方面增设了两处:一是对龙宫宴会盛况的铺排表现,尤其是增加了蟹精郭介子、龟精玄先生的表演,强化了原作"庆会录"的意图。这两位在瞿佑原作中也有登场,"广利左右有二臣曰鼋参军、鳖主簿者,趋出奏曰:'客言是也,王可从其所请,不宜自损威德,有失观视。'"[1]可见,他们原来的作用仅仅是劝谏龙王以尊贵之躯,不应自损威严,将区区民间文士奉为座上宾。二是增添了龙王引导文士游览龙宫的场景,细致描绘了龙宫不同于人间的独特建筑和各色珍宝,强调了故事发生的场景"龙宫"的特殊性。值得注意的是,为了表现龙宫的珍宝"电母之镜""雷公之鼓""风伯之囊""雨师之瓶",浅井了意《龙宫的上栋》中还配有一幅

---

[1] 瞿佑等著,周楞伽校注《剪灯新话(外二种)》,上海古籍出版社,1981年,第9页。

插图,细致刻画了这些宝物,增强了故事的感染力。

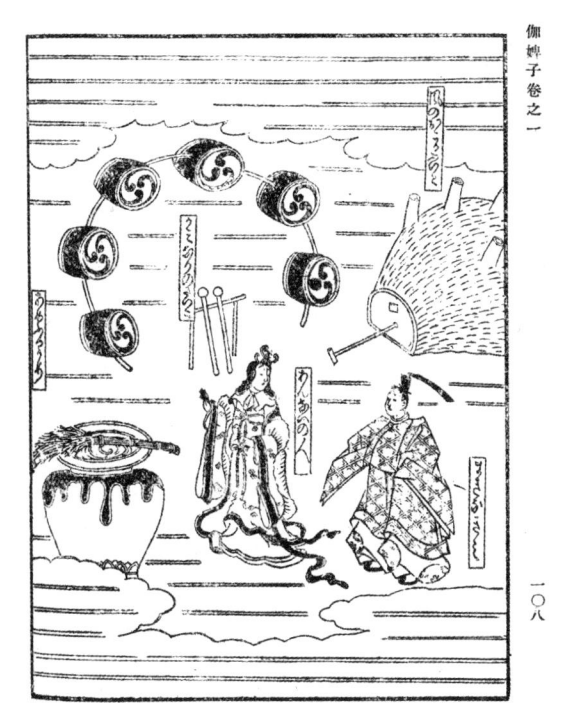

图 3.8 《龙宫的上栋》小说插图,《近代日本文学大系》第 13 卷《怪异小说集》,国民图书,1927 年,第 108 页。

其次,在细节的变化方面,浅井了意《龙宫的上栋》开篇以"赋"的手法,铺排介绍了故事发生地的地理景观。作者以"江州势多桥,乃东国第一大桥也"起笔,以大桥的东、西为视点,先后介绍了桥西的志贺辛崎、山田矢桥的渡船、石山寺的钟声,以及桥东任那一带的莲花名所、田上山的夕阳等美景。之后,视点延伸到伊势路,前有一望无际的琵琶湖、鹿飞瀑布及宇治川。北有萤谷之洞,每逢四五月初,数百万斛萤火虫泉涌而出,集聚湖面。浅井了意以极富诗意的笔触描述了萤火虫齐聚湖面闪烁犹如石榴花雨的场景。最后,他还提到了湖畔的小神社,并加上了尚俵藤太(即藤原秀乡)击败大蛇被邀请至龙宫的说话故事。

此外,在进入龙宫的方式上,两篇文章也有差别。瞿佑的《水宫庆会录》中,是以坐船的方式,由两条黄龙引导入龙宫:"遂与之偕出南门外,见大红船泊于江浒。登船,有两黄龙挟之而行,速如风雨,瞬息已至。"①而在《龙宫的上栋》中,则是以骑马的方式,由着布衣乌帽子的使者带领前往。

第三,在插入诗文的内容方面,两篇文章也有较大的不同。在瞿佑《水宫庆会录》中,共插入了四篇诗文,即儒生余善文所作上梁文、《水宫庆会》诗二十韵,以及在龙宫宴会上舞女和歌童所唱之《凌波词》和《采莲曲》。而在浅井了意《龙宫的上栋》中,只保留了原来的上梁文,而且是以一种相当简化的形式出现。徐师曾《文体明辨》对上梁文的功能与形态有简要描述:"上梁文者,工师上梁之致语也。世俗营构宫室,必择吉上梁,亲宾裹面,杂他物称庆,而因以犒匠人。于是匠人之长以面抛梁而诵此文以祝之。其文首尾皆用俪语,而中陈六诗,诗各三句,以按四方上下,盖俗礼也。"②就上梁文而言,其核心功能是用于上梁仪式,这决定了上梁文写作场合的基本构形,也对应着上梁文文本的基本形态。

瞿佑的上梁文开篇云:"伏以天壤之间,海为最大;人物之内,神为最灵。既属香火之依归,可乏庙堂之壮丽?是用重营宝殿,新揭华名;挂龙骨以为梁,灵光耀日;缉鱼鳞而作瓦,瑞气蟠空。"接下来,在"抛梁东、西、南、北、上、下"之后,以"伏愿上梁之后,万族归仁,百灵仰德。珠宫贝阙,应天上之三光;衮衣绣裳,备人间之五福"之类祈祷安宁、祝愿安康的套话结束了这篇上梁文。浅井了意的上梁文虽然也有"天地之间,苍海最大"开篇,但在内容上只是瞿佑上梁文的简化版,尤其是删除了"抛梁东、西、南、北、上、下"的这部分韵文,而添加了一首七言诗:

---

① 瞿佑等著,周楞伽校注《剪灯新话(外二种)》,上海古籍出版社,1981年,第9页。
② 徐师曾著,罗根泽点校《文体明辨序说》,人民文学出版社,1962年,第169页。

扶桑海渊落琼宫,水族骈蹟承德化。
万籁唱和庆赞歌,若神河伯朝宗驾。①

由此可知,上梁文作为一种实用性文体的基本形式都发生了改变。而瞿佑原文中的《水宫庆会》诗二十韵,以及在龙宫宴会上舞女和歌童所唱之《凌波词》和《采莲曲》,在浅井了意的翻案之作中都被删除了。有趣的是,浅井了意增加了蟹精郭介子和龟精玄先生的唱词。事实上,这两首唱词都有些"假传"的意味,另外,这两首唱词虽然在瞿佑的《水宫庆会录》中没有,但在朝鲜金时习的《金鳌新话》中,有《龙宫赴宴录》一篇,其中蟹精和龟精不仅有散体的唱词,更有韵体的诗文,详细比较的话,会发现浅井了意事实上化用了金时习的《龙宫赴宴录》。

《龙宫赴宴录》写高丽王朝时代有个著名文士叫韩生,受到松都天磨山朴渊龙王的邀请,到了龙宫,龙王请他为龙女的新房写《上梁文》,韩生一挥而就。龙王非常赞赏,设宴鸣谢,并请祖江、洛河、碧澜江的神王作陪,尽欢而散。韩生返回住处,探视怀中,龙王所赠的明珠、冰绡还在。此后,他不再以名利为念,入名山,不知所终。小说反映了知识分子寻觅知音的情怀。金时习《龙宫赴宴录》虽然以瞿佑的《剪灯新话》之《水宫庆会录》为故事粉本,但在具体的细节上做了大量的增改,而浅井了意的《龙宫的上栋》在文本构造上更为接近金时习《龙宫赴宴录》,如前述的开篇对地理景观的描写,金时习的开篇就是如此:

松都有天磨山。其山高插而峭秀,故曰天磨山。中有龙湫,名曰瓢渊。窄而深,不知其几丈。溢而为瀑,可百余丈。景概清丽,游僧过客,必于此而观览焉。夙著异灵,载诸传记。国

---

① 《伽婢子》卷之一,参考《近代日本文学大系》第13卷《怪异小说集》,国民图书,1927年,第107页。

家岁时以牲牢祀之。①

金时习着力赞美了朝鲜的壮美山河,尤其是对作为"松都八景"之一的朴渊瀑布,通过上梁文的形式,细致描述了朴渊瀑布的壮观外形、宏伟气势及丰富色彩,表达了作者对祖国山河的自豪之感。浅井了意在《龙宫的上栋》中对日本自然风景进行了细致的描绘,这一点应该也是受到了金时习的影响。另外,浅井了意《龙宫的上栋》的骑马赴龙宫、龙王导游龙宫建筑及展示珍宝的情节等,也都能在金时习《龙宫赴宴录》中找到原型。由此可知,在瞿佑《剪灯新话》和浅井了意《伽婢子》之间,金时习《金鳌新话》起着重要的媒介作用。

此外,《御伽厚化妆》(1735年刊)卷一《入箕面泷壶》,以《水宫庆会录》为原型,将故事发生的场所改为日本的"箕面山",原文中应广利王邀请赴龙宫撰写上梁文的情节,被更改为了日本人都更为熟悉亲切的辩才天女在龙宫新修的宫殿的墙壁上绘制富士山、三保、松岛等风景,②显然也是受到了《剪灯新话》及《金鳌新话》中龙宫故事的影响。

三、战乱与爱情:《爱卿传》的翻案

"人鬼相恋"是《剪灯新话》中最为吸引读者的故事类型之一。乱离之世给人带来无限的灾难,也由此引发了诸多悲欢离合的爱情故事。在瞿佑的小说里,有不少女主角不幸在战乱中去世,但她们的鬼魂回到阳世,以重续生死不渝的情缘,《爱卿传》就是这样一篇哀怨动人的名作。女主角罗爱爱本为嘉兴名妓,"色貌才艺,独步一

---

① 金时习《金鳌新话》,岳麓书社,2009年,第121页。
② 李树果《日本读本小说与明清小说》,天津人民出版社,1998年,第6页。

时",时人都颇为钦敬她,故称她为"爱卿"。同郡中有一赵姓公子,家境殷实,因仰慕爱卿而下聘礼与其结为夫妻。后赵公子赴元大都求官,独留爱卿与赵家老夫人在嘉兴。越老夫人染病,爱卿尽心事奉。后老夫人不治去世,爱卿为之勉力料理后事。元顺帝至正十六年(1356),张士诚兵攻嘉兴,苗族军师杨完者被征召为江浙参政,在嘉兴设防抵御张士诚。然而杨完者不约束士兵,其部下军官刘万户欲威逼爱卿为小妾,致其自缢身亡。后来,张士诚与元朝言和修好,局势渐稳,赵公子才辗转回到故乡,爱卿的鬼魂终于与丈夫相聚,两人"入室欢会,款若平生"。

瞿佑将这个唯美的婚恋爱情故事置于元末动荡的时代背景中,给整个故事铺设了一种凄美的基调。这种爱情悲剧很受日本人喜爱,因此《爱卿传》在日本也几经翻改,出现了很多翻案作品。如浅井了意《伽婢子》中的《游女宫木野》就翻案自《爱卿传》。

诚如作品名所揭示的那样,《游女宫木野》的主人公是一位游女,这与《爱卿传》中罗爱爱的身份为江南名妓是一致的。不仅如此,《游女宫木野》的开篇与《爱卿传》也几乎一致:"宫木野是骏河国府中的游女。容貌秀美,擅长书道、和歌。"《爱卿传》开篇云:"罗爱爱,嘉兴名娼也,色貌才艺,独步一时。"瞿佑为了突出爱卿的才学,特意插入了季夏望日她与郡中名士在鸳湖凌虚阁玩月赋诗的故事,并摘录了爱卿所作的四首诗作。这种构思在浅井了意笔下得到了很好的继承,他同样为宫木野安排了一场赏月吟咏和歌的歌会,只是时间改为了八月十五日。然而就像《爱卿传》中赵公子通过诗会为爱卿的才华和美貌倾倒一样,藤井清六也是通过宫木野吟咏的和歌,爱上了这位游女,并与之结为夫妻。只不过瞿佑原作中托媒人下聘礼娶妻的过程,在浅井了意这里被更换成了男子与母亲商议的场面。

当藤井清六不得不告别母亲与妻子宫木野而奔赴京都时,就像爱卿为赵公子填《齐天乐》词一阕,并以歌送行一样,宫木野也向藤井清六赠送了优美感伤的和歌。之后,藤井母病重离世,宫木野极尽孝行,对丧事亦尽心尽力。永禄十一年(1568),武田信玄兵发骏州,府中立即陷入战乱之中,宫木野不幸落入官兵手中。为保贞节,宫木野也像爱卿那样选择了自缢。待藤井清六艰难返回故乡时,早已物是人非。他从邻居处得知家中变故,重新挖出亡妻的尸体安葬。夜里,宫木野的亡魂如期而至,夫妻二人始得相见,互诉衷肠。

无论是从人物的设置,还是情节的发展,甚至是细节的表现等方面来看,《游女宫木野》几乎都严格遵循着《爱卿传》的框架展开,除了人名、地名、时间、历史事件改变成日本的以外,浅井了意几乎很少加入自己的观点,甚至在表现宫木野尽力侍奉公婆的孝行方面,也与原作一致。尤其值得注意的是,《爱卿传》最后,爱卿亡魂与丈夫相见所说的这段话:

> 妾本倡流,素非良族。山鸡野鹜,家莫能驯;路柳墙花,人皆可折。惟知倚门而献笑,岂解举案以齐眉。令色巧言,迎新送旧。东家食而西家宿,久习遗风;张郎妇而李郎妻,本无定性。幸蒙君子,求为室家。即便弃其旧染之污,革其前事之失。操持井臼,采掇蘋蘩。严祀祖之仪,笃奉姑之道。事以礼,葬以礼,无愧于心;歌于斯,哭于斯,未尝窥户。[①]

这段话在浅井了意的《游女宫木野》中几乎原样保留了下来:

> 妾非出身名门望族,原是无常虚幻的倡流之身。寻花问柳之人,无人寄托真心,他们在黎明时分离去,甚至连名字都不知道。……就像那路边之柳、墙头之花一样,被往来之人随意攀

[①] 瞿佑等著,周楞伽校注《剪灯新话(外二种)》,上海古籍出版社,1981年,第72页。

折。巧言令色,送完昨日人,复迎今日客。西下则为西人之妇,东上则为东人之妻。……①

如果将浅井了意的《游女宫木野》与上田秋成的《夜宿荒宅》相比,这种特征将更为明显。《夜宿荒宅》收录在上田秋成的代表作《雨月物语》中。《雨月物语》被誉为日本近代以前怪诞小说的巅峰之作,其书名由来出自《剪灯新话》卷二《牡丹灯记》中的"天阴雨湿之夜,月落参横之晨"句,正是鬼怪出没的时段,取"雨月"二字,体现了梦幻般诡暗的故事背景。

上田秋成的《雨月物语》共有九篇,其中有四篇来自瞿佑的《剪灯新话》。《夜宿荒宅》《佛法僧》《吉备津之釜》《贫富论》分别翻案自《剪灯新话》中的《爱卿传》《龙堂灵会录》《牡丹灯记》《富贵发迹司志》。从情节结构和主题上来看,《夜宿荒宅》对《爱卿传》的翻案痕迹相比其他三篇是更为明显的。上田秋成在细节之处的改动,使得他的小说虽然是"翻案"作品,但是却给读者与原翻案作品完全不同的审美体验。我们不妨以瞿佑的《爱卿传》和上田秋成的《夜宿荒宅》为例,谈一谈上田秋成"翻案"小说创作的手法。

《夜宿荒宅》的情节,以下总国葛饰郡真间乡里一个名为胜四郎的年轻人为中心。由于家道中落,胜四郎决定跟随友人进京做丝绸生意。于是他留下妻子宫木独自一人在家,并与她约好来年暮秋一定归家。不料这年夏天,战乱爆发,局势动荡。胜四郎贩丝获利,正想回乡,却在途中遭遇山贼。且归途关卡重重,因而无法还家。只得在乡友处流落不定,一晃七年之久。妻子亦音讯全无,存亡未卜。胜四郎思家愈甚,最后告别众友还乡。回到家时,天色已晚。周围因战火都已是荒野一片,但自家房屋却依然有光透出,原来是妻子宫木一直坚守至今。难后重逢,夫妻之间互述别情,相拥而眠。不

---

① 《伽婢子》卷之六《爱卿传》,参考《近代日本文学大系》第 13 卷《怪异小说集》,国民图书,1927 年,202 页。

料五更天一觉醒来,胜四郎发现妻子已不在身旁,房屋已是断壁残垣,庭院内杂草丛生。荒宅卧室中有一座坟丘。昨宵的亡灵就是从这里面钻出来的吗?后来在妻子墓前发现遗诗,不禁悲号。几经辗转寻访一位仅存的本乡老翁,才知妻子宫木在战乱中并未随乡人避难,而是一直坚守秋归之约。但是在那鬼魅妖精出没的世道里,终因苦候无望,在饥寒交迫中亡故了。昨夜相见,实乃亡妻幽灵未泯,魂魄归来。这段悲切的爱情故事,从此口耳相传于来往下总国的行商旅人之间,千古不衰。

　　由此可见,《夜宿荒宅》与瞿佑《爱卿传》、浅井了意《游女宫木野》一样,都有这样一条主线:丈夫离家——战乱爆发——妻子亡故——丈夫归家——与亡妻魂灵相会。毫无疑问,上田秋成《夜宿荒宅》翻案自瞿佑的《爱卿传》,同时也受到了浅井了意《游女宫木野》的影响,这从女主人公"宫木"的命名即可以看出。但是,《夜宿荒宅》在很多细节方面都与《爱卿传》《游女宫木野》不同,也因此实现了对原作的创新与超越。

　　比如,在《爱卿传》《游女宫木野》中都比较强调儒家伦理道德的教化作用,两篇的女主人公原本都是风尘女子,遇到男主人公被赎身后成了贤妻良母。她们深明大义,劝丈夫早日上京谋生,为祖先扬名,而自己一人在家尽心尽力侍奉婆婆,作者通过对其孝行和贞节的描写,刻画了符合封建道德规范的完美女性形象。这些含有伦理道德说教意味的描写,在上田秋成的《夜宿荒宅》中都被去掉了。尤其是前述《爱卿传》《游女宫木野》最后,以亡灵身份重新出现的女子,与丈夫重逢时表示感谢其拯救自己于风尘之中的那番话,即自己原来不过是"路边柳""墙头花","朝为东人妻,夕为西人妇",但"幸蒙君子,求为室家",才能使得她"严祀祖之仪,笃奉姑之道"。上田秋成《夜宿荒宅》中的女主人宫木一登场就已经是胜四郎的妻子,没有经历"游女"这一身份的转换。她不仅不会劝丈夫去京城做生意,反而不断劝阻。上田秋成还删除了男主人公老母的角色,这也大大削弱了对女主人公"尽孝"这一美德的书写。总之,上田秋成尽可能地减弱了原作中的"劝善惩恶"因素,将叙事的重点放在宫木的情感体验上。

另外,上田秋成为小说命名的方式也很有特色。瞿佑取为《爱卿传》,这种作品的命名方式延续中国古代文学传统而来,比如唐传奇里的《李娃传》《柳毅传》《霍小玉传》等,都是以作品的中心人物来命名。这样的命名方法使得读者即使没有看到小说的内容,也能根据先前的阅读经验,在心里对该作品有了事先的设想,但这样就有可能削弱作品给人的新鲜感。在《雨月物语》中,上田秋成将这篇小说取名为"浅茅が宿",意译即是"在荒茅草舍中的一宿"。这样的命名不仅符合《雨月物语》作为怪谈小说的总体印象,同时设置了悬念,读者并不能从这带有情境性的篇名中看到非常确切的信息,于是带着期待和好奇随着作者的叙事,等待着这"一宿"的到来,而这一宿的描写也成为本篇小说浓墨重彩的部分。

"与亡妻魂灵相会"这一情节是这两篇小说都在苦心经营的部分。在这里,作者并不是为鬼怪而写鬼怪,而是为了在死亡这根生命的延长线上,继续追求那些因现实世界的被破坏而无法实现的美和幻想。

> 将及一旬,月晦之夕,赵子独坐中堂,寝不能寐,忽闻暗中哭声,初远渐近,觉其有异,即起祝之曰:"倘是六娘子之灵,何吝一见而叙旧也?"即闻言曰:"妾即罗氏也,感君想念,虽在幽冥,实所恻怆,是以今夕与君知闻耳。"言讫,如有人行,冉冉而至,五六步许,即可辨其状貌,果爱卿也。……遂与赵子入室欢会,款若平生。鸡鸣而起,下阶数步,复回顾拭泪云:"赵郎珍重,从此永别矣!"因哽咽伫立。①

---

① 上田秋成著,王新禧译《雨月物语 春雨物语》,陕西人民出版社,2014年,第71页。

在《爱卿传》中,瞿佑基本按照时间顺序来叙述事件。赵家公子归来,听说妻子爱卿在战乱中,为了守节而自缢而亡。公子到爱卿的坟墓,"抚尸大恸,绝而复苏"。因此后来当爱卿的亡魂出现时,不论读者还是赵家公子,都知道爱卿已死,因此小说这一部分的悬念就被大大降低了。而在《夜宿荒宅》里,秋成的描写极其具有悬疑色彩:

> 胜四郎大喜,立即大步走上前去,发现屋舍旧貌不改,与自己离去时无多大分别。门缝中透出依稀灯火,似乎尚有人住。"是谁?是他人还是宫木住在里面呢?难道吾妻侥幸尚存?"胜四郎心中怦怦乱跳,靠近门前轻轻咳了一声。屋里立刻应道:"谁呀?"话音虽苍老,却千真万确是宫木的声音。胜四郎的心跳得愈发厉害,怀疑自己是置身梦中,赶忙答道:"是我啊!是胜四郎回来了。真没想到你孤身一人还能住在这荒废破败之地,太出人意料了。"宫木听到是夫君的声音,立即拉开屋门。
>
> ……昨夜身旁共枕的妻子,此刻也踪影全无。胜四郎神志恍惚,疑心有狐魅作祟。他反复思忖,终于慢慢醒悟过来:妻子极有可能早已辞世,这座荒宅成了狐精鬼怪盘踞之地。[①]

他描写夫妻俩别后重逢、生死相欢的情景,不像《爱卿传》那样先点出妻子已死的事实。读者和胜四郎一样,跟随着作者的叙述,一步一步进入到这个缠绵而又悲痛的情景之中。在叙述他们夫妇二人别后重逢的时候,妻子宫木说:"我与狐狸、猫头鹰为伴,苟活至今。今夜竟能重逢,苦尽甘来,离恨俱消,真是令人开怀。"[②]这让丈夫胜四郎和读者都相信宫木还活着,描写自然流畅,完全觉察不出来是人鬼重逢。等到第二天胜四郎醒过来,发现自己睡在荒宅的茅

---

① 上田秋成著,王新禧译《雨月物语　春雨物语》,陕西人民出版社,2014年,第32—33页。
② 上田秋成著,王新禧译《雨月物语　春雨物语》,陕西人民出版社,2014年,第39页。

草上,周围有一座坟冢,才忽然醒悟到昨夜来相会的可能是妻子的亡魂。这一事实在作者的平缓叙述中被点破,正如从一个美好的梦境中醒来一样。这样一种巨大的心理落差冲击着胜四郎,同时也震撼着读者。秋成的这种制造悬念的手法,体现出他对瞿佑原作的创新与超越。

第十二讲　层叠的接受:《水浒传》的多种读法

　　《水浒传》是中国历史上最早用白话文写成的章回小说之一,主要描写的是北宋末年,以宋江为首的一百零八位好汉在梁山泊聚义的故事。《水浒传》对中国乃至东亚的叙事文学都有着深远的影响,本章对《水浒传》传入日本后,在江户时期不同年代被翻刻、训点、注释、翻译、翻案、制作绘本的情况进行简述,以了解中国白话小说在江户时期日本的接受及变异。

一、《水浒传》的传入与训点

　　《水浒传》是在元代以来相传的话本基础上,由明初文人改编写定。至迟在嘉靖十年(1531)前后,《水浒传》已经开始流传,并且引起了文人学士的极大兴趣,出现了多种版本竞相翻刻、广为流传的局面。《水浒传》版本情况复杂,现存知见24种,学界通常将其分为两个系统:一为繁本,现存八种,有一百回本、一百二十回本、七十回本之分。二为简本,现存约十六种。关于繁本与简本的先后关系,自鲁迅先生以来争论至今,现在多认为简本是由繁本删节而来。①

　　《水浒传》是在世代集体创作累积的基础上成书的一部英雄传奇,它艺术性地表现了一次大规模的民众起义,绘制了诸多个性鲜

---

① 邓雷编著:《水浒传版本知见录》,凤凰出版社,2017年,第1—13页。

明的英雄群像,不仅在中国文学史上留下了浓墨重彩的一笔,其艺术魅力也感染了17世纪以降的东亚各国读者。

《水浒传》传入日本的具体时间至今尚未完全确定,但就现存各种藏书目录来看,可以确定至少在十七世纪初《水浒传》已经传入日本。比如在天海僧正(1536—1643)现存的藏书目录中,就提及了《水浒传》。天海是战国时代至江户初期的僧侣,他最初在武田信玄麾下,后受德川家康倚重而参与幕府政治,并辅佐了江户幕府二代将军德川秀忠、三代将军德川家光。天海僧正极好收藏书籍,兼之政治影响力又大,因此入手了大量稀缺的珍贵典籍,在其藏书目录中,就有《水浒传》八卷的记载。1941年,天海收藏的《水浒传》在日光山轮王寺慈眼堂法库中被发现,该藏本正式题名为《京本增补校正全像忠义水浒志传评林》,这是明万历廿二年(1594)刊行的版本。该版本每一页上半部是插图,下半部是与插图内容对应的《水浒传》内容的简略解说,有点像连环画的形式。

另外,目前发现的《水浒传》全本传入日本的最早文献记载,是在德川家书库"红叶山文库"藏书目录《御文库目录》中。根据该目录可知,宽永十六年(1639),红叶山文库收录了《水浒全传》,正保三年(1646)收录了《二刻英雄谱》。后者每一页的上段刻《水浒传》,下段刻《三国志演义》,读者可以同时阅读这两部小说。其中上段的《水浒传》同样只是水浒故事的分段简介,而不是原文。该书在明崇祯年间(1628—1644)刊行,面世没过多久就传到了日本。[①]

《水浒传》虽然在17世纪初就传到了日本,但当时传入的数量很有限,因此读者范围也比较狭窄。据现存资料来看,至少在17世纪末,《水浒传》基本上都只是那些通晓汉文的统治者的收藏品,直到"和刻本"出现后这种情况才有所改变。

---

① 高岛俊男《水浒传与日本人》(《水滸伝と日本人》),筑摩书房,2006年,第24页。

在日本出版史上，根据制本地点不同，有唐本、和本和朝鲜本之区分。其中，中国典籍在日本制作的"和本"又分为翻刻本与和刻本，前者是指对汉籍白文的再刻本，而后者是指再刻时添加了训点、假名的刻本。"和刻本"是为了满足更多读者阅读的需要，由日本印刻的中国书籍的版本，一般是原样印刷，但白话小说的"和刻本"则多了一些附加成分——因为白话小说是用当时中国的日常口语写成，有别于文言文，为了便于当时日本人阅读，常在汉字一旁标有读音顺序符号或注音片假名。

1728 年，京都书肆"文会堂林九兵卫"发行了和刻本《忠义水浒传》的初集五册（内容至第十回）。1759 年，书肆"林九兵卫和林权兵卫"又出版了二集五册，内容从第十一回到第二十回。虽然在二集最后一册末尾有继续出版续篇二十一回之后内容的预告，但实际上最终并未发行续篇。对该和刻本施加训点的人，一般被认为是江户时期著名的唐话学者冈岛冠山（1674—1728），尽管在初集五册和二集五册上都没有署名，但根据陶山南涛《水浒传解》"凡例"的说明，以及 1830 年出版的东条琴台的《先哲丛谈》"冈岛冠山"条记载，这一观点基本上已经成为定论。和刻本《忠义水浒传》是日本现存最早的《水浒传》训点本，它来自百回繁本系统，刻版精美，具有相当高的文献价值。冈岛冠山对《水浒传》的日译工作，把原来只是作为"唐通事"专有物的明清白话小说，开始移植到庶民文化之中，使江户时代的日本人无论是否认识汉字，都能体味到中国这部英雄传奇的情感，从而深化了对中国文学与文化的理解。

施加训点的"和刻本"对于某些读者来说，直接阅读依然难度很大，这种情况下汉字与片假名交混、汉文训读风格的翻译本就应运而生了。在江户时期的日本人看来，汉字是中华的文字，而中华是"文明所在地""文化之高峰"，因此对于汉字书写的典籍也往往怀有崇高的敬意。汉字被称为"真名"，代表着真正的学问。

与之相对，日语假名相对是身份较低的人使用的，但在片假名与平假名中也有高低之分，片假名因为从汉字的偏旁部首而来，具有硬朗、严肃的气质，因此比柔和、随意的平假名较显高级，这一时期就出现了用硬朗的片假名翻译中国白话小说的风潮，这些版本多在译名上加上"通俗"二字，如《通俗三国志》《通俗忠义水浒传》《通俗西游记》等，意指将格调高的汉字书籍通俗化了，这一类译本在江户时期又可称为"通俗本"。《通俗忠义水浒传》是江户时期汉语学家冈岛冠山根据旧题李卓吾的批评百回本进行翻译的作品，即芥子园本《李卓吾先生批评忠义水浒传》，是《水浒传》的第一个日文译本，共八十册，每二十册一期刊出，共分为四期。第一期的二十册刊于宝历七年（1757）九月，第二期二十册刊于安永元年（1772），第三期二十册刊于天明四年（1784），拾遗的二十册刊于宽政二年（1790）。

18世纪前期，是日本研读《水浒传》最为鼎盛的时期，很多江户学塾中都在讲读《水浒传》。在这一时代背景中，诞生了多种注解《水浒传》的辞书。说是辞书，其实很多充其量不过是讲义笔记的整理，其中较为出色的是江户时代学者冈白驹的《水浒全传译解》，该书主要围绕《水浒传》第一回至第一百二十回中出现的白话词汇，按照顺序进行了详细的解说。此书并非冈白驹亲自书写，而是当时冈白驹的学生根据听课笔记整理而成，因此留有多个版本。

《水浒传》注解书中影响较大的另一部著作是陶山南涛的《忠义水浒传解》，注解内容是一百二十回本的前十六回，于1757年由大阪的出版商秦理兵卫和涉川与市刊行。本书也是由陶山南涛弟子的听课笔记整理而成，但经过了陶山本人的校正。本书的一大特点是用片假名标注了词语的读音，并且词句的注解比冈白驹的版本还要详细。此外，这一时期《水浒传》的注释书还有清田儋叟的《水浒传批评解》，儋叟的评论由其门人高田润整理而成，而带有清田儋叟手泽的华贯堂刻本《第五才子书施耐庵水浒传》则收藏于东京大学东洋文化研究所。①

《水浒传》传入日本以后,对于日本文坛的创作产生了重大的影响。江户时期的著名学者荻生徂徕(1666—1728)、柳泽淇园(1703—1758年)、伊藤仁斋(1627—1705)等都非常爱读《水浒传》。如荻生徂徕曾在致中野㧑谦的书信中提到:"应将《水浒传》作为学习汉语的教材之一。"柳泽淇园说:"如想学象胥,应将《水浒传》《西游记》《通俗三国志》《列国志》等作为教科书来读。"伊藤仁斋则在其于京都开设的私塾"古义堂"中将《水浒传》作为学习白话的教材进行推广。可以说,传入初期,《水浒传》就已经成为江户知识分子研习中国白话文学的必读书目。随后,随着《水浒传》翻译本的出现,其影响开始由上而下传入普通大众之间。同时取材于《水浒传》,或模仿《水浒传》所创作的小说大量出现,一时形成了"水浒热"。这些作品的题材、内容和主题各有特点,但是都以《水浒传》为蓝本,吸收其中成熟的创作技巧,尤其对"读本小说"的发展产生了积极的影响。

二、从梁山好汉到女豪杰

《水浒传》在日本最早的翻案小说是《湘中八雄传》五卷,这是现在日本文学界的定论。在这之前,大家都认为是《本朝水浒传》。《湘中八雄传》所附序文表明该书作于明和五年(1768),出版地是江户崇文堂前川六左卫门,由此可知其刊行时间比《本朝水浒传》早了五年。该书的主要内容是讲述镰仓时代武将朝比奈义秀率领部下七人,讨伐梶原景时的故事。乍看之下,该书与《水浒传》所表现的舞台、情节似乎没有太大关系,但作者的确是受《水浒传》启发而创作的,这从小说部分情节的套用及人物命名的方式就可以看出

---

① 高岛俊男《水浒传与日本人》,筑摩书房,2006年,第77—80页。

来。①只不过作者讲故事的能力有限,该书的叙事并不流畅,故事情节的张力也不够,整体上缺乏艺术魅力,与其后的《水浒传》翻案作品相比,显得寂寂无名。

建部绫足(1719—1774)创作的《本朝水浒传》,才真正开启了江户时代翻案《水浒传》的风潮。该书前编十卷刊于安永二年(1773),出版商是京都井上忠兵卫等。后编十五卷以写本的形式流传,整体上处于未完成状态。建部绫足是江户时代著名的国学者,代表作有《本朝水浒传》《西山物语》等。建部绫足传记中没有学习汉语的记载,由此可知他似乎没有读过《水浒传》原文,而是通过日本的《通俗忠义水浒传》接受了这部作品。

《本朝水浒传》借用了《水浒传》的整体构思,讲述了奈良时代颇受女帝称德天皇宠信的僧正弓削道镜权势冲天,以朝臣惠美押胜、和气清麻吕、大伴家持等为首的叛军联手与之抗争的故事。小说中的奸臣道镜是仿高俅形象刻画的,惠美押胜颇似宋江,而日本近江附近的吹伊山则是一众好汉相聚的"梁山泊"。然而,该书对《水浒传》的模仿仅限于开始,之后的故事展开则完全不同。根据藤原加弥与所作序文可知,建部绫足最初创作时将该小说命名为《よし野物语》,"本朝水浒传"之名是书商根据阅读市场的需要修改的。

该小说最大的特征是采用雅文体写作,带有一种王朝风的文章气质。但真正阅读这部小说的话,会发现它与真正意义上的小说又有差别,比如对于战争场景的描写,很多时候缺乏真实感,给读者一种在观看能剧舞台上程式化打斗的感觉。小说中的人物塑造、细节描写也不够生动,整体上像是在读故事梗概,而缺乏小说应有的叙事性表现。曲亭马琴(1767—1848)曾指出了《本朝水浒传》的一些缺点,如一味模仿古文写作;对人物的塑造、定位模糊不清,让人费解;亦想模仿亦想创新,劝善惩恶之意不明确等。但马琴也认为建

---

① 高岛俊男《水浒传与日本人》,筑摩书房,2006年,第149—150页。

部绫足在宝历、明和之间,能写出如此长篇的草纸物语,其实是很了不起的。①尤其是到了18世纪中期,日本文坛正处于普遍创作"浮世草子",以表现町人社会激发起来的无休止的物欲和情欲的风潮中,而《本朝水浒传》的问世,无疑开拓了江户文学的题材和思想,有助于摆脱文学萎靡的现状。但诚如高岛俊男所指出的那样,江户时期的文学,无论是创作者还是阅读者,都是以平民阶层为主的,《水浒传》之所以在江户日本广受欢迎,也是因为其中蕴含着平民文学的要素,而建部绫足却选择了平安时代贵族文章的书写方式来改写《水浒传》,这种不符合时代需求的致命错误,是导致《本朝水浒传》徒有故事情节,却没有色彩、声音以及质感的重要原因。②

在《本朝水浒传》出版十年后的天明三年(1783),伊丹椿园的《女水浒传》由京都菊屋安兵卫刊行,共四卷八回四册。《女水浒传》的故事背景设置在室町时代,讲述了以秀兰为首的女豪杰们聚集山寨与足利幕府抗争的故事。题名为《女水浒传》,鲜明地揭示了该作品翻案《水浒传》的倾向,是以女性人物为中心,开卷题诗中的"脂粉集杰谈"一句,再次暗示了作者伊丹椿园将《水浒传》一百零八将移换成女性的创作意图。其中最为著名的仿《水浒传》之处,是该书第八回讲述四位男英雄被抓捕至堺市海边斩首的时候,女豪杰们装扮成尼姑劫刑场的故事,与《水浒传》第四十回,宋江、戴宗被陷害判刑,即将斩首之际,众梁山好汉装成商人、乞丐大闹刑场的情节几乎一致。《女水浒传》中登场的女豪杰有秀兰、玉园、龙岳、夕红、春雨等,她们个个武艺高强、侠肝义胆。若和《源氏物语》中的女性名字空蝉、夕颜相比,《女水浒传》里的女豪杰的名字大多都有一种中国趣味,而且很有些英武之气。

在《女水浒传》之后,出现了众多以女性为主人公翻案《水浒传》的作品,如文政元年(1818)刊行的好华堂野亭的读本《新编女

---

① 泷泽马琴(滝沢馬琴)著,木村三四吾编《近世物之本江户作者部类》,八木书店,1988年。
② 高岛俊男《水浒传与日本人》,筑摩书房,2006年,第159—160页。

水浒传》,共六卷六册;文政八年(1825)至天保六年(1835)刊行的曲亭马琴著《倾城水浒传》,共十三编,一百卷五十册;文政十一年(1828)刊行十返舍一九著读本《名勇发功谈》,共五卷五册,等等。此外,将水浒故事与日本武士题材结合在一起的比较重要的作品是山东京传(1761—1816)的《忠臣水浒传》,共十卷十一回。前编五卷六回刊于宽政十一年(1798),后编五卷五回刊于享和元年(1801),出版商是鹤屋喜右卫门。山东京传是当时最为著名的洒落本作家,专门以游里生活为题材进行创作,但就在该书出版的前几年,曾因"有伤风化"的罪名被捕入狱,获刑五十日。这件事情让山东京传倍受打击,从此以后他暂时放弃了绘制那些风流柔弱的内容,转而描绘杀伐气息颇重的《水浒传》。

　　山东京传以净琉璃《忠臣藏》为蓝本,即以元禄年间赤穗四十七名义士为主人浅野长矩复仇,而后全部切腹自杀的故事为基础,将《水浒传》中高俅林冲矛盾、武松打虎、鲁智深拳打镇关西、宋江杀阎婆惜、智取生辰纲等情节杂糅入其中,在《忠臣藏》的世界中叠加上了《水浒传》的趣味,润色成十一回的读本小说。山东京传在《忠臣水浒传》序中说:"余栖遑市尘,营生之余读书,最好稗说。尝每检施耐庵《水浒传》,觉有类夫戏曲者也。遂翻思构意,师直之秉权与高贞之获罪,比诸高俅及林冲,作《忠臣水浒传》。固是寓言傅会,然示劝善惩恶于儿女。故施国字陈俚言,令儿女易读易解也。使所谓市井之愚夫愚妇敦行为善耳。"①由是可知作者翻改《水浒传》之意图。

　　《忠臣水浒传》第一回为"梦窗国师祈禳天灾,高阶师直误走妖魔",其构思显然出于《水浒传》第一回"张天师祈禳瘟疫,洪太尉误走妖魔"。且《忠臣水浒传》开篇"话说北朝天子光明帝在位,历应三年三月三日五更三点,帝驾坐紫宸殿,受百官朝贺",②与《水浒

---

① 山东京传(山東京伝)作《忠臣水浒传自序》,收录于《京传杰作集》(《京伝傑作集》),博文馆,1902年,第785页。
② 山东京传作《忠臣水浒传》,收录于山东京传《京传杰作集》,博文馆,1902年,第606页。

传》开篇"话说大宋仁宗天子在位,嘉祐三年三月三日五更三点,天子驾坐紫宸殿,受百官朝贺",几乎一致。前者第一回以当时日本各地频发的怪谈灵异事件及瘟疫为背景,讲述了朝廷特诏国师梦窗疏石,修灵法以慰亡灵。然而随着高阶师直误开极乐寺石室,就像《水浒传》中洪太尉打开伏魔殿一样,象征四十七士前兆的妖星就出现了。

《忠臣水浒传》从妖星的出现开始,内容逐渐转换至高阶师直垂涎盐谷妻子的美色,欲占为己有,这段内容则是对《水浒传》中高太尉之子高衙内贪恋林冲妻子美貌,设计陷害林冲情节的翻改。《忠臣水浒传》虽然只有十一回,但从其内容来看,也大体可以看出其蹈袭《水浒传》的结构。尤其是该书最后一回"大星琵琶湖大聚义,兼好国见山梦降石",以众星归天收束全书,也有仿《水浒传》最后一回"宋公明神聚蓼儿洼,徽宗帝梦游梁山泊"的痕迹。

《忠臣水浒传》之前的《水浒传》翻案读物,多是根据《水浒传》的人物性格,来寻找日本某一时代与之有共同点的人物来编造情节,而作为《忠臣水浒传》故事底本的《忠臣藏》本身已有一个完整的故事,人物关系也是既定的。为此,山东京传力图使原有人物带有《水浒传》人物的某些特征,时时将他们相提并论。如第二回"话说师直为人最为奸诈,贪得无厌……仿佛那宋朝太尉高俅,彼为高太尉,此则高执事,姓又一般,人无不畏其恶毒"。第八回写户难濑"人皆说她是梁山泊女将一丈青扈三娘之再生"。诸如此类的对照,在《忠臣水浒传》中非常普遍。①

《忠臣水浒传》叙事的方式也尽量模仿中国白话小说的熟语,如以"话说""不在话下,且说""放下一头,却说"等来表明叙事的开端或转折,用"毕竟……如何且听下回分解"来表明章回的结束,用"后人有诗一首为证""古人有诗说得好"等来引出诗句。用"如此如此,这般这般,有枝有叶的细说了""一五一十地说了"来省略对

---

① 严绍璗、中西进主编《中日文化交流史大系·文学卷》,浙江人民出版社,1996年,第324页。

话的内容,这些都是日本固有的物语小说中所没有的叙事模式。由此可知,在日本读本小说发展史上,《忠臣水浒传》的确是一部里程碑式的作品。

三、《水浒传》绘本的魅力

18世纪的日本在中国小说的影响下,产生了读本小说,也就是以文字为主体的小说,在此之前日本的小说大都是采用"绘本"的形式,即一页纸上以绘画为主,仅在空白处写上文章。这些书根据载体的不同,又被称为黄表纸或合卷。即使读本诞生之后,绘本也没有消失,读本是面对高级读者的小说,价格也比较高,因此绘本仍然占据着大量的市场份额。

江户时期,随着《水浒传》在日本的广泛传播,当时流行的绘本创作也受到了很大的影响。绘本即插图画、甚至直接是图绘本小说,可以说是庶民文化的直接结果。《水浒传》中性格各异、充满张力的众好汉形象成为当时画师们笔下的宠儿。因配有插画,绘本相对于读本小说来说更容易被普通大众接受,可以说在一定程度上促进了《水浒传》的传播。在江户时代,将《水浒传》进行绘画化的主要有如下几种:[①]

表3.2　江户时代常见《水浒传》绘本一览

绘本书名全称	作　　者
《水浒画潜览》	鸟山石燕
《梁山一步谈》《天刚垂杨柳》	山东京传(作)、北尾重政(绘)
《北斋水浒传》	佚名
《稗史水浒传》	山东京山、柳亭种彦
《绣像水浒铭铭传》	月冈芳年

[①] 陈振濂《近代日本艺术观念的变迁——近代中日艺术史实比较研究》,浙江古籍出版社,2006年。

最早的《水浒传》绘本是《水浒画潜览》，成书于安永六年（1777），由江户元饭田町中坂的远州屋弥七刊行。这时恰好是《通俗忠义水浒传》上编刊行后二十年，比曲亭马琴、葛饰北斋的《新编水浒画传》早三十年，画工是鸟山石燕。这本书共分为三卷三册，卷上九枚，卷中九枚，卷下八枚，共二十六幅画。《水浒画潜览》画到武松打虎凯旋为止，只占《水浒传》（百回本）内容的四分之一。从该书内页所附《水浒画潜览后编近刻》来看，后续应该还有继续出版的计划，但事实上这个出版计划却搁浅了。该绘本两页为一枚，呈对开方式，画面最左端竖行写有画面的说明文字。因为这是日本最早的《水浒传》绘本，可供借鉴的绘画并不多，因此绘本中的梁山好汉的服饰、中国的建筑等，都不太像中国的，而是有着一种日本式的趣味。尽管如此，该绘本画风古朴简拙，构图技巧极高，在日本的《水浒传》绘本史上具有重要的地位。

《水浒画潜览》出版的十五年后，即宽政四年（1792），山东京传的黄表纸《梁山一步谈》三卷、《天刚垂杨柳》三卷出版，绘师是北尾

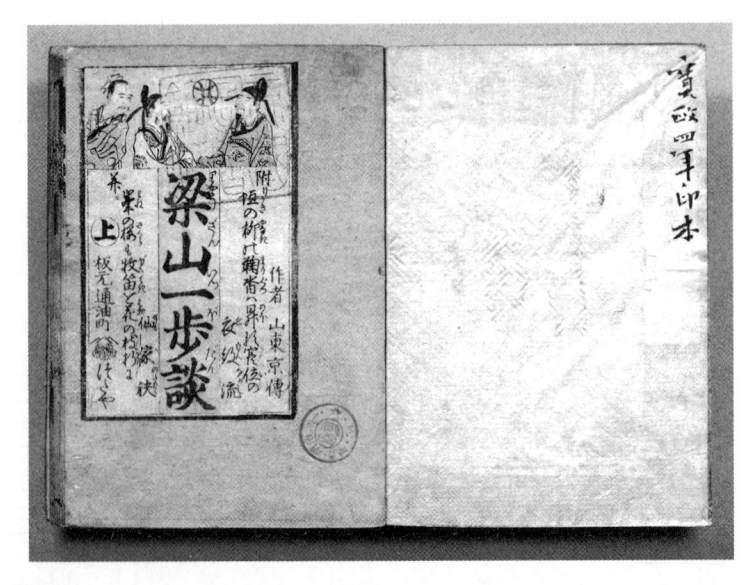

图3.9 《梁山一步谈》内封，山东京传作，つたや刊，1792年。日本国立国会图书馆电子数据库，（https://dl.ndl.go.jp/info：ndljp/pid/9892731，2022年9月17日）

第三时期　第十二讲　层叠的接受:《水浒传》的多种读法　271

图 3.10　《天刚垂杨柳》内封及插图,山东京传作,つたや刊,1792 年。日本国立国会图书馆电子数据库,(https://dl.ndl.go.jp/info：ndljp/pid/9892732, 2022 年 9 月 17 日)

重政,出版商是江户日本桥通町的鸢屋重三郎。《梁山一步谈》绘制的内容主要是《水浒传》的前六回,《天刚垂杨柳》是从《梁山一步谈》结束的地方开始,绘制到大约第十回。其绘制形式是将《水浒传》一回的内容,绘制为三幅画,每幅画旁边附加该回目的情节简介。与《水浒传》原文相比,该绘本的内容可谓是相当简略了。山东京传的文章不太有活力,北尾重政的画风也极其普通,因此这一版绘本的影响力就可想而知了。

在这几种作品之外,最为著名的是曲亭马琴编译、葛饰北斋插图的《新编水浒画传》(1805年刊)。曲亭马琴是江户时期最为著名的小说家和学者,他与《水浒传》的渊源颇为深厚。作为小说家,他从《水浒传》中摄取了大量的文学要素,丰富了自己的创作。作为学者,他对《水浒传》的点评与研究,也堪称后世之楷模。曲亭马琴关于《水浒传》的见解,大多集中在其《倾城水浒传》的序言、《新编水浒画传》卷首的文章《译水浒辩》、《南总里见八犬传》中的一些著者附言及随笔《玄同放言》第三卷中的《诘金圣叹》中。曲亭马琴收藏有多种版本的《水浒传》以及相关资料,他曾引用明代郎瑛的《七修类稿》、清初周亮工的《因树屋书影》等有关《水浒传》的记载,这些资料即使对于今日的《水浒传》研究也具有着重要的意义,我们由是可知曲亭马琴作为学者的敏锐感知力。高岛俊男曾评价说:"马琴是一个有着学者的资质与倾向的小说家,或者说他原本就是一个想成为学者的小说家。所以,马琴作为小说家从《水浒传》中摄取了多重要素的同时,也以一种学者式的关心在接触着《水浒传》。"①

曲亭马琴在三十岁时出版的读本小说处女作《高尾船字文》(1796年刊)五卷五册,就全面借鉴了《水浒传》的故事内容。曲亭马琴的《倾城水浒传》(1825年刊)更是一个大胆的尝试,书中人物

---

① 高岛俊男《水浒传与日本人》,筑摩书房,2006年,第179页。

的性别被全部置换，103位男性人物被设定成了女性（相对应的角色比原典中少了两位），原典中的三位女性则被置换成了男性，整本书的内容由原典中男人的世界变成了女人的天下。《倾城水浒传》在书中人名、地名的改动上，既保留有原著的个别文字的音或字，又揉进日本的特色。如人名的大箱（宋江）、花达（鲁达）、节柴（柴进）、夏杨（杨雄）、吴竹（吴用）、两鞭芍药（双鞭呼延灼）、青岚青柳（青面兽杨志）。地名的志津岳（梁山泊）、祝部家（祝家庄）等。原《水浒传》中的高俅，被替换成了后鸟羽院的宠妾龟菊，为了反抗其蛮横又残暴的统治，众女侠们纷纷登场，以女性对抗女性的方式，将《水浒传》的主题进行了日本化的演绎。

在《高尾船字文》出版十年后，曲亭马琴以读本的形式出版了《水浒传》的全译本，这就是《新编水浒画传》。该画传初编十卷（十一册），前半部分在文化二年（1805）出版，后半部分在文化四年（1807）出版，出版商是角丸屋甚助和前川弥兵卫。之所以命名为《新编水浒画传》，是因为葛饰北斋为该书绘制了大量的插绘，在初编十卷中大约有八十枚。

与曲亭马琴合作《新编水浒画传》的葛饰北斋，是日本江户时代的浮世绘画家。"浮世绘"是江户时代盛行于日本民间的版画艺术。因"浮世绘"大量印刷，价格低廉，所以在民间广为流传。《新编水浒画传》最初是曲亭马琴应书店之邀所作，其所译前十卷，依据的底本主要是《水浒传》七十回本，另参照了百回本和百二十回本。但也有研究者考证指出，其实当时马琴并未读过《水浒传》原典，主要是参考了冈岛冠山的《通俗忠义水浒传》。而高井兰山所译后八十卷主要也是参照了冈岛冠山的译本和丢甩道人的"拾遗"。然而，关于该书出版的目的，曲亭马琴在《译水浒辩》中说道："冠山的《通俗忠义水浒传》对于《水浒传》的普及虽然功不可没，但因为采用的是汉文调的片假名书写，于妇女童蒙而言并不好懂。而且一般庶民的阅读方式，通常是由一个人读，很多人聚集在周围听，因此对于晦涩的语言并不能很好地理解。鉴于此,该书将不以冈山的译本为基础,而主要是面对妇女儿童的译本。"①

总之,《新编水浒画传》不同于冈岛冠山译本,多采用俗语进行改译,目的是让普通大众都能够阅读。此画本共十八编九十卷,根据原著小说情节发展,抽取相应的情节加以刻画和创作。马琴之所以只译了前十卷,因为是"刻版工米助与出版商丸屋甚助发生债务纠纷,对簿公堂,马琴亦遭牵连取证,因此与出版商有隙,不再提供译稿,所以后面的八十卷就由高井兰山据旧译本予以改编。"②该译本采取了当时流行的绘本形式,在插图空白处附加对每页插图的内容解说,通俗易懂,情趣并茂,所以在当时的日本社会流传甚广。

此画传的全部插画是否都是出于葛饰北斋之手,还是一个值得探讨的问题。此版画传第一、二编的十卷署名"葛饰北斋",第三至十二编的五十卷署名"北斋一老人",第十三编以后的三十卷署名"葛饰戴斗"。"北斋一老人""葛饰戴斗"都是葛饰北斋在不同时期的别号,但他经常把自己用过的别号赠送给弟子,例如《绘本通俗三国志》虽然署名"葛饰戴斗",但据日本学者考证可能出于北斋弟子的手笔。现在还无从证实葛饰北斋的弟子是否参与了插图的绘制,所以学界一般还是认为是葛饰北斋所绘。

《新编水浒画传》中的绘画,在我们看来可能不太像是中国的人物风景,但据说北斋为了小说中的绘画也颇为花费心血,他不仅利用了大量从中国传来的《水浒传》插图,还利用其他书籍中的关于中国的图像,极力还原了他们所理解的中国建筑、家具、服饰、武器等事物。在《新编水浒画传》之外,画家葛饰北斋也留下了许多《水浒传》题材的画作,如《北斋水浒传》(1819年刊)、《忠义水浒画本》(又名《百八星诞俏像》,1829年刊),以及部分借用《水浒传》人物、场景的绘本,如《和汉绘本魁》(1836年刊)、《绘本和汉誉》(1850年

---

① 高岛俊男《水浒传与日本人》,筑摩书房,2006年,第186页。
② 曲亭马琴、高井兰山、葛饰戴斗《新编水浒画传》,上海书店出版社,2004年,第2页。

刊)等。

《北斋水浒传》原本为上下二册,刊行时间为文政二年(1819),出版商是江户日本桥四日市的竹川藤兵卫及同十轩店的英屋平吉。这是曲亭马琴、葛饰北斋合作《新编水浒画传》十四年之后的事情,这时绘本已经是彩色的了。该绘本除最初的四幅图是对《水浒传》某一场景的描绘之外,之后的画面则全部是梁山好汉的人物肖像,共计七十九人。但据高岛俊男指出,该绘本从画风上看,的确是出自葛饰北斋门下,但应该绝非北斋本人亲自绘制。此外,在七十九人肖像中,每位肖像上都书有姓名,但这些姓名常常都有错谬,如林冲为"林仲",卢俊义为"卢後仪",一丈青为"一犬青",表明作画者也许并未读过《水浒传》,只是作为工作应命而已。

山东京山(1797—1858)、柳亭种彦等人合译,歌川国芳(1797—1861)画《稗史水浒传》,后更名为《国字水浒传》,也是较为著名的《水浒传》绘本之一,共二十编八十卷四十册。在上述的《水浒传》绘本之外,《绣像水浒铭铭传》则可能是水浒肖像画中水准最高的绘本,刊于庆应三年(1867),出版商是浅草观音地内角的大桥堂小田原屋弥七。作者月冈芳年(1839—1892)是江户末到明治初的浮世绘画师,以专绘人物插图闻名。此书有扉绘二幅、梁山泊好汉的肖像画三十六幅。从这些人物画像的造型来看,月冈芳年无疑是非常熟悉且喜爱《水浒传》的。绘本中所描绘的三十六位好汉形神兼备,作者不仅恰到好处地捕捉到了人物的个性,而且能运用遒丽的线条、丰富的色彩将人物的典型特征突出地描绘出来。

第四时期

长崎贸易与清代文学的东传

第四时期大致相当于中国从清代入关到鸦片战争爆发(1644—1840),而日本则主要是从江户幕府建立到明治维新(1603—1867)。在此期间,日本德川幕府实行了长期的"锁国"政策,仅设长崎一港作为对外交流的窗口,因此这一时期中日之间的交流主要是通过进出长崎的清朝商船进行,清朝商人实际上成为了江户幕府官员了解中国消息的主要媒介,这种情况一直持续到了晚清时期中日之间互派使节往来。清朝商人在输入汉籍、传播文化方面也发挥了重要作用,他们应日本人之需,将各类经史典籍、明清小说、佛经、碑帖、地方志、医书等书籍作为贸易品输入日本,打开了江户日本接受中国文学的新局面。

第十三讲　清日文人往来与诗文唱和

在17世纪明清易代之际，中国商人赴日进行贸易颇为频繁，许多明朝文人仍抱反清复明之志，遂乘中国商船纷纷渡日，一时蔚为风潮。这些明朝遗民大多是受宋明理学熏习的笃学之士，满腹经纶，他们以一己之学促进了明末清初中日之间的文化、文学、宗教交流。有些明末遗民到日本后颇受学界、官界敬重，其中最为著名的人物就是对日本"水户学"产生深远影响的朱舜水，以及将黄檗宗东传日本的高僧隐元。而论及在中日文学关系史上的影响，最为重要的人物则是将明末诗坛性灵派诗风传入日本的陈元赟，他与日本诗僧元政上人留有《元元唱和集》一部。此外，活跃在长崎担任汉语翻译的唐通事也不容忽视，他们是唐话在日本传播的重要媒介，同时也是最早阅读、接受中国白话小说的群体。

一、江户锁国与长崎开港

日本文政元年（1818）五月，著名汉学家赖山阳（1780—1839）访问长崎，他从住所富观楼看到交易场里的异国商品及港口里停泊的荷兰船和中国船，吟咏道："北指荷兰船，南观瓯越船……互市居货物，仓库观骈阗。"[①]赖山阳描述的是"锁国日本"向外开放的唯一港口——长崎的繁荣景象。"锁国"一词始于1801年长崎著名兰学

[①]　上野日出刀《游于长崎的汉诗人》（《長崎に遊んだ漢詩人》），中国书店，1989年，第36页。

者志筑忠雄翻译德国博物学者肯派尔(Engelbert Kämpfer，1651—1716年)《日本志》中的一篇文章。关于"锁国"这个用语,有学者认为使用失当,主张用中国和朝鲜使用的"海禁"一词。[1]

江户时代初期,刚从杀伐气息浓厚的战国时代走出来的德川幕府,急需巩固其权威及幕藩体制。然而,活跃在东南亚海域的葡萄牙人不仅占据了澳门、马尼拉等地,在地缘政治层面上对德川幕府构成了潜在威胁,而且还通过狂热的传教行为,从根本上对德川幕府的统治思想提出了挑战。德川幕府认为天主教教义与幕府提倡的朱子学相冲突,同时又与日本传统的神学相违背,因此将天主教在日本九州一带的渗透,看成是西洋势力入侵日本的前奏。鉴于当时东亚、东南亚的国际形势,"锁国政策"遂成为德川幕府维护自身统治不得不采取的政治选择。

江户时期日本的"锁国"实际上是以一系列"锁国令"为基础,加之以严格的海岸防备体系,历经三代幕府将军才逐步形成。最初,庆长十四年(1609)九月,幕府限制了西国大名装载货物的数量,并禁止日本人随从朱印船出海进行贸易。其后,庆长十八年(1613)十二月,幕府发布天主教禁令。三年后的元和二年(1616),幕府将军德川秀忠(1579—1632)为了禁止基督教在日本传播,下令将欧洲商人的贸易限定在平户、长崎两港。元和九年(1623),又对葡萄牙、西班牙两国人发布赴日禁令,并将一部分葡萄牙人驱逐到国外。宽永九年(1632),德川秀忠去世,德川家光(1604—1651)亲政后,进一步强化了其父的对外方针。从宽永十年(1633)开始,德川家光多次更改条目,如禁止日本船到海外出航,禁止在海外滞留五年以上的日本人回国等等。宽永十二年(1635),德川家光规定,外国商船只能停靠于长崎和平户,此后清朝与日本之间的正式贸易就仅限于长崎一港了。

---

[1] 加藤荣一《幕藩制国家的形成与外国贸易》(加藤栄一《幕藩制国家の形成と外国貿易》),校仓书房,1993年。

宽永十五年(1638),德川家光再次颁布禁教令,要求各地大名加强对基督教的镇压力度并强迫教徒改宗弃教,对于举报信教者可以免除其赋税并由幕府给予褒奖。经过德川家光先后颁布的五次"锁国令",至宽永十六年(1639)时,德川幕府在政策和法律体系上最终完成了锁国体制。在锁国体制下,仅对中国和荷兰开放长崎一地进行贸易。从"锁国政策"的形成过程以及政策内容来看,幕府实行锁国的核心在于防范西方宗教势力渗透日本,对外贸易的严格限制也是基于防止西方宗教思想的传播,这些尤其鲜明地表现在后文将要提到的对输入书籍的审查上。

在日本锁国体制基本完成时,中国明清也发生了易代。事实上,明朝末期已经有很多商船开到长崎进行贸易,及至明灭清兴,这些商船仍往来不断。但因郑成功(1624—1662)占据台湾与清朝抗衡,清顺治十八年(1661),清廷颁布"迁界令",命江、浙、闽、粤、鲁沿海五省百姓内迁三十、五十里不等,企图阻断郑氏海上势力与内地的联系,清日海上贸易因此深受影响。直到康熙二十三年(1684),清廷才因台湾郑氏的降服而撤销了"迁界令",代之以"展海令",放宽了商船出海和对外贸易的限制。此后三十年间,清船赴日者每年大约在 50 至 80 艘之间,很快迎来了清日贸易的黄金时代。清康熙二十七年(1688),是整个江户时代长崎贸易中清朝商船赴日最多的一年。此时恰逢日本进入元禄时期(1688—1703),这也是江户都市文化最为繁荣的时代。这一年,共有 194 艘贸易船抵达长崎,船上搭乘近万人。中国商船运去了生丝、丝绸制品、药材、瓷器等物品,稍后伴随着汉文化热的到来,还载去了大量汉籍,使得长崎成为了当时中国文化的中心。①

由于清朝商船赴日贸易量大增,尤其江、浙、闽等东南地区和日本的民间贸易日趋活跃,日本金、银、铜的外流量巨大,以致日本幕

---

① 武斌《中华文化海外传播史》第三卷,陕西人民出版社,1998 年,第 2160 页。

府不得不采取限制贸易的政策。其中影响最大的就是《正德新令》的颁布,这是新井白石在正德五年(1715)向幕府提议限制国际贸易额而制定的法令,又称《海舶互市新例》。根据该法令,清日之间开始实行信牌(即发放贸易执照)贸易,即对每年进入长崎的中国商船数、贸易额、贸易品以及中国商人的活动实行严格的限制。幕府甚至派长崎奉行所的官员对出入长崎的中国商船进行严密监视和检查,若发现违反规定航线、无故在港耽搁,搭乘天主教徒与日本人、走私或夹带与天主教有关书籍等,都要取消信牌,永远不准其再来日本贸易。中国商人到长崎后必须在指定的"唐馆"内居住,行动受到种种限制。大庭修总结《正德新令》对于唐船贸易的影响,其中之一就是:"为了设法获得法定数量之外的、特别颁发的临时信牌,唐船头竭力满足幕府的特殊订购,即对御用物和特殊知识的要求,结果导致了享保四年、五年前后至十一、十二年之间众多专业人才的渡来和特殊商品的输入,这些专业人才包括医生、儒士、善于骑射之人和马医等,而特殊商品中则包括大量的书籍。"[①]

以1715年德川幕府颁布《正德新令》为分水岭,清日贸易开始走向衰退。这种情况一直持续到嘉永六年(1853)的"黑船事件",日本被迫开国,并与英、美、俄缔结友好条约。也就是说,从德川家光开始实行锁国,在近二百多年的时间里,长崎是日本人接触外国文化的唯一窗口。田能村竹田在《竹田庄诗话》中这样描述当时长崎之繁华景象:

> 长崎镇,华夷通交转货处。故士民富饶,家给人足,治平日久,渐响文教。加之清商内崇风雅,善诗若书画者,往往舶来。沈燮庵、李用云、沈铨、伊孚九辈,不遑偻指,故余习之所浸染,

---

[①] 大庭修著,戚印平、王勇、王宝平译《江户时代中国典籍流播日本之研究》,杭州大学出版社,1998年,第419页。

诗书画并有别致。①

因幕府将军、地方大名等上层人物仰慕中国文化,于是一批又一批的中国典籍,就由清朝商船载往日本。那些赴日的船员水手通常为了打发航海时的无聊,会随身携带一些通俗小说打发时间,很多明清小说便借由这样一些方式,偶然传入了日本。

日本幕府在长崎设置了严格的书籍审查制度。中国商船于长崎港入境,需向日本官方申报货物品名,对于其中载运之文献典籍,开示清单,独立成册,这一清单被称为《赍来书目》,实际上是清朝商人的"报关书目单"。该书目需要由船长写一个誓言并签字画押,保证其中没有基督教方面的书籍。清人商船一进入长崎港,长崎奉行立即派出奉行所的官吏和唐通事到船上,向船员传达禁止基督教的宗旨,并令船员踩踏耶稣或圣母的画像。②书籍审查最初由幕府任命的专门官吏执行,但是自贞享二年(1685)起,由于长崎儒医向井元升之子,在一艘货船中发现了劝导信奉基督教的书籍,并立即报告给了长崎奉行。向井元成因此而立功,并被任命为书籍检察官。从此以后,向井家代代世袭此职,直到幕末。由于职责所在,向井氏详细保留了大量档案记录,内容涉及舶来典籍的目录、解题、价格等,为研究中日书籍交流提供了重要资料。

二、长崎唐通事的中国俗文学阅读

明末至清代中日之间没有建立正式的邦交关系,中日之间的交流自始至终都是通过中国商船开到长崎港的单向输入的方式而进行。江户人将这些往来于两国港口间的中国商船称作"唐船"。相

---

① 田能村竹田《竹田庄诗话》,收于《田能村竹田全集》,国书刊行会,1916年,第197页。
② 大庭修著,戚印平、王勇、王宝平译《江户时代中国典籍流播日本之研究》,杭州大学出版社,1998年,第157页。

应地,中国人被称为"唐人",中国人在长崎的住所被称作"唐馆",中国话则被称为"唐话"。在中日两国文化交流史上,只有江户时代是单向地依靠赴日的清朝商人输入汉籍及中国知识,这也是江户时代两国之间文化交流的最大特色,而在这些承担着中日文化交流的使者中,最重要的就是长崎的唐通事。

所谓"唐通事",从广义上来说,是指长崎地方官吏中从事有关中国事务的通事官,就是有关中国人的联系人、主管人的意思。而从狭义上来说,唐通事主要指将汉语口译成日语的专职人员,以区别荷兰的翻译人员"通词"。在十七世纪前后,唐通事首先在长崎地方出现,早期主要由中国人担任。但随着明末清初动乱避居日本的中国人渐多,与他们有接触的日本人担任"唐通事"的也逐渐增多。因为唐通事的待遇非常优厚,为了世袭这个职位,唐通事教习自己家族子弟学习汉语,也形成了一定的汉语教学体系。所以在长崎,以汉语为中心、有关中国文化知识的学问就越来越发达。

唐通事的重要任务之一,是编写"唐人风说书"交给长崎奉行,奉行再把它送到江户交给幕府老中。"风说"有采风问俗之意,即入长崎港的中国商人要向前来询问的幕府官员提供中国国内的情报及沿途的见闻。从提供信息的主体来说,可称之"风说书"。而从信息获得者的角度,也可称之"闻书"。为了获取更多的中国情报,幕府自1695年开始就设立了"风说书制度"。当清朝商船到达长崎港之后,就有长崎官员上船检查,向唐船船长询问有关出航地点、船员人数、有无来日本的经历,从中国港口出发以后在海上的见闻、有无后续船只,以及最近中国国内的情况等问题。其后将这些汇总起来翻译成日文,提交给奉行,进而呈于江户的老中。对长崎奉行和江户的老中等幕府当权者来说,这些资料都是重要的国际情报来源。

随着时间的不断推移,风说书机构也得到不断强化。之后,幕府还设立了"通事目付"和"风说定役",以专门负责中国风说的采集与唐船风说书的制作。由此,日本对中国情报的关注程度不断加深,情报搜集机制也得到进一步完善。值得一提的是,从 1644 年至 1728 年间约有 2 300 多件"风说书",由幕府儒官林鹅峰(1618—1680)及林凤冈(1645—1732)父子陆续收入《华夷变态》一书中,其序言记述道:

> 崇祯登天弘光陷虏,唐、鲁仅保南隅,而鞑虏横行中原,是华变于夷之态也。云海渺茫不详其始末,如《剿闯小说》《中兴律略》《明季遗闻》等既记而已。按朱氏失鹿当我正保年中,尔来三十年所,福漳商船来往长崎,所传说有达江府者。其中闻于公,件件读进之和解之,吾家无不与之。其草案留在及古,唯恐其亡失,故叙其次第,录为册子,号《华夷变态》。①

从中可明确看出林氏父子保存这些珍贵史料的初衷及书名之由来。而当中的信件则可以看出当年清朝商人对于唐通事问询所作回答的情况,相关信息涉及清朝政情及清商沿途所观之政治、文化、经济、社会等各个方面。通过清朝商船每年定期赴日,日本能够收集到关于清朝的最新信息。不仅如此,风说书中的情报甚至是锁国体制下江户幕府制定外交政策的"内参"。正是由于中国商船的到来,日本对于清初时期的中国及东亚局势保有全面、及时的认识和了解。

然而,唐通事最为重要的工作毕竟是翻译,因此学习中国语是必备技能。由于唐通事主要集中在长崎,当时也有人称"唐话学"为"崎阳之学",以便与正统的研读儒家经典的儒学相区别。"唐通事"的职位大多父子相传,因此家族子弟从小就需熟读《论语》《孟子》等儒家经典,并注重口语、发音的训练。至于学唐话的教科书,一般分为几个阶段:最初用的是《三字经》《大学》《论语》《孟子》

---

① 林鹅峰《华夷变态》第一册,早稻田大学写本,第 4 页。

《诗经》等,以习发音;次则以二字话、三字话、长短话以记常用语汇;三则以《两国译通》《译家必备》《汉语跬步》《官话纂》《医家摘要》《琼浦佳话》等由唐通事编成的小册子为教材;最后则取小说如《今古奇观》《三国志演义》《水浒传》《西厢记》等作高级教材。小说之功用,正在此发挥出来。它不但促进了"唐话"学的发达,同时也使得大量的中国白话小说传入日本。著名汉学者雨森芳洲(1668—1755)就曾提倡学唐话需先学小说:

> 我东人欲学唐话,除小说无下手处。然小说还是笔头话,不知(如)传奇直截平话,只恨淫言亵语不可把玩,又且不免,竟隔一重靴;总不如亲近唐人,耳提面命为切矣。若以我东人为师,则北辕适越,不独字音已也。……或曰学唐话,须读小说,可乎?曰可也。然笔头者文字,口头者说话,依《平家物语》以成话,人肯听乎?[①]

中国明清时期白话小说中的词句和故事,作为"唐通事"训练唐话的主要教学内容,发挥了重要的作用,这也带动了中国白话小说对江户通俗文艺的影响。"唐通事"的发达与"唐话学"的兴起,原本限于长崎一地。但自十七世纪后期始,逐渐扩至日本各地。另外,从这些原本被视为"卑俗"的唐通事中,产生了不少出色的学者,中国语言学者冈岛冠山是其中最突出的代表。

冈岛冠山(1674—1728)名援之,字玉成,号冠山,长崎人,他还为自己起了一个中国风的名字"璞"。冈岛冠山早年任唐通事,仕于长州藩主毛利吉就,在其门下担任译士,后因职位低贱而辞去职务回到长崎,专修宋儒性理之学。其后,因翻译出版《通俗皇明英烈传》一事来京都。又受足利藩主户田忠囿聘请,于宝永三年(1706)

---

① 陈振濂《"唐通事"逸话:从小说中学习中国语》,详见陈振濂《维新:近代日本艺术观念的变迁——近代中日艺术史实比较研究》,浙江古籍出版社,2006年,第48—49页。

左右至江户,并开始与荻生徂徕等文人交往。正德元年(1711),冈岛冠山以"译师"身份加入荻生徂徕译社,该译社是由徂徕、井伯明和徂徕之弟叔达携手创立的汉语研究会。

冈岛冠山在荻生徂徕译社专门教儒者汉语,是为江户学者圈汉语流行之嚆矢。译社一般逢五、十之日集会,集会从上午持续到傍晚,有时甚至延续到夜间。徂徕门下学者与其交厚者不在少数,太宰春台、服部南郭、安藤东野、田中省吾等人,均师从冠山学习中国语。荻生徂徕颇为自豪的《明律国字解》的刊行,实多赖冈岛冠山的帮助,尤其是对《明律》中大量使用的俗语的解释,徂徕很多时候都需要借助冠山之力。另外,徂徕受幕府之名对《六论衍义》的俗语文施加训点,该书训译之精准直至今日依然备受称颂,据说在俗语的解释方面冈岛冠山也功不可没。徂徕主张以汉语直接阅读汉籍,批判以和训的方法阅读汉籍之弊病,这种堪称汉学界读书方法革命的观点,与从冈岛冠山对中国俗语研究得到的启示密不可分。因此青木正儿说"在将中国语与汉学关联起来这一方面,冈岛冠山可谓是蘐园学派的恩人"。[1]

室鸠巢《骏台杂话》云:"长崎译司冈岛喜兵卫,名援之,别号冠山。近来寓居东都,时时访吾处。其人放达好学,最擅唐话,据说曾受教于某位清人。读小说类书籍已过六百部,可谓勤奋。常说最难读懂的两本书是《水浒传》《金瓶梅》。……日本人能通'什么''怎生''了'等俗语,实赖冠山之力。"[2]冈白驹在《唐音三体诗译读·序》(1726年刊)中极力赞赏其唐话水平:"冠山冈君,幼娴华音,曲分雅俗,博识南北,能兼华人所难兼也。听其官话乡谈,宛若华人在旁。"享保九年(1724)译社解散后,冈岛冠山回到京都,坚持著述。享保十三年(1728)正月二日,冈岛冠山殁于京都,享年五

---

[1] 青木正儿《青木正儿全集》第2卷《支那文艺论薮》(《青木正児全集　第2卷　支那文芸論藪》),春秋社,1970年,第278页。

[2] 室鸠巢《骏台杂话》(室鳩巢《駿台雑話》),積善館,1907年。

十五岁。

冈岛冠山一生著述繁多,语言类主要有《唐话纂要》六卷(1717年刊)、《唐音雅俗语类》五卷(1726年刊)、《唐译便览》五卷(1726年刊)、《唐语便用》六卷(1735年刊)、《字海便览》七卷(1757年刊),以及《四书唐音辨》二卷、《唐音俗话问答》五本,等等。另外翻译中国白话小说数十种,比较重要的有《通俗元明军谈》二十三卷(1705年刊),该书是对传为明朝徐渭所作《云合奇踪》(又名《皇明英烈传》)的翻译,最初称作《通俗皇明英烈传》,但书中题签又用了《元明军谈》。另有《忠义水浒传》四卷(1728年刊),是日本刻印稗史小说之始。该书以旧题明李卓吾(1527—1602)批点的百回本为基础翻译而成。此外,冈岛冠山还著有《通俗忠义水浒传》七卷(1757年刊)、《太平记演义》五卷、《通俗明清军谈》等,另有《康熙帝遗话》《三体诗唐音》二卷等著作。

冈岛冠山并非只是一介译士,他将中国小说从唐通事们手中,交到了汉学者及文学家的手中。正是受其《忠义水浒传》的影响,日本出现了翻译中国白话小说的高峰,《通俗西游记》《通俗醉菩提》《通俗金翘传》《通俗平妖传》《通俗女仙外史》《通俗隋唐演义》等陆续刊行。《先哲丛谈后编》记载曰:

> 冠山始校订罗贯中《水浒传》,施国译,将刊布于世。未至见其刻成而殁。享保十三年(1728)其初版者成,自第一回至第十回。是为吾邦刻稗史始。自是以将,陆续开雕。全至百回,后其镂版罹火,未及全尾而罢,惜哉![1]

冈白驹(1692—1767)一派受冈岛冠山《忠义水浒传》的影响,从冯梦龙的《醒世恒言》《警世通言》及凌濛初《拍案惊奇》《今古奇

---

[1] 原念斋(善),东条琴台(耕)著《先哲丛谈》附后编〔原念斎(善),東条琴台(耕)著《先哲叢談·後》〕,东学堂,1892年,第64页。

观》等作品中,选编刊行《小说精言》四卷(1743年刊)、《小说奇言》五卷(1753年刊)、《小说粹言》五回(1755年刊),对中国的小说进行训读和翻译,这就是江户时代有名的"新《三言》"。由江户文坛"新《三言》"的选编出版,不难想象当时中国明清白话小说对日本文坛的影响。日本学者增田涉说:"这些中国小说刺激京阪、江户的读本作家,开拓出了我国从未见到过的新的小说世界。"这些读本小说的出现,使得元禄以后一度陷入停滞的日本小说进入了繁荣发展的新阶段,具有开创江户后期小说新时代的意义。

青木正儿评价冈岛冠山"是日本研究中国白话文学的第一人"。[①]江户中期儒学者伊藤东涯(1670—1736)门下的晁世美、陶冕及冈白驹,都曾跟随他学习过汉语。甚至当时的书商风月庄左卫门及周边众人都兴起了学习汉语的风潮。这股风潮促生了19世纪初期日本的中国白话文学流行的黄金时代。这固然是时代气息之使然,但作为开拓者的冈岛冠山,其功绩却是无人能够比肩的。

三、乱世遗民陈元赟与诗友元政

陈元赟(1587—1671年),浙江杭州人。名珦,字义都,号芝山、元赟、芝山道人、升庵、既白山人等。明万历四十七年(1619)随明朝使节赴日,后至京都,持福建总兵公文,来议倭寇事,曾与林罗山唱和,见《罗山文集》。日本宽永年间(1624—1644)受聘于尾张(今名古屋)藩主德川义直,而后一直定居尾张。在日期间,结交了江户汉诗诗人石川丈山(1583—1672)、松永尺五(1592—1657)等人。1644年清军攻占北京之际,日本德川幕府正式下颁锁国令,陈元赟从此永驻日本,并持续辅佐尾张二代藩主德川光友(1625—1700)。德川

---

① 青木正儿《青木正儿全集》第2卷《支那文艺论薮》(《青木正児全集 第2巻 支那文芸論薮》),春秋社,1970年,第275页。

光友性好艺术,陈元赟传授该藩儒士汉诗、书法、经学长达二十余年,对日本的文学、书法、医药、拳法等皆有重要影响,著作有《老子经通考》《长门国志》《升庵诗话》《元元唱和集》等。

陈元赟在日本的影响主要在于诗文一途,且与日莲宗僧侣元政(1623—1668)关系极深。元政是一位杰出的诗僧,这一点是公认的。元政俗姓菅原,本名石井吉兵卫,京都人。原本仕于彦根藩井伊直孝,后辞官游览山水,吟诗作文,并发愿出家。二十六岁在京都日莲宗妙显寺出家,后移居深草,修建瑞光寺。元政博通汉籍,雅擅吟咏汉诗和歌,他在诗坛取得不可磨灭的地位缘于其对"性灵说"的主张。元政传世著作甚多,佛学方面有《本朝法华传》《龙华历代师承传》《小止观抄》等,汉诗文集有《草山集》《元元唱和集》,和歌集有《草山和歌集》等。据《先哲丛谈》记载,日本万治二年(1659)冬,陈元赟在名古屋初识元政,结为忘年交:

> 万治二年于名古屋城中,与僧元政始相识,契分尤厚。其平生所唱酬者,丛为《元元唱和集》行于世。元政诗文慕袁中郎,此邦奉中郎,盖以元政为首。而元政本因元赟知有中郎也。[①]

陈元赟极其推崇晚明公安派诗人袁宏道(1568—1610),并将袁宏道诗文介绍给元政。当时日本诗坛,主要师法五山文学所推重的《瀛奎律髓》《联珠诗格》等诗集诗论,诗风尊崇唐宋,然而陈元赟劝元政勤读雷何思、钟伯敬、徐文长等明人所写的诗集,更将袁宏道所写的《袁中郎集》赠予元政。宽文二年(1662)二月末,陈元赟到深草拜访元政,二人在深草相聚的七个月间经常以诗文酬唱,这些诗文后被收录在《元元唱和集》中。

《元元唱和集》因二人姓名中各有一"元"字而得名,宽文三年

[①] 原念斋(善)、东条琴台(耕)著《先哲丛谈》卷1—卷8,东学堂,1892年,第23页。

(1663)癸卯孟春,由村上平乐寺出版。该诗集先以元政、陈元赟二人分册,各册再分体编次。陈元赟诗分四言、五言绝句、五言律、五言排律、七言绝句、七言律、七言散体、歌,又有颂、赋、词、说、记、书、附,卷首有元政撰《元元唱和尘外埛篴集既白山人陈元赟诗序》,署"宽文贰年冬十月下浣日　草山元政题"。元政诗分四言古体、五言古体、五言绝句、五言律、五言排律、七言绝句、七言律、杂体,卷首有陈元赟撰《元元唱和尘外埛篴集草山元政上人诗序》,署"宽文壬寅季秋下浣日　大明虎林既白山人陈元赟义都甫题于菊秀轩"。陈元赟作序详述了该诗集的来历:

> 余自宽文壬寅仲春末旬入洛,与草山元政上人登山临水、啸月哦风。良辰美景、静室幽轩,吾两人未曾不聚,聚未尝不吟,吟未尝不和。唱和至九月末旬,长短各得百余篇,盖不啻伯仲之埛篴焉。[1]

对于陈元赟的来访,元政特作诗《谢元赟翁来访》曰:

> 京北京南天一涯,路分深草入三叉。
> 人无世事交常淡,客惯方言谭每谐。
> 元亮命篮扶脚疾,子瞻放笔吐襟怀。
> 烧猪沽酒非吾志,为设香山如满斋。[2]

元政患有足疾,故借《宋书·隐逸传》"(陶)潜有脚疾,使一门生二儿舆篮舆"与故人饮酒的典故,表达自己的欣喜之情。而陈元赟对于元政的脚疾也颇为挂念,曾多次写诗安慰或相询。如《慰政公患疾》:"至人宜顺运,何必重咨吁。"《怀师拙吟》:"政公患疾今痊否,

---

[1] 陈元赟、元政《元元唱和集》上,村上勘兵卫,1663年,陈元赟序文。
[2] 陈元赟、元政《元元唱和集》上,村上勘兵卫,1663年,第13b页。

予足痹疼尚未瘳。自笑蹒跚如跛鳖,晨昏上下苦居楼"等,均表现出对友人的挂念。

陈元赟在宽文二年(1662)九月末才离开深草,诗集中收录了诸多二人的日常,如共阅古籍相关的诗文,元政《共阅古籍》云:

> 世事心灰久,读书眼未枯。案间缩华竺,签下溯唐虞。
> 百氏趣非一,两人见或殊。胸天容万法,不择佛兼儒。①

元政的僧侣立场和陈元赟的儒者视角,使得两人对同一古籍的见解偶尔也会有分歧,但这种思想的冲突与碰撞恰恰是二人共阅古籍乐趣之所在。如陈元赟《宽文壬寅五月十九日与元政上人会心亭共阅古籍》云:

> 万帙缥缃邺架余,上穷鸟迹下龙鱼。
> 伽黎缝掖忘缁素,贝典芸编对猎渔。
> 三昧个中心各会,联趺席上意同舒。
> 大开四眼罗千古,尔我今为两脚厨。②

开篇的"万帙缥缃"两句,足见二人涉猎书籍范围之广,而"联趺席上意同舒"则将二人读书生活之愉悦,尽现于眼前。因为陈元赟较元政年长,故元政在生活上也会特别照顾陈元赟,这从陈元赟所作《谢惠龙煤一筎》《谢惠管城一对》《谢惠香菹》等,都可以看出。尤其是陈元赟自称"馋夫",并作《谢元政上人惠笋》一诗云:

> 尺五龙孙始奋顾,截来冈角施馋夫。

---

① 陈元赟、元政《元元唱和集》上,村上勘兵卫,1663年,第18b页。
② 陈元赟、元政《元元唱和集》下,村上勘兵卫,1663年,第18a页。

名题庄叟羊奚古,隽比张华鲊似臕。
玉版金裹福地产,离尘脱垢梵天蔬。
惭非笑笑先生口,知有含恩喷饭无。①

《元元唱和集》中类似上述描写二人同游山水、共览古籍、互阐佛理、相与酬唱之作,比比皆是,这些都充分展示了元政、陈元赟这一日一中、一僧一儒的深厚友情,读来令人倾羡不已。宽文二年(1662)深秋,陈元赟即将离开,元政模仿袁宏道于明万历二十五年(1597)在杭州所作的《别石篑》十首,作《送元赟老人十首并引》以赠行,该诗有小序云:

> 余尝暇日与元赟老人共阅近代文士雷何思、钟伯敬、徐文长等集,特爱袁中郎之灵心巧发,不借古人,自为诗为文焉。今兹九月之初,既夜正长而风遽冷,寂寂不睡,灯下拥被,独阅石公之集,读至《别石篑》诗,忽感近日老人将有尾阳之行矣,因效石公韵,缀狂斐十首,以拟《阳关曲》。②

《别石篑》十首是袁宏道与友人陶望龄(号石篑)交游三月有余,临别时所作。这十首体例不一,有杂言体、五言体、七言体、九言体、三言体,句数也变化多端,很能体现袁宏道"求新、求异、求奇"的写作倾向,以及充沛而又自由奔放的情感表现力。而元政的《送元赟老人之尾阳诗》十首,在诗体、用韵上与袁宏道《别石篑》十首完全一致,传达的意境亦十分接近,可以说是他与陈元赟交往四年以来,在模拟公安派诗风上的集大成之作。尤其值得称颂的是第六首:

---

① 陈元赟、元政《元元唱和集》下,村上勘兵卫,1663 年,第 17b 页。
② 陈元赟、元政《元元唱和集》上,村上勘兵卫,1663 年,第 16b 页。

水有沧溟栖万里鲸鲵,竹有嘉实止千仞凤凰。
鲵得其处不羡人世界,凤得其实不愿人膏粱。
天地之间物各有所主,奈何曲己随人而翕张。①

这是一首九言诗,用韵袭自袁宏道《别石篑》第六首,其诗如下:

南山有禽其字曰希有,北山有鸟其名曰凤凰。
两鸟排云抉雾入虚空,虚空莽莽四顾绝稻粱。
下界岂无七寸之粳米,争奈网罗缱缱常高张。②

袁宏道此诗借李白《大鹏赋》中希有鸟欣然相随登于寥廓的寓言,将自己和友人陶望龄比作希有鸟和凤凰,通过描述两种神鸟遨游太空、俯视九州的生动形象,表现了诗人与友人宁愿弃官,也不愿忍受污浊官场束缚的志趣。该诗构想奇异,诗风突兀怪异,富有浪漫气息。③元政《送元赟老人之尾阳诗》其六,也以"沧溟之鲸鲵""嘉实之凤凰"自比,表现自己和陈元赟渴望超脱世俗之外,自由驰骋于天地之间的浪漫主义思想。这一思想在第七首诗中也有鲜明表现,诗云:

西天圣,东土圣。一知妙,一知命。
天下人,听两令。吾孰承,释为姓。
公孰依,孔为证。孔若襄,释若盛。
公强立,文昌祠。虽老矣,幸未病。④

---

① 陈元赟、元政《元元唱和集》上,村上勘兵卫,1663 年,第 18a 页。
② 袁宏道《袁宏道集笺校》上,上海古籍出版社,2008 年,第 404 页。
③ 李健章《〈袁宏道集笺校〉志疑　袁中郎行状笺证　炳烛集》,湖北人民出版社,1994 年,第 386 页。
④ 陈元赟、元政《元元唱和集》上,村上勘兵卫,1663 年,第 18a 页。

这首诗包括四小段,每段四句,一韵到底,结构严密整齐。元政在这首诗中说明二人宗教思想虽异,一为佛,一为儒,佛宗妙悟,儒信天命,但二人共游时能谈佛论儒,待他日共期儒释之盛。结尾"虽老矣,幸未病"则与袁宏道《别石篑》第七首尾句形成呼应。袁宏道诗云:

> 不即凡,不求圣。相依何,觅性命。
> 三入湖,两易令。无少长,知名姓。
> 湖上花,作明证。别时衰,到时盛。
> 后来期,不敢问。我好色,公多病。①

三言诗音节短促,转折轻便,但容易松散,难于控制,袁宏道该诗却写得自由活泼,极富新鲜感。尤其是第三段"湖上花,作明证。别时衰,到时盛",仅十二字,却能以前六字承上,共叙二人畅游之愉悦;后六字作转折,通过时令推移和景物变化,转为抒情,暗寓哲理,却又保持全诗的整体艺术美。结尾一段,感叹可能成为永别,情真意切,能言人之所不能言,是全诗最为成功之处。

袁宏道用以表现委婉抒情和曲折记叙时,除严密结构外,还常于结尾处变换句型,以提高抒情的表现力和声调的节奏美。如《别石篑》最后一首,就变成了五言三句诗,元政的《送元赟老人之尾阳诗》同样以五言三句的形式作结,诗云:

> 能早归来否? 绾之祝早归,第三桥边柳。②

短短三句,却力似千钧。情深至此,反而直白、简洁。陈元赟亦作十首回赠元政,表达了二人之间堪比袁陶的真挚友情。如陈元赟和诗

---

① 袁宏道《袁宏道集笺校》上,上海古籍出版社,2008年,第404页。
② 陈元赟、元政《元元唱和集》上,村上勘兵卫,1663年,第19a页。

其一云:"公是道安能说法,我非曼倩好诙谐。"其二末四句云:"方言不须译,却有颖舌在。坐久笑相视,眉语神自解。"元赟对元政一样情深可叹,但在诗文表现技巧上显然尚有距离,周作人对二人诗作曾评价道:"元政受五山文学的流派,自有洒脱之趣。元赟则乙榜出身,犹多絷缚,二人虽同是景仰袁中郎者,其造就自不免有异也。"[1]

《元元唱和集》是将以袁宏道为代表的性灵体诗风推向日本的最初尝试,给当时墨守成规,沉溺于复古、拟古情调的日本汉诗坛以一大冲击。众所周知,尽管在江户时代诗文集中,"性灵"一词始见于《续惺窝集》《罗山诗集》等,但是作为诗文论摄取的首倡者,则是诗僧元政。元政诗标举"性灵",在整个江户时期,自成一家,享有较高的诗坛评价,被赞为"释家之风雅,诗家之正宗也"。能够获得这样崇高的诗作成就及诗坛地位,除却元政本人的勤学努力之外,主要得益于向其大力推荐公安派诗歌的陈元赟。陈元赟作为晚明文学直接见证人和参与者,给了元政直接的影响。[2]尤其是随着《元元唱和集》的出版,袁宏道主张"不拘格套,独抒性灵"的文学精神,开始对江户时期日本的诗文观产生了重要影响,国内外学界围绕这一论题产生了诸多成果。[3]但是,诚如学者们指出的那样,元政虽于十七世纪中叶在日本首举"性灵说",但在当时的反响并不太大。无论是由于元政早殁导致其诗文理论尚未形成系统,还是当时世风讲求

---

[1] 周作人著,钟叔河编《周作人文类编·日本管窥、日本·日文·日人》,湖南文艺出版社,1998年。

[2] 杨洋《村上平乐寺书肆与江户初期公安派在日本的传播——以〈元元唱和集〉的出版中心》,《域外汉籍研究集刊》,2013年,第299—311页。

[3] 如王晓平《袁宏道的性灵说和山本北山的清新诗论》,收录于《古代文学理论研究丛刊》第14辑,上海古籍出版社,1989年,第200—212页;松下忠著,范建明译《江户时代的诗风诗论——兼论明清三大诗论及其影响》,学苑出版社,2008年,第141—150页;刘芳亮《日本江户汉诗对明代诗歌的接受研究》,山东大学出版社,2013年,第137—222页。合山林太郎《近代日本对袁弘道的接受与文本问题:以山本北山一派的动向为中心》(合山林太郎《近世期日本における袁中郎の受容とテキストの問題:山本北山一派の動向を中心に》),《雅俗》第15号,2016年7月,第13—23页。

道本文末、整体上轻视诗文,①总之袁宏道"性灵说"在元政之后近百年内很少被人提起。直到开明人士山本北山(1752—1812)再倡,龟田鹏斋(1752—1826)等儒学者积极响应,"性灵说"才逐渐成为一种极具影响力的文学话语。②

此外,一个极其容易被忽视的情况是,袁宏道的《瓶史》在十八世纪中后期对日本艺术史产生了持续而广泛的影响,这一跨界的接受又反过来影响了袁宏道"性灵说"在日本汉文学中的接受。③《先哲丛谈》卷二云:

> 元政书曰:数日之前,探市得《袁中郎集》,乐府妙绝不可言。《广庄》诸篇,识地绝高。《瓶史》风流,可想见其人。④

可见《瓶史》在袁宏道诗文集传入日本初始,就是作为其风流文人的象征被接受的。另外,在元政、陈元赟生前,袁宏道的著作在日本尚未得到刊刻。元禄九年(1696),京都的书肆小岛市右卫门等翻刻了《梨云馆类定袁中郎全集》二十四卷首一卷,这是目前所知日本翻刻袁宏道诗文集的唯一版本。天明元年(1781),梨云斋望月义想(1722—1804)校订袁宏道《瓶史》单行本,交由江户书肆青藜阁刊行。同年,望月义想又校订了《陈眉公重订瓶史》(明版)。关于望月义想其人,在《瓶史国字解》的《梨云斋传》中有记载。根据该传记可知他为江户人,俗称调兵卫,擅长赋诗,工于书画,少时喜好瓶花,人称"花痴子"。曾读袁弘道《瓶史》,反复沉潜玩味,以袁宏道

---

① 刘芳亮《日本江户汉诗对明代诗歌的接受研究》,山东大学出版社,2013年,第146页。
② 可参考松下忠对于元政与袁宏道"性灵说"的比较,详见松下忠《江户时代的诗风诗论——兼论明清三大诗论及其影响》,范建明译,学苑出版社,2008年,第209—211页。
③ 工藤昌伸《袁宏道的诗文与江户时代的文人们》(《袁中郎の詩文と江戸時代の文人たち》),详见工藤昌伸《日本花道文化史》第2卷《江户文化与花道的发展》(《日本いけばな文化史 2 江戸文化といけばなの展開》),同朋舍,1993年版,第119页。
④ 原念斋(善),东条琴台(耕)著《先哲丛谈》,松田幸助等出版,1880年,第9a页。

为同好者,时时感叹,"《瓶史》之于插花一道,诚如礼乐之《春秋》"。遂为《瓶史》作序,以表彰其意。其序云:"予固有花癖,会获此《史》,始知花林之有《春秋》,乃又得知无人而不可为,无处而不可娱,不贪不争,居之无祸者,只在瓶花,遂从事于斯。"①望月义想创立"宏道流"插花流派,广收门徒,宣扬袁宏道之文人精神对日本花道史之革新。

事实上,在望月义想校订刊行《瓶史》单行本及陈眉公重订本之前,他已经在门人之间讲述《瓶史》。明和七年(1770),青云斋三巴原溪涯、新甫山和井便整理了其师望月义想讲述《瓶史》的笔记,合编了《瓶史述要》一书,交由东都书肆紫林园刊行,并在封面题写"梨云斋先生门人著"。望月义想为《瓶史述要》作序陈述了将其花道流派命名为"宏道流"的缘由:"嗜读明袁宏道《瓶史》,插花一途亦专以《瓶史》为准。渐学其风,自然与世间君子之风貌不同。随我习插花之人,以'宏道流'相称,余亦笑而任其称之。"②望月义想的两位门人在《述要凡例》中对这部书略作说明时,也大加赞颂了袁宏道学识博大精深,使得天下学者之风为此一变,称"宏道流"专以模仿中郎之风流气象为根本精神。

文化五年(1808)由千钟房刊刻的《瓶史国字解》四卷,由望月义想弟子青云斋三巴原溪涯的门人桐谷鸟习注解,书后附有《袁中郎流插花图会》八卷。《瓶史国字解》各卷由当时诸多名儒撰写序文,如龟田鹏斋、山本北山等都受邀题序,在当时引起了极大的轰动。值得一提的是,龟田鹏斋在诗论方面也是一位主张"性灵说"的儒家学者,其诗论集中体现在文化四年(1808)撰写的《孝经楼诗话序》(《鹏斋先生文钞》卷上)中。由此可见,望月义想虽然以花道家

---

① 望月义想《瓶史序》,续花道古书集成刊行会编纂《续花道古书集成》(《続花道古書集成》)第一卷,思文阁,1972年版,第335页。
② 梨云斋题《瓶史述要序》,华道沿革研究会编《花道古书集成》第一期第四卷,大日本华道会出版,1930年版,第3页。

的身份活跃于江户文化界,但他与诸多儒家学者之间交游颇深,且其门人中习儒出身者不在少数,其在插花理论及实践一途的影响,对于袁宏道诗文在日本文人之间的传播也起到了潜移默化的影响。可以说,望月义想等人对于《瓶史》的接受实际上也促进了袁宏道"性灵说"在日本的再次接受。

第十四讲　清代文学的东传与影响

江户时代(1603—1868),清朝与日本之间的交流仅限于在长崎一港进行的贸易,因此江户时代输入日本的中国典籍,几乎都是由清朝商人作为贸易品输入日本。清日贸易随着中日两国执政者的更迭而有宽紧之别,由于这个缘故,输入到日本的典籍数量也随之有多寡之分。这一时期,汉籍一直是清日两国贸易中的大宗货物之一,有关书籍东传的第一手资料,都是与清日贸易账目相关联的史料,这一史实也决定了17—19世纪中日文学典籍的交流呈现出与以前迥然不同的样态。

一、长崎贸易中流入的汉籍

日本文政九年(1826)正月,清朝商人朱柳桥的"得泰号"商船漂流到日本远江国(今静冈县),日本人野田笛浦与朱柳桥进行了笔谈,感叹汉籍输入日本规模之巨。这则经常被学者们引用的材料载于《得泰船笔语》中:

> 野田笛浦:贵邦载籍之多,使人有望洋之叹。是以余可读者读之,不可读者不敢读,故不免有夏虫之见者多矣。
> 朱柳桥:我邦典籍虽富,迩年以来装至长崎,已十之七八。贵邦人以国字译之,不患不尽通也。①

---

① 参考《得泰船笔语》,详见关西大学东西学术研究所编《关西大学东西学术研究所纪要》(《関西大学東西学術研究所紀要》),1980年,第78页。

"得泰船"是文政八年(1825)十一月从乍浦出发的宁波船,野田笛浦(1799—1859)是日方接待人员之一,也是江户时代知名儒家学者,精通汉诗文,引文中的朱柳桥则是中方船员之一。野田笛浦说,中国的典籍太多了,读书之人不免有夏虫之感。朱柳桥回答,中国典籍虽然丰富,但经年船运至长崎者众多,而且日本人好以国字翻译,所以不用谦虚。朱柳桥的回答虽有客套的意思,但由中国输入日本的典籍之多,也并非虚言。据大庭修统计,日本正德四年(1714)至安政二年(1855),由清朝商船输入日本的汉籍共 6 630 种、56 844 部,[①]而且这还不是全部。日本把这些书称为"唐船持渡书"。

关于唐船持渡书的资料,大庭修将其分为两大类:其一是以直接与书籍进口贸易相关的账簿制作成的第一手资料;其二是以第一手资料为基础编纂而成的书籍目录,即第二手资料。

在第一手资料中,主要包括赍来书目、大意书以及长崎会所交易诸帐,比如书籍元帐、见帐、直组帐、落札帐等。所谓"赍来书目",主要指进入长崎港的清朝商船提交货物目录时制作的舶载书籍目录。与大意书、书籍元帐一样,赍来书目也并非当时的正式名称,而很有可能是后人添加。大庭修在《江户时代中国典籍流播日本之研究》一书中,列举了从正德四年(1714)第一番南京船赍来书目,至文化二年(1805)丑五番船、六番船等赍来书目,共三十一种赍来书籍目录。

"大意书"主要是指长崎的书籍检查官,在接到唐船持渡书之后按照一定程序制作的文件,包括抄录原书的序文、凡例和目录,为书籍编写内容解题,标注书籍品质,以及检查是否有可疑内容等。大庭修介绍了从元禄七年(1694)"大意书控",至明和八年(1771)"卯九番船持渡商卖书物之内《天学初函》大意书",共十二种,通过与

[①] 大庭修著,戚印平、王勇、王宝平译《江户时代中国典籍流播日本之研究》,杭州大学出版社,1998年,第50—51页。

《商舶载来目录》《内阁文库汉籍目录》等资料互作印证，考证了这些书籍传入日本的具体日期。在第一手资料中，还有大量的书籍元帐、见帐、直组帐、落札帐等，主要用于书籍商品的标价及销售。

大庭修将第二手资料统称为"编纂物"，按照成书形态分为刊本和抄本。在刊本中，他主要介绍了《二酉洞》和《唐本类书考》。《二酉洞》是由一色时栋为教育学生而编纂的类书目录，刊于元禄十二年（1699），二册。该书除经史子集外，又加有杂、续部项，分为六部。其中集部有《汉魏百三名家》《汉魏六朝文集》《十二家唐诗》《皇明四杰诗选》等。《唐本类书考》由平安书林向荣堂主人编辑，宽延四年（1751）七月刊，三册。作者编纂此书的意图一是出于运至长崎港的明清书籍数量巨大，亟须统计整理，二是不满于当时"公然称师"之徒，谬解典籍，又兼汉译日之时，人名、地名、物名错误百出，为救此弊，故著此书。

在抄本的编纂物中，主要有向井富编《商舶载来书目》五册，刊于文化元年（1804）八月，国立国会图书馆藏。这是现存书籍目录中最为珍贵的一种，利用价值极高，借此目录我们可以了解元禄六年（1693）至享和三年（1803）间，清朝商船每年传入日本的新书。此外，大庭修还介绍了中村亮编《分类舶载书目通览》二册，刊于文化七年（1810）九月，内阁文库藏；《购来书籍目录》一册，内阁文库藏；《舶载书目》四十册，宫内厅书陵部藏；《御文库目录》一册，东北大学狩野文库、静嘉堂文库各藏一种。

1972年，大庭修影印刊行宫内厅书陵部所藏《舶载书目》，并以《解题》形式详细调查了该书目的编纂过程，我们由此可知《舶载书目》是由大阪的一位国学者尾崎雅嘉（1755—1827）编纂的，收录了自日本元禄七年（1694）至享保十三年（1754）之间从中国舶载输入日本的典籍，其中包括明清小说百余种，如《三国演义》《水浒传》《平妖传》《定鼎奇闻》《南北宋志传》《平山冷燕》《玉娇梨》《五凤吟》《石点头》《西湖佳话》《桃花影》等。

国内外学界正是利用上述资料,逐渐廓清了17世纪至19世纪由清朝商船传入日本的汉籍的整体面貌。从时间线来看,在清朝商船带入日本的货物中,早期以生丝、纺织品、药材、砂糖、矿物、染料、涂料、皮革、唐纸等为主,但是到了江户中后期,书籍却逐渐成为清朝对日贸易中的大宗货物,譬如据日本内阁文库现藏《唐蛮货物帐》——这本帐册出自唐通事和荷兰通词之手,记录了宝永六年(1709)七月至正德三年(1713)十一月间出入长崎港商船装载的货物清单。①我们据此清单可知,正德元年(1711)赴日唐船总数约五十四艘,其中仅有六艘船载有书籍。而到了文化元年(1804),在到达长崎的十一艘唐船中,载书船舶数量增至十艘左右。到了弘化、嘉永年间(1844—1853),则几乎每艘赴日的商船都载有书籍。

大庭修指出,这一变化映射出日本人对中国书籍的需求及当时汉学之发达,他还重点指出了江户幕府第八代将军德川吉宗(1684—1752年)的作用。德川吉宗于正德六年(1716)就任幕府将军职,改元"享保"。在位三十年间,以德川家康为楷模,实行各项幕政改革。吉宗除奖掖武艺和学问外,还撤销锁国令,允许输入洋书,起用朱子学者、国学家、兰学家,实行开明进取的教育政策。在记录其事迹的《有德院御实纪附录》第十卷,主要辑录有关他勤奋好学的逸闻:

> 昔者本邦之古书,下令搜求,又唐商携来之类,首先遍览书目,就中挑选有用之书。其中诗赋、文集之类,无意强求,而辅助政道,可备治具之书,广寻博搜,唐土府州县志之类不可计数,御库庋藏骤然倍增。②

---

① 大庭修著,戚印平、王勇、王宝平译《江户时代中国典籍流播日本之研究》,杭州大学出版社,1998年,第28页。
② 大庭修著,戚印平、王勇、王宝平译《江户时代中国典籍流播日本之研究》,杭州大学出版社,1998年,第217页。

德川吉宗热衷于购置各类图书，同时也非常重视文库的建设。德川幕府在宽永十六年(1639)建置的收藏舶来汉籍的"红叶山文库"①，在德川吉宗统治时期得到了飞跃性的发展。以享保五年(1720)为界，德川吉宗开始实行积极的购书方针，他对前朝的禁书政策进行了调整，允许输入有关天文、历法之类的书籍，并要求中国商船带来《大清会典》及中国方志类书籍。在他推行的一系列措施下，"红叶山文库"的汉籍数量大为增加。

　　此外，因为清朝商船主要从江浙一带出航，因此汉籍的采购地也主要集中于这一带。明清以来，江浙一带不仅是文人渊薮，而且也是刻书业重镇。刊刻书籍在清乾隆时期(1736—1795)达到鼎盛，一些大型刻书坊以南京、杭州为中心发展迅速，苏州、扬州亦是当时重要的出版地，这一时期适逢汉籍东传日本的最盛期。②乾隆时期，输入日本的书籍基本上都是由江浙船特别是乍浦船承担的，清朝向日本供应书籍的指定书店也多设在江浙一带，江浙书商通过赴长崎贸易的船只，将大量书籍售往日本。③

　　江南刻书印书既多，书籍市场就特别发达。书铺林立，购买十分便利。清初孔尚任(1648—1718)《桃花扇》对蔡益所书铺的描写就反映了这一点：

> 在下金陵三山街书客蔡益所的便是。天下书籍之富，无过俺金陵。这金陵书铺之多，无过俺三山街。这三山街书客之大，无过俺蔡益所。〔指介〕你看十三经、廿一史、九流三教、诸子百家、腐烂时文、新奇小说，上下充箱盈架，高低列肆连楼。不但兴贩南北，积今堆古，而且严批妙选，精雕善印。俺蔡益所

---

① "红叶山文库"是明治以后的俗称，最初称作"御文库""官库"。
② 范金民《缥囊缃帙：清代前期江南书籍的日本销场》，《史林》2010年第1期，第75—88页。
③ 李杰玲《十八—十九世纪中日沿海地区诗文典籍交流》，山东人民出版社，2016年，第92—95页。

既射了贸易诗书之利,又收了流传文字之功。①

江南如此兴盛的书籍生产和销售市场,对于从乍浦、宁波和南京开出的赴日唐船,从信息的掌握、书籍的采办、调度、运送,到书籍的出售乃至利润的谋求,自然有着其他地区唐船所不具备的条件。清前期中日长崎贸易中历久不衰、数量庞大的书籍流通,就是在这样的背景下展开的。

然而,书籍作为"商品"被运抵日本,虽然在规模和速度上大大提高,但并不像清代以前日本人能亲自到中国访书时那样具有针对性和目的性。日本汉学的传统向来是重视经、史、子部而轻视集部,这种倾向也难免会影响汉籍市场,从而对舶载书籍的内容起到一定的导向作用。此外,选购书籍的商人文化素养普遍不高,挑选书籍的品位也有限,他们往往会根据长崎书籍检查官对书籍定价的高低,而调整带入日本的书籍品种。我们以清商江芸阁为例,介绍一则清日书籍往来之故实。

江芸阁,本名大楣,字辛夷,号芸阁,苏州人。在来往于长崎的清客中,江芸阁"文名"最高,他与市河宽斋、赖山阳、野村篁园、梁川星岩、大槻盘溪等日本文人均有诗文往来。日本学者德田武曾整理了一份《江芸阁与日本文人交流年表》,②为我们了解江芸阁与江户一流的汉诗人之往来提供了一份清单。我们由是可知,文化十一年(1814),市河宽斋游长崎时,曾与江芸阁多有赠答,并将其作收入《琼浦梦余录》中。市河宽斋还将江芸阁介绍给赖山阳,文政元年(1818)五月,赖山阳开始了他期待已久的长崎之旅。他来长崎的主要目的,就是为了会晤当时在日本已大名鼎鼎的江芸阁。然而江芸阁所乘商船为风浪所阻,不能按约定时期来航。田能村竹田《卜夜

---

① 孔尚任《桃花扇》,上海古籍出版社,2016年,第119—120页。
② 德田武《近世中日文人交流史研究》(《近世日中文人交流史の研究》),研文出版社,2004年,第262—325页。

快语》记载了这件事：

> 山阳在崎,候江芸阁,九十日而不至。①

据说长崎一帮好事文人,便将江芸阁的爱妓袖笑介绍给了赖山阳。赖山阳为之题写《戏代校书袖笑忆江辛夷乃叙吾忆也二首》,诗题中的"江辛夷"即江芸阁。该诗附识语云:"仆千里裹粮,本意欲一尝长兄,结海外良缘,而为造物所妒,天长海远,此恨曷极。"②赖山阳虽然没能见到江芸阁,但自此以后常有书信往来,留下了许多唱和之作。赖山阳还将女弟子兼情人江马细香介绍给江芸阁,细香的《湘梦遗稿》中也收录有与江芸阁的赠答酬唱诗作,如《江芸阁先生远辱赐诗莫以为谢,漫写瘦篁数枝且攀高韵并题,因赖老师却寄聊表芹忱》《再叠前韵奉答江芸阁先生》等。③

江芸阁在日本汉诗坛虽然炙手可热,但赖山阳并没有像其他江户文人那样,请他为自己的诗文集写序作跋或评点加批。蔡毅先生指出,因为赖山阳是江户后期汉诗人中"自国意识"最强的一位,在他的文学主张中,有着鲜明的渴望与清代文人平等对话的心情。在赖山阳著《夜读清诗人诗戏评》中,评骘了十五位明清诗人,或褒或贬,丝毫没有以往日本汉诗人因过于尊崇中国先贤而显示出的谦卑之态。④对那些声名卓著的清诗人,赖山阳尚且如此桀骜不驯,对那些往来于长崎的普通清商,他就更近乎于目中无人了。⑤

---

① 田能村竹田《卜夜快语》,详见竹田会编《田能村竹田全书》第 3 册,帝国地方行政学会,1936 年,第 371—385 页。
② 赖山阳《文政元年戊寅〇卅九岁〈西游稿上〉》,详见木崎爱吉、赖成一共编《赖山阳全书·诗集》卷十一,赖山阳先生遗迹显彰会,1932 年,第 232—233 页。
③ 江马细香《湘梦遗稿》,和泉屋吉兵卫等,1871 年。
④ 《文政九年丙戌〇四十七岁》,详见木崎爱吉、赖成一共编《赖山阳全书·诗集》卷十九,赖山阳先生遗迹显彰会,1932 年,第 573—574 页。
⑤ 蔡毅《赖山阳〈日本乐府〉西传考》,详见佐藤保先生古稀纪念论文集编辑委员会编《中日文史交流论集——佐藤保先生古稀纪念》,上海辞书出版社,2005 年,第 103 页。

第四时期　第十四讲　清代文学的东传与影响　307

　　天保三年(1832)春,赖山阳在致长崎木下逸云信中,谈及清人顾禄(1794—1872)托他为其《颐素堂诗钞》题词一事时说:"近来芸阁、萍公之辈与其相比,不啻云泥之别。"①在赖山阳看来,江芸阁和另一位著名清商文客沈萍香,其诗文水平即便与清代普通文人顾禄相比,也根本不可同日而语。由此可知,赖山阳对江芸阁的恭敬仅止于表面,内心对其诗文水平实则鄙夷,因此并未像当时日本文人一样,请江芸阁为自己的诗文集题写序跋。而赖山阳之所以愿意与江芸阁虚与委蛇,主要目的是想托江芸阁将自己的著作《日本乐府》带给清朝诗人,希望能与清朝第一流的诗人进行对话,得到他们的评点。②

　　事实上,市河宽斋在文化十年(1813)九月亲赴长崎,并在那里盘桓一年之久,与江芸阁等清商交往,主要目的也是打探其子市河米庵托清客送往中国的《全唐诗逸》的下落。③日本文人渴望通过清商将自己的诗文集或学术著作带回清朝的现象,与江户中后期日本民族意识的高涨息息相关。在中日书籍交流史上,这一时期中国典籍的回流现象同样值得关注。19世纪初以林述斋编《佚存丛书》为代表的中国散佚而日本尚存的汉籍的"环流",就从一个侧面说明了这一时代的文化现象。

　　这些回传至中国的书籍多为和刻汉籍、写本,偶尔也有日本人的汉籍著作。比如,据《长崎志续编》卷八记载,1823年宁波商人刘景筠在春季归帆时,将"和刻《佚存丛书》一之编二部,二、三之编各一部,《群书治要》二部,《论语集解》三部,《史记评林》《古梅园墨谱后编》一部"带回中国。1825年,刘景筠、颜雪帆将"和版《七经孟子考文补遗》《论语征》《群书治要》各二部,《佚存丛书》一、二、三之编

---

① 德富苏峰猪一郎等编《赖山阳书翰集》下卷,名著普及会,1980年,第829页。
② 蔡毅《市河宽斋与〈全唐诗逸〉》,浙江大学日本文化研究所编《中日关系史论考》,中华书局,2001年,第156—176页。
③ 蔡毅《赖山阳〈日本乐府〉西传考》,详见佐藤保先生古稀纪念论文集编辑委员会编《中日文史交流论集——佐藤保先生古稀纪念》,上海辞书出版社,2005年,第115页。

各十本"载归。① 其中《七经孟子考文补遗》是日本人山井鼎、荻生观之的著作，而《论语征》则是荻生徂徕所著。

二、商船书目中的清人诗文别集

从大庭修整理的江户时期舶载汉籍目录来看，清朝商船输入日本的文学典籍中，既包含着大量唐、宋、元、明时期的文学作品，清代诗文集、诗话、戏曲、小说等著作的输入数量也很可观。朝川善庵（1781—1849）在清人顾禄撰《清嘉录》和刻本序言中有关舶载清人诗集的言论曾多次被人引用：

> 近刻清人诗集，舶到极多。以余所见，尚有二百余部。而传播之广且速者，莫顾君铁卿《颐素堂诗钞》若也。梓成于道光庚寅首夏，而天保辛卯三月余得诸江户书肆玉岩堂，盖冬帮船所致也。夫隔海内外而商舶往来，一年仅不过夏冬两度，又且长崎之于江户相距四十日程而远，然而其书刻成不一年，自极西而及于极东，所谓不胫而走，是岂偶然哉？②

朝川善庵是江户后期的著名儒者，从学于山本北山。《颐素堂诗钞》是清代顾禄所撰，付梓于1830年夏。1831年三月，朝川善庵已经在江户书肆购入该书，江户时期清商传入书籍之速由此可知。

在东传长崎的汉籍中，清代诗文总集、别集、诗话著作是非常重要的部分。据统计，从日本元禄六年（1693）至文久二年（1862），除个别年份资料缺失、无法详考之外，清人诗歌总集约有29种传入日本，其中17世纪末至18世纪前期传入的主要有：顾有孝等编《今体

---

① 松浦章著，李小林译《清代海外贸易史研究》上，天津人民出版社，2016年，第234页。
② 朝川善庵著《乐我室遗稿》卷二，《崇文丛书》第二辑之五十一，崇文院，1931年，第8页。

台阁集》、彭铭编《郓南唱和诗》、倪匡世编《振雅堂汇编诗最》、邵长蘅编《二家诗钞》、汪观编《五名家近体诗》、魏宪编《诗持集》、顾有孝等编《江左三大家诗钞》、周稷编《仁声集》。18 世纪后期主要传入四种：沈德潜编《清诗别裁集》、纪昀编《庚辰集》、袁景辂编《松陵诗征》、厉鹗等编《南宋杂事诗》。而在 19 世纪前期输入日本的主要有：王昶编《湖海诗传》、岳鸿庆编《鸳水联吟集》、董柴《如兰集》、沈筠编《乍浦集咏》、王士禛编《感旧集》《山木集》、邵玘等编《国朝四大家诗钞》、吴应和等编《浙西六家诗钞》、王鸣盛编《练川十二家诗》等。其中，清代诗文总集《清诗别裁集》输入次数最多，影响也最大。

比如，据《商舶载来书目》记载，宝历十二年（1762）输入《清诗别裁集》一部二套。据《书籍元帐》记载，文化元年（1804）输入《钦定清诗别裁集》一部二套。据《琼浦又缀》记载，文化二年（1805）输入《清诗别裁集》三十部各二套，等等。《清诗别裁集》是清人沈德潜（1673—1769）编选的一部清代前期诗歌选本，原名《国朝诗别裁集》，选录清初至乾隆二十五年（1760）间九百多位诗人的诗作 3 900 余首。沈德潜还著有《唐诗别裁集》《明诗别裁集》，书名中的"别裁"二字源自杜甫《戏为六绝句》中的"别裁伪体亲风雅"，意思是区别、裁减、淘汰那些形式和内容不好的诗歌，学习《诗经》中的风、雅传统。

沈德潜编选此书，既体现了他"格调说"的诗学理论，也贯彻了他一贯的"温柔敦厚"的诗教主张，选诗以"和性情、厚人伦、匡政治、感神明"为宗旨，论诗以"温柔敦厚""怨而不怒"为准的。《清诗别裁集》的选诗标准和诗学理念对日本影响很大，如山田翠雨（1815—1875）《翠雨轩诗话》卷四云：

近世之诗浮靡为风，无一发于至情者，盖气运之所使然，而不可复救者也。《清诗别裁·凡例》曰："诗之为道，不外孔子教小子伯鱼数言,而其立言一归于温柔敦厚,无古今,一也。自陆士衡有'缘情绮靡'之语,后人奉以为宗,波流滔滔,去而日远矣。"我邦亦同天地弊风之推移,固其理也。然当今之时,茶山、山阳、星严翁之辈出,横障颓波,倒回狂澜,于是乎浮靡之风渐将改,而诸豪亦随凋落。①

这段评语正是从沈德潜《清诗别裁集·凡例》大意中摘选而来。据范建明先生统计,沈德潜的重要著作在乾隆九年(1744)至乾隆二十七年(1762)期间基本全部流传到了日本。②比如,据《商舶载来书目》《外船赍来书目》记载,宝历八年(1758)输入沈德潜《归愚诗钞》一部一套,宝历九年(1759)输入沈德潜《归愚诗钞》一部一套、《沈归愚全集》十部四十套,宝历十年(1759),输入《沈归愚全集》一部四套。这个时期正是沈德潜作为清代"格调派"诗人的代表活跃于诗坛的时期。此外,从乾隆三十四年(1769)沈德潜死后直至咸丰九年(1859),沈德潜的著作依然被陆续舶载至日本,特别是1845年流传至日本的《归愚续文编》一部四套,曾被作为江户幕府学问所御用之书。广濑淡窗(1783—1856年)《淡窗诗话》卷下对沈德潜有评价曰:

沈德潜乃有功于诗者。其著述《唐诗别裁》《明诗别裁》《国朝诗别裁》,皆有益于学者。其批评之中,能启发人意之处颇多。③

相较于清代诗文总集、选集的输入而言,清代诗人别集的东传

---

① 山田信义辑《翠雨轩诗话》卷一至卷四,文林堂,1866年。
② 范建明《沈德潜与日本江户中期的汉文学》,详见黄华珍、张仕英主编《文学·历史传统与人文精神:在日中国学者的思考》,中国社会科学出版社,2003年,第124页。
③ 广濑淡窗《淡窗诗话》卷下,详见广濑淡窗《淡窗全集》中卷,日田郡教育会,1926年,第26页。

数量则非常可观。据统计,有记录可查的舶载清诗别集约有280种,不仅在清代诗坛享誉盛名的清诗大家,如王士禛、朱彝尊、施闰章、宋琬、袁枚、赵翼、蒋士铨等人的诗集都已随船舶至日本。

在这些清人别集中,输入次数较多的有汪琬《尧峰文钞》《钝翁类稿》、毛奇龄《毛翰林诗集》《毛西河集》、陈维崧《陈检讨集》《湖海楼全集》、李渔《笠翁一家言》、钱谦益《初学集》、吴伟业诗集《梅村集》《吴诗集览》等、王士禛《渔洋山人精华录》《王阮亭集》《带经堂全集》《渔洋诗钞》等、朱彝尊《曝书亭集》《竹垞诗钞》、乾隆帝《乐善堂全集》《乾隆诗文集》《御制全韵诗》等、袁枚《小仓山房诗集》、刘廷玑《葛庄诗钞》《葛庄编年诗》等、潘耒《遂初堂集》、沈德潜《归愚诗钞》《沈归愚全集》等、黄之隽《香屑集》、施闰章《施愚山全集》、李良年《秋锦山房集》、阮元《揅经室全集》、钱大昕《潜研堂诗文集》、吴锡麒《有正味斋全集》、赵翼《瓯北全集》、全祖望《鲒埼亭集》、王芑孙《渊雅堂全集》、尤侗《西堂全集》、张问陶《船山诗钞》、纪昀《纪文达公遗集》等。以下择输入次数最多、影响最大的几种介绍。

(1) 吴伟业诗集多种

吴伟业(1609—1672),字骏公,号梅村,江苏太仓人。其诗多寓身世之感,早期作品风华绮丽,明亡后多激荡苍凉之音,以七言歌行体叙事诗闻名,具"诗史"风格,人称"梅村体"。著有《梅村集》《梅村家藏稿》等。吴伟业诗集传入日本较多,现就《舶载书目》《书籍元帐》等资料所见,从享保九年(1724)首次传入《梅村集》开始,其后陆续有《梅村诗集》一部一套四本(1754年)、《吴诗集览》十部各四套(1803年)、《吴诗集览》三部(1829年)传入,到了有些年份更是一次性传入多种,如天保十五年(1844)传入三种:《吴梅村诗笺》一部四套、《吴梅村诗笺》二部各二套、《吴梅村诗笺》二部各二包;弘化二年(1845)传入两种:《吴梅村诗笺》一部、《吴诗笺注》一部二套;嘉永二年(1849)传入三种:《吴梅村集览》《吴诗集览》《吴梅村笺注》。

方浚师《蕉轩随录》卷十二《安积信叙梅村诗》,记载了日本汉学家安积信(1791—1861)对吴梅村诗的推崇:

> 日本刊有《梅村诗钞》,其国人安积信序云:"清朝古文,作者蔚兴,而王阮亭为一代冠冕。先阮亭而鸣者为吴梅村,后阮亭而鸣者为袁子才,并皆卓然成一家矣。近儒钞王、袁二家集,既刊行于世,而梅村不与焉……子才天分极高,学问极博,才华飘逸,惊心动魄,颇有李青莲之风,而其间未免纤巧奇僻之习,要皆不若梅村之具众美也,故赵耘松《诗话》推梅村为大家,不取渔洋,实为卓见……"①

安积信序极其推崇吴梅村诗,我们由此可印证《梅村诗钞》在江户时代后期已有和刻本,足见其在当时的影响。

(2) 乾隆帝诗集多种

清乾隆皇帝爱新觉罗·弘历(1711—1799)是清朝第六代皇帝,掌管清朝六十余年,接继了所谓的"盛世"。乾隆一生创作宏富,登基之前创作的诗歌收录在《御制乐善堂全集》(卷 14—30)之中,登基之后创作的诗歌收录在《御制诗集》(初集 44 卷、二集 90 卷、三集 100 卷、四集 100 卷、五集 100 卷)之中,退位之后做太上皇时创作的诗歌收录在《御制诗集》(余集 20 卷)之中。乾隆一生写作的诗歌数量,几乎抵得过一部《全唐诗》。《钦定四库全书总目》卷一七三《御制诗集提要》云:"自古吟咏之富,未有过于我皇上者。"大概因为乾隆帝诗集存世颇丰之故,传入日本者甚多。

据《商舶载来书目》,元文四年(1739)输入《乐善堂全集》一部二套廿四本,明和二年(1765)输入《乐全堂全集定本》一部一套,明

---

① 方浚师撰,盛冬铃点校《蕉轩随录 续录》,中华书局,1995 年,第 450 页。

和五年(1768)输入《乾隆诗文集》一部八套。

据《舶载书目》,宽保元年(1741)输入《乐善堂全集》二部各二套十六本。据《唐船持渡书物目录》,文化七年(1810)输入《御制诗文集》一部二十套。据《直组帐》,文政十二年(1829)输入《御制诗文全集》三部、《乐善堂全集定本》五部等。

此外,据《书籍元帐》,享和三年(1803)输入《乾隆诗文集》一部四套;天保十二年(1841)输入《御制诗全集》一部十二套;弘化三年(1846)输入《御制诗》初、二、三集一部十二套、《御制诗》一部四套;弘化四年(1847)输入《乐善堂集》一部;嘉永元年(1848)输入《乐善堂集》一部一套;嘉永元年(1848)输入《御制诗集》一部十套;嘉永四年(1851)输入《御制诗》一部四本。

众所周知,乾隆帝之诗歌可观者寥寥,却被反复输入日本,就连乾隆帝敕令编选的《御选唐宋诗醇》也受到了非同一般的礼遇——先后被输入21次,且有和刻本出版。不但如此,乾隆帝在《钦定国朝诗别裁集》中对钱谦益诗的批判和删削,也得到了日本汉诗人原田东岳(1709—1783)、山本北山等人的赞赏。如原田东岳在《诗学新论》中痛斥钱谦益《列朝诗集》选诗不公时,就援引乾隆帝之语曰:

清帝此评最确,足以补助世教。故录全篇,表而出之。清帝甚恶谦益之内险而外文,独呼其名而诛之。①

由此可见日本文人对清朝皇帝的好奇与认同,这大约也受到了中国文人对贤明帝王文治理想的渴望之影响。

(3)朱彝尊诗集多种

朱彝尊(1629—1709),字锡鬯,号竹垞,浙江秀水(今嘉兴)人。其学长于考证,工古文。诗与王士禛齐名,又好为词,风格清丽,创

---

① 原田东岳《诗学新论》,《日本诗话丛书》第三册,第406页。

浙西词派。又精通经史,尤长于考据,与顾炎武、阎若璩相颉颃。著作有《曝书亭集》《竹垞文类》,又辑有《明诗综》《词综》《日下旧闻》等。

朱彝尊诗文集有多种传入日本。据《商舶载来书目》:享保六年(1721)输入《明诗综》一部;享保十六年(1731)输入《曝书亭集》一部;安永八年(1779)输入《曝书亭诗注》一部。据《宝历四年舶来书籍大意书》记载:是年(1754)输入《明诗综》一部四套、《曝书亭集》一部一套十二本。据《外船赍来书目》记载:宝历九年(1759)一番船输入《明诗综》三部十二套、七番船输入《明诗综》八部四十八套;天明二年(1782)输入《明诗综》一部四套。

此外,据《文政十二年丑五番船书籍直组帐》(1829)、《天保十五年辰二番割落札帐》(1844)、《弘化二年巳六番割落札帐》(1845)记载,当年分别输入《曝书亭集》一部。据《书籍元帐》记载:嘉永二年(1849)输入《曝书亭笺注》一部一套、《曝书亭集》一部、《全明诗话》一部;嘉永三年(1850)输入《竹垞诗钞》一部六本、《全明诗话》一部。所谓《全明诗话》,即为《静志居诗话》。[①]

(4) 赵翼《瓯北全集》

赵翼(1727—1814年),字云崧,又作耘松,号瓯北,江苏阳湖(今常州)人。他是一位文史通才,其诗与同时的袁枚(1716—1798)、蒋士铨(1725—1785)齐名,合称"乾隆三大家"。著有《瓯北诗话》,评论李白、杜甫、苏轼等唐宋大家及高启、吴伟业等明清诗人,主张创新,曾有《论诗》绝句极其有名:"李杜诗篇万口传,至今已觉不新鲜。江山代有才人出,各领风骚数百年。"赵翼晚年辞官,专心著述,著有《瓯北诗集》《廿二史札记》《陔余丛考》《皇朝武功纪盛》《平定两金川述略》《平定台湾述略》等,收录于《瓯北全集》中。

《瓯北全集》曾多次输入日本,据《书籍元帐》记载,天保十二年

---

① 张伯伟《清代诗话东传略论稿》,中华书局,2007年,第196页。

(1841)输入《瓯北全集》一部八套。据《天保十三年寅二番船书籍元帐》(1842)、《天保十四年卯临时拂会所请込物书籍见帐》(1843)、《天保十五年辰二番割落札帐》(1844)、《嘉永元年申二番船书籍元帐》(1848)、《嘉永二年酉四番船书籍元帐》(1849)、《安政六年未七月落札帐》(1859)记载,以上年份均有一部或多部《瓯北全集》输入日本。①

赵翼诗歌、诗话颇受日本文人喜爱,这从其诗集传入不久即出现和刻本便可推知。据日本现存汉籍目录可见赵翼著作和刻本有两种:碓井欢青堂编《瓯北诗选》二卷,文政十年(1827)由江户冈村庄助等刊;大窪诗佛(1767—1837)和唐公恺同校并训点《瓯北诗话》十二卷,文政十一年(1828)由江户玉岩堂和泉屋金右卫门等刊刻。赵翼卒于嘉庆十九年(1814),在他去世后不到十五年,其诗集、诗话在日本已经出现了和刻本,这主要是当时的日本文人渴望借助袁枚、赵翼的性灵派诗歌理论,来推动日本汉诗创作风气的转变,故而有所偏爱的缘故。大窪诗佛《题〈瓯北诗钞〉》,便为赵翼诗歌理论在江户日本的流行作了很好的解释:

诗文随世运,无日不趋新。瓯北有此语,足晓后世人。请看李、王徒,盛唐惟宗之。盛唐不可到,只是李、王诗。句中要有意,句外要有气。所以瓯北诗,句后自有味。及读瓯北诗,初看诗关学。驱使万卷书,下笔如飞霓。②

在以上清人诗文别集之外,传入日本最多、影响最大的还有王士禛、袁枚等在清朝诗坛赫赫有名的诗人别集,下文将结合这些诗人的诗学思想在江户日本的接受进行讨论。需要说明的是,相比起

---

① 松下忠著,范建明译《江户时代的诗风诗论:兼论明清三大诗论及其影响》,学苑出版社,2008年,第38页。
② 王英志《性灵派之袁、赵对日本诗坛的影响》,《江淮论坛》1997年第2期,第98—101页。

诗话类著作,清代诗歌在日本的接受要滞后一些。这是因为清代诗歌传入日本的初期,江户汉文学正处于唐宋诗之争的阶段,清人诗话很容易作为唐宋诗之争的理论工具而被化用,这导致清诗在很长时间内不能独立于唐宋诗之外而被人接受。关于这一问题,我们从王士禛、袁枚诗文集、诗话的接受差异即可明白。

三、王士禛、袁枚诗学备受追捧

王士禛(1634—1711年),字贻上,号阮亭,别号渔洋山人。与朱彝尊齐名,时有"南朱北王"之称。王士禛一生勤于诗文著述,在实践"神韵说"、取得卓著诗文成果的同时,还能突破正统文坛和文人偏见,重视小说、戏曲、民歌等通俗文学。著作《带经堂集》共九十二卷,收诗三千余首。另有选集《渔洋山人精华录》十二卷通行于世,收诗千余首。王士禛诗说不仅对于清代诗坛有影响,对日本江户后期汉诗坛亦有深远影响。

我们首先需要对王士禛诗文集传入日本的情况,进行一番目录学的考察。据《舶载书目》,享保十一年(1726)《渔洋山人精华录》十卷一套四本输入。据《商舶载来书目》:宝历九年(1759)输入《王阮亭集》一部二套;宽政六年(1794)输入《带经堂集》一部四套。据《外船赍来书目》:宝历九年(1759)输入《王阮亭集》五部十套;宽政十二年(1800)输入《精华录笺注》二部一套、《精华录笺注》十部一套。

据《书籍元帐》:天保十一年(1840)输入《精华录训纂》一部二套、输入《带经堂全集》四部四套;天保十二年(1841)输入《精华录训纂》一部一套;天保十五年(1844)输入《精华录笺注》一部一套、输入《精华录训纂》二部各二套;弘化二年(1845)输入《精华录笺注》一部一套、《精华录训纂》一部一套;弘化三年(1846)输入《王渔洋全集》一部四套;弘化四年(1847)输入《渔洋三十六种》一部十六包;嘉永三年(1850)输入《渔洋诗钞》一部六本;嘉永四年(1851)输入《精华录》一部四本、《精华录笺注》一部六本。

据《见帐》,天保十四年(1843)输入《精华录训纂》一部二套十册、《王渔洋全集》一部八套四十八本。据《落札帐》:天保十五年(1844)输入《精华录训纂》一部;弘化二年(1845)输入《精华录笺注》一部、《精华录训纂》三部;安政七年(1860)输入《精华录训纂》一部。据《大意书》,宝历四年(1754)输入《精华录》一部一套四本。据《琼浦又缀》书籍目录,文化二年(1805)输入《精华录》一部、输入《精华录》十七部各一套。

以上借助大庭修先生所纂目录及今人研究而整理的目录,可知王士禛诗文集在江户日本之流行。神田喜一郎对这一问题的洞察极为犀利:

> 当时之汉诗人尽皆争读清诗,置李、杜、韩、白诗不读,而先跃至厉樊榭、黄仲则、张船山、陈碧城等人。……当然,较之这些诗人,时代稍早的王渔洋诗流行更甚,"门外野风开白莲"句自不待言,稍有才力者皆以尝试次韵《秋柳》诗而自许。[1]

也就是说,幕末时期日本汉诗人喜好清诗,在一众清代诗人中,最为推崇王士禛。在王士禛诸诗作中,又最爱其《秋柳》四首。《秋柳》诗作于清顺治十四年(1657)丁酉秋,王士禛为了参加乡试,与众文士齐聚会饮于大明湖的水亭中。是时,亭外有杨柳千余株,垂及水面,然枝叶枯黄衰颓,让诗人怅然有感,便写下了四首一组的《秋柳》诗,从而一举成名。作者从"秋柳"所联想、体味到的,是美的消逝以及深沉的幻灭感,这也就是《秋柳》四首的共同主题。王士禛后来成为清初诗坛泰斗,其成名作《秋柳》诗起到了不可忽视的作用。后世诗人及诗论家皆视《秋柳》四首为王士禛神韵诗的代表之

---

[1] 神田喜一郎《神田喜一郎全集》第8卷,同朋舍,1987年,第163—164页。

作，故写了不少和诗，日本幕末汉诗人之间，也多有为炫耀诗才而次《秋柳》诗韵者。①神田喜一郎说"稍有才力者皆以尝试次韵《秋柳》诗而自许"，指的就是这一现象。

但相比起诗歌来，王士禛诗学著作对日本的影响更早、也更为广泛一些。日本诗话如《诗辙》《孝经楼诗话》《葛原诗话》《词坛骨鲠》《松阴快谈》《夜航诗话》《梧窗诗话》《锄雨亭随笔》《社友诗律论》等，也经常会引用王士禛的诗学观点。张伯伟先生据《外船赍来书目》等资料，整理了王士禛诗话的传入情况。享保十一年（1726），《渔洋山人精华录》输入；宝历九年（1759），《香祖笔记》《王阮亭集》《渔洋诗语》《五代渔洋诗话》输入；宝历十年（1760），《古于夫亭杂录》《五代诗话》输入；宝历十一年（1761），又有《香祖笔记》输入；宝历十二年（1762），《池北偶谈》输入；天明二年（1782），《居易录》《五代诗话》《皇华纪闻》《唐贤三昧集》《香祖笔记》输入；宽政九年（1797），《带经堂诗话》输入；宽政十年（1798），又有《居易录》输入；宽政十二年（1799），又有《香祖笔记》《精华录笺注》输入；文化二年（1805），又有《池北偶谈》输入；天保十二年（1841），天保十四年（1843），《王渔洋全集》《香祖笔记》输入；嘉永二年（1849），又有《带经堂诗话》输入。②

日本天保四年（1833），《渔洋诗话》和刻本刊行，摩岛宏作序文曰：

> 诗之性灵神韵不可话，犹哑子得梦，不能自举，古今多少诗话，皆属无用。然则话其可废乎？曰：非也，有言诠然后有真诠。话者，诗家之言诠也。清人之诗，世推阮亭、仓山，仓山丰而阮亭啬，仓山话长，阮亭话短。短者固谢于长者，然棒

---

① 陈文佳《森春涛对王士禛诗的受容研究》，详见费春放主编《文化身份与叙事策略》，南开大学出版社，2019年，第44—50页。
② 张伯伟《清代诗话东传略论稿》，中华书局，2007年，第197页。

棍交弄,不若寸铁杀人,长者何必胜短者。……阮亭尚格律而不失兴趣,要虽清音,亦中鸣球,其啬而短者,安其声也已。取此一部诗话推而进之,谓之诗家之真诠亦可也,话其可废乎?①

《渔洋诗话》共三卷,是王士禛生平论诗之语的记述,颇为零散。王士禛论诗标举"神韵",继承《沧浪诗话》及《二十四诗品》中的诗论,崇尚冲淡、超逸、蕴藉的诗风。《渔洋诗话》主要通过对一些具体作品的评价,主张"神韵说"和"妙悟说",即强调诗应蕴藉含蓄、冲和淡远,认为只有靠创作上的"兴会神到",才能使神韵飘逸。王士禛"神韵说"与沈德潜"格调说"、袁枚"性灵说"并称于清代前期诗坛,这三种诗歌理论在江户后期的汉诗坛产生了重要的影响。②然而比起"神韵说"来,袁枚的"性灵说"在日本的影响更大一些。

袁枚(1716—1798)是清乾嘉时期诗坛盟主、性灵派主将,字子才,号简斋,晚号随园老人、仓山叟等。主要著作有《小仓山房文集》《随园诗话》及《随园诗话补遗》《随园食单》《子不语》《续子不语》等。《随园诗话》是袁枚倡导的"性灵说"诗学的主要成果,该诗话使理论阐释与选录诗歌互为印证,不仅在清诗史上具有重要意义,而且蜚声海外,引起了东亚汉诗人的广泛关注与批评。

目前所看到的《随园诗话》的最早刊本是乾隆五十五年(1790)随园刻本,而据《商舶载来书目》记载,宽政三年(1791)已有《随园诗话》传入日本,从该书初刻到传入日本不过一年时间,其速度可谓惊人。由于《随园诗话》深受时人欢迎,在文化元年(1804)就有神谷东溪抄录并句读、柏木如亭校阅的和刻本刊行。文化五年(1805)

---

① 张伯伟《清代诗话东传略论稿》,中华书局,2007 年,第 232 页。
② 详细可参考松下忠著,范建明译《江户时代的诗风诗论——兼论明清三大诗论及其影响》,学苑出版社,2008 年。

江户前川弥兵卫等重印《随园诗话》,其后亦不断有重刊本问世。日本文人田能村竹田《竹田庄诗话》曾评论道:

> 近辈下子弟竞尚《随园诗话》,一时讽诵,靡然成风,书肆价直为之顿贵,至抄每卷中全篇收载者而刊布焉。盖子才撰诗,字平而意巧,句澹而情缛,胚宋人之义理,谐以唐人之格调,故易入人心脾也。①

《随园诗话》多述文坛掌故、文人轶事,亦辑录了诸多袁枚周边文人诗作,其中不乏真知灼见的诗论文字。袁枚论诗标举"性灵说",讲求自然风趣;他又强调创新,反对模拟和抄袭古人,因此"性灵说"常被日本反对复古派诗学的文人当做诗歌批评的理论武器。《随园诗话》在日本影响极大,江湖诗社四才子之一的菊池五山(1769—1849),曾模仿《随园诗话》写作体例撰写了《五山堂诗话》,刊于文化四年(1807),收录日本汉诗人逸事,一如当年袁枚撰《随园诗话》时,不少人争求收载自己诗作入书中一样。《随园诗话》中辑录的诗歌对日本文人也影响极深,市河宽斋(1749—1820)曾在宽政九年(1797)作《示儿诗》,有"唤婢休嗔迟午饭,夜来多是雨沾新"之句,松村昂认为即是化用《随园诗话》卷十二所收刘悔庵句"冷早秋衣薄,天阴午饭迟"而来。②

相较于《随园诗话》,袁枚诗集传入日本的时间较晚,数量也有限。文化十三年(1816),江户须原屋伊八刊刻袁枚《随园诗钞》时,大窪诗佛作序曰:

> 余读《随园诗话》,心喜其论,爱其诗,生平以不见全集为

---

① 田能村竹田《竹田庄诗话》,收于《田能村竹田全集》,国书刊行会,1916 年,第 201 页。
② 王英志《袁枚在日本的影响》,详见王英志《袁枚评传》,南京大学出版社,2002 年,第 620 页。

恨。癸酉岁，宽斋先生从牧镇台，于役长崎得《仓山集》而归，手自抄录上梓，欲贻世之同好。①

可知市河宽斋抄录《随园诗钞》而付梓的艰辛，菊池五山作《随园诗钞·序》，也描述了市河宽斋在长崎购得袁江宁《随园诗钞》时，喜不自胜，先手抄、后刊刻的过程：

江宁著作，独《诗话》最先流传，其诗则舶来较少。宽斋先生在崎阳日，尝购得之，击节不已，竟自手抄，开雕以传，真乃江宁知己矣。②

市河宽斋撰《随园诗钞·凡例》，则详述了自己从袁枚《小仓山房诗钞》中摘选四百余首诗歌，编成《随园诗钞》之原委：

《随园诗话》行于此邦几二十年，诗家宝重，不啻拱璧。但其本集舶来甚希，故世未能知公诗为何等面目。客岁余在崎阳，购得《小仓山房诗钞》三十一卷，载诗一千五百余首。乃欲急翻雕之，以贻同好。无奈卷帙颇浩，不易一时竣工，因就中钞出圆熟易入人牌者四百余首，以成此编。虽未足观公之武库森然，亦可以见文豹之一斑。③

此《凡例》作于文化十二年（1815），这一时期袁枚《随园诗话》传入日本已近二十年，但袁枚诗集依然很罕见。市河宽斋有感于袁枚诗文集之稀见，才编选刊刻了这部《随园诗钞》。有趣的是，关于

---

① 袁枚著，河世宁选，市河三亥校《随园诗钞》，江湖诗社出版，1816年，早稻田大学藏本。
② 长泽规矩也（长沢规矩也）《和刻本汉诗集成》（补篇第4辑），汲古书院，1987年，第192页。
③ 袁枚著，河世宁选，市河三亥校《随园诗钞》，江湖诗社出版，1816年，早稻田大学藏本。

袁枚诗集传入日本的时间，目前可见的较早记录是《商舶载来书目》宽政五年(1793)、六年(1794)，分别有《小仓山房》一部一套、十五部十五套输入。然而，袁枚著作以"小仓山房"命名者有《小仓山房诗集》《小仓山房文集》《小仓山房诗钞》《小仓山房尺牍》《小仓山房外集》，其诗文集也合称为《小仓山房诗文集》或《小仓山房全集》，《商舶载来书目》中的《小仓山房》具体所指不明，让学者们很是困惑。但是据上述文化十三年(1816)市河宽斋编《随园诗钞》和刻本所据底本，为三十一卷本《小仓山房诗钞》推测，宽政五年、六年输入日本的《小仓山房》或为《小仓山房诗钞》。

在《小仓山房诗钞》之外，袁枚诗集传入的记录主要是《随园卅种》。《随园卅种》中收录有袁枚《小仓山房诗集》、胡德琳《碧腴斋诗》、袁树《红豆村人诗稿》、何士颙《南轩诗选》、陆建《湄君集》、陆应宿《筱云诗集》。据《书籍元帐》，天保十一年(1840)传入《随园卅种》一部十套、一部十二套、二部各十六套。据《落札帐》记载，天保十五年(1844)、弘化二年(1845)、三年、四年、嘉永二年(1849)、五年及安政六年(1859)未七月，均有《随园卅种》输入。

一般来说，中国商船将某种汉籍输入日本，并不代表该汉籍已经为日本人所接受。通常情况下，当该汉籍出现了和刻本时，它在异域的"旅行"和接受才真正开始。从江户时期刊刻的袁枚著作的数量来看，即可以充分感受到日本人对袁枚之喜爱。比如在上述的《随园诗话》和《随园诗钞》和刻本外，江户中后期刊刻的袁枚相关著作还有如下几种：①

(1)《随园绝句钞》十卷，上田元冲编，弘化三年(1846)山城屋佐兵卫等刊；弘化四年(1847)京都林芳兵卫等刊。

(2)《随园文钞》三卷，田中恭辑，安政四年(1857)山城屋佐兵

---

① 可参考刘芳亮《袁枚与日本江户汉文学——以与广濑淡窗诗论的比较为中心》，《晋阳学刊》2008年第3期，第113页。

卫刊;安政五年(1858)江户山城屋佐兵卫重印。

(3) 1830年《随园女弟子诗选》二卷,大窪诗佛从《随园女弟子诗选》选出十九名,1844年再刊。

(4) 袁枚撰《续诗品》三十首一卷,横山卷校点,收录于嘉永四年(1851)刊刻的《二家诗品》中,该刻本是袁枚《续诗品》与题司空图《诗品二十四则》合刻为一的版本。

此外,还有几种和刻本总集里收录的袁枚诗歌。如清李敬编《清六大家绝句钞》二十四卷,梁川星岩编,嘉永五年(1852)河内屋茂兵卫刊行,其中有《随园绝句抄》十卷。再如清吴应和、马洵辑《浙西六家诗钞》六种十二卷,赖山阳编,嘉永二年(1849)山田茂助刊行,嘉永六年(1853)河内屋茂兵卫重印,其中有《小仓山房诗》二卷。以上所举袁枚著述的和刻本数量,足以说明袁枚在19世纪日本的受欢迎程度。

受袁枚影响最为明显的是江户晚期汉诗人、历史学者赖山阳(1780—1832年),他在文政十年(1827)创作了《论诗绝句》二十七首,以诗歌的形式,评论了从平安时期的菅原道真,经五山时期的绝海中津,到江户时期的新井白石、服部南郭、祇园南海、荻生徂徕、菅茶山、市河宽斋、大窪诗佛、菊池五山等诗人。日本学者竹村则行指出,赖山阳这种以诗论诗的评论方法并非独出心裁的创造,而是仿效袁枚《仿元遗山论诗》三十八首而来。袁枚《仿元遗山论诗》写于乾隆四十六年辛丑(1781),收录于《小仓山房诗集》卷二七。其小序云:"遗山《论诗》古多今少,余古少今多,兼怀人故也。"其论诗从清初诗人王士禛、吴伟业开篇,以乾隆期诗人翁方纲结束,所论诗人多半是与袁枚同时代人之人,而且袁枚曾为其中大部分人撰写传记、诗文序,可见他们之间是有深交的诗友。而赖山阳的论诗绝句也"以同代人为中心",即以江户时期的诗人为主,在评论方式上,赖山阳"以袁枚的论诗绝句为楷模而作",这无疑也说明了袁枚《仿元遗山论诗》对赖山阳论诗绝句的影响。[1]

然而,这并非意味着江户时期的汉诗人对于袁枚只是一味地赞赏。事实上,当时学者对于袁枚的态度毁誉不一,赖山阳《夜读清诸人诗歌戏赋》就批评过袁枚:"仓山浮嚣笔输舌,心怕二子才纵横。如何此间管窥豹,唯把一袁概全清。"[2]长野丰山《松阴快谈》也贬损道:"袁子才《随园诗话》,其所喜只是香奁、竹枝,亦可以见其人品矣。子才意气欲驾渔洋而上之,然其才学不足望渔洋,何能上之耶?"[3]但无论如何,正如性灵派在清诗发展史上具有重要意义一样,袁枚的诗论、诗歌被日本汉诗界用来批判复古风气,在维护诗歌表现性情与个性的本质、鼓励创新精神等方面,无疑发挥了积极的作用,这是清代其他诗人、诗歌流派所无法比拟的,也是我们评价袁枚性灵派诗学的域外影响时所不能忽视的重要方面。

---

[1] 竹村则行《袁枚论诗绝句与赖山阳论诗绝句》,《中国典籍与文化》1992 年第 2 期,第 117—122 页。
[2] 富士川英郎《诗集日本汉诗》第 10 卷,汲古书院,1986 年,第 488 页。
[3] 长野确著《松阴快谈》,详见池田四郎次郎《日本诗话丛书》第 4 卷,龙吟社,1997 年,第 398 页。

第十五讲　另类文人李渔的跨媒介接受

在整个十八世纪,李渔著作跨越了文学、美术、戏曲、造园及艺术鉴赏等多个领域,为当时的日本知识阶层所广泛接受,李渔作为理想文人的形象深入人心,以至于"笠翁""簑笠"等雅号作为中国趣味和隐者的象征,为许多文人艺术家所追捧。如小川破笠自称"笠翁""破笠",英一蝶自称"翠簑翁",曲亭马琴则自称"笠翁""簑笠渔隐"等。到了十九世纪,随着町人文化的繁荣,戏作文学一时成为主流,对李渔戏剧小说的翻案和接受迎来高峰。

一、《芥子园画传》与李渔文人像的生成

清初剧作家、小说家李渔(1611—1680)原名仙侣,字谪凡,号天徒。出生于江苏雉皋(今如皋)医药世家,早慧能诗,立志向学。清人入关后,李渔既不愿苟同清朝政权,亦不愿与其正面冲突,只能消极回避,深居野处。之后为求生计,移居苏杭、江宁,以文会友,创作、出版,自售其书为业。李渔著作甚丰,今人编为《李渔全集》,包括传奇《风筝误》《意中缘》《比目鱼》《凰求凤》《慎鸾交》《巧团圆》等,及小说《无声戏》《十二楼》《秦楼月》《香草吟》等,另有戏曲理论《闲情偶寄》及韵书《笠翁诗韵》《笠翁词韵》《笠翁对韵》等。

据大庭修辑录《商舶载来书目》《舶载书目》记载,与李渔相关的出版物通过长崎贸易流入日本的时间主要是在十八世纪。大致

可整理如下表：①

表 4.1　十八世纪李渔著作的传入

年　号	作品名	出　　处	页码
元禄十三年（1700）	《笠翁传奇十种》	《商舶载来书目》利字号	672 页
元禄十五年（1702）	《笠翁传奇十种》	《舶载书目》第三册（卷 4、5）	11 页
享保二年（1717）	《笠翁一家言全集》	《商舶载来书目》利字号	672 页
享保四年（1719）	《闲情偶寄》《芥子园画传初传》	《商舶载来书目》加字号	678 页
享保八年（1723）	《芥子园画传全集》	《商舶载来书目》加字号	679 页
享保十年（1725）	《笠翁诗韵》	《商舶载来书目》利字号	673 页
元文二年（1737）	《芥子园画传》	《舶载书目》第廿册（卷 44）	14 页
元文四年（1739）	《芥子园画传》	《舶载书目》第廿一册（卷 45）	5 页
宽保元年（1741）	《笠翁画传》	《舶载书目》第廿五册（卷 49）	2 页
安永一年（1772）	《笠翁觉世名言十二楼》	《商舶载来书目》利字号	674 页
天明二年（1785）	《笠翁十种曲》	《商舶载来书目》利字号	674 页

　　虽然李渔作品传入江户的实际数量可能比上表还要多，但就目前所见资料来看，无疑以署名李渔所编纂的《芥子园画传》输入次数、数量为最多。《芥子园画传》凡四集，初集由李渔女婿沈心友委托画家王概编纂，康熙十八年（1679）在金陵出版，李渔题序，记述了这本书的出版缘由。我们由此可知《芥子园画传》的实际制作者并非李渔，而是康熙年间活跃的画家王概。《芥子园画传》初集备受好评，康熙四十年（1701），沈心友和王概又合作编纂了《芥子园画传》二集，包括兰、竹、梅、菊谱共四册，及《芥子园画传》三集，包括"草虫花卉谱"二册和"翎毛花卉谱"二册。这一时期李渔已殁，但为了纪念他，依然以"芥子园"命名。嘉庆廿三年（1818），苏州小酉山房

---

① 根据大庭修《江户时代唐船持渡书研究》（《江户時代における唐船持渡書の研究》，关西大学东西学术研究所，1967 年）、大庭修《宫内厅书陵部藏舶载书目——附解题》（关西大学东西学术研究所，1972 年）等绘制。

再度编撰《芥子园画传》第四集,收录人像画谱。但与前三集无法相比,因此被指出可能是伪书。从书市出现仿作这点来看,也说明了《芥子园画传》在清初的影响力。

《商舶载来书目》记载《芥子园画传》传入日本的最早时间是享保四年(1719),但从日本诸多画论文献来看,早在元禄年间(1688—1703)《芥子园画传》已经传入日本。如白井华阳《画乘要略》卷三记载:

> 梅泉曰:元禄年间,徂徕先生得清人李渔《芥子园画谱》,大奇之,进纳之官库。而后十竹斋、佩文斋书画谱相寻而至,于是人或得见王、黄、倪、吴以下清人风格,百川南海首倡之,芜村大雅相继而兴,世人始知有南北宗。①

白井华阳不仅记载了荻生徂徕(1666—1728)向幕府献纳《芥子园画传》之事,而且通过清人画谱的流入与影响,说明了日本文人画的系谱,堪称是研究日本文人画的重要资料。但诚如诸多美术史学者所批评的那样,《画乘要略》是天保三年(1832)的著作,时隔徂徕献书日久,因此未必可信。②目前可见的较为古老的资料是正德二年(1712)林守笃《画筌》凡例:

> 一凡引用书又不多图绘宝鉴。立翁画传。图绘宗彝。本草纲目。(中略)等略撮其要以为画工之一助也。③

《画筌》凡例所述内容来自元禄三年(1690)土佐光信《本朝画法大传》"十二忌"所引《芥子园画传》初集,这说明在十七世纪末也即

---

① 白井华阳《画乘要略》,坂崎坦编《日本画谈大观》(《日本画談大観》)下编,目白书院,1931年,第1344—1345页。
② 桥本绫子《新出〈芥子园画传〉研究》(《新出の〈芥子園画伝〉をめぐって》),《大和文华》第64号,1979年3月,第2页。
③ 林守笃《画筌》,坂崎坦编《日本画谈大观》上编,目白书院,1931年,第3页。

《芥子园画传》初集成书不久,就已经传入日本。另外,尽管《芥子园画传》的编撰并非李渔之功,但《画筌》称《芥子园画传》为"立(笠)翁画传",汤浅元祯《文会杂说》、池大雅《写意式图卷》等著作,多视《芥子园画传》为李渔的画谱画论,渗透其间的文人精神亦被理解为李渔的创作思想。

《芥子园画传》传入日本之后,在宽延元年(1748)、宝历三年(1753)平安河南楼陆续刊行了《芥子园画传》初集和刻本五册,这些和刻本成为日本文人画家的权威教科书,与中国传入的画谱一起催生了日本的文人画。① 中国文人画一般通过社会地位来划分画家,作为一个社会阶层,他们有着强烈的精英意识。② 日本文人画则在以下级武士、町人为主的知识人之间流行,如池大雅、与谢芜村都是町人出身,且是以卖画为生的职业画家。日本文人画在祇园南海(1677—1751)、服部南郭(1683—1759)、彭城百川(1698—1752)、柳泽淇园(1703—1758)这几位先驱尝试之后,池大雅(1723—1776)和与谢芜村(1716—1783)对南宗画法进行了自由的模仿,将清新脱俗的人生世相绘入其中,创造出了日本独特的文人画。而无论是日本文人画草创时期的重要人物祇园南海、服部南郭、柳泽淇园,抑或是成熟时期的画家池大雅、与谢芜村,都与《芥子园画传》有着密切的联系。换言之,《芥子园画传》在日本文人画确立的过程中,作为传授中国画技法和动态的珍贵教科书,其权威地位逐渐得以稳固。③

池大雅也极其借重《芥子园画传》,这在有关他的记载中也得到了印证。如宝历十二年(1762)成书的《画式四种》中,池大雅就借鉴《芥子园画传》初集的"人物谱"完成其"写意式图卷",而其跋文

---

① 河野元昭《日本文人画与中国憧憬》,(《日本文人画と中国憧憬》),《尚美学园大学艺术情报研究》(《尚美学園大学芸術情報研究》)第 12 号,2007 年 11 月,第 12 页。
② 卜寿珊著,皮佳佳译《心画:中国文人画五百年》,北京大学出版社,2018 年,第 55 页。
③ 鹤田武良《关于〈芥子园画传〉——其成立及对江户画坛的影响》(《〈芥子園画伝〉について——その成立と江戸画壇への影響》),《美术研究》第 283 期,1972 年 9 月,第 88 页。

中的诸式几乎都来自"笠翁传"。与池大雅合作《十便十宜图》的与谢芜村,同样是以《芥子园画传》为主要教材修习绘画。①另外,从与谢芜村借鉴《芥子园画传》初集画论"画学浅说"中的"去俗"一项,来完成其俳句理论的事实可知,《芥子园画传》对十八世纪日本的影响早已溢出了单纯的美术史范畴,并蔓延至文学史。

与谢芜村的俳论以"离俗论"为代表,这在《春泥句集》序中有明确记载。有一日召波求教芜村,何谓俳谐?芜村答曰:"俳谐尚用俗语而离俗。离俗而用俗,此离俗法最难。"②召波又问,翁所示离俗论,其旨玄妙,可否有离俗之捷径?芜村答曰:"应读诗。"召波当即质疑道,诗与俳谐相异,舍弃俳谐而论诗,岂非南辕北辙?对此芜村引述《芥子园画传》答道:

> 画家有去俗论说,曰:画要去俗,别无他法,多读书则书卷之气上升,市俗之气下降矣。学者则慎旃哉。学画去俗尚且要投笔读书,何况诗与俳谐之道,何远之有?③

芜村以汉诗为学习俳谐离俗之捷径,有意识地取《芥子园画论》中的主张,纳入自己的俳论体系中,使得"离俗"成为他思想中的一个关键词。

总之,日本的《芥子园画传》无论是作为画论还是画谱,都很少提及画家王概的作用,而是通称为《笠翁画传》或者《李笠翁画传》。

---

① 森本哲郎《诗人与谢芜村·芥子园画传》(《詩人・与謝蕪村 11 芥子園画伝》),《国文学:解释与鉴赏》(《国文学:解釈と鑑賞》)第 33 卷第 12 号,1968 年 10 月,第 202—214 页。水上典子《从画业到文业:芜村对〈芥子园画传〉之关注》(《画業から文業へ:蕪村の〈芥子園画伝〉への関わり》),《武库川国文》第 56 号,2000 年 12 月,第 153—169 页。
② 与谢芜村《〈春泥句集〉序言》(与謝蕪村《〈春泥句集〉の序》),尾泽喜雄译《日本古典(芜村、良宽、一茶)》(尾沢喜雄译《日本の古典 22(蕪村・良寛・一茶)》),河出书房新社,1973 年,第 18 页。
③ 与谢芜村《〈春泥句集〉序言》,尾泽喜雄译《日本古典(芜村、良宽、一茶)》,河出书房新社,1973 年,第 20 页。

到了十八世纪末十九世纪初,李渔在日本的人气极为高涨,尤其是随着《十便十宜图》的问世,李渔作为理想文人的形象深入人心,其生活美学随笔《闲情偶寄》在这一时期的传播与接受,更加强化了李渔风流高雅的文人形象。

二、从李渔诗文到《十便十宜图》

收藏于川端康成纪念馆的《十便十宜图》(又名《十便十宜帖》或《十便十宜画册》),是我们了解李渔诗文在日本接受的一个极好的案例。收藏该画册的川端康成将其誉为文人理想与南画技法的完美结合:

> 李渔,别号笠翁,清初的富翁、学者和文化事业的资助者,写了题为《十便十宜》的诗歌,表现了居住在乡野所能感受到的"十便十宜",也就是即便生活在乡野,也有一些相宜之处。这些诗歌流入日本的时间,大致在日本的文化、文政时代,直到江户时代中后期的这一期间。……池大雅与芜村合作,完成了《十便十宜》,即二十首诗。……我收藏了他们的这批画作。[1]

这幅杰作由文人画巨匠池大雅、与谢芜村在明和八年(1771)合作完成。《十便十宜图》的素材来自李渔《笠翁一家言全集》卷七所作七言绝句《伊园十便》《伊园十二宜》。据《商舶载来书目》记载,《笠翁一家言全集》大约在享保二年(1717)传入日本。[2]又据《享保三年七月大意书控》,享保三年(1718)又输入此书三部各二套十六本。又,《外船赍来书目》记载宝历九年(1759)输入《笠翁全集》五

---

[1] 川端康成、三岛由纪夫著许金龙译,《川端康成、三岛由纪夫往来书简集》,昆仑出版社,2000年,第214页。

[2] 大庭修《江户时代唐船持渡书研究》,关西大学东西学术研究所,1967年,第672页。

部十套,应即《笠翁一家言全集》。又据《直组帐》记载,文政十二年(1829)分别由丑五番船、丑七番船输入此书共229部。据《书籍元帐》记载,天保十三年(1842)、弘化二年(1845)、嘉永三年(1850)分别输入此书一部二套、一部三本、一部二套。由此可见江户文人对李渔诗文集之喜爱。

明末清初之际,李渔归隐浙江兰溪伊山,并倾半生闲学在此构建了别庄伊园。从《伊园杂咏九首》等诗歌可知,李渔笔下的伊园有堂、榭、廊、亭、桥、舸,是一个乱世隐居、农桑自得的理想天地。因此面对来客担心伊园生活是否不便,李渔就隐居生活的"便"与"宜"分别作诗《伊园十便》和《伊园十二宜》,咏赏山中渔樵耕读、吟诗眺望之便宜,及四季朝夕、风雨晦明之乐事。

池大雅以李渔《伊园十便》诗为基础绘制的《十便图》,画风纯真、明朗,将李渔悠然自得的心态融入自然山水与日常起居之中。与谢芜村依据《伊园十二宜》所绘《十宜图》,则以俳人之感性,将李渔山居生活中的季节推移和气象变化生动地呈现了出来。制作《十便十宜图》的明和八年(1772),大雅四十八岁,芜村五十五岁,二人都住在京都,但关系并不亲近,究竟是谁同时调动这两位文人画名家合作绘制一幅画帖,其间经纬一直是日本美术史学界的未解之谜。

池大雅《十便图》按照"耕便、汲便、浣濯便、灌园便、钓便、吟便、课农便、樵便、防夜便、眺便"这一顺序排列,与李渔原诗排列顺序稍有不同。① 与谢芜村《十宜图》依序是"宜春、宜夏、宜秋、宜冬、宜晓、宜晚、宜晴、宜风、宜阴、宜雨",与李渔原诗顺序基

---

① 李渔《伊园十便》依序是耕便、课农便、钓便、灌便、汲便、浣濯便、樵便、防夜便、吟便、眺便。见《李渔全集》第二册《笠翁一家言诗词集》,浙江古籍出版社,2014年,第242—244页。据藤田真一考察,《十便图》最初很有可能也与李渔原诗顺序一致,只不过在画帖改装过程中出现了错位,才会呈现出现在的顺序。藤田真一《〈十便十宜画帖〉考——与池大雅的关系》(《〈十便十宜画帖〉考—池大雅との交叉》),《国文学:解释与鉴赏》(《国文学:解釈と鑑賞》)第66卷第2号,2001年2月,第132页。

本一致。①另外,李渔《伊园十二宜》原有十二首诗,但芜村的《十宜图》没有"宜晦""宜明"两首诗,因此《十宜图》究竟是为了配合《十便图》删除了两首,还是原来依据的诗文底本就只有十首,至今也是一个谜。无论如何,《十便十宜图》反映了十八世纪日本文人的中国憧憬,同时也是当时知识阶层共有的文人趣味的直接表现。

池大雅《十便图》紧密贴合李渔诗歌文本,将伊园的生活空间从各个侧面进行了图像化的表现,出场人物大都是中国风的隐士,他们无为自在、潇洒飘逸,展现出了作者追求远离尘世、寄情山水的中国式理想,具有浓厚的世外桃源意味。大雅为了表现这种脱俗、超逸的意境,甚至剔除了李渔原诗中描写山村生活的诸多要素。德田武将大雅绘画中的这一现象称为"脱落",并详细考察了每一首诗中的"脱落"之处,如李渔《耕便》中吟咏的"妇子"、《课农便》中出现的"课农"、《浇濯便》中的"幽人"、《樵便》中的"臧婢"、《防夜便》中的"山犬"等,在大雅的《十便图》中都没有出现。②这种"脱落"究竟是大雅有意为之还是无意使然,我们无从得知,但从结果来看,《十便图》剔除了李渔原诗中的世俗生活,转向了对田园风景的超俗表现,这对于日本文人趣味的表现意义非凡。

《灌园便图》最能体现池大雅对中国文人超俗理想的想象(参考图4.1)。李渔《灌园便》为陈述伊园灌溉之便,借《庄子·外篇·天地》"抱瓮灌园"典故,吟咏道:"抱瓮太痴机太巧,从中酌取灌园方。"③在李渔看来,庄子的抱瓮老人追求无为自然、纯白无机固然值得称颂,但抱瓮灌园显然"太痴";子贡建议"凿木为机"引水灌园,亦有投机取巧之嫌,而自己"筑成小圃近方塘",故可以在道家与

---

① 藤田真一《〈十便十宜画帖〉考——与池大雅的关系》,《国文学:解释与鉴赏》第66卷第2期,2001年2月,第132页。
② 德田武《解读〈十便十宜图〉》(德田武《〈十便十宜图〉を読む》),《江户文学》第18期,1997年11月,第16—34页、第33—34页。
③ 《李渔全集》第2册《笠翁一家言诗词集》,浙江古籍出版社,2014年,第243页。

图 4.1　池大雅《灌园便图》,《大雅芜村十便十宜画册》,便利堂,1933 年。

儒家之间"从中酌取灌园方"。池大雅的《灌园便图》紧扣李渔诗句中的"抱瓮灌园"典故,以一位正在灌园的老人为中心构图。画面中老人的身后放着一口瓮,他正从瓮中汲水灌园。大雅笔下的抱瓮老人以日本汉画中常见的中国隐士形象为基础,且放大了人物在整个画面中的比例,突显了人物的迂愚朴讷和恬淡自在,使得"灌园"这一具有乡野生活趣味的题材脱离现实,走向了超俗、飘逸的审美境界。

大雅的《十便图》充满了对中国文人画的借鉴,在构图、描线及色彩的运用上都极为统一,李渔原诗也都以楷书体被题写在画面最右端。与之相对,与谢芜村的《十宜图》极富变化,在《宜春》《宜夏》《宜秋》图中,采用明亮的色彩表现桃花、绿荫、红叶,而《宜冬》《宜晚》《宜晴》《宜阴》图则剔除了一切色彩,只有水墨的浓淡和大量的留白带来的沉静感。《十宜图》中水墨画与色彩画并存,文人画与俳画兼顾,且李渔诗文在每幅画上出现的位置并不固定,基本按照绝句的断句题写于画面空白处。由此可知大雅《十便图》大致是先题写诗歌,然后根据诗歌内容绘画,而芜村《十宜图》是先绘画,然后在画面空白处题写诗文。这种色彩和水墨的变化,也许是芜村的技巧之一,使得《十宜图》产生了一种近似日本中世连句的奇妙艺术效果。

李渔《十宜诗》中季节和朝暮带来的时间变化,以及晴雨和风雪带来的气象差异,在芜村《十宜图》中获得了最丰富的表现。《十宜图》以明晰、清新、柔美的视觉魅力,体现了芜村文人画的最高水准,这从其《宜晓图》中就可以看出(图4.2)。李渔《宜晓》诗云:

开窗放出隔宵云,近水楼台易得昕。

不向池中观日色,但从壁上看波纹。①

图4.2　与谢芜村《宜晓图》,《大雅芜村十便十宜画册》,便利堂,1933年。

---

① 《李渔全集》第2册《笠翁一家言诗词集》,浙江古籍出版社,2014年,第245页。

"隔宵云"有夜间湿气之意,"昕"即朝阳。这首诗描写清晨开窗,临水楼台观朝阳,波光粼粼映照于墙面,景致迷离梦幻。其中,末二句呼应杜甫七言律诗《反照》"返照入江翻石壁"一句,将视线由映现斜阳的江面,移向光影流转的墙壁,体现出李渔诗文的精巧雅致。《宜晓》诗中蕴含的黎明时分诗人特有的情绪,在俳人与谢芜村的敏锐感受下,通过对墙壁上粼粼水光的捕捉表现了出来。芜村以干笔和隐约的形状,将俳人的感觉和印象巧妙地置入《宜晓图》中,使得整幅画面具有了浓厚的文人趣味。

再来看李渔《宜夏》一诗:

绕屋都将绿树遮,炎蒸不许到山家。
日长闲却羲皇枕,相对忘眠水上花。①

山庄临水,又为绿荫所绕,屋内诗人因此不会为炎日所苦,可以终日长闲,临水观花。芜村《宜夏图》以绿荫所笼罩的小山庄为中心构图,以蓝色、代赭混合,间杂以绿色调和成的淡彩,通过色彩浓淡、干润的恰到好处的变化,将水面上荡漾的阵阵凉风,吹入浓荫掩映的小窗的瞬间,这种夏日独有的季节感表现了出来。但是,芜村《宜夏图》(图4.3)中人物与房屋的比例显然不甚和谐,过大的人物比例兼之简朴、即兴的画风,犹如短小凝练的俳句,而敞露衣怀的隐士形象则给画面带来了一丝滑稽的俳趣,使得诗文从平白的说明变为一种愉悦的精神图像。

如果说池大雅《十便图》着重表现了伊园的空间,那么与谢芜村《十宜图》则非常擅长把握自然的光影变化和瞬间感受。对于在日本各地旅行进行风景写生的大雅而言,表现山水空间是其特长,而对于创作俳谐吟咏四季的与谢芜村而言,描绘四时季节的流转是其

---

① 《李渔全集》第2册《笠翁一家言诗词集》,浙江古籍出版社,2014年,第244页。

图 4.3　与谢芜村《宜夏图》,《大雅芜村十便十宜画册》,便利堂,1933 年。

特长。二人在各自擅长的领域内,合作完成的《十便十宜图》因此成为传世名品。神田喜一郎、古原宏伸指出,诚如李渔传记所示,他并非像陶渊明那样的真正的隐士,但大雅、芜村通过对李渔诗作的解读,将其视为一位超脱世俗的隐者。①总之,《十便十宜图》中的人物都有一种飘逸的脱离尘世的感觉,其中叠合着大雅、芜村所理解的中国文人的理想形象。

宽政二年(1790)铜脉先生出版《唐土奇谈》②,载有中国剧场、行当、剧作家的概略说明。其中描绘有"杂剧作者湖上笠翁先生肖照"(如图 4.4)和生平略历,称其"家业本富,不喜仕宦。天生才高

---

① 吉泽忠《日本南画论考》(吉沢忠《日本南画論攷》),讲谈社,1977 年,第 341 页。
② 铜脉先生即京都狂诗作家畠中观斋(1752—1801)。青木正儿在《中国近世戏曲史》中论述道:"宽政二年(乾隆五十五年),有狂诗家名铜脉先生(本名畠中正盈)者,著《唐土奇谭》(唐土奇谈),以《千里柳塘偃月刀》装为李笠翁曲之翻译以欺世,固无足取,以此亦可见笠翁之名声啧啧也。"详见青木正儿《中国近世戏曲史》,第 334—335 页。

胜人,文章自成一家风范,工书擅画,至若音律弦歌,风流之事无所不长。蒙康熙皇帝召见,下旨授官,坚辞不受。及其年老,每于闲暇时作诗曲传奇为乐。"①书中的李渔醉心于文艺、才情一流,无意于官场,甚至谢辞康熙帝的授官。这种中国式的高隐神话以及附属于它的政治意义,至少在室町时代就广为日本人所知,更何况日本自平安末期以来就有鸭长明、西行法师等人进行的退避尘世的隐逸主义实践,但从十八世纪日本文人提倡的隐逸志向来看,与日本早期那种隐居草庵带有佛教修行性质的遁世型隐逸关系不大,真正触动他们的是中国的"市隐"文化。而且在十八世纪日本文人看来,李渔无疑是当时中国"市隐"文人的典范。这在上述的李渔肖像画后附祇园张新炳所作汉诗《题笠翁先生肖像》中可以看出来:

芒鞋竹杖见天子,龙舰春湖赐御卮。
一曲怀仙人不解,声声惟有沙鸥知。②

诗中"芒鞋竹杖见天子"的李渔,远比明清时人的认识更加高雅脱俗,呈现出不慕荣利、不惧权贵的文人样貌。伊藤漱平指出,李渔并非传统的士大夫文人,在中国存有其肖像画的可能性很小,《唐土奇谈》中的李渔肖像画很有可能是日本人凭借想象绘制的。③戴斗笠、手持书卷的高蹈文人形象,有力地证明了当时日本人想象中的李渔形象。

众所周知,清人对李渔评价并非尽为褒赏,亦有嫌恶者称李渔妻妾成群、喜谈房中术,更有为求收支平衡而四处托钵的媚态,为士

---

① ② 铜脉先生《唐土奇谈》,详见铃鹿文库古籍数据库(http://www.lib.ehime-u.ac.jp/SUZU-KA/452/),第9页。
③ 伊藤漱平《李笠翁的肖像画》(《李笠翁の肖像畫》),《伊藤漱平著作集》第4卷(中国近世文学编),汲古书院,2009年,第425—443页。

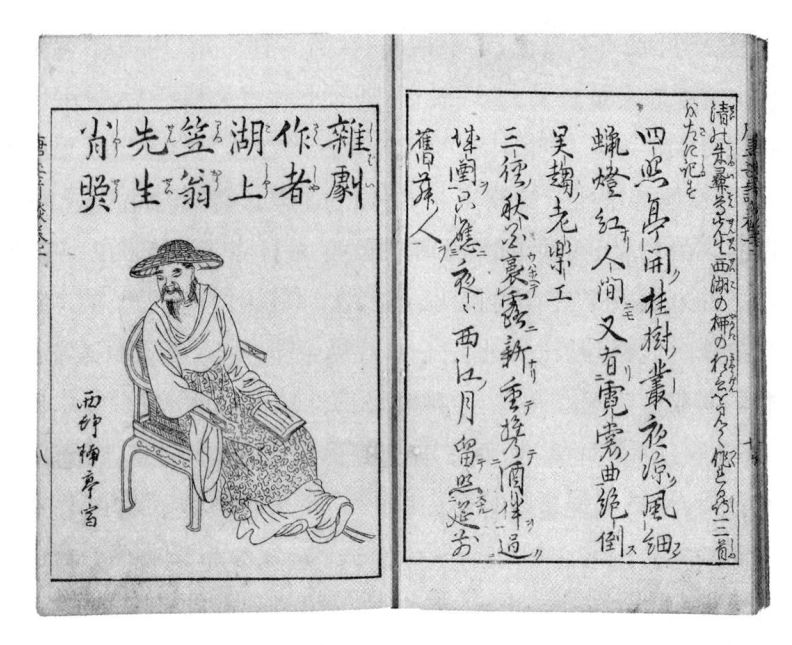

图 4.4　李渔肖像画及题画诗,铜脉先生《唐土奇谈》,第 11 页,铃鹿文库古籍数据库。

林所不齿。①古原宏伸评价道:"李渔即使在日本,也给人以风流隐逸、田园诗人的错觉。他是位能说会道的商人,欺诈巧取为家常便饭,巧舌如簧,与妾设局骗钱,厚颜无耻;是美食家,又沉溺于花鸟草虫;是彻头彻尾的享乐主义者。他拥有半世俗、半教养的出版社,和以芥子园为标志的、趣味高级的文房用具店,从商人成为广受大众欢迎的作家。"②

李渔向来以戏曲、小说和戏曲理论著名,诗歌创作并不为人所重,青木正儿在《清代文学评论史》、郭绍虞在《中国文学批评史》中都将李渔视为优秀的戏曲作家和理论家,但在诗人和散文家方面并没有提及他有多高的成就。因此将其诗歌作为对象来创作绘画的

---

① 如袁于令评价李渔:"性龌龊,善逢迎,游缙绅间。喜作词曲小说,极淫亵。常挟小妓三四人,子弟过游……其行甚秽,真士林所不齿者也。"袁于令《娜如山房说尤》,见《李渔全集》第 22 册《李渔研究资料选辑》,浙江古籍出版社,2014 年,第 11—12 页。
② 古原宏伸撰,蒋志琴、季冬华译《芥子园画传初集解题》,收录于范景中、曹意强主编《美术史与观念史Ⅲ》,南京师范大学出版社,2006 年,第 232 页。

前例,在中国并不多见。然而在日本因为《芥子园画传》和《闲情偶寄》的影响,李渔作为高雅文人、一流文学家而得到了很高的评价。

三、李渔戏曲在江户日本的回响

李渔创作传奇剧本十余种,流传至今可确认的主要有《笠翁十种曲》,其戏剧理论主要见于《闲情偶寄》。江户时期作家、学者或挪借李渔传奇的文辞语句,或蹈袭其故事的情节内容进行创作的情况很多。从前学们的研究来看,可简单整理可如下表:

表 4.2 李渔戏曲在江户时期的接受

出版年	作者	类型	作品名	出处
明和八年(1771)	八文字屋自笑	翻译	《新刻役者纲目》卷一	《蜃中楼传奇》第五、六出
天明七年(1787)	三宅啸山	读本	《和汉嘉话宿直文》之《兼叙别妻重逢之谈》(叙兼别し妻に再会の談)	《十二楼·奉先楼》
宽政七年(1795)	一飚道人	读本	《觉世奇观 渚之藻屑》卷一	《十二楼·闻过楼》
享和一年(1801)	曲亭马琴	黄表纸	《曲亭一风京传张》	《玉搔头传奇》序文
享和四年(1804)	曲亭马琴	读本	《曲亭传奇花钗儿》	《玉搔头传奇》
文化二年(1805)	山东京传	读本	《樱姬全传曙草纸》	《风筝误传奇》
文化四年(1807)	山东京山	合卷		
文化五年(1808)	石川雅望	读本	《近江县物语》	《巧团圆传奇》
	石川雅望		《飞弹匠物语》	《巧团圆传奇》《蜃中楼传奇》
天保二年(1831)	笠亭仙果	人情本	《清谈常磐色香》	《奈何天传奇》

(续表)

出版年	作者	类型	作品名	出处
天保十三年—弘化四年（1842—1847）	笠亭仙果	合卷	《美目与利草纸》	《奈何天传奇》
嘉永三年—安政元年（1850—1854）	笠亭仙果	合卷	《七组人子枕》	《十二楼》之《合影楼》《夺锦楼》《三与楼》《夏宜楼》《归正楼》

在以上列举的文本中，与李渔关系较为重要的作家有石川雅望和曲亭马琴。石川雅望（1754—1830）是德川时代后期狂歌、戏作者。以优雅艳丽的拟古雅言行文，主题多为人情风俗。著作有《万代狂歌集》、小说《飞驒匠物语》《近江县物语》等，今人辑为《石川雅望集》。石川雅望曾自叙待在近江的那几年，将中国戏曲翻案作《近江县物语》，这里的"中国戏曲"，指的就是李渔传奇《巧团圆》。

《巧团圆》情节繁复、架构复杂，大致分作三线交叉并行。《近江县物语》却不避繁琐，以五卷十一回的小说形式完成改写。三线情节几乎——再现，仅删去曲文，科白有直接对译者，亦有以和文语法改写者。再配以插图，边界齐整，类中国排版。另外，为配合日本文化背景，主人公的名字也逐一替换成日本的，同样叙述乱世中离乱悲苦事，却逢凶化吉，变苦为乐。

曲亭马琴（1767—1848）是江户时代中后期最为著名的小说作家，本姓泷泽，名兴邦，字琐吉，通称左五郎、佐吉。笔名极多，有蓑笠渔隐、玄同、信天翁、曲亭等。自幼广泛涉猎和汉经史典籍及稗史小说，曾受到小说家山东京传（1761—1816）赞赏，遂立志于文学一途，其作品涵盖黄表纸、合卷、净琉璃、读本等诸多领域，《南总里见八犬传》代表了曲亭马琴文学的最高成就。曲亭马琴很早就接触到了李渔的著作，在其现存藏书中，有《笠翁十种曲》一套二十本，他的《曲亭传奇花钗儿》便是以李渔《玉搔头传奇》为底本创作而成。

《玉搔头》是李渔作于清顺治十二年(1655)的一部传奇剧,此剧以三十出的篇幅,叙说了托名威武将军的明武宗微服出访时,钟情于妓女刘倩倩。临别订婚,刘女赠玉搔头以为信物。武宗丢失信物,为纬武将军范钦之女淑芳所得。后武宗遣内侍迎倩倩,倩倩因无信物逃走,误入将军范钦之署。武宗绘倩倩画像,悬挂各州。宁王叛乱,范女与父失散,因面貌酷似刘,被送至宫中。范钦知武宗访寻刘倩倩,亦送她至宫中团圆。武宗皆纳为妃,且反躬罪己,励精图治。该剧是李渔"十种曲"当中唯一直接以历史人物为议题、兼论政治的作品,表面上是写爱情风流,实际上却暗讽上位者游逸误国。李渔借由王守仁和许进二臣的言语行动,表现出传统士人的忧患意识,也寄托了他对皇权倾覆、社稷存亡的深切关怀。

关于写作缘起,据说此剧刊本前,李渔曾拜访好友杜濬,论及武宗之世,认为逆藩群邪,国势颠危,全赖忠臣王守仁、许进父子捍卫,刘娥贞操凛凛,可为典范,于是李渔花了几天时间写成此剧。黄鹤山农为《玉搔头》作序曰:"昔人之作传奇也,事取凡近而义废劝惩,不过借伶伦之唇齿,醒蒙昧之耳目,使观者津津焉互相传述足矣。"①剧名中的"玉搔头"即"玉簪",乃剧中重要砌末,其典故出自《西京杂记》"李夫人取玉簪搔头",此物不仅是男女主角的爱情信物,也是李渔作剧讲求"密针线",推动情节发展的重要线索。

曲亭马琴《曲亭传奇花钗儿》(后文简称《花钗儿》)是中型读本,享和四年(1804)刊行,共2卷2册。配以多幅插图,画者不明。如目次后一页即有旦角"妓女桂儿"着和服、手持花钗的形象,充分显现出日本化后的特征,上方文句"择婿从来无异术,须知欲少自情多",则来自李渔《玉搔头》第四出下场诗。《花钗儿》上卷写室町时代后期永禄年间,将军足利义辉外出寻找美女,隐

---

① 李渔《李渔全集》第五册《笠翁传奇十种(下)》,浙江古籍出版社,2014年,第667页。

藏身份与舞妓桂相爱。桂以花钗相赠，作为日后相见的信物，足利义辉在伏见丢失信物，被将军家臣名波武政之女玉苗捡到。下卷写将军义辉欲迎舞妓桂入府，桂因使者没有信物而逃至神埼。玉苗因头戴花钗而被误送至将军府，玉苗的父亲武政实为恶人，欲以女儿为工具强夺天下。察觉此事的玉苗选择了自尽，舞妓桂最终成了将军义辉的正妻。

《花钗儿》共五出七幕，精准转化了《玉搔头》之妙处。原剧中的主角明武宗被替换为日本室町幕府将军足利义辉，只不过马琴采取近乎"丑化"的方式，对足利义辉的人物形象进行再创造。德田武指出"义辉被塑造成比武宗愚钝百倍的君主"，是"对第十一代将军德川家齐好色生活的批判"。①

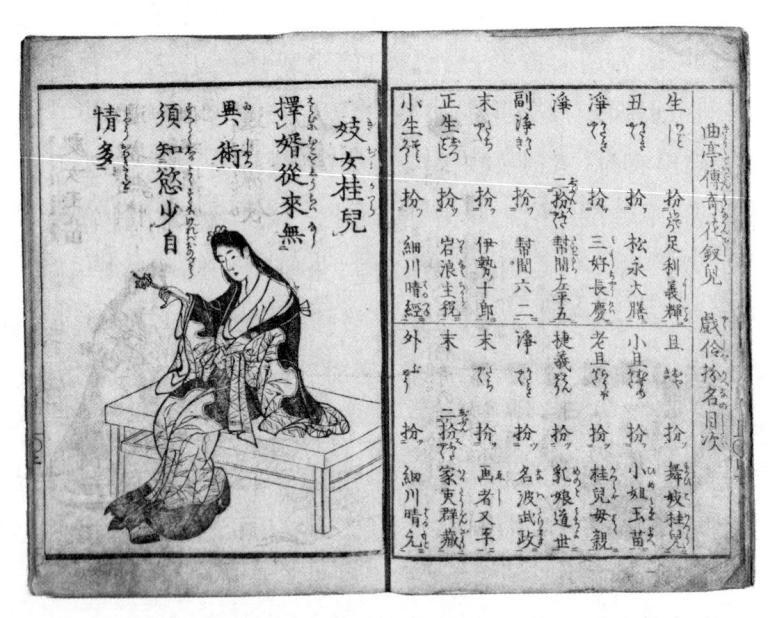

图4.5 《曲亭传奇花钗儿》人物插图，曲亭马琴《曲亭传奇花钗儿》，1803年。日本国立图书馆电子数据库（https://dl.ndl.go.jp/info:ndljp/pid/2534081，2022年9月17日）。

---

① 德田武《日本近世小说与中国小说》（《日本近世小説と中国小説》），青裳堂书店，1987年，第415页。

《花钗儿》由《拈要》开场,《大尾》收束,内中分作五出。第一出《浪游看花》,第二出《嫖院缔盟》,第三出《拾愁雠玉》,第四出《戍节亡命》,第五出《认假做真》。脚色方面,有生、丑、净、副、末、正生、小生、旦、小旦、老旦等。曲亭马琴还以戏剧的形式保留了科白。《花钗儿》除了最后的结局部分之外,基本上与李渔《玉搔头》情节一致,某些地方还可以看出近松门左卫门(1653—1724)《津国女夫池》等日本净琉璃的影响。不仅如此,在戏剧结构、语言上,《花钗儿》与《玉搔头》也基本类同,且在句子表达上有意识地使用了大量的中国白话,我们以开场的《拈要》文本为例,试做说明。

在李渔《玉搔头》开场《拈要》中,末上,继而唱《西江月》:

措大焉能好色,乌纱未必怜香。风流须是做皇王,才有温柔福享。 只虑欢娱太过,能令家国倾亡。特传妙诀护金汤,多设风流保障。[①]

其后《凤凰台上忆吹箫》:

毅帝武宗,冲龄御极,风流雅好微行。狎章台少女,簪订姻盟。为骅骝骗失却,无信物、车马空迎。大索处,拾簪有女,貌类娉婷。 痴情!旁求不已,遇强藩伺衅,家国几倾。赖忠臣效力,俘斩狰狞。停戎马、收来窈窕;奏肤功、献出螟蛉。回銮也,明良重见,好事方成。

又有韵语评曰:

---

① 李渔《玉搔头》,详见《李渔全集》第 5 册《笠翁传奇十种》下册,浙江古籍出版社,2014 年,第 669 页。

看上皇帝要从良，刘妓女的眼睛识货。
误收窈窕入椒房，万小姐的姻缘不错。
力保金瓯无缺陷，许灵宝的担荷非轻。
削平藩乱定家邦，王新建的功劳最大。①

《花钗儿》开场《拈要》中，也是末上，唱《西江月》：

自古姻缘天定，不繇人力谋求。有缘千里相投，对面无缘不偶。仙境桃花出水，宫中红叶传沟。三生簿上注风流，何用冰人开口。②

其后是《凤凰台忆吹箫》，仿李渔原文以和文体交代了永禄年间，风流王足利义辉，狎神崎舞妓，以钗订姻盟的故事梗概。最后又以汉文附道：

看上君公要从良，桂妓女的眼睛识货。
误收窈窕入椒房，苗小姐的姻缘不错。③

语句上则完全是对李渔《玉搔头》的模仿。《花钗儿》文末有："凡传奇小说者，非我俗子所熟解。若悉缀以汉字，不若读华人之小说；若悉作我戏文样貌，依是我戏文之糟粕也，何以言新乎。此编原非台上之曲，文章倘无国字，则蒙稚难通；倘无生、旦云云之俗语，则难证彼我杂剧之异。以此为本书架构，乃作者首要旨趣也。"展现出马琴折衷和汉体例，积极摄取、转化中国文艺的努力。

---

① 李渔《玉搔头》，详见《李渔全集》第5册《笠翁传奇十种》下册，浙江古籍出版社，2014年，第669页。
② 曲亭马琴《曲亭传奇花钗儿》(《曲亭伝奇花钗兒》)上卷，1803年，第6页。
③ 曲亭马琴《曲亭传奇花钗儿》上卷，第7页。

然而,马琴并非一味推崇李渔的所有作品。天保四年(1833)7月14日,他在寄给小津桂窗的信件里提到,"《十二楼名言》等作,旨趣淡薄,少有醒目妙趣"。①同年11月6日寄给殿村筱斋的信件里又言:"笠翁诗文尤其精妙,然意旨未及罗贯中之半。……《十二楼》《十种曲》等作,意趣虽佳,但亦有如《肉蒲团》之猥亵创作,绝非方正之学。此事暂且不表,彼人之作,尽以劝善惩恶连缀成文,令人感佩。"②肯定李渔作品的劝惩思想,批判《肉蒲团》的轻薄猥琐,并直陈李渔的故事构想、创作旨趣远不及罗贯中的巧妙精湛。此外,因马琴自序于稗史小说时号"蓑笠",别号"蓑笠渔隐""笠翁",这被认为是模仿李渔的名号"湖上笠翁",马琴对此也极力澄清:

　　愚老先年偶称笠翁,非慕彼笠翁而仿之。早前,即以《夫木集》"隐蓑笠"之诗意,为别号"蓑笠"。省略蓑字,自称笠翁,则众人多以源自李笠翁。昔年,大阪马田昌调亦称愚老为日本李笠翁先生,困扰有之。③

显然,马琴虽深受李渔劝惩教化论的影响,却不囿于对李渔的钦敬之情,仍按自身文学标准逐一审视其戏曲小说。由此可知,虽然李渔在马琴的小说观念与创作技巧上扮演了重要角色,但绝非不容置疑的存在。

---

① 柴田光彦、神田正行编《天保四年十一月六日筱斋宛》(《天保4年11月6日筱斋宛》),收入《马琴书翰集成》第3册,第107页。
②③ 柴田光彦、神田正行编《天保四年十一月六日筱斋宛》,收入《马琴书翰集成》第3册,第107页。

第十六讲 《聊斋志异》:近代日本人眼中的中国童话

《聊斋志异》虽然在18世纪已经传入日本,但真正对日本文学产生巨大影响,则是在明治时期以后。尤其是随着国木田独步翻译的《支那奇谈集》(1906年)和柴田天马的《日译聊斋志异》(1919年)的出版,日本近现代作家尾崎红叶、芥川龙之介、佐藤春夫、柳田泉、北原白秋等都开始从《聊斋志异》中取材,对其进行翻译或改写的作品陆续出现,成为日本近现代文学史上一道独特的文化景观。

一、《聊斋志异》的初期影响

明初《剪灯新话》曾经大为流行,后因被列为禁书而很少在中土流传。至明朝末期,开始有书商取《太平广记》中的一些故事,再杂糅以民间传说而出版,当时的读书人之间也流行着一种风气,就是在自己的文集之中专设一章谈论怪异之事,这种风气到清朝初期依然兴盛,《聊斋志异》就产生于这一时代风潮之中。《聊斋志异》中的故事,大抵不过神仙、狐妖、鬼怪、精魅等类型,这些内容在其他怪异小说之中也比比可见,但蒲松龄能用唐人小说的手法记录这些异事,其丰富的引喻和流畅优美的行文,带给读者一种未曾有过的清新之感。

蒲松龄(1640—1715)字留仙,号柳泉。"聊斋"是他的书斋名。《聊斋志异》究竟执笔于何时?完成于何时?到现在也没有一个确定的答案。唯一可以肯定的是,蒲松龄死后,有好事者竞相传抄《聊斋志异》的原稿,但是愿意出资刊行此书的人却寥寥无几,蒲松龄的孙子曾为此叹息不已。直到蒲松龄死后半个多世纪的乾隆三十一年(1766),才出现了以原来的抄本十六卷为底本刊行的青柯亭本。

《聊斋志异》青柯亭本问世之后,很快便传入日本。据大庭修考证,日本明和五年(1768),即有赴日清船携入《聊斋志异》一部两套,这一时期距青柯亭本的出现才不过两年而已。另据长崎图书馆渡边文库所藏《外船赍来书目》记载,日本宽政十二年(1800)清朝申一番船携去《聊斋志异》三部两套,日本嘉永七年(1854)清朝寅一番船,亦曾将《聊斋志异》两部各两套传入。日本学者前野直彬曾说:

> 《聊斋志异》最初传入日本是在江户时代,这是无疑的。至于准确的日期和由何人介绍,就不得而知了。不管怎样,江户时代的汉学者中间已经有人对《聊斋志异》产生兴趣,颇有了些读者,但也只限于他们那部分人,还不能到达广泛阅读的程度。①

根据目前的资料及研究来看,应以天明时期(1781—1788)秋水园主人编纂的《画引小说字汇》最早。该书付梓于宽正三年(1791),是一部为方便日本人阅读中国小说而编写的辞书,搜集了当时日本人较为熟悉的一百六十部中国通俗小说,摘录出词汇、俗语、虚字、助词等按笔画排列,加上简单释义而成。该书前面有一个"引用书目",登载了一百六十种小说的书名,包括白话通俗小说及文言小说,其中有多部小说在中国还是罕见本或孤本,如《小说选言》《三教开迷》《桃花影》《惊梦啼》等。当然,蒲松龄的《聊斋志

---

① 前野直彬《〈聊斋志异〉研究在日本》,收录于《蒲松龄研究集刊》(第一集),齐鲁书社,1980 年,第 291 页。

异》也在该书目中。

另外一个相关资料是《文正九年远洲漂着得泰船资料》记载的野田希一与清人刘圣孚等进行的笔谈。刘圣孚说:"《聊斋志异》《今古奇观》二书共在舱内,先生无事看看。"野田希一答:"《聊斋志异》《今古奇观》皆尝看之。《聊斋志异》小说中之尤者,吾乐读之。但《今古奇观》多俗语不可解者,故不卒业而止。愿乞借以请教。"① 这是1826年发生的事情,反映了清人商船的船员将中国小说借给或赠予日本人阅读的情况。从野田希一评价《聊斋志异》"小说中之尤者,吾乐读之"来看,可知十九世纪末《聊斋志异》在日本的阅读情况。

然而,与其他明清时期小说在江户日本的影响相比,《聊斋志异》对江户文学产生的影响并不明显。目前仅见的研究,是日本学者德田武在江户作家都贺庭钟(1718—1794)的《莠句册》中,发现收有《聊斋》中《恒娘》的翻案本,这被认为是日本最早的《聊斋志异》的翻案作品。都贺庭钟字公声,俗称六藏,号大江渔人、辛夷馆等,江户时期著名的读本小说家。享保三年(1718)生于大阪,青年时代便在大阪开业行医,培养了不少门生,江户时期著名的读本小说家上田秋成(1734—1809),就曾师从他学医学文。从流传至今的著述来看,都贺庭钟对中国白话小说的兴趣颇浓。早年曾对中国白话小说有过较为集中的考证与研究,汇编成《传奇踏影篇》一书,这被视为江户小说学的萌芽。都贺庭钟还对中国白话小说进行过训译、编译,最著名的如将《三国志演义》译编成五段十场的净琉璃《时代三国志》等,这对推动中国白话小说在日本的传播起到了积极的作用。而论及都贺庭钟在读本小说方面的最大贡献,毫无疑问首推他在1736年至1749年间先后出版的三部书——《古今奇谈英草纸》《古今奇谈繁野话》《古今奇谈莠句册》。这三部书都冠以"古今

---

① 田中谦二、松浦章编著《文政九年远州漂着得泰船资料》,《江户时代漂着唐船资料集》第2期(关西大学东西学术研究所资料集刊),关西大学出版部,1986年。

奇谈"四字,这被认为是模仿冯梦龙的"三言"而来。因此之故,学界对都贺庭钟读本小说与"三言"关系进行考察的成果颇多,却鲜有论及其与《聊斋志异》关系的成果。

德田武指出,森岛中良《凩草纸》(1791年)中,有对《聊斋志异》的《画皮》《酒友》《凤阳士人》《促织》《龙飞相公》《道士》《织成》等七篇的翻案。但是也必须承认,《聊斋志异》在江户时期日本的传播、译介、翻案及影响,都远不如《剪灯新话》等志怪小说。至于其间原因,有学者推测当与《聊斋志异》刊刻年代较晚有关,另外《聊斋志异》是一部文辞典雅的文言小说,其中使用了大量经史子集典故,若非强学博闻之人,很难全部理解其中的含义,这并不符合江户时期汉学者意欲通过中国白话小说学习汉语的需要,也在一定程度上影响了《聊斋志异》在日本的流传与接受。①

然而,《聊斋志异》对日本近现代文学的影响却很深远,其中最为著名的是石川鸿斋的《花神谭:再生奇缘》(1888年)及《夜窗鬼谈》(1889年)。石川鸿斋(1832—1918)名英,字君华,号鸿斋,别称芝山外史、雪泥居士,爱知县丰桥市人,曾拜入大儒西冈翠园门下,擅长诗文书画,是幕末至明治初期一位多才多艺的汉学家。石川鸿斋少时曾游历日本各地,广闻博识,壮年后潜心著书,又曾东渡中国求学。明治十年(1877),曾与清政府驻日使馆官员何如璋、黄遵宪、黎庶昌、杨守敬等交往,常于东京凤文馆书肆内以诗酒酬唱。石川鸿斋的著述甚富,有《鳌头音释康熙字典校订》六册、《画法详论》三册、《诗法详论》二册、《文法详解》一册、《正文章规范讲义》一册、《史记评林辑补》二十五册、《日本外史纂论》十二卷、《鸿斋文钞》三册、《芝山一笑》一册、《至钞录》八十篇、《花神谭:再生奇缘》一册、《夜窗鬼谈》二卷、《芝山一笑》一册、《鸿斋文钞》三册等,共五十余种。其中《花神谭:再生奇缘》与《夜窗鬼谈》是他仿效《聊斋志异》

---

① 黑岛千代《聊斋志异在日本的流播和翻译》,收入台湾清华大学人文社会学院中国语文学系主编《小说戏曲研究》(第2集),联经出版事业公司,1989年,第343页。

等中国志怪小说创作的日本怪谈小说。

《花神谭:再生奇缘》是石川鸿斋在明治二十一年(1888)出版的一部小说,采用章回体,用假名书写,共十回,内配多幅精美插图,另附一篇汉文书写的序和假名写的凡例。在汉文序中石川鸿斋主要陈述了创作缘由,他巧作譬喻:"食河豚而中毒者则曰河豚毒鱼也,不可食焉。若其不中毒者曰河豚好鱼也,毒何在哉?"来说明"世之遭鬼怪者亦然",即千百人中见过鬼怪的必说有,而未见过的必说无,没见过的多而见过的少,所以谈论鬼怪之事,也经常被嗤笑为是神经病。石川鸿斋否定了这一态度:"夫生死异其域,阴阳殊其途。夫子不语怪神者,以不可测度也。《易》曰:'阴阳不测谓神。'《诗》曰:'神之格思,不可度思。'以圣人之智所言如此,矧于常人乎。"[①]可见他认为鬼神之理非世人可知,对其采取的是存而不议的态度。

其后,石川鸿斋在序文中说近日"得一奇谈",其中多幻怪杳渺之说,但并不觉得其毫无根据,所以"戏效演剧填语,以俚语缀之"。虽然石川鸿斋没有在序文具体说所得"奇谈"为何书,但从紧随其后的《凡例》所说"从清人蒲留仙《志异》所载一二则中取意,杂之以十回"可知,该"奇谈"之书正是《聊斋志异》。在《凡例》中,石川鸿斋还强调,该书中所记怪异之事,在开化者之流看来荒诞不经,编者当然也未必尽信之。尽管如此还要写作此书的理由,是因为相信小说"含有劝惩之意"。

这种观点在他的汉文志怪小说《夜窗鬼谈》序言中也有反复提及。《夜窗鬼谈》是石川鸿斋效仿借鉴《聊斋志异》、袁枚《新齐谐》(即《子不语》)创作的一部汉文志怪小说,分为上下两册。上册《夜窗鬼谈》刊于1889年,下册《东齐谐》刊于1894年,但作者在首页首行又题"东齐谐,一名夜窗鬼谈",我们由是可知这两册书实为姊妹篇,只是下册在出版时改了书名而已,在此我们统称之为《夜窗鬼

[①] 石川鸿斋(石川鴻斎)《花神谭:再生奇缘》,春阳堂,1888年,第2页。

谈》。《夜窗鬼谈》序文开篇借苏东坡谈谐之事引发议论,表明自己以怪谈之说娱乐的态度:

> 东坡在岭表,所与游者,各随其人高下,谈谐放荡,不复为畛畦。有不能谈者,则强之说鬼。於乎! 坡公之贤,尚喜说鬼,子知信其事而喜之耶? 抑亦如观演剧术术,使之为之自娱者耶?①

其后又补充道:"游戏之笔,固为描风镂影,不可以正理论也。然亦自有劝惩诚意,聊足以警戒世,是以为识者所赏,不可与《水浒》《西游》同日而语也。"②也就是说,他始终是以儒学家的身份纵谈玄幻,书写基调也没有完全脱离儒家裨益世风的要求。《夜窗鬼谈》虽题为"戏编",却有着警世劝惩的意味。另外,石川鸿斋身处明治维新的时代变革中,不可能不顾及西方近代科学的影响,因此他主张其写作目的是歌颂男女之真情,以期将"妇女柔婉之情态、少年慧敏之言语"表现出来。

《夜窗鬼谈》卷首有序文,文末署"明治二十二年(1889)春仲鸿斋居士石英志",次为一幅鸿斋居士坐于书斋中的画像,该图左上角题有一首七言律诗:"净几明窗又友谁,陈编束阁任心披。兢兢业业非吾事,暖暖姝姝足自怡。著述争仆千古债,雕虫徒费十年思。羞他睨睆黄鹂啭,不似先生佶屈辞",署"鸿斋居士石英显"。再次是《凡例》三则及一篇《鬼字解》末署"著者志"。正文中收录有四十三篇小说,首页首行题"夜窗鬼谈",次行题"石川鸿斋戏编",该汉文小说文中间杂句读训点、双行夹注及精美石印插图。

根据石川鸿斋在序文及篇末案语中屡次提及《聊斋志异》,我们可知《夜窗鬼谈》在题材、叙述手法等方面对《聊斋志异》的借鉴。

---

① 石川鸿斋著,王新禧校注《夜窗鬼谈 东齐谐》,九州出版社,2018年,第3页。
② 石川鸿斋著,王新禧校注《夜窗鬼谈 东齐谐》,九州出版社,2018年,第4页。

尤其是收录在《夜窗鬼谈》上册中的《花神》,受《聊斋志异》影响最深。《花神》的故事情节与前述石川鸿斋的《花神谭:再生奇缘》第一回"金井观花初惑幻,华胥感梦欲求真",几乎完全一致。二者都描写了京都士族出身的文人平春香,弱冠之时游学东京,某日在小金井观赏樱花,因赋诗而被花神邀去"华胥窟"共度一夜的故事。虽然之后的故事走向稍有不同,但整体上都可以看出《聊斋志异》中《绛妃》一篇的影响。

《绛妃》讲述作者旅居于毕刺史的绰然堂,当时花木繁盛,得恣游赏。一日,忽然受到花神的邀请,原文如下:

> 梦二女郎被服艳丽,近请曰:"有所奉托,敢屈移玉。"余愕然起,问:"谁相见召?"曰:"绛妃耳。"恍惚不解所谓,遽从之去。俄睹殿阁,高接云汉。下有石阶,层层而上,约尽百余级,始至颠头。见朱门洞敞,又有二三丽者,趋入通客。无何,诣一殿外,金钩碧箔,光明射眼。内一女人降阶出,环珮锵然,状若贵嫔。①

蒲松龄笔下的花神常被封家的女子摧残,故请作者梦中到自己的宫殿写战书。《绛妃》中作者被邀请至花神宫殿的经过,显然影响了石川鸿斋对《花神》篇的创作:

> 忽有丫鬟,风姿绰约,年可十二三,殷勤对生曰:"主公待君久矣,请枉步来。"生怪之曰:"余始来此,未有知己也,不知主公何人?"曰:"君去自知。主公曰:'平君今迷途,汝邀之。'"生以为塾中之人,或寓此地,遂从了丫鬟往。……乃启扉入,一雏鬟把烛而迎。逾阈二三,室宇洁清,画以樱花,银烛辉煌,华毯夺

---

① 蒲松龄撰《聊斋志异》,华夏出版社,2017 年,第 344 页。

目,铜瓶金炉,芬馥满室。……少焉,宫样妇人冉冉启帐而出,婀娜艳丽,年未及笄,裳衣淡红,皆绣落花,海棠含雨,出水芙蓉,不足喻也。①

这两段文本都是从花神派遣使者相邀书生至其宫殿,书生茫然随之入室写起,然后以书生视角描述花神宫殿之典雅富丽。只不过石川鸿斋对书生的心理活动及花神所居之处描写得更为细致,他将花神的宫殿命名为"华胥窟",还以李商隐的诗句"春窗一觉风流梦,却是同衾不得知"为对联,来点明故事情节。石川鸿斋《花神》的后半部分,写书生与花神相恋,后思念成狂,年年来到树下期盼相见,终与观音为媒的凡间女子成婚,人神之恋以欢喜结尾。这样类似的情节在《聊斋志异》的《香玉》《葛巾》等篇中都能找到线索。

蒲松龄对于大自然的飞禽走兽都抱有深厚的感情,借由虫鱼鸟兽作为小说幻化的题材,呈现人与万物和谐的一面,尤其是其以花妖木怪为题材创作的作品,在日本是较为罕见的,篠田浩一郎就曾提到这一问题:

我曾读过《聊斋志异》,其中有一篇是叙述庭院里的花草,爱上了书房里的书生,彼此恋慕,倩女幽魂时常出现在他枕边,这故事着实令我吃惊。我国的小说系统上是鬼妖怪谭,但鬼怪动物变成人的故事较多,而植物之类则几乎没有。②

蒲松龄创作了一群美丽的花木女仙形象,这些形象往往又符合某种植物的形态与性情,这是《聊斋志异》的特色。日本许多近现代作家在翻译《聊斋志异》的过程中,发现了这一特点,他们惊讶于蒲松龄竟然对大自然的一花一木都有那么深厚的感情,很是受感染,

---

① 石川鸿斋著,王新禧校注《夜窗鬼谈 东齐谐》,九州出版社,2018年,第27页。
② 篠田浩一郎《物语与小说的语言》(《物語と小説のことば》),国文社,1983年,第17页。

因此也尽可能地在作品中进行化用。①

二、科举·黑衣仙·乡愁:《竹青》的故事

明治前期的作家和翻译家,主要关注的是《聊斋志异》中具有猎奇色彩的男女恋爱故事,最早关注到《聊斋志异》恋爱以外广泛主题的是作家国木田独步(1871—1908)。国木田独步最初以浪漫主义作家身份进入文坛,后因倾向于客观写实的态度,而被认为是自然主义作家,但他作品里面蕴藏着神秘的哀感和浪漫的诗情,因此《聊斋志异》是他最为喜爱的一部中国小说集。据说他任民声新闻社总编辑时,案头总摆着《聊斋志异》。晚年国木田独步曾回忆说:

> 《聊斋志异》是我爱读的一部书。我自己都很奇怪对这些怪异故事何以会这么喜爱,恨不能通宵达旦谈它读它。尤其是中国的怪谈故事,其思想奇特而破天荒,我国人根本无法企及的。尤其是《聊斋志异》,其语汇丰富而新鲜,远远凌驾于其他作品之上。……怪谈故事最能发挥一个民族的想象能力,也最能表现一个民族滑稽幽默的水平。一个民族不会语怪说鬼,只注重现实表相,那只会是一个精神与心灵都毫无余裕的民族。②

国木田独步对中国志怪文学的本质有着独特的认识,他通过矢野龙溪(1851—1931)入手了《聊斋志异》,并从1903年开始,在自己任主编的《东洋画报》上,陆续发表他翻译的《聊斋志异》。国木田独步主要从《聊斋志异》中选择了四篇进行翻译,其译文有些地方类似故

---

① 黑岛千代《〈聊斋志异〉在日本的流播和翻译》,台湾清华大学人文社会学院中国语文学系主编《小说戏曲研究》(第2集),联经出版事业公司,1989年,第352页。
② 国木田独步《独步丛书》第10册《独步病床录》,新潮社,1925年,第82页。

事梗概,有些地方则溢出原文,过于详尽。因此若单从翻译的角度来看,国木田独步的翻译也许算不得上乘之作,但在最早用浅显易懂的现代日语将《聊斋志异》故事介绍给日本读者这一点上,无疑具有重要意义。国木田独步翻译的《聊斋志异》篇目如下:

《竹青》译为《黑衣仙》,1903 年 5 月;

《王桂庵》译为《舟の少女》,1903 年 6 月;

《石清虚》译为《石清虚》,1903 年 7 月;

《胡四娘》译为《姉と妹》,1903 年 9 月。

其中前三篇发表于《东洋画报》上,最后一篇刊登在改刊《近事画报》上。《东洋画报》是当时较为著名的介绍东洋新闻、社会、风俗以及东亚政治形势的一种杂志,同时为了吸引读者,也会刊登大量东亚的奇闻、怪谈和美女时装照。独步翻译的《聊斋志异》作为娱乐性极强的怪谈,就刊登在该杂志上。这一时期的《东洋画报》,发表的与中国相关的传闻逸事和绘画、照片很多,但基本上都流于描述奇谈怪闻和猎奇"支那"美女,这与甲午战争期间日本对中国采取俯视的视角有关,该报纸上刊登的大多数内容,都带有一种帝国主义视角下的追求所谓的"异国趣味"的色彩。然而,独步翻译的《聊斋志异》,超越了那种单纯追求"异国趣味"的猎奇情调,他关注的不是被作为艳情主题处理的《聊斋志异》,而是将其视为一种富有"幻想性"的文学作品。他将《聊斋志异》中的故事情节尽量简化,将其中表现幻想性的细节、要素和场景尽可能详细地翻译出来。可以说,国木田独步正是通过将《聊斋志异》视为东洋幻想性文学的典型,来对抗当时西洋文学在日本所具有的权威性。在以模仿西方文学为主流的明治时代,国木田独步通过自己对艺术的独特感受,将《聊斋志异》的幻想性和艺术性发掘了出来。在国木田独步之后,《聊斋志异》很快就成为普通日本人都可以享受的中国幻想性文学的代表性作品,尤其是独步根据《聊斋志异》的《竹青》翻译的《黑衣仙》,成了日本人所周知的名篇,经后世作家不断翻改,并多次被选入日本高中的汉文教科书中。

蒲松龄的《竹青》取自一只黑色神鸦的名字。作品描写了湖南人鱼客科举落第,贫困潦倒之际在汉阳湖畔的吴王庙休息,幻化成乌鸦,与吴王的神鸦竹青结为夫妻。在鸟类的世界里自由自在的鱼客,不幸被船上清兵的弹弓所伤,不治身亡,又变回了原来书生的模样,重新回到了故乡。三年后鱼客科举回乡途中再次来到吴王庙,在一群乌鸦中找寻竹青未果,忽然传来扇动羽翼的声音,回头一看明眸皓齿的美人竹青就站在身后。鱼客在汉阳竹青的家中度过了一段幸福的日子,后来因为想念故乡的妻子,被竹青送回了故乡。鱼客后来不断往返于汉阳与故乡之间,与竹青生育三子,和乐美满。现实与梦幻两个完全不同的世界在这篇作品中浑然交融,人类与乌鸦相知相伴的浪漫旋律贯穿作品始终。

国木田独步的《黑衣仙》则是将竹青的名字改为了"黑衣的仙女",直接提示了作品的内容。国木田独步的译文中,对原文《竹青》比较重要的改动是,《竹青》里的鱼客坐享齐人之福,过着往来于妻子和竹青之间的幸福生活,这是典型的以男性为中心的中国封建社会的理想婚姻关系。在中国古代的家庭制度里,竹青的子女对鱼客原配尽孝道、举哀送葬的事情似乎也是一种美谈,作者以一种平淡自然的语气描写着这种生活。国木田独步则删去了这些在习惯于一夫一妻制的日本人眼里很难想象的情节。除此之外,《聊斋志异》还包括与中国古代文化和科举制度等相关的专有名词,独步将这些日本不熟悉的词语转化为更简单的概念,例如将"科举考试"译为"官吏考试"等。其中的对话也尽可能地使用口语,如此一来,《竹青》就变成了一篇大众都可以轻松享受的故事。结尾部分,竹青所生的两个男孩都被留下继承家业,鱼客则带着女儿玉佩离开,全篇以"自此不返"四字结束。独步在译文中则稍加了说明:"鱼生的结局不得而知,也许是与竹青一起化仙,隐居到仙岛去了吧!"独步的这种恰到好处的增删改写,使全篇在一种艳情故事的情调中明快地展开。①

　　日本作家太宰治(1909—1948)也改写了蒲松龄的《竹青》,发表在《大东亚文学》1945年1月号上,以《新曲聊斋志异》为副标题。这篇小说的执笔时间,无疑是在日本发动太平洋战争后军国主义气氛最为浓厚的时期。《竹青》的发表使得当时为战争阴云所笼罩的日本读者眼前一亮,而这篇作品也成了以颓废、晦暗的艺术风格见长的太宰治文学的转折点。这是一篇沿着日本帝国主义国策路线创作的作品,蒲松龄笔下的竹青成了一位行古圣贤之道的仙女。太宰治在《竹青》文末的自注中特别指出:"《竹青》是创作,是希望得到中国读者的阅读而写的,理应被汉译。"②后来在《大东亚文学》里果真被汉译发表了。这些都意味着太宰治在写作《竹青》的过程中,是强烈意识着其预设的中国读者群的。

　　太宰治的《竹青》虽然故事情节与原作大体相同,但作品中的人物性格、关系以及文章的结尾等,却与原作大不相同。在蒲松龄的原著里,只写鱼客是从湖南参加科举进京穷书生。关于他的家世,却只字未提。太宰治却为鱼客增加了一个"前传",详细介绍了这个倒霉蛋命运不济的种种遭遇,尤其是他还被酒鬼伯父强迫,娶了一个又黑又瘦、目不识丁的婢女为妻。据说这女子曾经是酒鬼伯父的小妾。她对鱼客的学问很是轻蔑,还逼迫鱼客去河边清洗她那些脏兮兮的内衣裤。所以鱼客虽然身在故土,却大有天涯孤客之感。他决定奋发读书,以求取功名,却屡次名落孙山,甚至欲投湖自尽一了百了。太宰治以相当幽默的笔调,将鱼客的那种傻劲写了出来,给读者带来了一种亲切的幽默感。

　　需要注意的是,太宰治虽然也是《聊斋志异》的爱好者,但他只

---

① 翁苏倩卿《日本近代文坛中〈聊斋志异〉的接受与变化》(《日本近代文壇に於ける〈聊斎志異〉の受容と変容》),《国际日本文学研究集会会议录》,1983年3月,第55—65页。
② 藤田祐贤《蒲松龄与聊斋志异》,王孝廉编译《哲学·文学·艺术:日本汉学研究论集》,时报出版公司,1986年,第133—147页。

是通过田中贡太郎翻译、公田连太郎注解的版本来进行创作。蒲松龄撰写的《聊斋志异》中共有431篇故事,而田中贡太郎翻译的《聊斋志异》仅有35篇。对于如何筛选作品进行翻译,负责注释的公田连太郎在《聊斋志异问题》一文中表示,这35篇作品"以尽量筛选不同种类的作品为原则",主要担任筛选工作的是译者田中贡太郎。[1]总之,在没有看到《聊斋志异》原典的情况下,太宰治对于《聊斋志异》的理解,更多是一部隐喻和表现怀才不遇的弱小男性的故事集。太宰治既缺乏严格的汉文训练,对中国文学也没有进行过真正的研究,所以在他之前日本学界对于《聊斋志异》中的幻想、救济、教训等主题的关注,在他作品中几乎都没有体现。他只是将《聊斋志异》中的弱小男性的形象,置换到了自己的文学世界中。面对战时体制下严格的文章审查制度,以及文学创作必须配合国家政策的处境中,太宰治对《聊斋志异》的活用,也许是一位不想为战争出力的文学工作者,能主张自己思想的唯一方法。

在蒲松龄的原作中,鱼客经常往返于汉阳和故乡湖南,同时拥有正妻和竹青。而太宰治笔下的鱼客,则告别竹青,回到故乡。鱼客回到家里,发现出来迎接他的妻子容貌竟意外地与竹青一模一样,妻子也对自己以前的错误向他道歉。后来他们生下一子,和普通人一样过起了和和睦睦的日子。尽管这样的结尾非常唐突,但大概也是顾忌战时体制下的文化统治,才有意避开纳妾给读者带来的不道德感。太宰治在结尾还不失幽默地写道:"乡亲们对他还是没有尊敬之意,但对此,他已经不再介意,而是以一介极平凡的农夫身份湮没在红尘之中了。"[2]作品中清晰可见太宰治在世界观、人生观上的挣扎,难以融入俗世的太宰治在孤独绝望之余悟出要爱俗世,

---

[1] 横路启子《以"变身"为主题的物语〈竹青〉——以时代背景为中心》,谭晶华、李征、魏大海主编《日本文学研究:多元视点与理论深化——日本文学研究会延边大学十二届年会论文集》,青岛出版社,2012年,第104页。

[2] 王述坤编《日本现代文学名家名作集萃》,中国科学技术大学出版社,2007年,第163页。

他通过竹青的对话痛快地讲了出来:"人的一生必须在人的爱憎中熬煎,不可逃避。要忍字当头,脚踏实地去努力。爱这个俗世吧!船已备好,请上路!"太宰治笔下的鱼客,被周遭的人轻视,科举之梦破灭,是一位对人生疲倦至极的弱小男性。即便如此,太宰治也通过一系列的情节转变及对话,给读者展现了人所无法抛却的对生命的热爱。

当鱼客回到家里,妻子的容貌变成了竹青这一神秘的手法,在日本传统的怪谈文学中很是常见,也可以理解为太宰治重视夫妻和谐而选择了一种童话般的结尾。尤其是蒲松龄原作中描述化为鸟的鱼客和竹青相亲相爱、和睦相处的场景,仅有"雅相爱乐"四个字,太宰治则通过很长的一段描写,把飞翔在洞庭湖上的两只乌鸦的亲爱画面呈现在读者面前。

>那么,官人,饭后去散散步好吗?
>嗯! 鱼客大大方方的点了头,请她在前面带路。
>那么,请跟我来!
>黑衣夫妇吧嗒一声飞了起来。秋风袅袅拂翼,洞庭湖烟波尽收眼底。眺望远处,岳阳楼的瓦脊在夕阳下闪烁,再往别处一看,耸立在湖中的君山,如同玉镜上一点翠黛。……黑衣夫妇一边欣赏着洞庭湖上秋月的皓洁,一边悠闲自在地飞回洞房去,然后相互偎依而睡。[①]

这一段文字非常长,但是并不杂乱,首先以夫妻对话开始,紧接着采用汉文那种格调高雅的章句,来描写映入眼里的风景,在此基础上,紧紧抓住两只乌鸦富于节奏感的动作。写景文字与说明文字交替

[①] 村松定孝著,慕芙蓉译《太宰治与中国文学——关于〈清贫谭〉〈竹青〉》,详见中国比较文学学会编《中国比较文学·中日比较文学专辑》,上海外语教育出版社,1991年,第131页。

重叠使用，这是太宰治文体的特点，也是值得鉴赏的名篇。此外，太宰治还加入了大量的景物描写，并不时地插入汉诗，将洞庭湖、长江、汉水一带的风景描绘得如梦如幻，给人一种身临其境之感。如描写汉阳时，引用"晴川历历汉阳树，芳草萋萋鹦鹉洲"，描写江上美景时用"借问乡关何处是，烟波江上使人愁"等。小说中还大量引用了《论语》《中庸》及屈原《渔父》的典故，尤其是在对蒲松龄原作中没有的"乡愁"主题的表现中，竹青说："《论语》有云，乡愿，乃德之贼。你为何那么介意故乡呢？"这些典故的使用，无论是否忠实于原文、原意，都使得整部作品充满着一种雅致的汉文情调，也因此成为了日本文学史上的名篇佳作。

《竹青》在1965年、1968年、1971年三次被东京书籍出版社的高中汉文教科书选用。在1965年出版的《汉文2（古典乙Ⅱ）3年用》里，《竹青》在第七单元"传奇"中被采用。文章最后的研究问题就有："从《竹青》取材的作品，有太宰治的《竹青》，请阅读比较二者的异同。"由此可知太宰治《竹青》在日本的影响。

三、《聊斋志异》与日本儿童文学

大正时期，《聊斋志异》真正意义上的翻译本出现了，即柴田天马的《和译聊斋志异》，1919年由玄文社出版，共收录有三十四篇作品，在当时反响极大。1926年，田中贡太郎的《聊斋志异》译本也出版问世，该译本同样收录了三十四篇故事，通过这些译本的流传，原本不太受关注的《聊斋志异》一跃而成为中国文学的代表性作品。这一时期《聊斋志异》的流行，与文坛上盛行的对"童话"及"儿童文学"的关心密不可分。蒲松龄在《聊斋志异》中所表现的对大自然的情感，以及塑造出的一群花妖狐仙的形象，给日本近现代作家带来了很多创作的灵感。尤其是对日本童话文学而言，《聊斋志异》更是成为了取之不尽的素材宝库。

1918年,由铃木三重吉主持创办的《赤鸟》(《赤い鳥》)杂志为分水岭,《金船》《少年俱乐部》等儿童文学杂志陆续创刊。随着《赤鸟》杂志的影响日益扩大,"童话"一词也逐渐引起了人们的注意。最早利用聊斋故事创作儿童文学作品的小山内薰(1881—1928年),在1918年10月《赤鸟》第一卷第四号上发表的《梨子》(《梨の実》)一文,便是对《聊斋志异》中《偷桃》的改写。《偷桃》是蒲松龄追忆参加府试时在藩司堂中所见幻术演出,文章写得奇异诡谲,令人心悸神骇。作者先描述了幻术表演的场景,这是立春前一日的迎春活动,游人如堵,热闹非凡。其中有父子二人表演幻术,声称"能颠倒生物",官吏命其表演取桃,术人一边面露难色,一边将绳子抛入空中,令绳直立,继而其子缘绳偷桃。后桃子取来,但其子身首肢解被从空中抛下,术者大哭,称其子恐是被管理蟠桃的天兵所斩。路人怜悯其失子之痛,遂纷纷解囊赠金。这时术人从箱中放出其子,给路人致谢,但见其子毫发未伤,众人惊奇不已。蒲松龄在文末中还说:"后闻白莲教能为此术,意此其苗裔耶?"

小山内薰在其童话集的序言中说:"我对童话的思考很简单……读起来听起来都简单易懂、妙趣横生,其中蕴含的意味还要能滋养心灵。"[①]以此为基础,他选择了《聊斋志异》的《偷桃》篇,改写成了童话。可见这时的作家已不再将《聊斋》视为谈鬼说狐的劝善惩恶之书,而是将其等同于新文学概念中的短篇小说、儿童文学了。

小山内薰《梨子》开篇,以"我"六七岁时候,和乳母一起去参加天神祭的记忆起笔,先描述了天神祭充满节日气氛的情景,各种各样的小商小贩、江湖艺人聚集于此。其中有祖孙二人表演幻术,"我"趴在祖母背上看了这场表演。老人声称能取来大江山的鬼所爱吃的味噌,足柄山的熊所爱用的碗,但众人要求在刚降过皑皑白雪的天气里"取梨"来。老人一边埋怨,一边抛绳入空,并遣孙子去

---

① 《石猿》(《石の猿》),赤鸟社(赤い鳥),1921年,第1页。

图 4.6　小山内薫《梨子》小说插图,《石猿》,赤鸟社,1921 年,169 页。

天国的庭园里摘梨。孙子一边哭一边像猴子一样,顺着绳子爬入云端。所有人都张大嘴巴,呆呆地望着天空。没多久天上掉下来一只大梨,足有西瓜那么大。然而,绳子似乎被砍断了,孙子的头先掉了下来,右脚、左脚也分别掉下来,身体躯干也掉了下来。小山内薰还不时插入"我"目睹这一场景的恐惧,"我最初看到头掉下来的瞬间,就恐惧得颤抖不已"。[1] 他还配了一幅描绘老人看到绳子断了时恐惧而又伤心的插图。《梨子》后面情节的反转及结尾与《聊斋志异》原文一致,只不过对幻术表演者的对话和神情描写得更为详细一些。

---

[1] 《石猿》,赤鸟社,1921 年,第 168 页。

小山内薰将《聊斋志异》原作中上天宫摘西王母庭院的"蟠桃",改成了上天国庭院摘"梨"。地点也换成了日本人祭祀天神的场所,除了这些细微之处的改变之外,小山内薰的《梨子》与蒲松龄的《偷桃》故事情节几无二致。让人不可思议的是,小山内薰改作的目的是为了让儿童阅读,但他并没有删除原作中让人感到恐怖的情节,尤其是幻术表演者儿子身首异处,头、肢体从天下纷纷坠落的场景,并不见得适合儿童阅读,小山内薰不仅没有删除这些情节,反而描写得极为详细。小山内薰《梨子》作为童话在日本反复被转载,1921年被收录在童话集《石猿》中,1928年又被兴文社收录在《小学生全集》第十六卷《日本文艺童话集》下卷中,足见日本读者对这则故事的喜爱。另外,伊藤贵麻也改写了《聊斋志异》中的两篇故事,登载在《赤鸟》上,即《水面亭的仙人》(《水面亭の仙人》改编自《寒月芙蕖》)和《虎之改心》(《虎の改心》改编自《赵城虎》)。这两篇后来收录在《日本文艺童话集》的上卷和中卷中。

1921年,东京大学教授、剧作家木下杢太郎(1885—1945)从中国踏查回国后,立即着手改写《聊斋志异》以"充实青少年的心灵"。他编辑出版了儿童文学集《支那传说集》,其中收录6篇聊斋故事,分别是《促织》《尸变》《宋公的话》《考城隍》《牡丹灯笼》《官娘》。木下杢太郎还在《支那传说集》序言中谈论了《聊斋志异》对其情感的影响:

我们在读了支那的小说以后,往往会对禽兽昆虫产生异于往昔的特别趣味与观念。如禽兽虎、狼、驴、马,鸟类乌鸦,虫类蟋蟀等,在支那小说里往往具有人间共有的情性魂魄等特性。《聊斋志异》中的《促织》便是一篇美丽而富有人情味的代表作。《竹青》已由《和译聊斋志异》(柴田天马译,大正八年十月出版)收入。《竹青》是叙述一只乌鸦幻化成美女的爱情故事,是一篇具有人世间般的深情的小说。日常生活中,我对于鸟类、昆虫不怎么会去观察或关心,也没有特殊的感情,甚至于还会产生厌恶与反感呢!然而就在昨夜,我发现一只"千石"飞虫匍匐爬行在我床铺上头挂着的蚊帐外面,未看《聊斋志异》这类小说的话,我一定是不假思索动手用纸将它捉拿包好,往垃圾桶一扔了事,昨夜我却只是静默地观看着它缓缓地爬动而已。①

1929年东京ARS书店策划出版《日本儿童文库》系列,其中第十三卷即佐藤春夫(1892—1964)翻译的《支那童话集》。《支那童话集》中收录了九篇《聊斋志异》的译文,这本书在当时大受欢迎,借此之故,《聊斋志异》也在一般的日本家庭中迅速普及开来。佐藤春夫对《聊斋志异》的"童话化"翻译,不仅反映了他独特的美学意识,也折射出了他对儿童文学的认识。关于这本书的编纂情况,佐藤春夫在《支那童话集》序文中说道:

> 这里收集的故事,主要取材于《东周列国志》《聊斋志异》《古今奇观》《太平广记》等中国古代书籍。书中收录的故事并非完全的童话,只是为了满足少男少女们的阅读而收集的。……其中的故事虽然有不合情理之处,但是一边读一边思考着古代中国人的想法,这可能也是很有趣的事情。②

由此可知,对佐藤春夫而言,《支那童话集》里摘选的故事并非现代意义上的"童话",他是想通过这些富有趣味性的故事,将中国古典文学的特征及古代中国人的思考方式,作为教养的一部分介绍给昭和前期的儿童们。正因为如此,佐藤春夫在对《聊斋志异》篇目的选择上非常谨慎,尽可能地选择适合儿童阅读的那些题材。

---

① 木下杢太郎《支那传说集》,收入《世界少年文学名作集》第18卷,精华书院,1921年,第3页。
② 佐藤春夫《支那童话集》序文。

众所周知，《聊斋志异》全书共收录有四百多篇短篇小说，这些作品或为抨击科举制度的腐朽，或为反抗封建礼教的束缚，具有丰富深刻的思想内容。尤其是描写花妖狐魅和人的恋爱的作品，不仅在全书中数量最多，而且极具浪漫、性解放的色彩。佐藤春夫严格区分了面向儿童的题材和面向一般读者的题材，从1922年到1951年，他先后翻译《聊斋志异》中的作品19篇，其中11篇是专门面向儿童的。而在面向一般读者的译作中，几乎都是表现恋爱主题的，比如1923年，佐藤春夫（1892—1964）编著《支那短篇集·玉簪花》由新潮社出版，该书从《聊斋志异》中翻译了4篇，分别是《绿衣女》（《绿衣の少女》）、《阿宝》（《恋するものの道》）、《宦娘》（《碧色の菊》）和《雷曹》（《流谪の神》）。后来，佐藤春夫又陆续翻译《婴宁》（《よく笑ふ女》）、《竹青》（《竹青の話》）、《葛巾》（《葛巾の話》）等作，收录于除村一学编纂的《支那文化谈丛》中，该书1924年由名取书店发行。

但是，在面向儿童翻译的《聊斋志异》的11篇中，几乎完全没有恋爱主题的作品，而主要集中在动物及仙怪、幻术等方面。其中与动物相关的篇目有《禽侠》（《大きな鳥》）、《鸲鹆》（《九官鳥》）、《禽侠》（《鸛》）、《鸿》（《鴻》）、《象》（《象》）、《犬》（《犬》）、《蛇人》（《蛇使ひとと蛇との話》）、《赵城虎》（《趙城の虎》），这些作品中的动物大都富有人情味，作者主要讲述了它们对人类报恩或复仇的故事。与仙怪、幻术相关的篇目有《雷曹》（《天から来た男》）、《偷桃》（《桃を盗んだ児》）、《促织》（《こほろぎ》）、《雨钱》（《狐》）、《雨钱》（《シナノキツネ》），这些作品主要讲述的是仙人、妖怪、狐狸使用法术或幻术的故事。这里需要说明的是，《支那童话集》中收录有蒲松龄《聊斋志异》之《雨钱》篇的译文，只不过佐藤春夫将译文改名为更适合儿童阅读的《狐》。在1941年侵华战争爆发的背景下，帝国教育出版部又将《狐》改为单行本出版，后再次改名为《支那狐胡养神之话》。蒲松龄的《雨钱》讲的是一位贪婪的秀才遇到狐妖老翁,求其施法让钱如雨下,最后一无所有的故事。而《支那狐胡养神之话》刻意在标题中添加"支那",意图将对侵略对象国的蔑称"支那"灌输到儿童的日常思维中。①

佐藤春夫对《聊斋志异》的翻译基本忠实于原文,但为了更适合于儿童阅读,他对原文中暗含蒲松龄观点的部分进行增删之处也有不少。比如《促织》一篇,通过主人公"成名"一家因皇室好斗蟋蟀而遭遇不幸的描写,深刻批判了为政者的贪婪与凶残。作者蒲松龄对受尽欺凌和迫害的百姓的深切同情,通过成名最后因献蟋蟀有功,而过上了富裕生活的描写展现得淋漓尽致:"不数年,田百顷,楼阁万椽,牛羊蹄躈各千计。一出门,裘马过世家焉。"另外,作者对于统治阶层的批判,也在文末特别点明:

> 异史氏曰:"天子偶用一物,未必不过此已忘;而奉行者即为定例。加以官贪吏虐,民日贴妇卖儿,更无休止。故天子一跬步,皆关民命,不可忽也。独是成氏子以蠹贫,以促织富,裘马扬扬。当其为里正,受扑责时,岂意其至此哉!天将以酬长厚者,遂使抚臣、令尹,并受促织恩荫。闻之:一人飞升仙及鸡犬。信夫!"②

佐藤春夫的译文,则在"成名的儿子精神复旧,自言曾身化促织,轻捷善斗,如今才醒过来"这里戛然而止,③主要表现了成名九岁儿子的冒险故事,之后成名暴富、出人头地的情节则全部被删除,而蒲松龄对世间"一人得道,鸡犬升天"的讽刺叹息也被删除了。

佐藤春夫对于《聊斋志异》的喜好,贯穿着其一生的文学创作。

---

① 陈潮涯《佐藤春夫的〈聊斋志异〉翻译:关于〈支那童话集〉》(《佐藤春夫の〈聊斎志異〉翻訳:〈支那童話集〉をめぐって》),《阪神近代文学研究》第 19 号,2018 年 5 月,第 87 页。
② 蒲松龄撰《聊斋志异》,华夏出版社,2017 年,第 233 页。
③ 佐藤春夫译,宫田重雄绘《百花村物语(新日本少年少女选书)》,湘南书房,1948 年,第 88 页。

佐藤春夫最初和友人芥川龙之介（1892—1927）一样，将《聊斋志异》的奇思妙想视为一种"诗兴"，但在进入昭和时期之后，随着对中国文学理解的深化，佐藤春夫对《聊斋志异》的兴趣，逐渐从故事情节的幻想性，转向对其表现方法和读者接受问题的思考上。于佐藤春夫而言，《聊斋志异》并不只是中国的志怪小说，而是富有出神入化的写作技巧，以及适应于各阶层读者接受的文学经典。在此基础上，佐藤春夫借助西方文学的表现手法，将《聊斋志异》的独特趣味表现了出来。另外，佐藤春夫的《聊斋志异》主要是针对儿童翻译的，该书虽然不是日本最早面向儿童翻译《聊斋志异》的书籍，但作为从大正末期开始的"儿童文学运动"的产物之一，佐藤春夫以其特异而富有感染力的文字翻译风格，使得《支那童话集》具有极高的人气，从而打开了《聊斋志异》在日本接受的新方向。

参 考 书 目

一、基 本 文 献

萧统编《文选》,上海古籍出版社,1986年。

司马迁撰,裴骃集解、司马贞索隐、张守节正义《史记》,中华书局,2014年。

白居易《白居易全集》,丁如明、聂世美校点,上海古籍出版社,1999年。

白居易《白居易集笺校》,朱金城笺校,上海古籍出版社,2003年。

白居易撰《白氏文集影印本》(再造善本),北京图书馆出版社,2003年。

苏轼《苏轼全集》,傅成、穆俦标点,上海古籍出版社,2000年。

苏轼撰,施元之注《施注苏诗》影印本,浙江大学出版社,2019年。

苏轼撰,王十朋纂集,刘辰翁批点《王状元集百家注分颣东坡先生诗》(再造善本),北京图书馆出版社,2005年。

瞿佑撰,周楞伽校注《剪灯新话》,上海古籍出版社,1981年。

孙逊主编《朝鲜所刊中国珍本小说丛刊》影印版,上海古籍出版社,2014年。

施耐庵撰《水浒传》,金圣叹评,上海古籍出版社,2015年。

施耐庵撰,葛饰北斋绘《浮世绘插图版中国古典名著·水浒传》,吉林出版集团,2012年。

蒲松龄撰,张友鹤辑校《聊斋志异会校会注会评本》,上海古籍出版社,2020年。

蒲松龄《聊斎志異》,増田涉等訳,平凡社,1963年。

蒲松龄《聊斎志異》,柴田天馬訳,第一書房,1926年。

小林高英、高进兰山选注,北尾重政等绘《唐诗选画本》影印本,线装书局,1996年。

王勇主编《历代正史日本传考注》,上海交通大学出版社,2016年。

《万叶集》,赵乐甡译,译林出版社,2002年。

《万叶集》,金伟、吴彦译,人民文学出版社,2008年。

杉本行夫《懐風藻註釈》,弘文堂,1943年。

林古渓《懐風藻新註》,明治書院,1958年。

空海《三教指帰 性霊集》,渡辺昭宏、宮坂宥勝校注,《日本古典文学大系 第71册》,岩波書店,1965年。

清少纳言著《枕草子》,北京联合出版公司,2018。

紫式部著,丰子恺译《源氏物语》,上海译文出版社,2020年。

後藤昭雄《本朝文粋抄》,勉誠出版,2006年。

以心崇伝编《翰林五鳳集》第1—3册,仏書刊行会编纂《大日本仏教全書 144—146》,仏書刊行会,1914—1946年。

上村観光編纂《五山文学全集》第2版,思文閣,1992年。

玉村竹二编《五山文学新集》第1卷—第6卷,東京大学出版会,1967—1972年。

玉村竹二编《五山文学新集》别卷1—别卷2,東京大学出版会,1977—1981年。

池田四郎次郎编《日本詩話叢書 第1—10卷》,文会堂書店,1920—1922年。

二、近人论著

总论类

陈福康《日本汉文学史》,上海外语教育出版社,2011年。

陈露《中日文体学研究》,上海交通大学出版社,2013年。

房国铮、林范武《东方的审美:中日文学交流比较研究》,上海交通大学出版社,2019年。

高文汉《中日古代文学比较研究》,山东教育出版社,1999年。

葛兆龙主编《清华汉学研究》(第3辑),清华大学出版社,2000年。

黄华珍《日藏汉籍研究——以宋元版为中心》,中华书局,2013年。

姜文清《东方古典美——中日传统审美意识比较》中,中国社会科学出版社,2002年。

金程宇《东亚汉文学论考》,凤凰出版社,2013年。

柯睿著,童岭、杨杜菲、梁爽译《中古中国的文学与文化史》,中西书局,2020年。

李妮娜《中日文化与文学的比较研究》,吉林大学出版社,2019年。

李庆《日本汉学史》,上海外语教育出版社,2002年。

李瑞良《中国古代图书流通史》,上海人民出版社;世纪出版集团,2000年。

刘师培撰,程千帆等导读《中国中古文学史讲义》,上海古籍出版社,2019年。

刘顺利《中外文学交流史·中国—朝韩卷》,山东教育出版社,2015年。

刘雨珍《中日文学与文化交流史研究》,江苏人民出版社,

2019年。

刘岳兵《"中国式"日本研究的实像与虚像——重建中国日本研究相关学术传统的初步考察》,中国社会科学出版社,2015年。

马祖毅、任荣珍《汉籍外译史》,湖北教育出版社,1997年。

钱林森、周宁主编,王晓平著《中外文学交流史·中国—日本卷》,山东教育出版社,2015年。

邵毅平《中日文学关系论集》,上海古籍出版社,2011年。

沈津、卞东波编《日本汉籍图录》,广西师范大学出版社,2014年。

宋柏年《中国古典文学在国外》,北京语言学院出版社,1994年。

佟君、陈多友《中日比较文学比较文化研究》,中山大学出版社,2004年。

王向远《中日现代文学比较论》,湖南教育出版社,1998年。

王向远《日本文学研究的学术历程》,陈建华主编《中国外国文学研究的学术历程》(第9卷),重庆出版社,2016年。

王晓平《近代中日文学交流史稿》,中华书局香港分局,1987年。

王晓平《中日文学经典的传播与翻译》,中华书局,2014年。

王晓平《中外文学交流史·中国—日本卷》,山东教育出版社,2015年。

王晓平《东亚文学经典的对话与重读》,复旦大学出版社,2011年。

王晓平《亚洲汉文学》,天津人民出版社,2001年。

王晓平《梅红樱粉——日本作家与中国文化》,宁夏人民出版社,2002年。

王晓秋、大庭修主编《中日文化交流史大系·历史卷》,浙江人民出版社,1996年。

王勇《东亚坐标中的书籍之路研究》,中国书籍出版社,2013年。

王勇《书籍之路与文化交流》,上海辞书出版社,2009年。

王勇、上原昭一主编《中日文化交流史大系·艺术卷》,浙江人民出版社,1996年。

王勇、大庭修主编《中日文化交流史大系·典籍卷》,浙江人民出版社,1996年。

王勇、中西进主编《中日文化交流史大系·人物卷》,浙江人民出版社,1996年。

王琢《中日比较文学研究资料汇编》,中国美术学院出版社,2002年。

肖瑞峰《日本汉诗发展史》,吉林大学出版社,1992年。

徐静波《日本历史与文化研究》,复旦大学出版社,2010年。

杨曾文、源了圆主编《中日文化交流史大系·宗教卷》,浙江人民出版社,1996年。

严绍璗、源了圆主编《中日文化交流史大系·思想卷》,浙江人民出版社,1996年。

严绍璗、中西进主编《中日文化交流史大系·文学卷》,浙江人民出版社,1996年。

严绍璗、王晓平《中国文学在日本》,花城出版社,1990年。

严绍璗《中日古代文学关系史稿》,湖南文艺出版社,1987年。

严绍璗《日本藏汉籍珍本追踪纪实 严绍璗海外访书志》,上海古籍出版社,2005年。

严绍璗《比较文学视野中的日本文化 严绍璗海外讲演录》,北京大学出版社,2004年。

严绍璗《日本中国学史稿》,学苑出版社,2009年。

严绍璗《汉籍在日本的流布研究》,江苏古籍出版社,1992年。

严绍璗《日本藏宋人文集善本钩沉》,杭州大学出版社,

1996年。

叶渭渠《日本文学思潮史》,经济日报出版社,1997年。

乐黛云、陈平原《比较文学研究》,湖北教育出版社,2008年。

张伯伟《域外汉籍研究入门》,复旦大学出版社,2012年。

周阅《比较文学视野中的中日文学与文化》,复旦大学出版社,2013年。

加藤周一著,叶渭渠等译《日本文化论》,光明日报出版社,2000年。

加藤周一著《日本文学史序说》,外语教学与研究出版社,2011年。

小西甚一著,郑清茂译《日本文学史》,译林出版社,2020年。

道端良秀著,徐明、何燕生译《日中佛教友好二千年史》,商务印书馆,1992年。

木宫泰彦著,胡锡年译《日中文化交流史》,商务印书馆,1980年。

村上哲見《中国文学と日本十二講》,創文社,2013年。

大庭脩《漢籍輸入の文化史:聖徳太子から吉宗へ》,研文出版,1997年。

徳田進《新考日中比較山水文学》,ゆまに書房,1995年。

古田敬一編《中国文学の比較文学的研究》,汲古書院,1986年。

胡志昂《古代日本漢詩文と中国文学》,笠間書院,2016年。

李国棟《日中文化の源流:文学と神話からの分析》,白帝社,1996年。

神田秀夫《古文と漢文:日中比較文学史》,武蔵野書院,1986年。

内藤虎次郎《日本文化史研究》第4版,弘文堂書房,1925年。

和漢比較文学会編《和漢比較文学研究の構想》(和漢比較文学叢書 第1卷),汲古書院,1986年。

和漢比較文学会編《和漢比較文学の周辺》(和漢比較文学叢書 第18卷),汲古書院,1994年。

日本比較文学会編《比較文学:日本文学を中心として》,矢島書房,1953年。

松浦友久《リズムの美学:日中詩歌論》,明治書院,1991年。

太田青丘《日本歌学と中国詩学》(改訂版),弘文堂書房,1968年。

興膳宏《異域の眼:中国文化散策》,筑摩書房,1995年。

王曉平《詩の交流史》(新・日中文化交流史叢書),大樟樹出版社,2019年。

第一时期

程平帆、孙望《日本汉诗选评》,江苏古籍出版社,1988年。

丁莉《永远的"唐土":日本平安朝物语文学的中国叙述》,北京大学出版社,2016年。

高兵兵《雪・月・花——由古典诗歌看中日审美之异》,三秦出版社,2006年。

李育娟《〈江谈抄〉与唐、宋笔记研究——论平安朝对北宋文学文化之受容》,文史哲出版社,2013年。

卢盛江《空海与〈镜秘府论〉》,宁夏人民出版社,2005年。

卢盛江《文镜秘府论研究》,人民文学出版社,2013年。

卢盛江《空海〈文镜秘府论〉与中日文化交流》,江苏人民出版社,2019年。

文艳蓉《白居易生平与创作实证研究》,上海古籍出版社,2016年。

辰巳正明著,石观海译《万叶集与中国文学》,武汉出版社,1997年。

池田龟鉴著,玖羽译《平安朝的生活与文学》,四川人民出版社,2019年。

川本皓嗣著,王晓平等译《日本诗歌的传统——七与五的诗学》,译林出版社,2004年。

後藤昭雄著,高兵兵译《日本古代汉文学与中国文学》,中华书局,2006年。

丸山清子,申非译《源氏物语与白氏文集》,国际文化出版公司,1985年。

安野光雅、半藤一利、中村愿《『史記』と日本人》,平凡社,2011年。

波戸岡旭《奈良・平安朝漢詩文と中国文学》,笠間書院,2016年。

陳明姿《唐代文学と平安朝物語の比較文学的研究》,東北大学博士論文,1993年。

池田利夫《日中比較文学の基礎研究:翻訳説話とその典拠》,笠間書院,1974年。

川口久雄《平安朝の漢文学》,吉川弘文館,1981年。

川口久雄《平安朝日本漢文学史の研究　上》,明治書院,1959年。

川口久雄《平安朝日本漢文学史の研究　下》,明治書院,1961年。

川口久雄《平安朝漢文学の開花:詩人空海と道真》,吉川弘文館,1991年。

川口久雄《西域の虎:平安朝比較文学論集》,吉川弘文館,1974年。

川口久雄《花の宴：日本比較文学論集》，吉川弘文館，1980 年。

村井章介《東アジア往還：漢詩と外交》，朝日新聞社，1995 年。

東野治之《遣唐使》，岩波書店，2007 年。

東野治之《遣唐使と正倉院》，岩波書店，1992 年。

渡辺秀夫《和歌の詩学：平安朝文学と漢文世界》，勉誠出版，2014 年。

後藤昭雄《平安朝漢文学論考 補訂版》，勉誠出版，2005 年。

後藤昭雄《平安朝文人志》，吉川弘文館，1993 年。

後藤昭雄《平安朝漢文文献の研究》，吉川弘文館，1993 年。

金文京《漢文と東アジア：訓読の文化圏》，岩波書店，2010 年。

金子彦二郎《平安時代文学と白氏文集》[第 1 卷]（句題和歌，千載佳句研究篇），培風館，1943 年。

堀誠《日中比較文学叢考》，研文出版，2015 年。

金原理《詩歌の表現：平安朝韻文攷》，九州大学出版会，2000 年。

宋晗《平安朝文人論》，東京大学出版会，2021 年。

藤原克己《菅原道真と平安朝漢文学》，東京大学出版会，2001 年。

小島憲之《上代日本文学と中国文学：出典論を中心とする比較文学的考察 上》，塙書房，1962 年。

小島憲之《国風暗黒時代の文学 下 1（弘仁・天長期の文学を中心として）》，塙書房，1991 年。

早稲田大学古代文学比較文学研究所《日本・中国交流の諸相（アジア遊学別冊 3）》，勉誠出版，2006 年。

早稲田大学古代文学比較文学研究所《交錯する古代》，勉誠出版，2004 年。

和漢比較文学会編《中古文学と漢文学 1》（和漢比較文学叢書 第 3 卷），汲古書院，1986 年。

和漢比較文学会編《中古文学と漢文学 2》(和漢比較文学叢書 第 4 卷),汲古書院,1987 年。

小峯和明編《東アジアの今昔物語集:翻訳·変成·予言》,勉誠出版,2012 年。

第二时期

丁国旗《日本隐逸文学中的中国因素》,人民出版社,2015 年。

雷晓敏《中日哀感文学比较研究》,中山大学出版社,2019 年。

金文峰《〈徒然草〉受中日古典文学的影响》,上海交通大学出版社,2009 年。

查屏球《梯航集——日藏汉籍中日学术对话录》,上海古籍出版社,2018 年。

张晓希《中日古典文学比较研究》,南开大学出版社,2009 年。

张晓希《五山文学与中国文学》,中央编译出版社,2014 年。

张晓希《日本古典诗歌的文体与中国文学》,南开大学出版社,2010 年。

张哲俊《杨柳的形象——物质的交流与中日古代文学》,人民文学出版社,2011 年。

张哲俊《中国古代文学中的日本形象研究》,北京大学出版社,2004 年。

张哲俊《东亚比较文学》,北京大学出版社,2004 年。

赵乐甡《中日文学比较研究》,吉林大学出版社,1990 年。

赵雁风《多重视角下的近代中日文学比较研究》,东北师范大学出版社,2018 年。

衣川贤次《禅宗思想与文献丛考》,朱刚,李贵主编:日本汉学家"近世"中国研究丛书,复旦大学出版社,2017 年。

東英寿編《宋人文集の編纂と伝承》,中国书店,2018 年。

堀川貴司《詩のかたち・詩のこころ:中世日本漢文学研究》,若草書房,2006 年。

堀川貴司、浅見洋二《蒼海に交わされる詩文》,汲古書院,2012 年。

堀川貴司《瀟湘八景:詩歌と絵画に見る日本化の様相》,臨川書店,2002 年。

山崎誠《中世学問史の基底と展開》,和泉書院,1993 年。

和漢比較文学会編《中世文学と漢文学　1》(和漢比較文学叢書　第 5 卷),汲古書院,1987 年。

和漢比較文学会編《中世文学と漢文学　2》(和漢比較文学叢書　第 6 卷),汲古書院,1987 年。

和漢比較文学会編《新古今集と漢文学》(和漢比較文学叢書　第 13 卷),汲古書院,1992 年。

和漢比較文学会編《説話文学と漢文学》(和漢比較文学叢書　第 14 卷),汲古書院,1994 年。

和漢比較文学会編《軍記と漢文学》(和漢比較文学叢書　第 15 卷),汲古書院,1993 年。

張利利《方丈記における日中文学の比較的研究》,翰林書房,2009 年。

第三时期

陈小法《明代中日文化交流史研究》,商务印书馆,2011 年。

陈武强、郭海东《明代中国日本琉球三国关系与东亚国际秩序研究》,四川大学出版社,2017 年。

刘晓东《"倭寇"与明代的东亚秩序》,中华书局,2019 年。

聂友军《取醇集——日本五山文学研究》,上海交通大学出版社,2015 年。

冉毅《日本八景汉诗探源及其与潇湘八景诗之比较研究》,上海交通大学出版社,2018年。

石守谦《移动的桃花源——东亚世界中的山水画》,生活·读书·新知三联书店,2015年。

时培磊《明清日本研究史籍探研》,天津古籍出版社,2016年。

王晓平《佛典·志怪·物语》,江西人民出版社,1990年。

王勇、谢咏编《东亚的笔谈研究》,东亚研究丛书,浙江工商大学出版社,2015年。

徐静波、胡令远主编《东亚文明的共振与环流》,上海社会科学院出版社,1996年。

张哲俊《中国题材的日本谣曲》,宁夏人民出版社,2005年。

朱莉丽《行观中国——日本使节眼中的明代社会》,复旦大学出版社,2013年。

朱亚非《明代中外关系史研究》,济南出版社,1993年。

张淘《近世中国与日本汉文学》,复旦大学出版社,2020年。

高居翰著,夏春梅等译《江岸送别》,生活·读书·新知三联书店,2009年。

北村沢吉《五山文学史稿》,富山房,1941年。

城市真理子《室町水墨画と五山文学》,思文閣出版,2012年。

朝倉和《絶海中津研究:人と作品とその周辺》,清文堂出版,2019年。

朝倉尚《禅林の文学:中国文学受容の様相》,清文堂出版,1985年。

朝倉尚《禅林の文学:詩会とその周辺》,清文堂出版,2004年。

朝倉尚《禅林の文学:戦乱をめぐる禅林の文芸》,清文堂出版,2020年。

朝倉尚《抄物の世界と禅林の文学:中華若木詩抄·湯山聯句鈔の基礎的研究》,清文堂出版,1996年。

川瀬一馬《日本書誌学之研究》,講談社,1971 年。

大庭脩《古代中世における日中関係史の研究》,同朋舎出版,1996 年。

芳賀幸四郎《中世禅林の学問および文学に関する研究》,日本学術振興会,1956 年。

芳澤元《日本中世社会と禅林文芸》,吉川弘文館,2017 年。

芳澤元《室町文化の座標軸:遣明船時代の列島と文事》,勉誠社,2021 年。

高島俊男《水滸伝と日本人:江戸から昭和まで》,大修館書店,1991 年。

堀川貴司《五山文学研究:資料と論考続》,笠間書院,2015 年。

堀川貴司《五山文学研究:資料と論考》,笠間書院,2011 年。

堀川貴司《書誌学入門:古典籍を見る・知る・読む》,勉誠出版,2010 年。

堀川貴司《詩のかたち・詩のこころ:中世日本漢文学研究》,若草書房,2006 年。

山崎誠《中世学問史の基底と展開》,和泉書院,1993 年。

山藤夏郎《〈他者〉としての古典:中世禅林詩学論攷》,和泉書院,2015 年。

山田尚子《中国故事受容論考:古代中世日本における継承と展開》,勉誠出版,2009 年。

西村天囚《日本宋学史》,朝日新聞社,1951 年。

小野泰央《中世漢文学の形象》,勉誠出版,2011 年。

岩山泰三《一休詩の周辺:漢文世界と中世禅林》,勉誠出版,2015 年。

蔭木英雄《中世禅林詩史》,笠間書院,1994 年。

俞慰慈《五山文學の研究》,汲古書院,2004 年。

玉村竹二《五山文学:大陸文化紹介者としての五山禅僧の活

動》,至文堂,1955年。

增田欣《中世文芸比較文学論考》,汲古書院,2002年。

中本大《本邦室町時代禅林文学における継承と展開》,大阪大学博士論文,1997年。

中川德之助《日本中世禅林文学論攷》,清文堂出版,1999年。

佐藤利行教授還暦記念論集刊行会編《日中比較文化論集:佐藤利行教授還暦記念》,白帝社,2019年。

第四时期

李树果《日本读本小说与明清小说——中日文化交流史的透视》,天津人民出版社,1998年。

祁晓明《江户时期的日本诗话》,中国社会科学出版社,2009年。

严明《近世东亚汉诗流变》,凤凰出版社,2018年。

大木康《明清江南社會文化史研究》,汲古書院,2020年。

大庭脩《漂着船物語:江戸時代の日中交流》,岩波書店,2001年。

大庭脩《日中交流史話:江戸時代の日中関係を読む》,燃焼社,2003年。

大庭脩《江戸時代における唐船持渡書の研究》,関西大学東西学術研究所,1981年。

德田武《近世日中文人交流史の研究》,研文出版,2004年。

德田武《日本近世小説と中国小説》,青裳堂書店,1987年。

江口尚純《江戸期における詩経解釈学史の考察》,静岡大学,2005—2007年。

麻生磯次《江戸文学と中国文学》,三省堂出版,1955年。

日野龍夫《近世文学史》(《日野龍夫著作集》第3卷),ぺりかん社,2005年。

杉下元明《江戸漢詩:影響と変容の系譜》,ぺりかん社,2004年。

石崎又造《近世日本に於ける支那俗語文学史》,弘文堂書房,1940年。

丸井貴史《白話小説の時代:日本近世中期文学の研究》,汲古書院,2019年。

諏訪春雄、日野竜夫編《江戸文学と中国》,毎日新聞社,1977年。

中村綾《岡嶋冠山とその周辺:日本近世文学と中国白話小説》,京都府立大学博士論文,2007年。

中村綾《日本近世白話小説受容の研究》,汲古書院,2011年。

中野三敏《江戸の出版》,ぺりかん社,2005年。

和漢比較文学会編《近世文学と漢文学》(和漢比較文学叢書第7巻),汲古書院,1988年。

和漢比較文学会編《江戸小説と漢文学》(和漢比較文学叢書第17巻),汲古書院,1993年。

孫佩霞《日中古典女性文学の比較研究:中古期を中心に》,風間書房,2010年。

后　记

原本不打算为本书撰写后记,因为基本的想法在序言中已提及,但临付梓之际,我顺利赴日并能利用早稻田大学图书馆藏书做最后的校订,因此想借机添几句"闲话"。

本书的写作动机缘于在线慕课《中日文学关系》的拍摄,制作团队要求不能"偷懒",讲稿需要一字一句整理出来制作字幕。在拍摄慕课前,我虽然已经在陕师大文学院讲授过三轮,但上课带有极大的即兴性和表演性,内容上可以引介学界成果,叙述上则可以生动活泼,一旦整理成专业著述则必须谨慎求证,内容上要完善自己的观点,论述上则要有分寸感,这是我从课堂讲稿向专业著述的第一次转变。然而,这种转变并非易事。读者们很容易发现在线慕课《中日文学关系》其实也涵盖近现代部分,但在撰写专著的过程中,随着新资料的发现和视野的转变,书稿内容不断衍生增加,作为一部出版物则略显笨重,遂在提交出版社之际,仅保留了古典时期的内容。

从学科教育的角度来说,我最初的想法是以专题形式讲授《中日文学关系》,即从域外的视角重新审视中国文学,将中国文学经典在域外的传播与创造性接受呈现出来,将自己在中日文学阅读中发现的"惊喜"以专题方式讲述,发掘那些被国别文学史写作所"遮蔽"的作家作品,为中文系想要了解比较文学或从事中日比较文学研究的学生,提供一些材料、方法和观念上的帮助。但听讲的学生大约习惯了体系完整的"文学史"教学,对于这些专题性的知识"碎片"，多少有些不易理解。当然，文学史作为一种知识，其确立以及演变始终与大学教育密不可分。陈平原先生曾说："文学教育的重心，由技能训练的'词章之学'，转为知识积累的'文学史'，并不取决于个别文人学者的审美趣味，而是整个中国现代化进程决定的。"总之，为了适应教学的需求，之后的书稿就逐渐以文学史的思维串联了。这是本书从讲稿到著述在结构上发生的重要转变。

本书出版之际又获得了陕西师范大学研究生院的出版资助，因此这部书又必须要让学生觉得有趣且必要，还能心甘情愿地作为教材使用。为了满足这些实际需求，我对行文方式颇为苦恼：既要像课堂一样生动有趣，让学生不至于掩卷而去，但也不能全篇大白话而失了学术范儿，又要尽量保有严密的考证和思想的创见。读者在阅读过程中，可能会感觉到一些章节明显带有愉快的腔调，而有些章节则显得一板一眼。事实上，如何让文学教育既能保持专业性、学科性，又能作为修养、作为趣味、作为精神来滋养一代人？这也是我在本书写作过程中所深切体会到的中文系教师的使命感。

当然，在撰写过程中，最愉快的事情莫过于能在不同的知识领域之间自由穿梭、尽情探索。近代以来知识体系的日益细化以及学界进展神速，迫使学者通常是在微观领域内精细耕耘，对不同知识领域轻易不敢涉足，这种谨慎虽然成就了专家之学，但同时也限制了研究的无限可能性。我本人深以为憾。但在完成这部书稿的过程中，我得以在不同时代、不同学科领域之间观察，并能随心所欲地尽情阅读那些充满激情与灵性的经典文本，也能在知识传承之间与不同学术领域耕耘的前辈学者对话。可以说，无目的阅读带来的惊喜发现，以及朴素的求知带来的充盈满足，是写作这部书过程中最大的收获。而所谓的"教学相长"，意义就在于此。

书中不同章节完成时间不一。比如最早完成的第一讲第一、二节，动笔于十年前，其后持续与该领域展开对话，并完成了我的第一部学术专著《从长安到日本——都城空间与文学考古》，而第一讲的

第三部分"空海",则是最后替换的章节之一。之所以选择空海,除了他在中日文学关系史上的巨大贡献,更因其汉文学隐含着无限阐释的可能性。我在阅读空海传记的过程中,更是无数次被他坚韧不拔的人格所感动,先后去高野山、京都东寺参观,翻阅东寺寺志,深感他是本书不可或缺的人物之一,因此提交出版社后,又撰写了《空海入唐诗的一个侧面》(见第一讲第三节)替换了原来的内容。虽然这一部分对于空海的文学成就而言不过沧海一粟,但读者若能体会我抛砖引玉之心,足矣。

书中有些章节是笔者已发表论文的节选,比如第十五讲《另类文人李渔的跨媒介接受》的部分内容,曾刊载于《外国文学评论》(2021年第2期)。有些章节内容将于2022年刊载,但更多内容是未发表过的新话题,如第七、八讲所讨论的"抄物",是我最新承担的国家社科基金项目"汉籍抄物与日本室町时代的中国文学阐释研究"的内容。"抄物"是日本室町时代大量诞生的一种对中国典籍、佛典和日本古典进行注释的学术文献,其中以唐宋诗文为原典的抄物凝缩了日本室町时代知识阶层研究中国文学的主要成果。期待这些新话题的提出,能有助于学界了解海外中国文学经典化的进程与日本知识体系变迁之间的关系,进而解决日本汉文学研究中的一些关键性问题。

最后,由衷感谢早稻田大学河野贵美子教授的指教与帮助。此外,如果没有业师王向远教授的指导,我或许不会进入这一领域。学友李炜教授十余年来的支持和鼓励,南京大学金程宇教授对书稿的审阅及提问,都让我深感荣幸。上海古籍出版社彭华女士的每一次专业提疑,让本书避免了不少遗憾,在此真诚致谢。

郭雪妮
2022年9月

图书在版编目(CIP)数据

中日古典文学关系十六讲/郭雪妮著.--上海：
上海古籍出版社，2022.11
ISBN 978-7-5732-0506-3

Ⅰ.①中… Ⅱ.①郭… Ⅲ.①古典文学-比较文学-文学研究-中国、日本 Ⅳ.①I206.2 ②I313.062

中国版本图书馆 CIP 数据核字(2022)第 200306 号

中日古典文学关系十六讲
郭雪妮 著

上海古籍出版社出版发行

(上海市闵行区号景路 159 弄 1-5 号 A 座 5F 邮政编码 201101)
(1) 网址：www.guji.com.cn
(2) E-mail：guji1@guji.com.cn
(3) 易文网网址：www.ewen.co
常熟文化印刷有限公司印刷

开本 635×965 1/16 印张 25.75 插页 3 字数 323,000
2022 年 11 月第 1 版 2022 年 11 月第 1 次印刷
印数：1—2,100
ISBN 978-7-5732-0506-3

Ⅰ·3673 定价：88.00 元
如有质量问题，请与承印公司联系